Bernadette Fox ist berüchtigt. In Fachkreisen gilt sie als
Stararchitektin mit revolutionären Ideen. Ihr Ehemann Elgie, der
neue Hoffnungsträger bei Microsoft, liebt sie für ihren Witz.
Und für ihre verrückten Ideen. Und irgendwie auch für ihre
Launen. Und manchmal sogar für ihre quälenden Ängste.
Die anderen Mütter halten Bernadette allerdings für eine
Nervensäge. Durchgeknallt. Verantwortungslos. Schließlich
beschäftigt sie online eine indische Assistentin, die ihren
Alltag für sie regelt. Zum Stundensatz von 0,75 Dollar bucht
Manjula Kapoor Familienurlaube, reserviert den Tisch im
Restaurant und erledigt mal eben die Bankgeschäfte. Und für
ihre 15-jährige Tochter Bee, die kleine Streberin, ist Bernadette,
na ja, eine Mutter. Bee kennt ja keine andere. Doch dann
verschwindet Bernadette auf einmal…

MARIA SEMPLE reiste die ersten Jahre ihres Lebens mit ihren
Eltern kreuz und quer durch Europa (in Spanien schrieb ihr
Vater Lorenzo den Pilot zur TV-Serie *Batman*), bevor sie nach
Los Angeles und später nach Colorado zog. Unmittelbar nach
Abschluss ihres Studiums am Barnard-College verkaufte sie
ein Movie Script an Twentieth Century Fox, woraufhin sie sich
wieder in L.A. niederließ. Sie arbeitete zunächst für *Beverly Hills,
90210*, schrieb dann für Sitcoms wie *Ellen*, *Mad About You* und
Arrested Development. Inzwischen lebt sie mit ihrem Ehemann
und der gemeinsamen Tochter in Seattle. Sie schreibt Bücher,
studiert nebenher, und versucht, nicht ständig online zu sein.
»Wo steckst du, Bernadette?« steht seit über 50 Wochen auf
der New-York-Times-Bestsellerliste. Eine Kinoverfilmung
ist in Arbeit.

Maria Semple

WO STECKST DU, BERNADETTE?

Roman

Deutsch von
Cornelia Holfelder-von der Tann

btb

Die amerikanische Originalausgabe erschien 2012
unter dem Titel »Where 'd You Go, Bernadette«
bei Little, Brown and Company, New York.

Verlagsgruppe Random House FSC® N001967
Das für dieses Buch verwendete FSC®-zertifizierte Papier
Lux Cream liefert Stora Enso, Finnland.

1. Auflage
Deutsche Erstveröffentlichung Februar 2015
Copyright © 2012 by Maria Semple
Copyright © der deutschsprachigen Ausgabe 2015 by btb Verlag
in der Verlagsgruppe Random House GmbH, München
Umschlaggestaltung: semper smile, München,
nach dem Originalumschlag von Keith Hayes
Umschlagmotiv: © Keith Hayes
Satz: Uhl + Massopust, Aalen
Druck und Einband: CPI – Clausen & Bosse, Leck
UB · Herstellung: sc
Printed in Germany
ISBN 978-3-442-74851-8

www.btb-verlag.de
www.facebook.com/btbverlag
Besuchen Sie unseren LiteraturBlog www.transatlantik.de

Für Poppy Meyer

Das Erste, was nervt, ist, wenn ich Dad frage, was er glaubt, wo Mom abgeblieben ist, und er jedes Mal sagt: »Das Allerwichtigste ist, dass du nicht denkst, es ist deine Schuld.« Es ist Ihnen sicher nicht entgangen, dass das nicht die Frage war. Wenn ich dann nachhake, sagt er das Zweite, was nervt: »Die Wahrheit ist kompliziert. Kein Mensch kann je alles über einen anderen Menschen wissen.«

Mom löst sich zwei Tage vor Weihnachten einfach in Luft auf, ohne mir was zu sagen? Klar ist das kompliziert. Aber dass es kompliziert ist und dass man meint, nie alles über einen anderen Menschen wissen zu können, heißt noch lange nicht, dass man's nicht versuchen kann.

Heißt nicht, dass ich's nicht versuchen kann.

1

MOM GEGEN DIE GNITZEN

Montag, 15. November

Die Galer Street School ist ein Ort, wo Empathie, qualifizierter Unterricht und globales Verbundenheitsbewusstsein dahingehend zusammenwirken, gemeinwohlorientierte Bürger eines von Nachhaltigkeit und Diversität geprägten Planeten hervorzubringen.

Schüler/in: Bee Branch
Klasse: acht
Lehrer/in: Levy

Beurteilungsschlüssel

S* über dem Niveau von »sehr gut«
S   sehr gut
→S bestrebt, das Niveau von »sehr gut« zu erreichen

Geometrie	S*
Biologie	S*
Religionen der Welt	S*
Musik	S*
Kreatives Schreiben	S*
Arbeiten mit Ton	S*
Sprachen	S*
Ausdrucksbewegung	S*

Bemerkungen: Bee ist eine reine Freude. Ihre Lernbegeisterung ist ebenso ansteckend wie ihre nette Art und ihr Humor. Bee scheut sich nicht, Fragen zu stellen. Ihr geht es immer darum, den jeweiligen Gegenstand wirklich zu durchdringen und nicht bloß eine gute Note zu erhalten. Mitschüler/innen nehmen gern Bees Hilfe beim Lernen in Anspruch und bekommen stets noch ein Lächeln dazu. Bee ist bei der Einzelarbeit außergewöhnlich konzentriert, bei der Gruppenarbeit eine unaufdringliche und selbstbewusste Gruppenleiterin. Besonders bemerkenswert ist Bees ausgereiftes Flötenspiel. Zwar ist erst ein Drittel des Schuljahrs vorbei, aber ich beklage jetzt schon den Tag, an dem Bee die Galer Street School verlassen und in die Welt hinausgehen wird. Nach meinen Informationen bewirbt sie sich an Internatsschulen an der Ostküste. Ich beneide die Lehrer, die dann das Glück haben werden, Bee kennenzulernen und zu entdecken, was für eine wunderbare junge Frau sie ist.

• • •

An diesem Abend beim Essen ließ ich Moms und Dads »Wir sind ja so stolz auf dich« und »Was ist sie doch gescheit« über mich ergehen, bis mal eine Pause eintrat.

»Ihr wisst doch, was das heißt«, sagte ich. »Was es Superriesiges heißt.«

Mom und Dad sahen sich mit hochgezogenen Augenbrauen an.

»Vergessen?«, sagte ich. »Als ich auf die Galer Street gekommen bin, habt ihr gesagt, wenn ich am Ende in allen Fächern die Bestnote kriege, darf ich mir als Abschlussgeschenk wünschen, was ich will.«

»Ich erinnere mich«, sagte Mom. »Das war, damit du mit dem Pony-Gequengel aufhörst.«

»Das hab ich mir gewünscht, als ich klein war«, sagte ich. »Aber jetzt wünsch ich mir was anderes. Wollt ihr nicht wissen, was?«

»Weiß nicht«, sagte Dad. »Wollen wir?«

»Eine Familienreise in die Antarktis!« Ich zog den Prospekt unter meinem Po hervor. Er war von einem Abenteuer-reisen-Anbieter, der Kreuzfahrten in ausgefallene Gegenden macht. Ich schlug die Antarktisseite auf und reichte den Prospekt über den Tisch. »Wenn wir fahren, muss es über Weihnachten sein.«

»Diese Weihnachten?«, fragte Mom. »Du meinst nächsten Monat?« Sie stand auf und fing an, leere Behälter von dem Lieferservice-Essen in die zugehörigen Plastiktüten zu stopfen.

Dad war schon in den Prospekt vertieft. »Dann ist dort Sommer«, sagte er. »Die einzige Zeit, wo man hinfahren kann.«

»Weil Ponys süß sind.« Mom verknotete die Tütenhenkel.

»Was sagst du?« Dad sah Mom an.

»Ist das für dich nicht ungünstig wegen der Arbeit?«, fragte sie ihn.

»Wir nehmen gerade die Antarktis durch«, sagte ich. »Ich hab die ganzen Tagebücher von den Polarforschern gelesen und halte mein Referat über Shackleton.« Ich zappelte aufgeregt auf meinem Stuhl herum. »Ich glaub's nicht. Keiner von euch hat nein gesagt.«

»Ich habe drauf gewartet, dass du's tust«, sagte Dad zu Mom. »Du hasst doch Reisen.«

»Ich habe gewartet, dass du's tust«, gab Mom zurück. »Du musst doch arbeiten.«

»O mein Gott. Das heißt: ja!« Ich sprang auf. »Es heißt: ja!« Meine Freude war so ansteckend, dass Ice Cream aufwachte, losbellte und Triumphrunden um den Küchentisch drehte.

»Heißt das: ja?«, fragte Dad Mom, die gerade das Plastikzeug mit viel Knistern und Knacken in den Mülleimer quetschte.

»Es heißt: ja«, sagte sie.

Dienstag, 16. November

• • •

Von: Bernadette Fox
An: Manjula Kapoor

Manjula,
es ist etwas Unerwartetes eingetreten, und ich wäre Ihnen sehr dankbar, wenn Sie mehr Stunden für mich arbeiten könnten. Für mich war diese Probezeit lebensrettend. Ich hoffe, für Sie war sie auch in Ordnung. Wenn ja, lassen Sie es mich bitte schnellstmöglich wissen, ich bin nämlich dringend darauf angewiesen, dass Sie Ihre Hinduzauberkräfte auf ein riesiges Projekt anwenden.

O. K.: Schluss mit dem Drumherumgerede.

Wie Sie ja wissen, habe ich eine Tochter, Bee. (Sie ist diejenige, für die Sie die Medizin bestellen und tapfere Kämpfe mit der Krankenversicherung ausfechten.) Offenbar haben mein Mann und ich ihr mal versprochen, sie dürfe sich wünschen, was sie wolle, wenn sie im Mittelschulabschlusszeugnis in allen Fächern ein A bekäme. Jetzt hat sie in allen Fächern ein A – oder vielmehr ein S*, weil die Galer Street eine dieser liberalen Noten-untergraben-das-Selbstwertgefühl-Schulen ist (hoffentlich haben Sie die in Indien nicht auch) – und was wünscht sich Bee? Eine Familienreise in die Antarktis.

Von den hunderttausend Gründen, warum ich nicht in die Antarktis will, ist der wichtigste, dass ich dazu das Haus verlassen müsste. Sie dürften ja schon gemerkt haben, dass ich das gar nicht gern tue. Aber Bee kann ich mit so etwas nicht kommen. Sie ist ein tolles Mädchen. Sie hat mehr Charakter als Elgie und ich und die ganze Nachbarschaft zusammen. Außerdem will sie im nächsten

Herbst auf ein Internat, und angesichts besagter ›A‹ oder vielmehr ›S*‹ wird das auch sicher klappen. Es wäre also ganz mieser Stil, Buzzy diesen Wunsch abzuschlagen.

In die Antarktis kommt man nur per Kreuzfahrtschiff. Da hat selbst das kleinste 150 Passagiere, sprich, mich, zusammengesperrt mit 149 anderen Leuten, die mich wahnsinnig machen werden mit ihrer Ungehobeltheit, ihrer Verschwendung, ihren idiotischen Fragen, ihrem permanenten Gejammer, ihren gruseligen Essenswünschen, ihrem langweiligen Smalltalk etc. Oder, schlimmer noch, die ihre Neugier auf mich richten und im Gegenzug artiges Geplauder erwarten könnten. Schon bei der Vorstellung kriege ich eine Panikattacke. Eine gewisse Kontaktscheu hat doch noch keinem geschadet, oder?

Wenn ich Ihnen die Info gebe, könnten Sie dann bitte den Papierkram übernehmen – Visa, Flugtickets, alles, was nötig ist, damit wir drei von Seattle zum Weißen Kontinent kommen? Haben Sie dafür Zeit?

Sagen Sie ja.

Bernadette

Ach ja! Kreditkartennummern für Flüge, Schiffsreise und sonstiges Drum und Dran haben Sie ja. Aber was Ihr Honorar angeht, wäre es mir lieb, Sie würden es sich direkt von meinem Privatkonto nehmen. Als Elgie den Visa-Abrechnungsposten für Ihre Arbeit im letzten Monat gesehen hat, war er – trotz des moderaten Betrags – nicht sehr erbaut darüber, dass ich mir eine virtuelle Assistentin in Indien leiste. Ich habe ihm gesagt, ich würde Sie nicht mehr in Anspruch nehmen. Also, wenn es irgend geht, Manjula, lassen Sie uns unsere Beziehung heimlich fortführen.

• • •

Von: Manjula Kapoor
An: Bernadette Fox

Liebe Ms Fox,
es wird mir ein Vergnügen sein, Ihnen bei Ihren Antarktis-Familienreiseplänen behilflich zu sein. Im Anhang finden Sie die Vereinbarung über künftige Leistungen auf Vollzeitbasis. Bitte geben Sie im dafür vorgesehenen Feld ihre internationale Bankleitzahl ein.
Ich freue mich auf unsere weitere Zusammenarbeit.
  Mit herzlichen Grüßen
  Manjula

• • •

Rechnung von Delhi Virtual Assistants International

Rechnungsnummer: BFB39382
Mitarbeiter/in: Manjula Kapoor

40 Wochenstunden zum Stundensatz von US-Dollar 0,75
GESAMT: US-Dollar 30,00

Der Rechnungsbetrag ist bei Rechnungserhalt in voller Höhe fällig.

Mittwoch, 17. November

• • •

Brief von Ollie Ordway (»Ollie-O«)

AN DIE ELTERNVEREINIGUNG DER GALER STREET
SCHOOL – VERTRAULICH

Liebe Schuleltern,
es war toll, Sie letzte Woche kennenzulernen. Ich bin hoch erfreut, dass ich als Berater für die großartige Galer Street School tätig werden darf. Schulleiterin Goodyear hatte mir eine hochmotivierte Elternvereinigung versprochen, und Sie haben nicht enttäuscht!

Reden wir **Tacheles**: In drei Jahren läuft Ihr Mietvertrag über Ihr derzeitiges Schulgebäude aus. Unser Ziel ist es, eine **Kapitalkampagne zu starten**, die Sie in die Lage versetzt, einen größeren und angemesseneren Schulcampus zu erwerben. Für diejenigen unter Ihnen, die nicht an der Versammlung teilnehmen konnten, hier die Kernpunkte:

Ich habe eine externe Befragung von 25 Eltern aus dem Großraum Seattle durchgeführt, die über ein Mindestjahreseinkommen von $ 200 000 verfügen und deren Kinder jetzt in die Vorklasse kommen. Das **Fazit** lautet, dass die Galer Street als **Schule zweiter Wahl** betrachtet wird, als Notlösung, wenn man an der Schule erster Präferenz nicht angenommen wird.

Unser Bestreben ist es, die Galer Street **aufzuwerten** und in das **First-Choice-Cluster** (FCC) für die Elite Seattles zu katapultieren. Wie erreichen wir das? Was ist das **Geheimrezept**?

In Ihrem Leitbild-Papier steht, einer der Grundpfeiler der Galer Street sei »globales Verbundenheitsbewusstsein«. (Ich muss sagen, nicht nur Ihr Denken ist innovativ, auch Ihre Formulierungen sind es!) Sie hatten ja in der Tat einiges an **Medienaufmerksamkeit** durch die Kühe geweckt, die Sie den guatemaltekischen Kleinbauern gekauft, und die Solarkocher, die Sie nach Afrika geschickt haben. Doch so löblich es auch ist, **kleine Summen** für Leute zu mobilisieren, die man nie gesehen hat, geht es jetzt für Sie darum, **große Summen** für die Privatschule Ihrer eigenen Kinder zu mobilisieren. Um das zu schaffen, müssen Sie sich von dem freimachen, was ich die **Subaru-Eltern**-Mentalität nenne, und anfangen, mehr wie **Mercedes-Eltern** zu denken. Wie nun denken Mercedes-Eltern? Meine Untersuchungen ergeben Folgendes:

1. Die Wahl einer Privatschule ist sowohl **angstbasiert** als auch **hoffnungsmotiviert**. Mercedes-Eltern fürchten, ihre Kinder könnten nicht die »bestmögliche Schulbildung« bekommen, wobei diese sich nicht an der faktischen Qualität des Unterrichts, sondern vor allem an der Anzahl anderer Mercedes-Eltern an der jeweiligen Schule bemisst.
2. Bei der Bewerbung für die Vorklasse haben Mercedes-Eltern die **Endprämie** im Auge. Und diese Endprämie ist die **Lakeside School**, Alma Mater von Bill Gates, Paul Allen u. a. Lakeside gilt als *die* Zulieferschule für die Eliteuniversitäten. Knallhart gesagt: Die erste Station dieses **Crazy Train** ist das Vorschul-**Stellwerk**, und dann geht es durch bis **Harvard-Hauptbahnhof**.

Schulleiterin Goodyear machte mit mir einen Rundgang über ihren derzeitigen Campus im Gewerbegebiet. Offenbar haben Subaru-Eltern kein Problem damit, ihre Kinder auf eine Schule zu schicken, die direkt neben einem **Fisch- und Mee-**

resfrüchtegroßhandel liegt. Seien Sie versichert, Mercedes-Eltern haben damit ein Problem.

Alles läuft auf die Mobilisierung des Geldes für den Kauf eines neuen Campus hinaus. Die beste Möglichkeit, dies zu erreichen, ist es, die nächste Einschulungsklasse mit **Mercedes-Eltern** vollzupacken.

Schnappen Sie sich Ihre Steigeisen, es liegt nämlich ein steiler Weg vor uns. Aber keine Angst: Die **Underdog-Position ist meine Spezialität**. Von Ihrem Budget ausgehend, habe ich einen **zweigleisigen Aktionsplan** entwickelt.

Aktionspunkt eins ist die **Neugestaltung** des Galer-Street-Logos. So sympathisch ich Clip-Art-Handabdrücke finde – versuchen wir doch, ein Emblem zu entwickeln, das eher die Assoziation an Erfolg weckt. Ein viergeteilter Wappenschild, mit der Space Needle, einem Taschenrechner, einem See (wie Lakeside) und noch etwas, vielleicht irgendeiner Art Ball? Ich werfe hier einfach nur ein paar Ideen hin, ist alles nicht in Erz gegossen.

Aktionspunkt zwei ist das Veranstalten eines Brunchs für **potenzielle Eltern (im Folgenden kurz BPE genannt), bei dem** wir möglichst viele Angehörige der Seattler Elite oder, wie ich es gern ausdrücke, möglichst viele **Mercedes-Eltern** dabeihaben wollen. Das Galer-Street-Elternvereinigungsmitglied Audrey Griffin hat sich freundlicherweise erboten, diese Veranstaltung in ihrem wundervollen Haus auszurichten. (Lieber die fischige Nachbarschaft meiden!)

Beiliegend schicke ich Ihnen eine Aufstellung mit den Seattler **Mercedes-Eltern**. Bitte gehen Sie unbedingt diese Liste durch und teilen Sie mir mit, wen davon Sie zu dem BPE beibringen können. Wir brauchen die **kritische Masse**, die wir dann per **Informationsstreuung** als **Hebel** benutzen können, um weitere **Mercedes-Eltern** zu ködern. Wenn sich all diese

Eltern dort begegnen, wird es ihnen die Angst nehmen, dass die Galer Street eine Schule zweiter Wahl ist, und die Aufnahmeanträge werden nur so hereinfluten.

Ich für mein Teil arbeite unterdessen an der Einladung. Lassen Sie mir schnellstmöglich die Namen zukommen. Wir müssen diesen Brunch bei den Griffins rechtzeitig vor Weihnachten realisieren. Samstag, der 11. 12. ist mein Zieldatum. Dieses Projekt wird wie eine Bombe einschlagen.

Cheers
Ollie-O

• • •

Zettel von Audrey Griffin
an einen Brombeerbekämpfungsspezialisten

Tom,
ich war im Garten, um die Stauden zu schneiden und ein paar Winterblüher zu pflanzen, weil wir am 11. Dezember hier bei uns einen Schulbrunch ausrichten. Als ich den Kompost wenden wollte, wurde ich von Brombeerranken attackiert.

Schockiert musste ich feststellen, dass sie wieder da sind, nicht nur auf dem Komposthaufen, sondern auch in meinen Gemüsehochbeeten, im Gewächshaus und sogar in meiner Wurmtonne. Sie können sich sicher vorstellen, wie verärgert ich bin, zumal ich Ihnen vor drei Wochen ein kleines Vermögen für die Entfernung der Brombeeren bezahlt habe. (Vielleicht sind $ 235 für Sie nicht viel, für uns schon.)

Auf Ihrem Flyer stand, dass Sie Garantie geben. Könnten Sie also bitte noch mal kommen und vor dem 11. alle Brombeeren entfernen, diesmal endgültig?

Grüße, und nehmen Sie sich von dem Mangold.
Audrey

Zettel von Tom,
dem Brombeerbekämpfungsspezialisten

Audrey,
ich habe die Brombeeren auf Ihrem Grundstück weggemacht. Die Ranken, die Sie meinen, kommen von den Nachbarn über Ihrem Grundstück. Es sind denen ihre Brombeeren, die unterm Zaun durch in Ihren Garten kriechen.

Um sie zu stoppen, könnten wir an Ihrer Grundstücksgrenze einen Graben ausheben und eine Betonbarriere gießen, aber die müsste anderthalb Meter in den Boden gehen, und das wäre teuer. Sie könnten die Brombeeren auch mit Unkrautvertilger in Schach halten, aber das wäre wohl nicht so gut wegen den Würmern und dem Gemüse.

Eigentlich hilft nur, dass die Nachbarn über Ihnen ihre Brombeeren ausrotten. Ich habe mitten in Seattle noch nie so viele Brombeeren wuchern sehen, schon gar nicht auf dem Queen Anne Hill, bei den Immobilienpreisen da. Auf Vashon Island habe ich mal ein Haus gesehen, wo das ganze Fundament von Brombeeren gesprengt worden war.

Weil die Brombeeren von Ihren Nachbarn an einem steilen Hang sind, braucht man dafür eine Spezialmaschine. Die beste ist der CXJ-Seitenarm-Hangroder. So einen habe ich nicht.

Eine andere Möglichkeit und meiner Meinung nach besser sind Schweine. Man kann zwei, drei Stück mieten, und in einer Woche erledigen die die Brombeeren samt Wurzeln und noch mehr dazu. Außerdem sind sie tierisch niedlich.

Soll ich mit den Nachbarn reden? Ich kann ja mal anklopfen. Sieht allerdings aus, als ob da keiner wohnt.

Geben Sie mir Bescheid.
Tom

• • •

**Von: Soo-Lin Lee-Segal
An: Audrey Griffin**

Audrey,
ich habe dir doch erzählt, dass ich jetzt den Shuttle-Bus zur Arbeit nehme? Jetzt rate mal, wen ich da heute Morgen getroffen habe? Bernadettes Mann, Elgin Branch. (Ich weiß ja, warum *ich* Geld sparen muss und den Microsoft-Bus nehme. Aber Elgin Branch?) Zuerst war ich mir gar nicht sicher, ob er's wirklich ist, so selten, wie wir ihn in der Schule zu sehen kriegen.

Also, hör dir das an! Es war nur noch ein Platz frei und zwar der neben Elgin Branch, zwischen ihm und dem Fenster.

»Entschuldigung«, sage ich.

Er tippt wie wild auf seinem Laptop. Ohne aufzuschauen, dreht er die Knie zur Seite. Ich weiß ja, er ist ein Level-80-Corporate Vice President, und ich bin nur eine Administrationskraft. Aber ein Gentleman würde doch wohl aufstehen, um eine Frau durchzulassen. Ich quetsche mich also an ihm vorbei und setze mich hin.

»Sieht aus, als kriegten wir doch noch ein bisschen Sonne«, sage ich.

»Das wäre schön.«

»Ich freue mich schon auf das Weltfest«, sage ich.

Er guckt ein bisschen verschreckt, als ob er keine Ahnung hat, wer ich bin.

»Ich bin Lincolns Mom. Von der Galer Street.«

»Natürlich!«, sagt er. »Ich würde gern mit Ihnen plaudern, aber diese E-Mail muss unbedingt raus.« Er setzt sich Kopfhörer auf, die er um den Hals hängen hatte, und bearbeitet wieder seinen Laptop. Und jetzt hör zu: Die Kopfhörer waren nicht mal eingesteckt. Es waren solche Lärmschutzdinger! Auf der ganzen Fahrt bis Redmond hat er kein Wort mehr mit mir geredet.

Was sagt man dazu, Audrey? Fünf Jahre lang haben wir gedacht, dass Bernadette die ist, die sich unmöglich benimmt. Und jetzt stellt sich heraus, ihr Mann ist genauso unhöflich und asozial wie sie! Ich war so angefressen, dass ich gleich, als ich auf der Arbeit war, Bernadette Fox gegoogelt habe. (Wobei mir schleierhaft ist, warum erst jetzt, wenn man bedenkt, wie sie uns schon die ganze Zeit umtreibt!) Jeder weiß, dass Elgin Branch Teamleiter von Samantha 2 bei Microsoft ist. Aber als ich *sie* eingegeben habe, kam gar nichts. Die einzige Bernadette Fox ist eine Architektin in Kalifornien. Ich hab's mit allen möglichen Namensversionen versucht: Bernadette Branch, Bernadette Fox-Branch. Aber unsere Bernadette, Bees Mom, existiert nicht, zumindest nicht im Netz. Was ja heutzutage als solches schon eine Leistung ist.

Anderes Thema: Ist Ollie-O nicht himmlisch? Ich war ja am Boden zerstört, als Microsoft ihn letztes Jahr weggekürzt hat. Aber wenn das nicht passiert wäre, hätten wir ihn nie für die Image-Aufbesserung unserer kleinen Schule engagieren können.

Hier bei Microsoft hat SteveB gerade für den Montag nach Thanksgiving ein Townhall-Meeting anberaumt. Die Gerüchteküche brodelt. Mein Projektmanager will, dass ich für die Stunden direkt vorher ein Besprechungszimmer buche, und es ist ganz schön schwer, ein freies zu finden. Das alles kann nur eins bedeuten: die nächste Entlassungsrunde. (Frohes Fest!) Unser Teamleiter hat irgendwo läuten hören, dass unser Projekt gestrichen wird, also ist er in den größten E-Mail-Thread gegangen, den er finden konnte, hat geschrieben »Microsoft ist ein Dinosaurier, dessen Aktien in den Keller gehen«, und dann auf »Allen Antworten« geklickt. Keine gute Idee. Jetzt habe ich Angst, dass sie die ganze Abteilung bestrafen und für mich nichts Gutes rauskommt. Wenn überhaupt noch was für mich rauskommt. Was, wenn das Besprechungszimmer, das ich buche, für meine eigene Entlassung ist?

O Audrey, bitte schließ mich, Alexandra und Lincoln in deine Gebete ein. Ich weiß nicht, was ich tun würde, wenn ich abgemanagt würde. Die Zusatzleistungen hier sind Premium-Klasse. Wenn ich nach Thanksgiving noch einen Job habe, werde ich nur zu gern einen Teil der Kosten für den Eltern-Brunch übernehmen.

Soo-Lin

Donnerstag, 18. November

• • •

Zettel von Audrey Griffin
an den Brombeerbekämpfungsspezialisten

Tom,
man *denkt*, dass in diesem großen alten Spukhaus oberhalb von uns niemand wohnt, so wie der Garten aussieht. Tatsächlich aber wohnen da Leute. Ihre Tochter Bee ist in Kyles Klasse an der Galer Street. Es wird mir ein Vergnügen sein, heute beim Abholen die Mutter auf ihre Brombeersträucher anzusprechen.

Schweine? Nein, keine Schweine. Aber nehmen Sie sich von dem Mangold.

Audrey

• • •

Von: Bernadette Fox
An: Manjula Kapoor

Wie unfassbar phantastisch, dass Sie ja gesagt haben!!! Ich habe alles unterschrieben und eingescannt. Die Antarktissache sieht so aus: Wir sind zu dritt, also beschaffen Sie uns zwei Kabinen. Elgie hat haufenweise Bonusmeilen bei American, deshalb sollten wir versuchen, dort drei Tickets zu kriegen. Unsere Weihnachtsferien sind vom 23. Dezember bis 5. Januar einschließlich. Wenn wir ein bisschen Schule versäumen müssen, macht das nichts. Und der Hund! Wir müssen irgendjemanden finden, der bereit ist, einen permanent verdreckten Sechzig-Kilo-Hund in Pension zu nehmen. Oh – ich muss Bee von der Schule abholen, bin schon knapp dran. Noch mal DANKE.

Freitag, 19. November

• • •

*Elternmitteilung von Ms. Goodyear,
eingelegt in unsere Wochenendmappe*

Liebe Eltern,
sicher wissen die meisten von Ihnen schon von dem Vorfall gestern beim Abholen. Zum Glück ist ja niemand verletzt worden. Aber wir wollen die Sache zum Anlass nehmen, uns noch einmal die im Galer-Street-Handbuch aufgeführten Regeln zu vergegenwärtigen.

Artikel II, Absatz 2a
Es gibt zwei Möglichkeiten, Schüler/innen abzuholen.

Mit dem Auto: Fahren Sie zum Schuleingang. Bitte achten Sie darauf, nicht die Laderampe von Sound Seafood International zu blockieren.

Zu Fuß: Bitte parken Sie auf dem Nordparkplatz und warten Sie auf Ihre Kinder am Kanalweg. *Im Sinne der Sicherheit und Effizienz bitten wir zu Fuß abholende Eltern, sich vom direkten Zufahrtsbereich fernzuhalten.*

Es freut und beflügelt mich immer wieder, dass wir eine so wunderbare Elterngemeinschaft haben, die so intensiv miteinander kommuniziert. Dennoch hat die Sicherheit unserer Schüler/innen oberste Priorität. Darum lassen Sie uns aus dem, was Audrey Griffin widerfahren ist, lernen und in Zukunft konsequent daran denken, unsere Unterhaltungen beim Kaffee zu führen und nicht in der Zufahrt.

Mit freundlichen Grüßen
Gwen Goodyear
Schulleiterin

• • •

Notaufnahme-Rechnung, die Audrey Griffin mir gab, damit ich sie an Mom weitergebe

Patient/in: Audrey Griffin
Behandelnder Arzt: C. Cassella

Notaufnahme-Konsultation	900,00
Röntgen (Wahlleistung, NICHT GEDECKT)	425,83
Medikamentierung: Vicodin 10 mg (15 Tabl., ne rep.)	95,70
Leihgebühr Krücken (Wahlleistung, NICHT GEDECKT)	173,00
Kaution Krücken	75,00
GESAMT	1669,53

Anmerkungen: Augenschein und neurologische Basisuntersuchung ergaben keinen Verletzungsbefund. Patientin unter akutem emotionalem Stress, wünschte Röntgen, Vicodin und Krücken.

• • •

Von Soo-Lin Lee-Segal
An: Audrey Griffin

Habe gehört, Bernadette hat beim Abholen versucht, dich zu überfahren! Bist du okay? Soll ich dir was zu essen vorbeibringen? WAS IST PASSIERT?

• • •

Von: Audrey Griffin
An: Soo-Lin Lee-Segal

Stimmt alles. Ich musste mit Bernadette reden, wegen ihrer Brombeersträucher, die ihren Hang runter- und unter meinem Zaun durchwuchern und sich in meinem Garten breitmachen. Ich war gezwungen, einen Spezialisten anzuheuern, der sagt, Bernadettes Brombeeren werden das Fundament meines Hauses sprengen.

Natürlich wollte ich mich darüber in aller Freundlichkeit mit Bernadette unterhalten. Also ging ich an ihren Wagen, während sie in der Abholschlange stand. Mea culpa! Aber wie sonst soll man je ein Wort mit dieser Frau wechseln? Sie ist doch wie Franklin Delano Roosevelt. Man sieht immer nur Kopf und Oberkörper, wenn sie an einem vorbeifährt. Ich glaube nicht, dass sie jemals ausgestiegen ist, um Bee zu Fuß ins Schulgebäude zu bringen.

Ich habe versucht, mit ihr zu reden, aber sie hatte die Wagenfenster zu und tat, als ob sie mich gar nicht sehen würde. Man hätte meinen können, sie wäre die First Lady von Frankreich, mit ihrem perfekt drapierten Seidentuch und dieser Riesensonnenbrille. Ich habe an ihre Windschutzscheibe geklopft, aber sie ist einfach weitergefahren.

Über meinen Fuß! Ich bin sofort in die Notaufnahme gefahren und dort an einen inkompetenten Arzt geraten, der einfach nicht akzeptieren wollte, dass da etwas im Argen war.

Ich weiß ehrlich nicht, auf wen ich wütender bin, auf Bernadette Fox oder auf Gwen Goodyear, weil sie mich in der Freitagsmappe praktisch angeprangert hat. Als ob *ich* etwas falsch gemacht hätte! Mich nennt sie namentlich, aber Bernadette nicht! Ich habe den Diversitätsrat gegründet. Ich habe Donuts für Dads erfunden. Ich habe das Leitbild für unsere Schule verfasst, für das uns diese abgehobene Firma in Portland zehntausend Dollar abknöpfen wollte.

Vielleicht ist die Galer Street School ja glücklich damit, zur Miete in einem Gewerbegebiet zu hausen. Vielleicht will die Galer Street School ja gar nicht die Stabilität, die ein neuer Campus auf Eigentumsbasis bedeuten würde. Vielleicht wäre es Gwen Goodyear lieber, ich würde den Eltern-Brunch canceln. Ich habe sie um Rückruf gebeten. Ich bin ganz und gar nicht glücklich.

Das Telefon klingelt. Das ist sie.

Montag, 22. November

• • •

Elternmitteilung von Ms. Goodyear,
der Montagsinfo beigelegt

Liebe Eltern,
zur Klarstellung sei nachgetragen, dass Bernadette Fox, Bee Branchs Mutter, am Steuer des Wagens saß, der über den Fuß der anderen Mutter fuhr. Ich hoffe, Sie hatten alle trotz des Regens ein schönes Wochenende.
  Mit freundlichen Grüßen
  Gwen Goodyear
  Schulleiterin

• • •

Wenn mich jemand gefragt hätte, ich hätte ihnen sagen können, was da beim Abholen passiert war. Ich brauchte eine Weile, um ins Auto zu steigen, weil Mom immer Ice Cream mitnimmt und sie vorn sitzen lässt. Wenn die Hündin erst mal auf dem Vordersitz ist, gibt sie ihn ungern wieder her. Also tat Ice Cream das, was sie immer tut, wenn sie ihren Kopf durchsetzen will: sich ganz steif machen und geradeaus starren.

»Mom!«, sagte ich. »Du sollst sie nicht vorn einsteigen lassen ...«

»Sie ist einfach reingesprungen.« Mom zog an Ice Creams Halsband, ich schob von hinten, und nach ausgiebigem Grunzen ließ sie sich schließlich nach hinten bugsieren. Aber sie setzte sich nicht auf den Sitz wie ein normaler Hund, sondern stand eingequetscht zwischen Vorder- und Rücksitz mit so einem vorwurfsvollen Gesichtsausdruck, als wollte sie sagen: Seht ihr, was ihr mir antut?

»Ach, sei nicht so dramatisch«, sagte Mom zu ihr.

Ich schnallte mich an. Plötzlich kam Audrey Griffin auf unser Auto zugerannt, total steif und ungelenk. Man sah ihr an, dass sie bestimmt schon zehn Jahre nicht mehr gerannt war.

»Ach du liebes bisschen«, sagte Mom. »Was ist denn jetzt wieder?«

Audrey Griffin hatte diesen irren Blick und wie immer ein breites Lächeln im Gesicht, und sie wedelte mit einem Blatt Papier. Ihr graues Haar hing halb aus dem Pferdeschwanz, sie trug Clogs, und unter ihrer Daunenweste sah man, wie die Bundfalten ihrer Jeans aufsprangen. Es war schwer, nicht hinzugucken.

Señora Flores, die Lotsendienst hatte, winkte uns weiter, weil da eine Riesenautoschlange war und der Typ von Sound Seafood die Verstopfung mit der Videokamera filmte. Audrey machte uns Zeichen, dass wir warten sollten.

Mom hatte eine Sonnenbrille auf, wie sie sie immer trägt, sogar bei Regen. »Diese Gnitze«, knurrte Mom, »soll sie doch denken, ich seh sie gar nicht.«

Wir fuhren an, und das war's. Ich weiß ganz sicher, dass wir über keinen Fuß gefahren sind. Ich mag Moms Auto, aber in dem Ding zu fahren, hat was von »Die Prinzessin auf der Erbse«. Wenn Mom über so was Großes wie einen menschlichen Fuß gefahren wäre, hätten sich die Airbags geöffnet.

Dienstag, 23. November

• • •

Von: Bernadette Fox
An: Manjula Kapoor

Als Anhang der Scan einer Notaufnahme-Rechnung, die ich wohl bezahlen sollte. Eine der Galer-Street-Gnitzen behauptet, ich sei ihr beim Abholen über den Fuß gefahren. Ich würde ja drüber lachen, aber dafür langweilt mich das Ganze viel zu sehr. Wissen Sie, deshalb nenne ich die Mütter dort nämlich ›Gnitzen‹. Weil sie wie Stechmücken sind: nervig, aber nicht so nervig, dass man wirklich kostbare Energien an sie verschwenden wollte. Diese Gnitzen tun seit neun Jahren alles, um mich zu provozieren – ich könnte Ihnen Geschichten erzählen! Jetzt, wo Bee bald von dieser Schule abgeht und das Ziel in Sicht ist, lohnt es sich nicht mehr, in einen Kampf gegen die Gnitzen einzusteigen. Könnten Sie unsere diversen Policen checken, ob irgendeine Versicherung diese Rechnung deckt? Oder nein, bezahlen wir sie lieber gleich selbst. Elgie würde sicher nicht wollen, dass unsere Beiträge wegen so einer Banalität steigen. Er hat meine Antipathie gegen die Gnitzen nie verstanden.

Phantastisch, dieses ganze Antarktiszeug! Buchen Sie uns zwei

Suiten der Kategorie B. Ich schicke Scans unserer Reisepässe, da finden Sie unsere Geburtsdaten, korrekten Namensschreibweisen und was sonst noch so wichtig ist. Sicherheitshalber füge ich auch noch Führerscheine und Sozialversicherungsnummern bei. Bees Pass werden Sie entnehmen, dass ihr amtlicher Name Balakrishna Branch ist. (Sagen wir einfach, ich stand damals ziemlich unter Stress und fand es irgendwie eine gute Idee.) Mir ist klar, dass ihr Flugticket auf ›Balakrishna‹ lauten muss. Aber was das Schiff angeht – Namensschildchen, Passagierliste etc. –, bitte ich Sie, Himmel und Hölle in Bewegung zu setzen, damit das göttliche Kind als ›Bee‹ geführt wird.

Wie ich sehe, gibt es eine Packliste. Besorgen Sie uns doch von jedem Posten drei Stück. Ich habe Frauengröße M, Elgie hat Männergröße XL, nicht wegen seines Umfangs, sondern weil er eins neunzig groß ist – ohne auch nur ein Gramm Fett, der Gute. Bee ist klein für ihr Alter, also nehmen Sie einfach das, was einer Zehnjährigen passen würde. Wenn Sie sich in Sachen Größe oder Style unsicher sind, schicken Sie uns einfach mehrere Varianten zur Anprobe, solange ich für die Rücksendung nicht mehr tun muss, als dem UPS-Mann ein Paket rauszustellen. Und besorgen Sie auch alle empfohlenen Bücher; Elgie und Bee werden sie verschlingen, und ich werde mir vornehmen, sie zu verschlingen.

Außerdem hätte ich gern eine Anglerweste, so eine mit jeder Menge Reißverschlusstaschen. Als ich noch gern das Haus verließ, saß ich mal im Flugzeug neben einem Umweltschützer, der sein Leben damit zubrachte, kreuz und quer über den Globus zu reisen. Er hatte eine Anglerweste an, in der sein Pass, sein Geld, seine Brille und seine Filmdosen steckten – ja, Filmdosen, so lange ist das schon her. Das Geniale daran: Man hat alles an einem Ort, griffbereit und reißverschlussgesichert, und man kann das Ding kurzerhand ausziehen und aufs Kontrollband knallen. Ich habe mir immer gesagt, wenn ich das nächste Mal reise, will ich auch so eine

Anglerweste. Jetzt ist der Zeitpunkt da. Besorgen Sie lieber gleich zwei.

Lassen Sie alles an die Manse schicken. Sie sind fabelhaft!

• • •

Von: Manjula Kapoor
An: Bernadette Fox

Liebe Ms. Fox,
ich habe Ihre Instruktionen bezüglich der Packliste erhalten und werde dementsprechend verfahren. Was ist die Manse? Ich finde das nirgends in meinen Unterlagen.

Herzliche Grüße
Manjula

• • •

Von: Bernadette Fox
An: Manjula Kapoor

Sie wissen doch, wie es ist, wenn man zu Ikea geht und alles so unglaublich billig ist und man zwar nicht wirklich hundert Teelichte *braucht* – aber, mein Gott, der ganze Beutel kostet ja nur neunundneunzig Cent? Oder: Klar, die Dekokissen sind mit einem Klumpatsch von irgendwas zweifellos Giftigem gefüllt, aber sie sind so schön bunt und im Drei-Stück-für-fünf-Dollar-Angebot, und ehe man sich's versieht, hat man fünfhundert Dollar hingelegt, nicht weil man irgendwas von dem ganzen Kram wirklich braucht, sondern weil es so verdammt *billig* ist.

Natürlich wissen Sie's nicht. Aber wenn Sie's wüssten, würden Sie verstehen, wie es für mich mit dem Immobilienmarkt in Seattle war.

Ich bin quasi aus einer Laune heraus hier oben gelandet.

Wir wohnten in L. A., als Elgies Animationsfirma von Big Brother gekauft wurde. Ups, sagte ich Big Brother? Ich meine Microsoft. Etwa gleichzeitig passierte mir eine unglaublich abscheuliche Sache (auf die wir echt nicht näher eingehen müssen). Sagen wir einfach nur, sie war so unglaublich und so abscheulich, dass ich für immer aus L. A. fliehen wollte.

Elgie *musste* zwar nicht nach Seattle umziehen, aber Big Brother empfahl es doch nachdrücklich. Ich war mehr als froh, eine Ausrede zu haben, schleunigst aus La-La-Land zu verduften.

Bei meinem ersten Trip hierher nach Seattle holte mich der Makler am Flughafen ab, um mir Häuser zu zeigen. Die Vormittagsobjekte waren allesamt im Craftsman-Stil, weil es hier nichts anderes gibt, mal abgesehen von diesen Massen an aussichtsruinierenden Wohntürmen, die in unerklärlichen Zusammenballungen auftreten, als ob der Bauamtsleiter die ganzen Sechziger- und Siebzigerjahre an seinem Schreibtisch geschlafen und die Bebauungsplanung den Sowjets überlassen hätte.

Alles andere ist Craftsman. Jahrhundertwende-Craftsman, Craftsman liebevoll restauriert, Craftsman reinterpretiert, etwas Zuwendung erforderndes Craftsman, Craftsman in moderner Variante. Als ob ein Hypnotiseur ganz Seattle in eine kollektive Trance versetzt hätte. *Sie werden sehr müde, und wenn Sie wieder aufwachen, werden Sie nur in einem Craftsman-Haus wohnen wollen, das Baujahr wird Ihnen egal sein, es wird Ihnen nur darauf ankommen, dass die Wände dick, die Fenster winzig, die Zimmer dunkel, die Decken niedrig sind und das Haus ungünstig auf dem Grundstück platziert ist.*

Aber das Wichtigste an dieser Fülle von Craftsman-Bauten: Verglichen mit L. A. waren sie Ikea-mäßig billig.

Ryan, der Makler, führte mich zum Mittagessen in ein Tom-Douglas-Restaurant im Zentrum. Tom Douglas ist ein hiesiger Starkoch, der ein Dutzend Restaurants betreibt, eins besser als das andere. Das Essen im Lola – diese Kokoscreme-Pie! Diese Knoblauchbutter! – ließ mich glauben, ich könne tatsächlich glücklich werden in diesem Kanada nahen Loch, das sie die Smaragdstadt nennen. Sie sind schuld, Tom Douglas!

Nach dem Mittagessen gingen wir zum Wagen des Maklers, um die Nachmittagsrunde in Angriff zu nehmen. Gleich überm Zentrum erhob sich ein Hügel, gerammelt voll mit, raten Sie mal, Craftsman-Häusern. Ganz oben links auf dem Hügel erkannte ich vage ein Backsteingebäude mit einem riesigen Grundstück und Blick auf die Elliott Bay.

»Was ist das da?«, fragte ich Ryan.

»Straight Gate«, sagte er. »Es war mal eine katholische Erziehungsanstalt für Mädchen, erbaut um die Jahrhundertwende. Daher der Name, der so viel wie ›Enge Pforte‹ bedeutet.«

»Was ist es jetzt?«, fragte ich.

»Ach, es ist schon seit Jahren gar nichts mehr. In regelmäßigen Abständen unternimmt irgendein Bauunternehmer einen Versuch, es in Eigentumswohnungen umzuwandeln.«

»Dann steht es also zum Verkauf?«

»Es sollte in *acht* Wohnungen umgewandelt werden«, sagte er. Dann begannen seine Augen Pirouetten zu drehen, weil er ein Geschäft witterte. »Das Grundstück hat zwölftausend Quadratmeter, überwiegend eben. Außerdem gehört einem der ganze Hang, der zwar nicht bebaut werden darf, aber dafür Privatsphäre garantiert. Das Gatehouse – so haben es die Bauunternehmer inzwischen umbenannt, weil Straight Gate zu schwulenfeindlich klang – hat rund elfhundert Quadratmeter Wohnfläche, ein extrem reizvolles Objekt. Es ist ein bisschen instandsetzungsbedürftig, aber ein wahres Kronjuwel.«

»Was soll es kosten?«

Ryan machte eine kleine Spannungspause. »Vierhunderttausend.« Er registrierte befriedigt, wie mir die Kinnlade herunterklappte. Die anderen Häuser, die wir besichtigt hatten, kosteten genauso viel und hatten winzige Grundstücke.

Wie sich herausstellte, war das Riesengrundstück aus steuerlichen Gründen als Freiland eingetragen, und die Nachbarschaftsvereinigung von Queen Anne Hill hatte Straight Gate zur historischen Stätte erklären lassen, was es unmöglich machte, in irgendeiner Form die Außen- oder Innenwände umzugestalten. Insofern befand sich die Straight-Gate-Erziehungsanstalt für Mädchen baurechtlich in einer Art Dornröschenschlaf.

»Aber die Gegend ist doch für Einfamilienhäuser ausgewiesen«, sagte ich.

»Schauen wir's uns mal an.« Ryan bugsierte mich in seinen Wagen.

Von der Anlage her war es toll. Klar, das Kellergeschoss, wo die Mädchen, der von außen verriegelbaren Kerkertür nach zu urteilen, ihre Strafen hatten absitzen müssen, war gruselig. Aber es hatte 450 Quadratmeter. Blieben also noch 650 Quadratmeter über der Erde, eine hübsche Größe für ein Haus. Im Erdgeschoss lagen eine Küche mit Durchgang zu einem Speiseraum – ziemlich phantastisch –, ein großer Empfangsbereich, der unser Wohnzimmer werden konnte, und ein paar kleinere Büros. Im Obergeschoss befand sich eine Kapelle mit Buntglasfenstern und einer Reihe von Beichtstühlen. Perfekt für ein Elternschlafzimmer und begehbare Schränke! Die anderen Räume konnten Kinderzimmer und Gästezimmer werden. Es waren bloß ein paar kosmetische Arbeiten nötig: das eine oder andere wetterfest machen, ausbessern, streichen. Ein Klacks.

Als ich unterm Vorbau des nach Westen gelegenen Hintereingangs stand, fielen mir Fährboote auf, die wie Schnecken durchs Wasser glitten.

»Wo fahren die hin?«, fragte ich.

»Bainbridge Island«, antwortete Ryan. Und weil er nicht dumm war, setzte er hinzu: »Viele Leute haben dort draußen Sommerhäuser.«

Ich blieb einen Tag länger und schnappte mir auch gleich noch ein Strandhaus.

• • •

Von: Manjula Kapoor
An: Bernadette Fox

Liebe Ms. Fox,
die auf der Packliste aufgeführten Dinge werden an die Adresse Gate Avenue geschickt.
  Mit herzlichen Grüßen
  Manjula

• • •

Von: Bernadette Fox
An: Manjula Kapoor

Oh, könnten Sie uns bitte für das Thanksgiving-Dinner einen Tisch reservieren? Rufen Sie einfach im Washington Athletic Club an und reservieren Sie was für drei Personen, neunzehn Uhr. Sie können doch hier anrufen? Ach, was rede ich? Das tut ihr dort drüben doch die ganze Zeit.

Mir ist bewusst, dass es ein bisschen merkwürdig ist, wenn Sie von Indien aus anrufen, um einen Tisch in einem Lokal zu reservieren, das ich von meinem Fenster aus sehen kann, aber das Problem ist: Dort meldet sich immer so ein Typ mit: »Washington Athletic Club, wohin darf ich Ihren Anruf weiterleiten?«

Und das sagt er immer auf diese freundlich-tonlose ... kanadische Art. Einer der Hauptgründe, warum ich nicht gern aus dem Haus gehe, ist, dass ich mich Auge in Auge mit einem Kanadier finden könnte. Seattle wimmelt von Kanadiern. Jetzt denken Sie wahrscheinlich, USA, Kanada, das ist doch kein Unterschied, weil ja beide Länder voll mit englisch sprechenden, krankhaft übergewichtigen Weißen sind. Ich sage Ihnen, Manjula, falscher könnten Sie gar nicht liegen.

Amerikaner sind penetrant, nervig, neurotisch, vulgär – alles, die ganze Katastrophe, wie unser Freund Alexis Sorbas sagen würde. Kanadier sind nichts von alldem. So wie Sie vielleicht eine Kuh fürchten, die sich im Rushhour-Verkehr mitten auf der Straße niederlässt, so fürchte ich Kanadier. Für Kanadier sind alle gleich. Joni Mitchell ist nicht besser als irgendeine Sekretärin bei der Open Mic Night. Frank Gehry ist nicht großartiger als irgendein Konfektionsarchitekt, der per AutoCAD pompöse Nullachtfünfzehn-Villen raushaut. John Candy ist nicht komischer als Onkel Lou, wenn der ein paar Bier intus hat. Kein Wunder, dass die einzigen Kanadier, von denen je jemand etwas gehört hat, die sind, die die Beine in die Hand genommen und sich davongemacht haben. Jeder talentierte Mensch, der dort bliebe, würde von einer Lawine der Gleichmacherei plattgewalzt. Was die Kanadier einfach nicht begreifen, ist, dass manche Menschen außergewöhnlich sind und auch so behandelt werden sollten.

Ja, jetzt bin ich fertig.

Wenn wir im Washington Athletic Club nichts kriegen, was sein kann, weil Thanksgiving schon übermorgen ist, nutzen Sie doch bitte die wundersamen Möglichkeiten des Internets, um etwas anderes zu finden.

• • •

Ich hätte brennend gern gewusst, wie es kam, dass unser Thanksgiving-Essen in Daniel's Broiler stattfand. An diesem Morgen schlief ich lange und kam im Schlafanzug runter in die Küche. Ich wusste, es würde regnen, weil ich auf dem Weg in die Küche an einem Patchwork aus Müllsäcken und Handtüchern vorbeikam. Das ist ein von Mom erfundenes System für den Fall, dass es durchregnet.

Zuerst legen wir aufgeschnittene Müllsäcke unter die undichten Stellen und darauf dann Handtücher oder Umzugsdecken. Dann stellen wir in die Mitte einen großen Kochtopf, um das Wasser aufzufangen. Die Müllsäcke sind nötig, weil es manchmal stundenlang an einer Stelle durchregnet, dann aber plötzlich fünf Zentimeter weiter. Als krönenden Höhepunkt legt Mom dann noch ein altes T-Shirt in den Topf, um das Plop-Plop-Plop zu dämpfen. Das kann einen nämlich wahnsinnig machen, wenn man zu schlafen versucht.

Es war einer der seltenen Tage, an denen Dad morgens da war. Er war schon früh aufgestanden, um Radfahren zu gehen, und stand jetzt verschwitzt in seinen albernen neonfarbenen Radlerhosen an der Arbeitsplatte und trank selbst gebrauten grünen Saft. Er war obenherum nackt und trug ein um die Brust geschnalltes schwarzes Herzfrequenzmessgerät und dazu noch so komische Schulterstützen, die er selbst erfunden hat und die angeblich gut für seinen Rücken sind, weil sie seine Schultern aufrichten, wenn er am Computer sitzt.

»Dir auch einen guten Morgen«, sagte er tadelnd.

Ich hatte wohl komisch geguckt. Aber, sorry, es ist nun mal schräg, wenn man runterkommt und den eigenen Vater im BH dastehen sieht, selbst wenn es wegen der Haltung ist.

Mom kam aus der Speisekammer, mit Kochtöpfen beladen. »Hallo, Buzzy!« Sie ließ die Töpfe mit einem lauten Scheppern fallen. »Entschuldigung, Entschuldigung. Ich bin wahnsinnig müde.« Manchmal kann Mom nicht schlafen.

Dad tapste in seinen Radlerhosen über den Fußboden und verstöpselte seinen Herzfrequenzmesser mit dem Laptop, um seinen Workout runterzuladen.

»Elgie«, sagte Mom, »wenn's geht, probier doch bitte mal die wasserfesten Stiefel für die Reise an. Ich habe dir diverse zur Auswahl besorgt.«

»Oh, super!« Er tapste ins Wohnzimmer.

Meine Flöte lag auf der Arbeitsplatte, und ich spielte ein paar Tonleitern. »Hey«, fragte ich Mom, »als du im Choate warst, gab es da das Mellon Arts Center schon?«

»Ja«, sagte Mom, abermals mit Töpfen beladen. »Das war das erste und einzige Mal, dass ich je auf der Bühne stand. Ich spielte ein Hot Box Girl in *Guys and Dolls*.«

»Als Dad und ich zur Besichtigung dort waren, hat das Mädchen, das uns rumgeführt hat, gesagt, das Choate hat ein Schülerorchester und dass jeden Freitag Leute aus Wallingford sogar dafür bezahlen, die Konzerte zu hören.«

»Das wird so toll für dich«, sagte Mom.

»Wenn sie mich nehmen.« Ich spielte noch ein paar Tonleitern, dann schepperten wieder die Töpfe.

»Ahnst du überhaupt, wie stark ich zu sein versuche?«, brach es aus Mom heraus. »Wie es mir schier das Herz bricht, dass du aufs Internat gehst?«

»Du warst doch auch auf dem Internat«, sagte ich. »Wenn du nicht wolltest, dass ich hingehe, hättest du mir nicht so tolle Sachen drüber erzählen dürfen.«

Dad drückte die Schwingtür auf, in Gummistiefeln mit Etiketten dran. »Bernadette«, sagte er, »es ist ja sagenhaft, was du alles besorgt hast.« Er nahm sie in den Arm und drückte sie. »Verbringst du deine ganzen Tage im Outdoorshop?«

»So ähnlich«, sagte Mom und wandte sich dann wieder an mich. »Weißt du, ich habe einfach nie richtig durchdacht, was es konkret bedeutet, dass du dich an Internaten bewirbst. Dass du dann nämlich weggehst. Aber von mir aus kannst du ruhig abhauen. Ich werde dich trotzdem noch jeden Tag sehen.«

Ich funkelte sie finster an.

»Ach, hab ich's dir noch nicht erzählt?«, sagte sie. »Ich werde nach Wallingford ziehen und ein Haus nicht weit vom Schulcampus mieten. Ich habe schon einen Job in der Mensa vom Choate.«

»Das ist nicht dein Ernst«, sagte ich.

»Es wird ja keiner merken, dass ich deine Mutter bin. Du brauchst nicht mal *Hi* zu sagen. Ich will einfach nur jeden Tag dein liebes Gesicht sehen. Aber ein kleines Winken ab und an würde das Mutterherz natürlich sehr erfreuen.« Letzteres sagte sie im Ton eines hinterlistigen Kobolds.

»Mom!«, sagte ich.

»Du hast gar keine Wahl«, sagte sie. »Es geht dir wie Runaway Bunny, dem *Ausreißerhäschen*. Du kannst mir nicht entkommen. Ich werde mit meinen Gummihandschuhen hinter der Essensausgabe lauern, werde dir mittwochs Hamburger vorsetzen und freitags Fisch...«

»Dad, sag ihr, sie soll aufhören.«

»Bernadette«, sagte er. »Bitte.«

»Ihr glaubt beide, ich mache Witze«, sagte sie. »Meinetwegen, glaubt das nur.«

»Wo gehen wir eigentlich heute Abend essen?«, fragte ich.

Etwas huschte über Moms Gesicht. »Moment.« Sie ging zur Hintertür hinaus.

Ich griff mir die TV-Fernbedienung. »Spielen heute nicht die Seahawks gegen Dallas?«

»Es kommt um eins«, sagte Dad. »Wie wär's, wenn wir in den Zoo gehen und zum Spiel wieder zurück sind?«

»Cool! Wir können das neue Baumkängurubaby angucken.«

»Lust, mit dem Rad hinzufahren?«

»Willst du dein Liegerad nehmen?«, fragte ich.

»Glaube schon.« Dad machte Fäuste und ließ sie kreisen. »Die Berge hier gehen mir ganz schön auf die Handgelenke ...«

»Lass uns mit dem Auto fahren«, sagte ich schnell.

Mom kam wieder. Sie wischte sich die Hände an der Hose ab und holte tief Luft. »Heute Abend«, verkündete sie, »gehen wir in Daniel's Broiler.«

»Daniel's Broiler?«, sagte Dad.

»Daniel's Broiler?« wiederholte ich. »Du meinst dieses total randommäßige Touristending am Lake Union, das immer im Fernsehen Werbung macht?«

»Genau das«, sagte Mom.

Schweigen. Dann ein lautes »Ha!«, das von Dad kam. »Nie im Leben«, sagte er, »hätte ich gedacht, dass du Daniel's Broiler für Thanksgiving aussuchst.«

»Ich bin eben gern unergründlich«, sagte sie.

Ich nahm Dads Handy und simste Kennedy, die mit ihrer Mom auf Whidbey Island war. Sie war total neidisch, dass wir in Daniel's Broiler gingen.

Es gab dort einen Klavierspieler, und man bekam gratis Limonade nach, und der Schokoladenkuchen war ein gigantisches Stück, das sie die Schoko-Überdosis nennen, noch größer als das Riesenstück, das man bei P. F. Chang's kriegt. Als ich am Montag in die Schule kam, fing's gleich von allen Seiten an: »Echt, ihr wart an Thanksgiving in Daniel's Broiler? Ist das cool!«

Montag, 29. November

• • •

Zettel von Tom

Audrey,
ich will keinen Mangold. Ich will mein Geld. Sonst muss ich die Vollstreckung beantragen.

• • •

Zettel von Audrey Griffin

Tom,
ich finde es wirklich ein starkes Stück, dass *Sie mir* mit Vollstreckung drohen. Mein Mann Warren, der bei der Staatsanwaltschaft ist, findet es insofern besonders amüsant, als *wir* nämlich *Sie* auf Schadensersatz verklagen könnten und problemlos gewinnen würden. Bevor es so weit kommt, habe ich aber nachgedacht und bin auf eine freundschaftlichere Lösung gekommen. Bitte machen Sie einen Voranschlag für die Beseitigung der Brombeeren meiner Nachbarn. Wenn Sie so eine Maschine brauchen, okay. Alles, solange es nichts mit Schweinen zu tun hat.

Sobald ich den Voranschlag habe, werde ich Sie für die bereits verrichteten Arbeiten in voller Höhe bezahlen. Aber ich richte in knapp zwei Wochen einen sehr wichtigen Schul-Brunch aus und brauche dafür meinen Garten wieder.

Mittwoch, 1. Dezember

• • •

Zettel von Tom

Audrey,
für einen Job in der Größenordnung braucht man eindeutig den Hangroder. Aber den will mein Kollege lieber erst nach der Regenperiode einsetzen. Also könnte er frühestens im Mai anfangen. Wegen dem Voranschlag bräuchten wir Zugang zum Nachbargrundstück. Haben Sie inzwischen mal mit den Leuten geredet? Haben Sie die Telefonnummer?

• • •

Zettel von Audrey Griffin

Tom,
ich glaub, ich steh im Wald. In zehn Tagen wird die Elite von Seattle für ein wichtiges Schulevent in mein Haus einfallen und bei der Gelegenheit meinen Garten genießen wollen. Es ist völlig undenkbar, dass sie sich die Kleider an Dornenranken zerfetzen. Mai geht gar nicht. Auch in einem Monat geht nicht. Es ist mir egal, ob Sie den Hangroder mieten müssen. Bis 11. Dezember müssen diese Brombeeren verschwunden sein.

Was den Zugang zum Nachbargrundstück wegen des Voranschlags betrifft: Meine Nachbarin ist ungefähr so stachlig wie ihre Brombeeren. Ich schlage vor, wir treffen uns Montag Punkt fünfzehn Uhr hier bei mir. Ich weiß sicher, dass sie da an der Schule ist, um ihre Tochter abzuholen. Wir können rasch durch ein Loch im Zaun schlüpfen und uns ihre Brombeersträucher ansehen.

Exzerpt aus meinem Referat über
Sir Ernest Shackleton

Die Drakestraße ist die Meeresstraße zwischen der Südspitze Südamerikas (Kap Hoorn, Chile) und der Antarktischen Halbinsel. Die fünfhundert Meilen breite Passage ist nach dem Freibeuter des sechzehnten Jahrhunderts Sir Francis Drake benannt. In den Breiten der Drakestraße gibt es fast keine Inseln. Das ermöglicht die ungehinderte Zirkulation des Antarktischen Zirkumpolarstroms. Aus diesem Grund ist die Drakestraße das raueste und gefürchtetste Schifffahrtsgewässer der Welt.

• • •

Von: Bernadette Fox
An: Manjula Kapoor

Was man nicht alles von Achtklässlern lernt, wenn man eine rhetorische Frage stellt wie etwa: Was macht ihr denn zurzeit so in der Schule?!

Wussten Sie beispielsweise, dass der Unterschied zwischen Antarktis und Arktis der ist, dass die Antarktis auch aus Land besteht, die Arktis dagegen nur aus Eis? Mir war schon klar, dass die Antarktis ein Kontinent ist, aber ich dachte immer, droben im Norden gäbe es auch Land. Und wussten Sie, dass es in der Antarktis keine Eisbären gibt? Ich nicht! Ich dachte, wir würden von Bord aus beobachten, wie arme, drangsalierte Eisbären von einem schmelzenden Eisberg zum anderen zu springen versuchen. Aber für dieses traurige Spektakel muss man an den Nordpol fahren. Den Südpol bevölkern *Pinguine*. Falls Sie also irgendwelche idyllischen Bilder von gemeinsam umhertollenden Eisbären und Pinguinen im Kopf haben, machen Sie sich jetzt von diesem Irrglauben frei, denn

Eisbären und Pinguine leben buchstäblich an entgegengesetzten Enden der Welt. Ich sollte wohl mehr herumkommen.

Womit ich beim Nächsten wäre, was ich nicht wusste. War Ihnen klar, dass man, um in die Antarktis zu kommen, die Drakestraße überqueren muss? Und dass die Gewässer der Drakestraße die turbulentesten der Welt sind? Ich weiß es jetzt, weil ich die letzten drei Stunden im Internet verbracht habe.

Das ist ein Problem. Werden Sie seekrank? Leute, die nicht seekrank werden, haben nämlich keine Ahnung, wie das ist. Es ist nicht nur Übelkeit. Es ist Übelkeit plus Verlust des Lebenswillens. Ich habe Elgie gewarnt: Das einzig Entscheidende in diesen zwei Tagen wird sein, dass er mich von Schusswaffen fernhält. In den Klauen der Seekrankheit würde ich es als Verlockung empfinden, mir das Gehirn wegzupusten.

Vor zehn Jahren habe ich eine Dokumentation über die Geiselnahme in dem Moskauer Theater gesehen. Nach nur achtundvierzig Stunden, die die Geiseln auf ihren Plätzen verbringen mussten, ohne Schlaf, bei grellem Licht und gezwungen, in die Hosen zu pinkeln – wenn sie auch zum Kacken den Orchestergraben benutzen durften –, standen etliche einfach auf und marschierten, wohl wissend, dass ihnen Kugeln in den Rücken gejagt würden, in Richtung Ausgang. Weil sie einfach so FERTIG waren.

Was ich sagen will, ist: Allmählich kriege ich eine Mordsangst vor diesem Antarktistrip. Und nicht nur, weil ich, wie bereits erwähnt, Leute hasse (was sich nicht ändern wird), sondern auch, weil ich einfach nicht glaube, dass ich es schaffen werde, über die Drakestraße zu kommen. Wenn Bee nicht wäre, würde ich die Reise garantiert canceln. Aber das kann ich ihr nicht antun. Vielleicht können Sie mir irgendwas richtig Starkes gegen Seekrankheit besorgen? Und mit stark meine ich nicht irgendwelche Reisetabletten, ich meine STARK.

Anderes Thema: Natürlich gehe ich davon aus, dass Sie mir die

Zeit in Rechnung stellen, die Sie brauchen, um all meine weitschweifigen E-Mails zu lesen!

• • •

Brief von Bruce Jessup,
Leiter der Zulassungsstelle des Choate

Liebe Bee,
nach gründlicher Prüfung einer Vielzahl hochkarätiger Frühentscheid-Bewerbungen freuen wir uns, dir einen Platz im Choate Rosemary Hall anbieten zu können.

Wir waren sehr angetan von deinen schulischen Leistungen und deinen vielfältigen Interessen. Deine Noten und Beurteilungen waren sogar so herausragend, dass unsere Studienleiterin Hillary Loundes mit getrennter Post deinen Eltern einen Brief schickt, um ihnen die bevorzugte Aufnahme in deinem Fall zu erläutern.

Zunächst einmal herzlichen Glückwunsch, dass du dieses extrem strenge Auswahlverfahren erfolgreich überstanden hast. Ich habe nicht den geringsten Zweifel, dass du deine KlassenkameradInnen ebenso anregend, anspornend und spannend finden wirst wie wir dich.

Mit freundlichen Grüßen
Bruce Jessup

• • •

Brief von Hillary Loundes,
Studienleiterin, Choate

Liebe Mrs. Branch, lieber Mr. Branch,
Glückwunsch zur Aufnahme Ihrer Tochter Bee im Choate Rosemary Hall. Wie Sie wohl am allerbesten wissen, ist Bee

eine außergewöhnliche junge Frau. So außergewöhnlich sogar, dass ich empfehle, sie die dritte Jahrgangsstufe (neunte Klasse) überspringen und gleich in unsere vierte Jahrgangsstufe (zehnte Klasse) eintreten zu lassen.

In diesem Jahr wird unsere Schule einem Zehntel der Bewerbungen stattgeben, wobei die Bewerber/innen nahezu ausnahmslos hervorragende Sekundarschulzulassungstest-Ergebnisse und einen annähernd perfekten Notendurchschnitt haben. Vielleicht interessiert es Sie, wie wir aus diesem Meer von gleichwertigen Leistungsnachweisen und Empfehlungen diejenigen Schüler/innen herauszufischen versuchen, die vom Choate Rosemary Hall optimal profitieren werden.

Seit den späten Neunzigerjahren arbeitet unsere Aufnahmekommission mit dem auf Lernpsychologie und Didaktik spezialisierten PACE-Center (Center for the Psychology of Abilities, Competencies and Expertise) der Universität Yale zusammen, um ein Messverfahren für jene besonderen Fähigkeiten zu entwickeln, die nötig sind, um produktiv mit den schulischen und sozialen Anforderungen des Internatslebens umzugehen. Das Ergebnis dieser Anstrengungen ist ein einzigartiges Instrument, das nur im Auswahlverfahren des Choate Rosemary zur Anwendung kommt: der Choate-Selbsteinschätzungstest (Choate Self-Assessment oder CSA).

Im CSA hat Bee sich definitiv von den übrigen Bewerber/innen abgehoben. Dieses neue Vokabular des Erfolgs enthält zwei Wörter, die wir gern benutzen, um unsere/n ideale/n Schüler/in zu beschreiben. Diese Wörter sind »Charakterstärke« und »Ausgeglichenheit«. In beidem hat Ihre Tochter Maximalwerte erreicht.

Wie wir alle wissen, ist das Schlimmste, was einem begabten jungen Menschen passieren kann, dass er sich langweilt.

Aus diesem Grund erscheint es uns für Bee das Beste, sie gleich in die vierte Jahrgangsstufe aufzunehmen.

Das Schul- und Internatsgeld beträgt $ 47260,–. Um Bee den angebotenen Platz reservieren zu können, bitten wir Sie, uns den unterschriebenen Aufnahmevertrag und die darin genannte Anzahlung bis zum 3. Januar zukommen zu lassen.

Es wird mir ein Vergnügen sein, weitere Einzelheiten mit Ihnen zu erörtern. Vor allem aber: Willkommen im Choate Rosemary Hall!

Mit freundlichen Grüßen

Hillary Loundes

• • •

Von: Bernadette Fox
An: Manjula Kapoor

Hören Sie mein Weinen bis nach Indien? Bee ist im Choate angenommen worden! Schuld sind Elgie und ich, weil wir Bee immer so begeistert von unseren Internatsabenteuern erzählt haben. Elgie war im Exeter, ich im Choate. Es war eine Welt aus intelligenten Kids, Grateful-Dead-Konzerten und innovativen Methoden, den Marihuana-Geruch im Aufenthaltsraum zu vertuschen, was hätte daran nicht toll sein sollen? Ein riesiger Teil von mir will ja, dass meine Tochter der öden Provinzialität von Seattle entkommt. Und Bee kann es auch kaum erwarten. Also bleibt mir wohl nichts anderes übrig, als mein Cowboy-Ich zu mobilisieren und mich hintanzustellen.

Elgie verfasst gerade einen Brief, weil er nicht will, dass Bee eine Klasse überspringt. Aber das soll nicht Ihr Problem sein. Bitte leisten Sie die Anzahlung von unserem gemeinsamen Konto. Irgendwelche Resultate in Sachen Seekrankheitsbekämpfung? Ich bin ziemlich am Durchdrehen.

Später mehr, ich muss dringend los, Bee abholen, und ich finde den Hund nicht.

• • •

»Okay«, sagte Mom an diesem Tag, kaum dass ich im Auto saß, »wir haben ein Problem. Ice Cream ist in meinen begehbaren Schrank getapst, und die Tür ist hinter ihr zugefallen und geht nicht mehr auf. Sie ist da drin gefangen.«

Falls das merkwürdig klingt – ist es nicht. Unser Haus ist alt. Es knackt und ächzt Tag und Nacht, als ob es vergeblich versucht, eine bequemere Haltung zu finden, was sicher damit zu tun hat, dass es bei jedem Regen so eine Riesenmenge Wasser aufsaugt. Es war schon öfters passiert, dass eine Tür plötzlich nicht mehr aufging, weil sich das Haus drum herum gesenkt hatte. Es war nur das erste Mal, dass Ice Cream betroffen war.

Mom und ich rasten nach Hause, und ich stürzte die Treppe rauf und rief: »Ice Cream, Ice Cream.« In Moms und Dads Zimmer ist so eine Reihe von Beichtstühlen, die sie als Schränke benutzen. Die Türen sind spitzbogenförmig. Hinter einer der Türen bellte Ice Cream – kein ängstliches Jaulen und Jappen, sondern richtig ausgelassenes Bellen. Ehrlich, sie machte sich über uns lustig.

Auf dem Boden lag alles mögliche Werkzeug, und da lehnten auch zwei Kanthölzer, die wir immer zur Hand haben, für den Fall, dass wir Planen auf dem Dach beschweren müssen. Ich drückte die Türklinke und zog, aber nichts passierte.

»Ich hab alles versucht«, sagte Mom. »Die Zarge ist total verrottet. Siehst du, da? Wie der Sturzbalken durchhängt?« Ich wusste, Mom hatte vor meiner Geburt Häuser instand gesetzt, aber sie redete jetzt wie jemand ganz anderer. Es gefiel mir nicht. »Ich habe versucht, den Türrahmen mit dem Wagenheber anzuheben«, sagte sie, »aber ich konnte ihn nicht richtig ansetzen.«

»Können wir sie nicht einfach eintreten?«, fragte ich.

»Die Tür geht nach außen auf...« Mom versank in Gedanken, hatte dann plötzlich eine Idee. »Du hast recht. Wir müssen sie auftreten, von innen. Lass uns außen am Haus hochklettern und durchs Fenster reinsteigen.« Das klang nach Spaß.

Wir rannten nach unten, holten eine Leiter aus dem Schuppen und schleiften sie über den aufgeweichten Rasen zum Haus. Mom legte eine Spanplatte als feste Grundlage unter die Leiter. »Okay«, sagte sie, »halt sie fest. Ich klettere rauf.«

»Sie ist mein Hund«, sagte ich. »Halt du die Leiter.«

»Kommt nicht in Frage, Bala. Zu gefährlich.«

Mom nahm ihr Halstuch ab, wickelte es sich um die rechte Hand und machte sich dann an den Aufstieg. Es war komisch, sie in ihren schicken Schuhen und Caprihosen die farbbespritzte Leiter raufklettern zu sehen. Sie schlug das Buntglas mit der tuchgeschützten Hand ein, entriegelte das Fenster von innen und kletterte dann rein. Eine Ewigkeit verging.

»Mom!«, rief ich immer wieder. Meine gemeine Mutter streckte nicht mal den Kopf raus. Ich war so patschnass und so sauer, dass mir alles egal war. Ich setzte einen Fuß auf die Leiter. Sie stand total fest. Ich kletterte superschnell rauf, weil ich garantiert ins Wanken gekommen wäre, wenn Mom mich auf halber Höhe erwischt und angeschrien hätte. Nach etwa acht Sekunden kletterte ich, ohne abzurutschen, durchs Fenster.

Ice Cream zeigte keinerlei Reaktion, als sie mich sah. Sie interessierte sich mehr für Mom, die der Tür einen Karatetritt nach dem anderen verpasste. »Verdammt!«, rief Mom bei jedem Tritt. Endlich ging die Tür schleifend auf.

»Gut gemacht«, sagte ich.

Mom fuhr zusammen. »Bee!« Sie war stinkwütend und wurde noch wütender, als es draußen einen dumpfen Schlag tat. Die Leiter war umgekippt und lag auf dem Rasen.

»Uups«, sagte ich. Ich umarmte Ice Cream fest und atmete ihren miefigen Geruch ein, so lange ich es schaffte, ohne in Ohnmacht zu fallen. »Du bist der schlimmste Hund aller Zeiten.«

»Das ist für dich gekommen.« Mom gab mir einen Brief. Als Absender war da das Choate-Wappen. »Gratuliere.«

Mom bestellte schon früher als sonst Abendessen ins Haus, und wir fuhren los, um mit Dad zu feiern. Während wir die schwimmende Brücke über den Lake Washington entlangsausten, wirbelten Bilder vom Choate durch meinen Kopf. Es war so weitläufig und so sauber, und die Gebäude waren so majestätisch, roter Backstein mit Efeu an den Seitenmauern. Alles genauso, wie ich mir England vorstellte. Dad und ich waren im Frühling zur Besichtigung dort gewesen, als die Äste der Bäume voller Blüten saßen und Entenküken über glitzernde Teiche glitten. Ich hatte noch nie einen so malerischen Ort gesehen, außer auf Puzzles.

Mom sah mich an. »Du darfst gern froh sein, dass du weggehen wirst.«

»Es ist nur so komisch.«

Ich liebe Microsoft. Dort war ich in der Kinderbetreuung und wenn die Sonne rauskam, packten sie uns in große rote Karren und zogen uns durch die Gegend, damit wir unsere Eltern bei der Arbeit besuchen konnten. Dad hatte einen Schatzautomaten erfunden. Ich verstehe immer noch nicht, wie der funktionierte, aber wenn wieder Abholzeit war, durfte man eine Münze einwerfen, und heraus kam ein Schatz, der genau zu einem passte. Ein Junge, der auf Autos abfuhr, bekam ein Hot-Wheels-Auto. Und zwar nicht irgendeins, sondern eins, das er noch nicht hatte. Und wenn ein Mädchen auf dem Babypuppentrip war, bekam es ein Fläschchen für seine Babypuppe. Der Schatzautomat ist jetzt im Besuchercenter ausgestellt, weil er eine frühe Anwendung von Gesichtserkennungstechnologie ist, dem, was Dad in L. A. gemacht hatte, als Microsoft ihn übernahm.

Wir parkten illegal. Mom segelte mit den Essenstüten über den Campus, und ich folgte ihr auf den Fersen. Wir betraten Dads Gebäude. Über der Rezeption war eine Riesendigitaluhr, die einen Countdown anzeigte:

119 TAGE

2 STUNDEN

44 MINUTEN

33 SEKUNDEN

»Das ist die Zeit, bis Samantha 2 in die Auslieferung geht«, erklärte Mom. »Es soll der Motivation dienen. Kein Kommentar.«

Die gleiche Uhr war auch im Lift, auf den Fluren und sogar auf den Toiletten. Sie zählte die Sekunden und Minuten herunter, während wir unser Essen in Dads Büro aßen, auf den Sitzbällen, die er statt Stühlen benutzt, die Take-out-Behälter auf den Knien, was natürlich eine ziemlich wacklige Angelegenheit war. Ich erzählte ihnen haarklein von all den verschiedenen Pinguinarten, die wir auf der Reise sehen würden.

»Und wisst ihr, was das Coolste ist?«, fragte Mom dazwischen. »Im Speisesaal gibt es keine zugewiesenen Plätze, und sie haben Vierertische. Das heißt, wir drei können einfach einen Tisch ergattern, und wenn wir unsere Handschuhe und Mützen auf den vierten Stuhl legen, kann sich keiner zu uns setzen!«

Dad und ich sahen uns an, als fragten wir uns gegenseitig: Soll das ein Witz sein?

»Und die Pinguine«, setzte Mom schnell hinzu. »Ich bin total gespannt auf all diese Pinguine.«

Dad musste überall herumerzählt haben, dass wir kommen würden, weil dauernd Leute vorbeigingen und durch die Glasscheiben guckten, dabei aber so taten, als täten sie's nicht – so muss es sich anfühlen, berühmt zu sein.

»Ich wollte, wir könnten ausgiebiger feiern«, sagte Dad, während er einen Blick auf seine E-Mails warf. »Aber ich habe eine Videokonferenz mit Taipeh.«

»Schon okay, Dad«, sagte ich. »Du hast viel zu tun.«

• • •

Von Dad

Liebe Mrs. Loundes,
zuallererst: Wir freuen uns sehr, dass Bee im Choate angenommen worden ist. Ich selbst war im Exeter, aber meine Frau Bernadette sagt immer, ihre glücklichste Zeit sei die im Choate gewesen, und Bee wünscht sich schon von klein auf, auch hinzugehen.

Zum Zweiten: Danke für die netten Dinge, die Sie über Bee sagen. Wir sind auch der Meinung, dass sie außergewöhnlich ist. Dennoch sind wir entschieden dagegen, dass sie eine Klasse überspringt.

Ich habe mir gerade ihre Bewerbung angesehen, und dabei ist mir klar geworden, dass Sie das Wichtigste über Bee nicht wissen können: Sie wurde mit einem Herzfehler geboren, der ein halbes Dutzend Operationen erforderte. Daher hat sie ihre ersten fünf Lebensjahre über weite Strecken im Kinderkrankenhaus von Seattle verbracht.

Bee kam zum regulären Zeitpunkt in die Vorklasse, obwohl ihr kleiner Körper Mühe hatte mitzuhalten. (Sie lag damals von Größe und Gewicht her am unteren Extremwert, und wie Sie ja selbst gesehen haben, hat sie immer noch aufzuholen.) Doch ihre überdurchschnittliche Intelligenz machte sich damals schon bemerkbar. Lehrkräfte redeten uns zu, sie testen zu lassen. Aber Bernadette und ich wollten mit dem ganzen Getue rund um das »hochbegabte Kind« nichts zu tun haben. Vielleicht, weil wir selbst auf Eliteschulen und renommierten Universitäten waren, spielte das für uns nicht so eine zentrale Rolle wie für andere Eltern hier in Seattle. Uns ging es in erster Linie darum, dass unsere Tochter nach diesen schrecklichen ersten fünf Jahren ein bisschen Normalität erleben konnte.

Diese Entscheidung ist Bee sehr zugutegekommen. Wir fanden eine wunderbare Schule nicht weit von uns, die Galer Street School. Sicher, Bee war den anderen Kindern in ihrer Klasse »voraus«. Sie hat darauf reagiert, indem sie es übernahm, den Langsameren Lesen und Schreiben beizubringen. Bis heute bleibt Bee nach Unterrichtsschluss noch in der Schule und hilft bei der Hausaufgabenbetreuung. Das hat sie in ihrer Bewerbung auch nicht erwähnt.

Choate bietet großartige Möglichkeiten. Ich bin sicher, Bee wird dort mehr als genug Dinge finden, die verhindern, dass sie »sich langweilt«. Apropos, erlauben Sie mir bitte, Ihnen die Geschichte zu erzählen, wie Bee sich zum ersten und letzten Mal beklagte, dass sie sich langweile. Bernadette und ich fuhren Bee und eine ihrer Vorschulfreundinnen zu einer Geburtstagsparty. Es war viel Verkehr. Grace sagte: »Mir ist langweilig.«

»Ja«, ahmte Bee sie nach, »mir ist langweilig.«

Bernadette fuhr rechts ran, schnallte sich los und drehte sich um. »Okay«, erklärte sie den Kindern. »Euch ist langweilig. Und ich will euch jetzt etwas über das Leben verraten. Ihr findet es jetzt schon langweilig? Ich sage euch, es wird nur noch langweiliger. Je früher ihr lernt, dass es an *euch* ist, das Leben interessant zu machen, desto besser für euch.«

»Okay«, sagte Bee leise. Grace brach in Tränen aus und kam nie mehr zum Spielen zu uns. Es war das erste und letzte Mal, dass Bee sagte, ihr sei langweilig.

Wir freuen uns darauf, Sie im Herbst zu treffen, wenn Bee zusammen mit den übrigen Schülern der dritten Jahrgangsstufe nach Choate kommt.

Mit freundlichen Grüßen
Elgin Branch

• • •

Ich bin nicht krank! Ich bin mit einem hypoplastischen Linksherzsyndrom auf die Welt gekommen, okay? Das ist ein Herzfehler, bei dem sich die Mitralklappe, der linke Vorhof, die Aortenklappe und die Aorta nicht vollständig entwickeln, weswegen ich dreimal am offenen Herzen operiert werden musste und dann noch dreimal wegen Komplikationen. Die letzte Operation hatte ich mit fünf. Ich weiß, ich bin ja angeblich so superschlau, aber wissen Sie was? Ich habe an das alles null Erinnerung! Und wissen Sie, was noch? Jetzt geht es mir total gut und zwar schon *neuneinhalb Jahre*. Nehmen Sie sich mal eine kleine Auszeit und denken Sie darüber nach. Zwei Drittel meines Lebens bin ich jetzt schon total normal.

Mom und Dad bringen mich immer noch einmal im Jahr ins Kinderkrankenhaus zum EKG und zum Röntgen, und selbst die Kardiologin verdreht die Augen, weil das nicht nötig ist. Wenn wir durch die Flure dort gehen, kriegt Mom immer so eine Art Vietnam-Flashback. Wir kommen zum Beispiel an irgendeinem Bild an der Wand vorbei, und sie hält sich an einem Stuhl fest und sagt, O Gott, dieses Milton-Avery-Poster. Oder, mit einem schweren Schlucken: Der Ficus da, der hing an dem schrecklichen Weihnachten voll mit Origami-Kranichen. Und dann macht sie die Augen zu, während alle nur stumm dastehen, und Dad nimmt sie fest in die Arme, und auch ihm schießen Tränen in die Augen.

Alle Ärzte und Schwestern kommen aus ihren Zimmern und bejubeln mich wie einen großen Helden, und ich denke die ganze Zeit, warum? Sie zeigen mir Fotos von mir als Säugling mit einem Mützchen im Krankenhausbettchen, als ob ich mich dran erinnern müsste. Ich weiß nicht, was das alles soll, ich weiß nur, dass es mir jetzt total gut geht.

Das Einzige ist, dass ich klein bin und keinen Busen habe, was nervt. Und mein Asthma. Eine Menge Ärzte haben gesagt, ich könnte auch Asthma haben, wenn ich mit einem gesunden Herzen auf die Welt gekommen wäre. Es hält mich nicht davon ab, Sachen zu machen wie Tanzen oder Flötespielen. Ich habe nicht die Sorte Asthma, wo man so pfeifend atmet. Ich habe die noch krassere Sorte, wo ich jedes Mal, wenn ich krank bin, selbst wenn es ein Magen-Darm-Virus ist, hinterher zwei Wochen ekligen Schleim in den Bronchien habe, den ich wohl oder übel aushusten muss. Ich behaupte ja nicht, dass es besonders angenehm ist, das mit anzusehen, aber wenn Sie wissen wollen, wie es sich für mich anfühlt, kann ich nur sagen, ich merke es kaum.

Die Schulkrankenschwester, Mrs. Webb, macht immer ein total lächerliches Getue um meinen Husten. Ich schwör's, an meinem letzten Tag auf dieser Schule werde ich so tun, als ob ich in ihrem Dienstzimmer tot umfalle, nur um sie richtig in Panik zu versetzen. Ich bin überzeugt, dass Mrs. Webb jeden Tag, wenn sie nach Hause geht und ich nicht in ihrer Dienstzeit gestorben bin, irre erleichtert ist.

Jetzt bin ich aber total vom Thema abgekommen. Was wollte ich überhaupt sagen? Ach ja. Ich bin nicht krank!

Donnerstag, 2. Dezember

• • •

Von: Soo-Lin Lee-Segal
An: Audrey Griffin

Es war sehr lieb von dir, mich *nicht* zu fragen, wie die Mitarbeiterversammlung bei Microsoft gelaufen ist. Du bist doch bestimmt schrecklich neugierig, ob ich ein Opfer des monumentalen Personalabbaus bin, der durch die gesamte Presse geht.

Diesmal war es eine Stellenstreichung von oben nach unten, eine Kürzung um zehn Prozent. Früher bedeutete Umstrukturierung massive Neueinstellungen. Jetzt bedeutet es massive Entlassungen. Wie ich dir vielleicht schon erzählt habe, sollte mein Projekt ja gecancelt werden, und mein Projektmanager ist ein bisschen ausgerastet und hat halb Microsoft geflamet. Ich habe wie eine Wahnsinnige ständig die Besprechungsraumreservierungen und die Job-Website gecheckt, um vielleicht *irgendwas* über meine Zukunft rauszukriegen. Unsere Top-Leute sind bei Windows Phone und Bing gelandet. Wenn ich aus meinem Projektmanager etwas über mich rausholen wollte, war die einzige Antwort gespenstisches Schweigen.

Gestern Nachmittag dann wurde ich von einer Frau aus der Personalabteilung angepingt, dass sie mich am nächsten Tag, also heute, in dem Besprechungszimmer auf unserem Flur sprechen wolle. (Diesen Besprechungstermin hatte ich gesehen, ich hatte nur nicht geahnt, dass er für mich war!)

Ich sagte mir, bevor ich die Teekanne rausziehe und mich in eine Selbstmitleidsorgie stürze, lasse ich erst mal alles stehen und liegen und gehe zum nächsterreichbaren Selbsthilfetreffen von *Nie wieder Opfer*, was mir dann auch enorm geholfen hat.

(Ich weiß, du **bist** sehr skeptisch, was NWO-Treffen angeht, aber für mich sind sie der Fels in der Brandung.)

Heute Morgen nahm ich das Auto zur Arbeit, weil ich mir nicht noch die zusätzliche Demütigung antun wollte, einen Stapel Kartons in den Shuttle-Bus verfrachten zu müssen. Ich fand mich im Besprechungsraum ein, wo mir die Frau aus der Personalabteilung in aller Seelenruhe mitteilte, dass unser ganzes Team bis auf die, die schon bei Bing oder Windows Phone sind, weggekürzt wird.

»Aber«, sagte sie, »Sie haben so ein gutes Ranking, dass wir Sie gern einem speziellen Projekt in Studio C zuweisen würden.«

Audrey, ich bin fast aus den Latschen gekippt. Studio C ist auf dem neuen Studio West Campus, und was die machen, steht bei Microsoft ganz oben. Die gute Nachricht: Ich werde befördert. Die schlechte Nachricht: Das neue Produkt, an dem ich mitarbeite, ist in der Endspurtphase, und man wird von mir erwarten, dass ich auch am Wochenende arbeite. Es ist ein streng geheimes Projekt. Ich weiß noch nicht mal, wie es heißt. Die zweite schlechte Nachricht: Ich werde wahrscheinlich nicht zu diesem Brunch für potenzielle Eltern kommen können. Die zweite gute Nachricht: Ich werde definitiv die Kosten für das Essen übernehmen können.

Wir reden bald mal. Toi, toi, toi!

• • •

Von: Ollie-O
An: Eltern-Brunch-Komitee

BLITZ ⚡ INFO

Wir sind jetzt bei sechzig Einladungen! Nur so als **Düngeempfehlung: Pearl Jam**! Ich habe gehört, die haben Kinder, die jetzt in die Vorklasse kommen. Wenn wir einen von denen kriegen – **es muss nicht der Sänger sein** –, kann ich die Ernte **steigern**.

Von: Audrey Griffin
An: Soo-Lin Lee-Segal

Toll, das mit deiner Beförderung! Dein Angebot wegen der Essenskosten nehme ich gern an. Ich habe im Gewächshaus noch genügend grüne Tomaten, um sie als Vorspeise zu frittieren, außerdem auch Dill, Petersilie und Koriander für Aioli. Ich habe zwei Zwanzig-Kilo-Kisten Äpfel eingelagert und möchte als Nachtisch meine Tarte Tatin mit Rosmarin machen. Wie wär's, für den Hauptgang diese Catering-Firma mit dem mobilen Pizzaofen zu engagieren? Den können sie im Garten aufstellen, was meine Küche entlasten würde.

Ollie-O hatte recht: Es spricht sich mächtig rum, verbreitet sich wie ein Lauffeuer. Heute im Biomarkt hat eine Frau, die ich nicht kannte, mich erkannt und gesagt, sie freue sich auf den Brunch bei mir. Dem Inhalt ihres Einkaufswagens nach – Importkäse, Bio-Himbeeren, Obstwaschspray – ist sie genau die Sorte Elternteil, die wir für die Galer Street brauchen. Ich habe sie auf dem Parkplatz noch mal gesehen. Sie fuhr einen Lexus. Kein Mercedes, aber immerhin!

Hast du's schon gehört? Ein krankes Kind einfach auf ein Internat abschieben! Warum überrascht mich das nicht?

• • •

An diesem Tag war ich eine Zeitlang vom Unterricht befreit, weil unser Musiklehrer, Mr. Kangana, mich gebeten hatte, die Erstklässler bei dem Lied zu begleiten, das sie beim Weltfest singen wollen, und mich für die Probe brauchte. Als ich meine Flöte aus meinem Schließfach holte, traf ich prompt Audrey Griffin. Sie war gerade dabei, ein paar Gebetsteppiche aufzuhängen, die die Drittklässler für die Kunstauktion gewebt hatten.

»Ich habe gehört, du gehst aufs Internat«, sagte sie. »Wessen Idee war das?«

»Meine«, sagte ich.

»Ich könnte Kyle nie auf ein Internat schicken«, sagte Audrey.

»Wahrscheinlich lieben Sie Kyle einfach mehr als meine Mutter mich«, sagte ich und hüpfte flötend den Flur entlang.

•••

Von: Manjula Kapoor
An: Bernadette Fox

Liebe Ms. Fox,
ich habe Medikamente gegen Bewegungskrankheit recherchiert. Das stärkste Mittel, das in den USA auf Rezept erhältlich ist, heißt ABHR Transdermal. Es ist eine Kombination aus Ativan, Benadryl, Haldol und Reglan in Form einer Creme zur lokalen Anwendung. Es wurde von der NASA entwickelt, um Kosmonauten bei der Bekämpfung von Kinetose im Weltraum zu helfen. Inzwischen verwendet es auch die Hospizbewegung bei Krebspatienten im Endstadium. Ich schicke Ihnen jederzeit gern Links zu verschiedenen Foren, wo die ABHR-Creme in den höchsten Tönen gepriesen wird. Ich muss Sie allerdings warnen, dass da auch Fotos von schwerkranken Patienten dabei sind, die Sie schockieren könnten. Ich habe mir erlaubt zu recherchieren, wie man ABHR-Creme erhalten kann. Es gibt sie nur in Apotheken, die noch selbst Arzneimittel herstellen. Solche Apotheken haben wir in Indien nicht. Aber offenbar sind sie in den USA weit verbreitet. Ich habe einen Arzt gefunden, der der Apotheke das Rezept telefonisch durchgeben könnte. Bitte lassen Sie mich wissen, wie Sie weiter verfahren möchten.

Mit herzlichen Grüßen
Manjula

•••

An: Manjula Kapoor
Von: Bernadette Fox

Wenn es für Astronauten und Krebspatienten gut genug ist, ist es auch gut genug für mich! Lassen Sie es durchgeben!

• • •

Zettel von Audrey Griffin

Tom,
hier der Scheck für Ihre bisherigen Arbeiten. Noch mal: Wir treffen uns Montagnachmittag bei mir und huschen schnell zu dem Haus mit den Brombeersträuchern hinauf. Ich verstehe, dass Sie Bedenken haben, das Nachbargrundstück ohne Absprache zu betreten. Aber ich weiß absolut sicher, dass dort niemand sein wird.

• • •

Montag, 6. Dezember

In der sechsten Stunde hatten wir Kunst, und ich hatte Schleim im Hals, also ging ich raus in den Flur, um das Zeug in den Trinkbrunnen zu spucken, wie ich's immer machte, wenn wir Kunst hatten. Und wer kam da um die Ecke, als ich den Schleim gerade hochräusperte? Mrs. Webb, die Schulkrankenschwester. Sie kriegte sofort die totale Panik, dass ich Keime verbreiten würde, und ich versuchte ihr zu erklären, dass ich's nicht tat, weil weißer Schleim aus *toten* Keimen besteht. Fragen Sie mal einen richtigen Arzt und nicht eine Bürokraft, die sich zwar Krankenschwester nennt, aber nicht etwa weil sie mal eine Schwesternschule besucht hätte, sondern nur weil sie in ihrem Schreibtisch eine Packung Heftpflaster liegen hat.

»Ich hole meinen Rucksack«, knurrte ich.

Ich möchte mal darauf hinweisen, dass Mr. Levy, mein Biologie- und Klassenlehrer, eine Tochter mit virusinduziertem Asthma hat, der Sorte Asthma, die ich habe, und seine Tochter spielt Vereinseishockey, deshalb weiß er, dass mein Husten nicht weiter schlimm ist. Nie im Leben würde er mich deshalb zu Mrs. Webb schicken. Wenn ich Schleim im Hals habe, merkt man das daran, dass ich im Unterricht was sage und meine Stimme abbricht wie eine schlechte Handyverbindung. Mr. Levy bringt dann immer diese Nummer, bei der er mir hinter seinem Rücken ein Papiertaschentuch zusteckt. Mr. Levy ist echt witzig. Er lässt die Schildkröten im Klassenzimmer herumlaufen, und einmal hat er Flüssigstickstoff mitgebracht und damit unsere Lunchreste eingefroren.

Ich fand es nicht so schlimm, dass Mom mich vorzeitig abholen musste, weil ja schon sechste Stunde war. Leid tat mir eigentlich nur, dass ich die Hausaufgabenbetreuung nicht übernehmen konnte. Die Viertklässler hatten demnächst eine Debattierstunde, und ich half ihnen, sich darauf vorzubereiten. Sie nahmen gerade China durch, und das Thema der Debatte war die Besetzung Tibets durch China – *Pro und Kontra*. Haben Sie so was schon mal gehört? Die Galer Street entblödet sich nicht, es mit der *Political Correctness* so zu übertreiben, dass es ins Gegenteil umschlägt: Viertklässler *für* den chinesischen Genozid an den Tibetern argumentieren zu lassen! Von dem ebenso verheerenden kulturellen Vernichtungsfeldzug ganz zu schweigen! Ich wollte, dass sie als eins der *Pro*-Argumente vorbrachten, die chinesische Besatzung tue etwas gegen den Nahrungsmangel auf der Welt, weil es weniger tibetische Mäuler zu stopfen gebe. Aber Mr. Lotterstein kriegte es mit und vergatterte mich.

Da saß ich nun im Regen auf der Treppe der Überführung.

(Im Büro durften wir nicht warten, da Kyle Griffin mal dort hingeschickt worden war und, als niemand hinguckte, das Telefonverzeichnis durchging und alle Eltern vom Bürotelefon aus anrief. Als die Eltern auf ihre Handydisplays guckten, sahen sie, dass der Anruf von der Galer Street kam. Sie nahmen ab, und Kyle schrie: »Es ist ein Unfall passiert!« und legte auf. Seither mussten alle Schüler draußen warten.) Mom fuhr vor. Sie fragte nicht mal, wie es mir ging, weil sie weiß, was für eine Landplage Mrs. Webb ist. Auf der Nachhausefahrt fing ich an, auf meiner neuen Flöte zu spielen. Mom lässt mich im Auto nicht Flöte spielen, weil sie Angst hat, dass uns jemand reinfährt und die Flöte mich am Sitz festspießt. Ich finde das albern, ich meine, wie sollte das je passieren?

»Bee ... «, sagte Mom.

»Ich weiß, ich weiß.« Ich packte die Flöte weg.

»Nein«, sagte Mom. »Ist die neu? Ich hab sie noch nie gesehen.«

»Das ist eine japanische Flöte namens *Shakuhachi* aus Mr. Kanganas Sammlung, er hat sie mir geliehen. Die Erstklässler werden beim Weltfest für die Eltern singen, und ich begleite sie. Letzte Woche war ich bei der Probe, und da standen sie beim Singen einfach nur da. Ich hatte die Idee, dass sie doch einen kleinen Elefantentanz machen könnten, und jetzt soll ich mir dafür die Choreographie ausdenken.«

»Ich wusste nicht, dass du dir die Choreographie für einen Tanz der Erstklässler ausdenkst«, sagte Mom. »Das ist ja eine richtig große Sache, Bee.«

»Eigentlich nicht.«

»Du musst mir so was erzählen. Kann ich hinkommen?«

»Ich weiß nicht genau, wann es ist.« Ich wusste, sie kam nicht gern in die Schule und würde wahrscheinlich auch nicht kommen, warum also erst so tun?

Zu Hause ging ich rauf in mein Zimmer, und Mom ging wie immer ins Petit Trianon.

Vom Petit Trianon habe ich noch nichts erzählt, oder? Mom geht tagsüber gern aus dem Haus, vor allem, weil Norma und deren Schwester zum Putzen kommen und sich dabei schallend laut von Zimmer zu Zimmer unterhalten. Außerdem kommen auch die Gärtner mit der Motorsense nach drinnen. Deshalb hat Mom sich einen Airstream-Wohnanhänger gekauft und ihn per Kran hinten in den Garten setzen lassen. Dort steht ihr Computer, und dort verbringt sie die meiste Zeit. Ich habe den Wohnwagen Petit Trianon getauft, nach dem eigenen Schlösschen, das Marie-Antoinette in Versailles hatte, um sich immer dorthin zurückziehen zu können, wenn sie mal Erholung vom Hofleben brauchte.

Dort also war Mom, und ich setzte mich gerade an meine Hausaufgaben, als Ice Cream losbellte.

Aus dem Garten hörte ich Moms Stimme. »Kann ich irgendwas für Sie tun?«, sagte sie, von Sarkasmus nur so triefend.

Es folgte ein dümmlicher kleiner Aufschrei.

Ich ging ans Fenster. Mom stand auf dem Rasen, mit Audrey Griffin und einem Mann in Latzhosen und Stiefeln.

»Ich dachte, Sie wären nicht da«, stotterte Audrey.

»Offensichtlich.« Moms Stimme war supergehässig. Es war ganz schön lustig.

Audrey redete hektisch drauflos, dass irgendwas mit unseren Brombeeren und ihrem Biogarten sei und der Mann einen Freund mit einer speziellen Maschine habe und diese Woche noch etwas passieren müsse. Mom hörte einfach nur zu, was Audrey dazu trieb, noch schneller zu reden.

»Ich werde Tom gern beauftragen, meine Brombeersträucher zu entfernen«, sagte Mom schließlich. »Haben Sie eine

Karte?« Langes, peinliches Schweigen, während der Mann in seinen Taschen kramte.

»Damit wäre das wohl erledigt«, sagte Mom zu Audrey. »Also nehmen Sie doch wieder das Zaunloch, durch das Sie hier hereingekrochen sind, und treten Sie nicht in mein Kohlbeet.« Sie drehte sich um, marschierte wieder zum Petit Trianon und machte die Tür hinter sich zu.

Ich applaudierte ihr innerlich. Es ist nämlich so: Egal, was die Leute jetzt über Mom sagen, sie *verstand* es, das Leben lustig zu machen.

• • •

Von: Bernadette Fox
An: Manjula Kapoor

Im Anhang finden Sie die Daten eines Mannes, der Brombeeren »bekämpft«. (Hätten Sie gedacht, dass es so was gibt?) Bitte kontaktieren Sie ihn und beauftragen Sie ihn zu tun, was er wann, wo, wie und mit wem zu tun für nötig hält. Ich bezahle alles.

• • •

Fünf Minuten später schickte Mom diese E-Mail hinterher:

Von: Bernadette Fox
An: Manjula Kapoor

Ich möchte ein Schild anfertigen lassen, 2,50 m breit, 1,50 m hoch. Mit folgender Aufschrift:

PRIVATGRUNDSTÜCK – UNBEFUGTES BETRETEN VERBOTEN
Galer-Street-Gnitzen haben mit Festnahme
und Gnitzenknast zu rechnen

Lassen Sie das Schild im grellsten, hässlichsten Rot machen und die Schrift im grellsten, hässlichsten Gelb. Aufgestellt werden soll es an meiner westlichen Grundstücksgrenze am Fuß des Hangs, die zugänglich sein wird, sobald die vielgeschmähten Brombeeren *bekämpft* sind. Wichtig ist, dass die Schriftseite zum Nachbargarten zeigt.

• • •

Dienstag, 7. Dezember

Von: Manjula Kapoor
An: Bernadette Fox

Ich möchte mich noch einmal vergewissern, dass das Schild, das Sie anfertigen lassen wollen, *2,50 m auf 1,50 m* sein soll. Der Anbieter, den ich kontaktiert habe, meinte, das erscheine ihm ungewöhnlich groß für ein Wohngebiet.
    Mit herzlichen Grüßen
    Manjula

• • •

Von: Bernadette Fox
An: Manjula Kapoor

Sie können Kobragift drauf nehmen, dass ich es genau in dieser Größe haben will.

• • •

Von: Manjula Kapoor
An: Bernadette Fox

Liebe Ms. Fox,
das Schild ist in Auftrag gegeben und wird an dem Tag aufgestellt, an dem Tom mit den Bekämpfungsarbeiten fertig ist.

Ferner habe ich einen Arzt gefunden, der bereit war, ein schriftliches Rezept über die ABHR-Creme auszustellen. Die einzig in Frage kommende Apotheke in Seattle liefert bedauerlicherweise nicht ins Haus. Ich habe gefragt, ob ein Kurierdienst Ihnen das Mittel bringen kann, aber die Apotheke besteht leider darauf, dass Sie es selbst abholen, weil sie dort gesetzlich verpflichtet sind, Sie persönlich über die Nebenwirkungen aufzuklären. Im Anhang finden Sie die Adresse der Apotheke und eine Kopie der Verschreibung.
Mit herzlichen Grüßen
Manjula

• • •

Freitag, 10. Dezember

Von: Bernadette Fox
An: Manjula Kapoor

Ich fahre jetzt in die Apotheke. Gar nicht so übel, aus dem Haus zu kommen, während diese Höllenmaschine mit Krallen, Teleskoparmen und fiesen Rotoren meinen Hang anfrisst und überall Mulch verstreut. Tom hat sich buchstäblich auf dem Ungetüm festgebunden, damit er nicht abgeworfen wird. Würde mich nicht überraschen, wenn das Ding anfinge, Feuer zu speien.

Oh! Die Anglerweste ist angekommen. Danke! Habe schon Sonnenbrille, Wagenschlüssel und Handy darin verstaut. Kann sein, dass ich das gute Stück nie mehr ausziehe.

Von: Soo-Lin Lee-Segal
An: Audrey Griffin

Wie Ollie-O sagen würde ... **BLITZ ⚡ INFO!**
Ich habe dir doch erzählt, dass ich Admin eines neuen Teams werden sollte? Gerade habe ich herausgefunden, dass dieses Team Samantha 2 ist und der Teamleiter kein anderer als Elgin Branch!

Audrey, im Moment fühle ich mich wie ein Kessel voller brodelnder Emotionen! Als Elgin auf der TED-Konferenz im Februar Samantha 2 vorgestellt hat, brach im Internet ein regelrechter Tumult aus. Nach nicht mal einem Jahr ist es der am vierthäufigsten angeklickte TED-Talk aller Zeiten. Bill Gates hat kürzlich gesagt, sein Lieblingsprojekt im ganzen Unternehmen sei Samantha 2. Letztes Jahr ist Elgin mit dem Technical Recognition Award ausgezeichnet worden, die höchste Ehre, die Microsoft zu vergeben hat. Die Leute von Samantha 2 und Elgin im Besonderen sind hier so was wie Rockstars. Wenn du mal zu Studio West rübergehst, siehst du gleich an ihrem wiegenden Gang, dass sie bei Samantha 2 sind. *Ich* weiß, dass ich gut in meinem Job bin, aber dass sie mich zu Samantha 2 versetzt haben, heißt, dass es auch alle anderen hier wissen. Das ist ein berauschendes Gefühl.

Dann ist da Elgin Branch selbst. Seine Unhöflichkeit und Arroganz neulich im Shuttle-Bus, das war eine Ohrfeige, die immer noch brennt. Aber jetzt hör dir an, was heute Morgen passiert ist.

Ich war in der Personalabteilung, um mir meine neue Schließkarte und meine Bürozuweisung zu holen. (Nach zehn Jahren habe ich zum ersten Mal ein Büro mit Fenster!) Als ich gerade meine Fotos und Becher und meine Snowbaby-Figürchen-Sammlung auspackte, sah ich Elgin Branch auf der anderen Seite des Atriums. Er hatte keine Schuhe an, nur Socken, was ich seltsam fand. Als er zufällig herüberguckte, winkte ich. Er lächelte vage und ging weiter.

Ich beschloss, proaktiv zu sein (eins der drei Ps, die für *Nie wieder Opfer* die Basis interpersonellen Verhaltens bilden) und unser erstes persönliches Treffen in unseren neuen Rollen als Manager und Admin zu initiieren.

Elgin stand an seinem Stehpult, seine Wanderstiefel chaotisch zu seinen Füßen. Sofort fielen mir die vielen Patentwürfel auf, die achtlos im Büro verstreut waren. (Jedes Mal, wenn ein Entwickler ein Patent auf etwas erhält, bekommt er so einen Würfel als Würdigung, eine nette Sitte bei Microsoft.) Mein letzter Gruppenleiter hatte vier. Allein auf Elgins Fensterbank waren zwanzig, von denen, die auf den Boden gefallen waren, ganz abgesehen.

»Kann ich was für Sie tun?«, fragte er.

»Guten Morgen.« Ich straffte mich. »Ich bin Soo-Lin Lee-Segal, die neue Admin.«

»Freut mich, Sie kennenzulernen.« Er streckte mir die Hand hin.

»Wir kennen uns eigentlich schon. Ich habe einen Sohn, Lincoln, auf der Galer Street, in Bees Klasse.«

»Natürlich«, sagte er. »Entschuldigung.«

Der Entwicklungsleiter, Pablo, steckte den Kopf herein. »Heut ist ein schöner Tag, Nachbar.« (Alle im Team necken Elgin mit Anspielungen auf Mr. Rogers aus der Fernsehserie. Offenbar ist es eine Marotte von Elgin, sobald er reinkommt, die Schuhe auszuziehen, genau wie Mr. Rogers. Selbst bei seinem TED-Talk, den ich mir gerade noch mal angeschaut habe, steht er in Socken da. Vor Al Gore und Cameron Diaz!) »Wir sind um zwölf verabredet. Wir haben ein Partner-Meeting in South Lake Union. Wie wär's, wenn wir einen Downtown-Lunch draus machen? Wild Ginger?«

»Super«, antwortete Elgin. »Das ist gleich bei der Stadtbahn. Von da kann ich direkt zum Flughafen fahren.« Ich hatte auf dem Samantha-2-Terminkalender gesehen, dass Elgin morgen eine Auswärts-Präsentation hat.

Pablo sah mich an, und ich stellte mich vor. »Hurra!«, sagte er.

»Unsere neue Admin! Mann, wir sind hier fast eingegangen ohne Sie. Möchten Sie nicht mit uns zu Mittag essen?«

»Sie haben wohl meinen Magen knurren hören«, sagte ich munter. »Ich habe einen Wagen. Ich kann uns in die Stadt fahren.«

»Nehmen wir lieber den 888-Shuttle«, sagte Elgin. »Ich brauche das Wi-Fi, um ein paar E-Mails rauszuschicken.«

»Dann eben den 888-Shuttle«, sagte ich, pikiert wegen der Zurückweisung, aber auch ein bisschen getröstet durch die Tatsache, dass der 888-Shuttle für die hohen Tiere vom Vice President aufwärts ist und ich auf diese Weise erstmals damit fahren kann.

»Wild Ginger, zwölf Uhr. Ich reserviere einen Tisch.«

Also sitze ich jetzt hier und fürchte das Mittagessen dieses Tages, der doch der glücklichste meines Lebens sein sollte. Ach Audrey, ich hoffe, dein Tag läuft besser als meiner.

• • •

Von: Audrey Griffin
An: Soo-Lin Lee-Segal

Wen interessiert Elgin Branch? Mich interessierst du. Ich bin ja so stolz auf dich, nach allem, was du seit der Scheidung durchgestanden hast. Endlich bekommst du die Anerkennung, die du verdienst.

Mein Tag läuft ausgezeichnet. Eine Maschine reißt alle Brombeerranken aus Bernadettes Hang. Das hat mich so euphorisiert, dass ich sogar über einen Vorfall an der Galer Street lachen konnte, der mich sonst wohl völlig fertiggemacht hätte.

Heute Morgen fing mich Gwen Goodyear ab und bat mich um eine Unterredung in ihrem Büro. Und wer saß da in einem Ledersessel, mit dem Rücken zu mir? Kyle! Gwen machte die Tür zu und ging hinter ihren Schreibtisch. Neben Kyle war noch ein Stuhl, also setzte ich mich hin.

Gwen zog ihre Schublade auf. »Wir haben gestern etwas in Kyles Schließfach gefunden.« Sie hielt ein orangefarbenes Pillenfläschchen hoch. Darauf stand mein Name – es war das Vicodin, das ich verordnet bekam, nachdem *Unsere Liebe Frau* vom Straight Gate mich über den Haufen zu fahren versucht hatte.

»Wie kommt das hierher?«, fragte ich.

»Kyle?«, sagte Gwen.

»Ich weiß nicht«, sagte Kyle.

»Die Galer Street hat eine Null-Toleranz-Politik in Sachen Drogen«, sagte Gwen.

»Aber das ist ein ärztlich verordnetes Mittel«, sagte ich, weil ich immer noch nicht begriff, worauf sie hinauswollte.

»Kyle«, sagte Gwen. »Warum war es in deinem Schließfach?«

Die Richtung, die das Ganze nahm, gefiel mir nicht. Gar nicht. Ich erklärte: »Ich musste in die Notaufnahme, dank Bernadette Fox. Wie Sie sich vielleicht erinnern, kam ich *an Krücken* wieder heraus. Da habe ich Kyle gebeten, meine Tasche zu tragen. Und die verordnete Medizin. Guter Gott.«

»Wann haben Sie gemerkt, dass Ihr Vicodin nicht mehr da war?«, fragte Gwen.

»Bis eben gar nicht«, sagte ich.

»Warum ist das Fläschchen leer? Lassen Sie Kyle antworten, Audrey.« Sie wandte sich an Kyle. »Kyle, warum ist es leer?«

»Ich weiß nicht«, sagte Kyle.

»Es war bestimmt schon leer, als wir es bekommen haben«, sagte ich. »Sie wissen doch, wie unterbesetzt sie dort in der Universitätsklinik sind. Wahrscheinlich haben sie einfach vergessen, es zu füllen. Sind wir jetzt fertig? Vielleicht haben Sie's ja noch nicht gehört, aber ich gebe morgen eine Party für sechzig potenzielle Eltern.« Ich stand auf und ging.

Jetzt, wo ich dir das alles schreibe, möchte ich wirklich wissen, was *Gwen Goodyear* an Kyles Schließfach zu suchen hatte. Haben die Dinger denn keine Schlösser? Heißen sie nicht deshalb Schließfächer?

• • •

All unsere Schließfächer haben in die Tür eingebaute Kombinationsschlösser. Es nervt total, immer wenn man was rausholen will, die kleinen Drehknöpfe tausendmal hin und her zu drehen. Alle hassen es. Aber Kyle und seine Gang haben herausgefunden, dass man es umgehen kann, indem man so lange auf das Schloss draufschlägt, bis es rausbricht. Kyles Schließfach steht permanent einen Spalt offen. *Das* hatte Mrs. Goodyear an Kyles Schließfach zu suchen.

• • •

Von: Bernadette Fox
An: Manjula Kapoor

Ich war schon ein Jahr lang nicht mehr in der Stadt gewesen. Sofort fiel mir wieder ein, warum: die Parkscheinautomaten.

In Seattle zu parken, ist ein achtschrittiger Prozess. Schritt eins: einen Parkplatz finden (Viel Glü-hück!) Schritt zwei: den Wagen rückwärts in die schräge Parklücke manövrieren. (Derjenige, der das erfunden hat, gehört in den Knast.) Schritt drei: einen Parkscheinautomaten finden, der *nicht* auf bedrohliche Art von einem stinkenden Sammelsurium aus Bettlern/Pennern/Junkies/Straßenpunks umlagert ist. Das erzwingt Schritt vier: über die Straße gehen. Ach ja, man hat natürlich den Schirm vergessen (und futsch ist die Frisur, über die man sich sowieso seit dem Ende des letzten Jahrhunderts keine Gedanken mehr macht, also ist das geschenkt). Schritt fünf: Kreditkarte in den Automaten stecken (ein kleines Wunder, wenn man einen gefunden hat, der nicht im Zuge einer fehlgeleiteten Unmutsäußerung mit Kompaktkleber verstopft wurde). Schritt sechs: zum Auto zurückgehen (wieder verbunden mit Spießrutenlauf durch bereits erwähnte stinkende Gestalten, die einen aggressiv anmachen, weil man ihnen auf dem Hinweg kein Geld gegeben hat – oh, und sagte ich schon, dass sie alle zitternde Hunde haben?). Schritt sieben: Parkschein am richtigen Wagenfenster anbringen. (Ist es bei schrägen Rückwärtseinparklücken die Beifahrerseite? Oder die Fahrerseite? Ich würde ja die Anweisungen hinten auf dem Parkschein lesen, aber WER ZUM TEUFEL NIMMT DENN DIE LESEBRILLE MIT, UM SEINEN WAGEN ZU PARKEN?) Schritt acht: zu Gott, an den man nicht glaubt, beten, dass man die nötigen geistigen Fähigkeiten hat, um sich jetzt noch zu erinnern, warum man überhaupt in die Stadt gekommen ist.

Ich wünschte mir jetzt schon, ein tschetschenischer Rebell würde mir in den Rücken schießen.

Die Apotheke war holzgetäfelt-höhlenartig und barg ein paar dünn bestückte Regale. In der Mitte stand ein Brokatsofa, und darüber hing ein Chihuly-Leuchter. Das Ganze passte in keiner Weise zusammen, also war ich schon ziemlich mit den Nerven runter.

Ich ging an den Ladentisch. Das Mädchen dahinter trug eine dieser weißen Kopfbedeckungen, die aussehen wie eine Nonnenhaube, nur ohne die Flügel. Ich weiß nicht, zu welcher Ethnie das gehört, aber es gibt haufenweise Frauen, die so was tragen, vor allem bei Autovermietungen. Irgendwann muss ich wirklich mal fragen.

»Bernadette Fox«, sagte ich.

Sie sah mich an, dann zuckten ihre Augen unheilverkündend. »Augenblick.« Sie bestieg ein Podest und flüsterte einem anderen Apotheker etwas zu. Er senkte das Kinn und musterte mich streng über seine Brille hinweg. Er und das Mädchen kamen herunter. Was auch immer jetzt passieren würde, sie hatten es schon im Voraus verabredet, es war ein Tandem-Job.

»Ich habe das Rezept von Ihrem Arzt erhalten«, sagte der Herr.

»Es wurde gegen Seekrankheit ausgestellt, für eine Kreuzfahrt, die Sie machen wollen?«

»Wir fahren über Weihnachten in die Antarktis«, sagte ich, »was die Überquerung der Drakestraße beinhaltet. Die Zahlen zu Strömungsgeschwindigkeit und Wellenhöhe dort sind schockierend. Ich würde sie Ihnen gern nennen, aber ich kann's nicht, weil ich mir Zahlen einfach nicht merken kann. Außerdem gebe ich mir alle Mühe, es zu verdrängen. Schuld ist meine Tochter. Ich fahre nur ihretwegen.«

»Ihr Rezept ist für ABHR«, sagte er. »ABHR enthält überwiegend Haldol mit etwas Benadryl, Reglan und Ativan.«

»Klingt gut.«

»Haldol ist ein Antipsychotikum.« Er versenkte seine Lesebrille in seiner Brusttasche. »Es wurde in sowjetischen Gefängnissen verwendet, um den Willen der Gefangenen zu brechen.«

»Und ich entdecke es erst jetzt!«, sagte ich.

Dieser Typ war resistent gegen meinen gesamten Charme, oder aber ich besitze keinen solchen, was wahrscheinlicher ist. Er fuhr fort: »Es hat etliche gravierende Nebenwirkungen, darunter die sogenannten Spätdyskinesien, die besonders schlimm sind. Spätdyskinesien äußern sich etwa in unkontrollierbarem Grimassieren, Herausstrecken der Zunge, Schmatzen ...«

»Sie haben doch solche Leute schon gesehen«, steuerte die fliegende Nonne gravitätisch bei. Sie hielt sich eine verkrampfte Hand ans Gesicht, legte den Kopf schief, schloss ein Auge.

»Sie werden offenbar nicht seekrank«, sagte ich. »Denn gegen ein paar Stunden Seekrankheit ist das ein Klacks.«

»Spätdyskinesien können für immer anhalten«, sagte er.

»Für immer?«, sagte ich matt.

»Die Wahrscheinlichkeit von Spätdyskinesien beträgt vier Prozent«, sagte er. »Bei älteren Frauen steigt sie auf zehn Prozent.«

Ich machte *Puh*.

»Ich habe mit Ihrem Arzt geredet. Er hat Ihnen ein Rezept über ein Scopolamin-Pflaster gegen Bewegungskrankheit und Xanax gegen die Angst ausgestellt.«

Xanax hatte ich schon! Bees Ärztebataillone haben mich immer mit Xanax oder irgendeinem Schlafmittel nach Hause geschickt. (Sagte ich schon, dass ich nicht schlafen kann?) Ich habe nie etwas davon genommen, weil beim einzigen Mal, als ich's tat, die Folge war, dass mir übel wurde und ich mich nicht wie ich selbst fühlte. (Ich weiß, Letzteres müsste eigentlich als Qualitätsmerkmal gelten. Was soll ich sagen? Ich habe mich nun mal an mich gewöhnt.) Aber das Problem an dem Xanax und den Hunderten anderen Pillen, die ich gehortet habe, ist: Sie liegen alle durcheinander in einem Ziplock-Beutel. Warum? Na ja, einmal dachte ich daran, mich mit einer Überdosis umzubringen, also schüttete ich die Pillen aus sämtlichen Fläschchen in meine Hände – sie passten nicht mal rein, so viele hatte ich –, nur um zu gucken, ob ich sie alle runterkriegen würde. Aber dann kam ich von der ganzen Idee wieder ab, also kippte ich die Pillen in einen Plastikbeutel, wo sie bis heute vor sich hin gammeln. Warum ich mich umbringen wollte, fragen Sie sich jetzt vermutlich. Tja, ich mich auch. Ich kann mich nicht mal mehr dran erinnern.

»Haben Sie irgend so ein laminiertes Schaubild der verschiedenen Pillen?«, fragte ich den Apotheker. Der Gedanke dahinter war: Vielleicht könnte ich ja herauskriegen, welche Xanax waren, und sie wieder in ihr richtiges Behältnis tun. Der arme Mann war völlig verdutzt. Wer könnte es ihm verdenken?

»Gut«, sagte ich. »Geben Sie mir das Xanax und dieses Pflaster.«

Ich setzte mich einstweilen auf das Brokatsofa. Es war mordsunbequem. Ich hievte ein Bein auf die Sitzfläche und lehnte mich zurück. Schon besser. Es war ein Sofa für den Ohnmachtsanfall, ging mir jetzt auf, und wollte liegend genutzt werden. Über mir schwebte der Chihuly-Leuchter. Chihulys sind gewissermaßen die

Taubenplage von Seattle. Sie sind überall, und selbst wenn sie einem nicht direkt im Weg sind, kann man nicht umhin, eine Antipathie gegen sie zu entwickeln.

Dieser hier war natürlich ganz aus Glas, weiß und rüschig und mit jeder Menge herabhängender Tentakel. Er leuchtete von innen kaltblau, aber ohne erkennbare Lichtquelle. Draußen schüttete es. Das rhythmische Platschen machte dieses schwebende Glasungetüm nur noch geisterhafter, als ob es mit dem Sturm gekommen wäre, ein Regenmacher. Es sang Chihuly ... Chihuly. In den Siebzigerjahren war Dale Chihuly bereits ein bekannter Glasbläser, als er bei einem Autounfall ein Auge verlor. Aber das konnte ihn nicht stoppen. Ein paar Jahre später renkte er sich bei einem Surfunfall so schlimm die Schulter aus, dass er nie wieder ein Glasbläserrohr halten konnte. Aber auch das konnte ihn nicht stoppen. Sie glauben mir nicht? Fahren Sie mal mit dem Boot auf den Lake Union raus und gucken Sie in die Fenster von Chihulys Atelier. Wahrscheinlich steht er dort mit seiner Augenklappe und seinem lahmen Arm und erschafft das beste, abgedrehteste Werk seines Lebens. Ich musste die Augen zumachen.

»Bernadette?«, sagte eine Stimme.

Ich öffnete die Augen. Ich war eingeschlafen. Das ist das Problem, wenn man nie schläft. Irgendwann tut man's schließlich doch und zwar zum ungeeignetsten Zeitpunkt, so wie jetzt hier mitten in der Öffentlichkeit.

»Bernadette?« Es war Elgie. »Warum schläfst du denn hier in der Apotheke?«

»Elgie ...« Ich wischte mir herausgelaufene Spucke von der Wange. »Sie wollten mir kein Haldol geben, darum muss ich jetzt auf das Xanax warten.«

»*Was?*« Er sah kurz durchs Fenster nach draußen. Da standen irgendwelche Microsoft-Leute, die mir vage bekannt vorkamen. »Was hast du denn da an?«

Er meinte meine Anglerweste. »Ach, die. Die habe ich aus dem Internet.«

»Könntest du bitte aufstehen?«, sagte er. »Ich habe einen Lunchtermin. Muss ich den absagen?«

»Himmel, nein!«, sagte ich. »Mir geht's bestens. Ich habe nur letzte Nacht nicht geschlafen und bin einfach eingenickt. Geh, mach, iss.«

»Ich komme um die Abendessenszeit nach Hause. Können wir heute zum Essen ausgehen?«

»Musst du nicht nach Washington?«

»Das kann warten«, sagte er.

»Ja, klar können wir«, sagte ich. »Buzz und ich überlegen uns ein Lokal.«

»Nur du und ich.« Er ging.

Und da kam plötzlich alles ins Trudeln: Ich hätte schwören können, dass eine von den Personen, die draußen auf ihn warteten, eine Galer-Street-Gnitze war. Nicht die, die uns wegen der Brombeeren belästigt, sondern eine von diesen anderen Zicken. Ich blinzelte, schaute noch mal hin. Aber Elgie und seine Leute waren von den Mittagspausenscharen mitgeschwemmt worden.

Mein Herz pochte laut. Ich hätte noch dableiben und eine von diesen Xanax-Pillen einwerfen sollen. Aber ich hielt es nicht mehr aus in dieser Apotheke, gefangen unter dem eisigen Menetekel. Du bist schuld, Dale Chihuly!

Ich floh. Ich hatte keine Ahnung, wo ich hinwollte, ja, auch nur wo ich hinlief. Aber ich muss wohl die Fourth Avenue raufgelaufen sein, denn das Nächste, was ich registrierte, war, dass ich vor der Rem-Koolhaas-Bibliothek stand.

Ich war offenbar stehen geblieben. Weil jemand auf mich zukam. Ein Student höheren Semesters dem Aussehen nach. Netter Bursche, in keiner Weise fies oder bedrohlich.

Aber er hatte mich erkannt.

Manjula, ich habe keine Ahnung, woher. Das einzige Foto, das von mir da draußen herumgeistert, wurde vor zwanzig Jahren gemacht, direkt vor jener unglaublich abscheulichen Sache. Darauf bin ich schön, mein Gesicht strahlt vor Selbstvertrauen, und aus meinem Lächeln spricht Zukunftsfreude.

»Bernadette Fox«, brach es aus mir heraus.

Ich bin fünfzig und werde allmählich verrückt.

Das alles kann für Sie keinen Sinn ergeben, Manjula. Muss es auch nicht. Aber Sie sehen, was passiert, wenn ich mit Leuten in Kontakt komme. Es verheißt nichts Gutes für die ganze Antarktis-Chose.

• • •

An diesem Nachmittag holte Mom mich ab. Vielleicht war sie ein bisschen still, aber das ist sie manchmal, weil sie auf der Fahrt zur Schule auf PRI die Nachrichtensendung »The World« hört, was in der Regel ein ziemlicher Stimmungskiller ist, und da war dieser Tag keine Ausnahme. Ich stieg ein. Gerade kam ein schrecklicher Bericht über den Krieg in der Demokratischen Republik Kongo und wie sie dort Vergewaltigung als Waffe einsetzten. Alle weiblichen Wesen wurden vergewaltigt, von sechs Monate alten Babys bis zu achtzigjährigen Omas. *Jeden Monat* gab es über tausend Vergewaltigungen. Schon *zwölf Jahre* ging das so, und niemand unternahm was dagegen. Hillary Clinton war hingereist und hatte Hilfe versprochen, was Hoffnung geweckt hatte, aber dann hatte sie weiter nichts getan, als der korrupten Regierung Geld zu geben.

»Ich kann das nicht hören!« Ich hieb auf die Aus-Taste.

»Ich weiß, es ist furchtbar«, sagte Mom. »Aber du bist alt genug. Wir führen hier in Seattle ein privilegiertes Leben. Das heißt nicht, dass wir diese Frauen, deren einziger Fehler es war, während eines Bürgerkriegs im Kongo geboren zu werden, einfach, *knips*, ausschalten dürfen. Wir müssen Zeugen sein.« Sie stellte das Radio wieder an.

Ich rutschte tiefer in meinen Sitz und schäumte vor mich hin.

»Der Krieg im Kongo wütet weiter, ohne dass ein Ende absehbar wäre«, erklärte die Sprecherin. »Und derzeit erreicht uns die Nachricht von einer neuen Kampagne der Soldaten, die Frauen aufzuspüren, die sie bereits vergewaltigt haben, und sie erneut zu vergewaltigen.«

»O heiliger Jesus Christus!«, sagte Mom. »Bei Mehrfachvergewaltigung ist die Grenze wirklich erreicht.« Und sie schaltete das Radio aus.

Es war still im Auto. Dann, um zehn vor vier, mussten wir das Radio wieder anschalten, weil wir freitags um zehn vor vier immer unsere absolute Lieblingsradioperson hören, Cliff Mass. Wenn Sie nicht wissen, wer Cliff Mass ist, also, er ist Moms und mein totaler Star, so ein Wahnsinnswettertyp, der das Wetter so sehr liebt, dass man gar nicht anders kann, als ihn dafür zu lieben.

Einmal, so mit zehn vielleicht, blieb ich einen Abend mit einer Babysitterin zu Hause, während Mom und Dad einen Vortrag in der Town Hall hörten. Am nächsten Morgen zeigte mir Mom ein Foto auf ihrer Digitalkamera. »Ich, und rate mal mit wem?« Ich hatte keine Ahnung. »Du wirst ja so eifersüchtig sein, wenn du's erfährst.« Ich machte das, was Mom und Dad mein Kubrick-Gesicht nennen: eine finstere Miene, die ich schon als Baby aufgesetzt habe. Schließlich kreischte Mom: »Cliff Mass!«

O mein Gott, kann mich irgendjemand davon abhalten, noch mehr über Cliff Mass zu schreiben?

Was ich sagen will: Erstens wegen der Mehrfachvergewaltigungen und zweitens, weil wir so verknallt in Cliff Mass waren, redeten Mom und ich an dem Tag auf der Heimfahrt kaum, deshalb konnte ich nicht wissen, dass sie traumatisiert war. Als wir in unsere Zufahrt kamen, standen da mehrere riesige Lastwagen, und einer parkte direkt auf unserer Sensorschranke, damit das Tor offen blieb. Arbeiter gingen ein und aus. Durch die regenschlierige Windschutzscheibe war schwer zu erkennen, was genau da vor sich ging.

»Frag nicht«, sagte Mom. »Audrey Griffin hat verlangt, dass wir die Brombeeren wegmachen lassen.«

Als ich klein war, nahm Mom mich einmal mit zu *Dornröschen* im Pacific Northwest Ballet. Darin belegt eine böse Fee die Prinzessin mit einem Fluch, der sie für hundert Jahre in einen tiefen Schlaf fallen lässt. Eine gute Fee schützt die schlafende Prinzessin, indem sie sie mit einer Dornhecke umgibt. In dem Ballett schläft die Prinzessin, während die Dornranken um sie herum immer dichter werden. So fühlte ich mich in meinem Schlafzimmer auch. Ich wusste, unsere Brombeeren wölbten den Boden der Bibliothek auf, bildeten komische Knubbel im Teppich und drückten Kellerfenster ein. Aber ich schlief mit einem Lächeln ein, denn ich wusste, eine gute Macht beschützte meinen Schlaf.

»Doch nicht *alle*!«, jammerte ich. »Wie konntest du?«

»Bläk mich nicht so an«, sagte sie. »Ich bin die, die mit dir an den Südpol fährt.«

»Mom«, sagte ich, »Wir fahren nicht an den Südpol.«

»Moment, was?«

»Touristen fahren nur zur Antarktischen Halbinsel, die muss man sich so vorstellen wie die Florida Keys der Antarktis.« So schockierend es ist, Mom schien das wirklich nicht zu wissen. »Dort hat es trotzdem null Grad«, fuhr ich fort. »Aber es ist nur ein ganz winziger Teil der Antarktis. Es ist so, als ob jemand sagt, er fährt über Weihnachten nach Colorado, und man hinterher fragen würde: ›Wie war's in New York?‹ Klar, beides ist in den USA. Aber es ist einfach so was von ignorant. Bitte sag, dass du's gewusst hast und nur vergessen hast, weil du müde bist.«

»Müde *und* ignorant«, sagte sie.

• • •

Von: Soo-Lin Lee-Segal
An: Audrey Griffin

Bevor du mich als Elgin-Branch-Hysterikerin abtust, hör dir das an.

Wie gesagt, Elgin, Pablo und ich hatten ein Lunch-Meeting in der Stadt. Elgin bestand darauf, den 888-Shuttle zu nehmen. (Der übrigens auch nicht anders ist als der normale Microsoft-Bus. All die Jahre hatte ich mir vorgestellt, dass die Tür aufgeht und es drinnen aussieht wie in der Flasche eines Dschinns oder so.) Im Zentrum waren Baustellen, und als wir an der Ecke Fifth Avenue/ Seneca Street waren, stand der Verkehr komplett still. Elgin sagte, zu Fuß würde es schneller gehen. Es goss wie aus Kübeln, aber es kam mir nicht zu, irgendwelche Einwände zu erheben, also stieg ich mit aus.

Audrey, du redest doch immer von Gottes Plan. Jetzt verstehe ich zum ersten Mal, was du meinst. Ich hätte ja eher gedacht, dass Gott sich von mir abwendet, wenn er mich in strömendem Regen drei Querstraßen weit zu Fuß gehen lässt. Aber wie sich herausstellte, gab es da zwischen Querstraße zwei und drei etwas, wovon Gott wollte, dass ich es sehe.

Elgin, Pablo und ich hasteten die Fourth Avenue entlang, mit gesenktem Kopf und tief ins Gesicht gezogener Kapuze. Zufällig schaue ich mal auf, und was sehe ich da? Bernadette Fox, schlafend in einer Apotheke.

Ich wiederhole: Bernadette Fox, die mit geschlossenen Augen auf einer Couch mitten in einer Apotheke lag. Sie hätte sich auch gleich ins Schaufenster von Nordstrom legen können, damit ganz Seattle sie sieht. Sie trug die übliche Sonnenbrille, Hosen und Slipper, ein Herrenhemd mit silbernen Manschettenknöpfen und irgendeine Art Weste unter ihrem Regenmantel. Und sie umklammerte eine schicke Handtasche mit einer ihrer Seidentücher dran.

Pablo und Elgin waren schon an der Ecke, drehten sich immer wieder um und wunderten sich, wo ich blieb. Elgin entdeckte mich und kam sichtlich aufgebracht zurück.

»Ich ...«, stammelte ich, »tut mir leid ...« Es war mein erster Tag im neuen Job. Was auch immer mit Bernadette los war, ich wollte nichts damit zu tun haben. Ich wollte schnell weiterlaufen, aber es war schon zu spät. Elgin hatte bereits durchs Schaufenster geguckt. Sein Gesicht wurde weiß. Er zog die Tür auf und ging rein.

Inzwischen war auch Pablo zurückgekommen. »Elgins Frau liegt da drinnen und schläft«, erklärte ich.

»Es schüttet wirklich«, sagte Pablo. Er lächelte und wollte partout nicht in die Apotheke schauen.

»Ich weiß schon, was ich zum Lunch nehme«, sagte ich. »Die Salz-und-Pfeffer-Calamari. Die stehen nicht auf der Karte, aber sie machen sie einem auf Anfrage.«

»Klingt gut«, sagte er. »Ich muss wohl erst die Karte studieren, bevor ich was bestelle.«

Endlich kam Elgin wieder heraus, sichtlich erschüttert. »Buchen Sie meinen Washington-Flug um«, sagte er. »Ich fliege morgen früh.«

Ich war nicht voll auf dem Laufenden über Elgins Terminplan. Aber ich wusste, seine Präsentation in Washington war morgen um sechzehn Uhr. Ich wollte schon ansetzen zu erklären, dass angesichts des Zeitunterschieds ...

»Tun Sie's einfach ...«

»Gern.«

Prompt kam in dem Moment ein Microsoft-Bus vorbei. Elgin stürzte sich in den Verkehr und hielt ihn an. Er verhandelte mit dem Fahrer, winkte mich dann rüber. »Er nimmt Sie mit nach Redmond«, sagte Elgin. »S-plussen Sie mir meine neuen Reisedaten.«

Was blieb mir anderes übrig? Ich stieg in den Bus. Pablo brachte mir zwar eine Portion Salz-und-Pfeffer-Calamari mit, aber die hatten den Transport nicht so gut vertragen.

• • •

Von: Audrey Griffin
An: Soo-Lin Lee-Segal

Ich muss mich kurz fassen, weil ich bis zum Kragen in Partyvorbereitungen stecke. Das Wesentliche an deinen **BLITZ ⚡ INFOS** ist, dass dir langsam aufgeht: Gott lenkt uns. (In deinem Fall sogar wortwörtlich: den Bus.) Ich würde gern demnächst mal ausführlicher mit dir drüber reden. Kaffee vielleicht? Ich kann ja zu Microsoft rauskommen.

• • •

E-Mail des jungen Mannes vor der Bibliothek
an seinen Architekturprofessor an der
University of Southern California

Von: Jacob Raymond
An: Paul Jellinek

Lieber Mr. Jellinek,
wissen Sie noch, wie ich Ihnen erzählt habe, ich würde nach Seattle wallfahrten, um die Koolhas-Bibliothek zu sehen, und wie ich gewitzelt habe, ich würde Ihnen Bescheid geben, falls ich Bernadette

Fox sichte? Tja, raten Sie mal, wen ich vor der Bibliothek getroffen habe.

Bernadette Fox! Sie ist um die fünfzig, mit wildem, braunem Haar. Ich habe überhaupt nur deshalb hingeguckt, weil sie eine Anglerweste trug, was einfach auffällt.

Es gibt ja dieses eine Foto von ihr, das vor etwa zwanzig Jahren entstand, als sie den Preis bekam. Und man hört ja auch diese ganzen Spekulationen, dass sie nach Seattle gezogen und Einsiedlerin oder verrückt geworden sei. Ich hatte das deutliche Gefühl, dass sie es war. Bevor ich irgendwas sagen konnte, sagte sie plötzlich von sich aus: »Bernadette Fox.«

Ich redete drauflos. Erzählte ihr, dass ich im Graduiertenstudium an der USC bin, dass ich Beeber Bifocal jedes Mal besichtigt habe, wenn das Gebäude für die Öffentlichkeit zugänglich war, und dass unser Winterprojekt ein Wettbewerb »Reinterpretation des Zwanzig-Meilen-Hauses« ist.

Plötzlich merkte ich, dass ich zu viel geredet hatte. Ihr Blick war leer. Irgendwas stimmte mit ihr nicht. Ich wollte ein Foto von mir mit der geheimnisumwobenen Bernadette Fox machen. (Das wäre doch mal ein Profilfoto!) Aber dann besann ich mich. Diese Frau hat mir schon so viel gegeben. Es war eine rein einseitige Beziehung, und jetzt wollte ich *noch mehr*? Ich verneigte mich vor ihr, die Hände wie zum Gebet zusammengelegt, ging in die Bibliothek und ließ sie draußen im Regen stehen.

Ich habe ein schlechtes Gewissen, weil ich sie womöglich ins Schleudern gebracht habe.

Ich wollte nur sagen, für den Fall, dass es Sie interessiert: Bernadette Fox spaziert mitten im Winter mit einer Anglerweste in Seattle herum.

Bis dann im Seminar

Jacob

• • •

An diesem Abend gingen Mom und Dad ohne mich bei einem Mexikaner in Ballard essen, was mir recht war, weil freitags immer ein ganzer Haufen von uns in die Jugendgruppe geht und es dort frittierte Shrimps gibt und wir einen Film gucken können. Diesmal zeigten sie *Oben*.

Dad ging um fünf Uhr morgens aus dem Haus, um seinen Flieger zu kriegen, weil er wegen Samantha 2 im Walter Reed Hospital zu tun hatte.* Claire Anderssen gab eine Party auf Bainbridge Island, und ich wollte, dass Mom und ich in unser Haus dort fuhren und Kennedy bei uns übernachten würde. Kennedy geht Dad auf die Nerven, deshalb kann sie nie bei uns übernachten, wenn er da ist, also war ich froh, dass er weg war.

Mom und ich hatten einen Plan. Wir würden die 10:10-Fähre nach Bainbridge nehmen und Kennedy würde nachkommen, weil sie erst noch zur Gymnastik musste, die sie lieber geschwänzt hätte, was ihre Mom aber nicht zuließ.

---

* Ich verrate keine Microsoft-Betriebsgeheimnisse, wenn ich das sage. Microsoft ist auf Ideen gegründet, und diese Ideen darf man nicht einfach weitererzählen, nicht mal der eigenen Familie, weil sonst vielleicht jemand Kennedy davon erzählt, die es dann ihrem Dad weitererzählt, und obwohl der bei Amazon arbeitet, hat er doch früher mal bei Microsoft gearbeitet und kennt dort Leute, denen er's weitererzählt, und dann erfährt es Dad, und man kriegt eine Lektion verpasst. Normalerweise würde ich nie sagen, wo Dad geschäftlich zu tun hat, aber ich hab's im Internet gesucht, und da ist ein Video von seiner Präsentation an diesem Nachmittag im Walter Reed Hospital, also ist es total öffentlich.

Samstag, 11. Dezember

• • •

Blog-Post von Cliff Mass

Dieser Sturm entwickelt sich zu einem komplexen Wetterereignis. Ich werde mir die Zeit nehmen, es ausführlich darzustellen, da die Medien die Auswirkungen nicht vollständig erfassen. Das Wolkenband, das die Front des herannahenden Wettersystems markiert, hat gestern Nachmittag den Bundesstaat Washington erreicht. Die jüngsten hochauflösenden Computermodelle zeigen anhaltende Windgeschwindigkeiten von 40 – 50 Meilen pro Stunde mit Böen von 70 – 80 Meilen pro Stunde und eine Zugrichtung des Tiefs über Regionen nördlich von uns statt, wie in den vergangenen Tagen prognostiziert, südlich.

Gestern im Radio habe ich hochgradige Skepsis geäußert, was die Beibehaltung der gestrigen Zugrichtung des Tiefdruckzentrums anbelangte, und in der Tat bestätigen die aktuellen Satellitenbilder, dass das Zentrum des Tiefs die Südspitze von Vancouver Island überqueren und nach British Columbia hineinziehen wird. Dadurch wird der Zustrom warmer und feuchter Luft ermöglicht und es kommt wahrscheinlich zu heftigen Regenfällen im Westen des Bundesstaates Washington.

Gestern haben die Medien meine nachdrücklichen Wetterwarnungen für Seattle als hysterische Übertreibung und falschen Alarm abgetan. *Dies ist kein falscher Alarm*. Die unvorhergesehene Zugbahn des Sturms hat dazu geführt, dass nördlich des Puget Sounds ein Tiefdrucksystem hereinzieht und einen beträchtlichen Temperaturanstieg mit sich bringt.

In Seattle haben warme Temperaturen im Verein mit feuchter Pineapple-Express-Luftströmung zwischen gestern Abend, 19 Uhr, und heute Morgen, 7 Uhr, bereits zu einer Niederschlagsmenge von zwei Inches geführt. Ich lehne mich jetzt weit aus dem Fenster und prognostiziere, dass dieser Luftstrom über dem Puget Sound stagnieren wird und die sintflutartigen Regenfälle noch Stunden anhalten. Wir befinden uns mitten in einer höchst bemerkenswerten Wettershow.

• • •

Sehen Sie, das meine ich, wenn ich sage, dass man Cliff Mass einfach lieben muss, denn im Grund sagt er ja nur, dass es regnen wird.

• • •

Von: Ollie-O
An: Eltern-Brunch-Komitee

BLITZ ⚡ INFO!

Der Tag des BPE ist da. Leider wird unser wichtigster Gast, **die Sonne**, aus Wettergründen verhindert sein. Ha-ha. Das war mein Vorschlag für einen Witz.

Es ist unerlässlich, einen **strikten Zeitplan** einzuhalten. Es wäre **tödlich** für die Galer Street, wenn die PEs das Gefühl hätten, dass ihnen die Zeit gestohlen wird, noch dazu in der **Weihnachtseinkaufszeit**. Unser Ziel ist, dafür zu sorgen, dass die **Mercedes-Eltern** sehen und gesehen werden, und sie dann zügig zu entlassen, damit sie das Einkaufszentrum stürmen und diesen phantastischen **Fünfzig-Prozent-Rabatt-auf-alles** nutzen können.

10:00 – 10:15 MEs kommen an. Essen und Getränke werden gereicht.
10:45 Mr. Kangana und Elternteil Helen Durwood erscheinen mit Vorklässlern, die **mucksmäuschenstill** durch den Seiteneingang hereinkommen und sich zur Marimba-Darbietung gruppieren.

10:55 Gwen Goodyear hält kurze Begrüßungsansprache und dirigiert dann MEs zum Wintergarten. Mr. Kangana leitet Marimba-Darbietung der Vorklässler.

11:15 Schlusswort.

Gwen Goodyear wird an der Tür postiert sein, um MEs zu **verabschieden** und ihnen Galer-Street-Promoartikel zu überreichen. Die Wichtigkeit des Letzteren kann ich gar nicht genug betonen. Dass sie **Mercedes-Eltern** sind, heißt noch lange nicht, dass sie nicht hochgradig empfänglich für **Gratisplunder** sind. (Excusez-moi!)
Cheers!

• • •

Von: Soo-Lin Lee-Segal
An: Audrey Griffin

VIEL GLÜCK HEUTE! Ich habe gerade mit Pizza Nuovo gesprochen. Der Regen macht ihrem Holzofen nichts aus. Sie stellen einfach ein Zelt im Garten auf. Ich sitze hier in Redmont fest, weil Elgin eine Präsentation in einer anderen Stadt macht und will, dass ich hier an meinem Arbeitsplatz bin, um bei eventuellen Pannen Soforthilfe zu leisten. Kein Kommentar.

• • •

Von: Ollie-O
An: Eltern-Brunch-Komitee

Krise. Riesiges Schild prangt über Audreys Haus. Über Nacht aufgestellt von **verrückter Nachbarin**. (Galer-Street-Mitmutter?) Audrey hysterisch. Ehemann ruft Staatsanwaltschaft an.
Für **Unvorhergesehenes** bin ich nicht zuständig.

• • •

Von: Dr. Helen Derwood
An: Galer-Street-Vorklasseneltern
Cc: Galer-Street-Gesamtelternliste

Liebe Eltern,
Ihre Kleinen haben Ihnen ja wahrscheinlich schon in Bruchstücken von den schockierenden Ereignissen beim heutigen Brunch erzählt. Bestimmt sind Sie jetzt ratlos und besorgt. Da ich als einziger Vorklassenelternteil anwesend war, werde ich schon die ganze Zeit mit Anrufen von Leuten überschwemmt, die fragen, was denn genau passiert ist.

Wie ja wahrscheinlich viele von Ihnen wissen, bin ich Therapeutin am Swedish Medical Center und spezialisiert auf posttraumatische Belastungsstörungen (PTBS). Ich war nach Katrina in New Orleans und bin immer noch oft in Haiti. Mit Einwilligung von Schulleiterin Goodyear schreibe ich Ihnen als Elternteil und als PTBS-Therapeutin.

Wichtig ist zunächst einmal die Faktengrundlage.

Sie haben Ihre Kinder vor der Galer Street abgesetzt. Dort stiegen wir in den Bus, und Mr. Kangana fuhr uns zum Haus von Audrey und Warren Griffin in Queen Anne. Trotz des Regens war das Setting dort wunderschön. Die Pflanzkübel waren voller bunter Blumen, und in der Luft lag Holzfeuergeruch.

Ein Herr namens Ollie-O begrüßte uns und dirigierte uns zum Seiteneingang, wo wir gebeten wurden, Regenmäntel und Gummistiefel auszuziehen.

Der Brunch war schon in vollem Schwange. Es waren etwa fünfzig Gäste da, die sich alle gut zu amüsieren schienen. Ich spürte zwar eine beträchtliche Anspannung bei Gwen Goodyear, Audrey Griffin und Ollie-O, aber es war nichts, was ein Vorklässler registriert hätte.

Wir wurden in den Wintergarten geführt, wo Mr. Kangana schon am Vorabend seine Marimbas aufgebaut hatte. Die Kinder, die noch mal mussten, gingen aufs Örtchen, dann knieten sich alle hinter ihre Instrumente. Die Jalousien waren heruntergelassen, sodass es im Wintergarten ziemlich dunkel war. Die Kinder hatten Probleme, ihre Schlägel zu finden, daher wollte ich die Jalousien hochziehen.

Ollie-O erschien neben mir und hielt meine Hand fest. »Das geht gar nicht.« Er knipste Licht an.

Die Gäste drängten herein, um der Darbietung beizuwohnen. Nach kurzen einleitenden Worten von Gwen Goodyear begannen die Kinder mit »Mein riesengroßer Karpfen«. Sie wären ja so stolz gewesen! Es lief wunderbar. Doch nach etwa einer Minute brach draußen im Garten, wo die Caterer waren, irgendeine Art von Tumult aus.

»Heilige Sch…!«, rief dort draußen jemand.

Ein paar Gäste reagierten mit humorvollem Kichern. Die Kinder bemerkten es kaum, weil sie so ins Musizieren vertieft waren. Dann war das Lied zu Ende. Die Augen der Kleinen waren auf Mr. Kangana gerichtet, der das nächste Lied einzählte: »Eins, zwei, drei …«

»F…!«, rief draußen jemand anders.

Das war nicht hinnehmbar. Ich flitzte durch die Waschküche zur Hintertür, in der Absicht, die herumlärmenden Caterer zur Ruhe zu ermahnen. Ich drückte die Klinke. Ein starker, dumpfer, *steter* Druck presste mir die Tür entgegen. Da ich sofort spürte, dass da jenseits der Tür irgendeine schreckliche Naturkraft am Werk war, versuchte ich, die Tür zuzudrücken. Die unmenschliche Kraft ließ es nicht zu. Ich stemmte den Fuß gegen die Unterkante der Tür. Ich hörte ein unheilverkündendes Knacken. Die Angeln barsten aus dem Türrahmen.

Ehe ich mir das alles irgendwie erklären konnte, brach die Marimba-Musik plötzlich ab. Eine Salve von *Krack*- und *Ping*-Geräuschen kam aus dem Wintergarten. Ein Kind schrie.

Ich überließ die Tür ihrem Schicksal und stürzte in den Wintergarten, wo mich das Klirren von Glas empfing. Die Kinder sprangen schreiend von ihren Instrumenten auf. Da sie keine eigenen Eltern zur Verfügung hatten, bei denen sie Trost hätten suchen können, flüchteten sie sich allesamt ins Gedränge der potenziellen Eltern, die sich ihrerseits durch die einzige schmale Tür, die zum Wohnzimmer führte, zu quetschen versuchten. Es grenzt an ein Wunder, dass niemand niedergetrampelt wurde.

Meine Tochter Ginny kam zu mir gerannt und umklammerte meine Beine. Ihr Rücken war nass ... und dreckig. Ich sah auf. Die Jalousien hoben sich jetzt, wie von Geisterhand geöffnet.

Und dann kam der Schlamm. Er drang durch die kaputten Scheiben herein. Dicker Schlamm, wässriger Schlamm, steiniger Schlamm, Schlamm mit Facettenglasscherben, Schlamm mit Fenstersprossen, Schlamm mit Gras, Schlamm mit Barbecue-Utensilien, Schlamm mit einem Mosaik-Vogelbad. Im Nu waren die Wintergartenfenster ganz weg, und an ihrer Stelle klaffte ein Schlamm speiendes Loch.

Erwachsene, Kinder, alle versuchten, der Lawine zu entrinnen, die jetzt auch Möbelstücke beinhaltete. Ich blieb bei Mr. Kangana, der die Marimbas zu retten versuchte, die er als Junge aus seinem geliebten Nigeria in die Emigration mitgenommen hatte.

Dann, so plötzlich, wie es begonnen hatte, kam der Schlamm zum Stillstand. Ich drehte mich um. Ein auf dem Kopf stehendes Schild klemmte vor dem Loch in der Wintergartenwand und dämmte den Schlamm zurück. Ich habe keine Ahnung, wo dieses Schild herkam, aber es war knallrot und breit genug, um das abzudecken, was einmal eine Fensterfront gewesen war.

PRIVATGRUNDSTÜCK – UNBEFUGTES BETRETEN VERBOTEN
Galer-Street-Gnitzen haben mit Festnahme
und Gnitzenknast zu rechnen

Inzwischen flohen die Gäste zur Vordertür hinaus und preschten mit kreischenden Reifen davon. Schlammverkrustete Cateringkräfte standen herum und johlten, als ob sie noch nie etwas so Erheiterndes gesehen hätten. Mr. Kangana watete im Schlamm herum und fischte Marimbas heraus. Gwen Goodyear stand in der Diele und versuchte, tapfer-gefasst zu bleiben, während sie Galer-Street-Artikel verteilte. Ollie-O war in einem semikatatonischen Zustand und sagte unsinnige Sachen wie: »Das ist nicht biologisch abbaubar – die Downstream-Implikationen sind massiv – die Außenoptik wird nicht leicht zu kompensieren sein ...«, bis er schließlich an dem Wort »Fiasko« hängenblieb, das er ständig wiederholte.

Aber der unglaublichste Anblick war wohl Audrey Griffin, die die Straße entlangrannte, *weg* von ihrem Haus. Ich rief ihr nach, aber sie war schon um die Ecke.

Ich allein musste mich um dreißig traumatisierte Vorklässler kümmern.

»Okay«, setzte ich an, um so etwas wie Ordnung herzustellen. »Jetzt versucht jeder mal, seine Stiefel und seinen Regenmantel zu finden!« Im Nachhinein ist mir klar, dass es das Falscheste war, was ich sagen konnte, weil es nur hervorhob, wie unmöglich das war. Außerdem waren diese Kinder auf Socken, manche sogar barfuß, und überall lagen Glasscherben.

»Keiner bewegt sich.« Ich sammelte alle Sitzpolster ein, die ich finden konnte, und legte damit einen Weg zur Vordertür hinaus und bis zum Bürgersteig. »Schön auf den Kissen gehen und dann in einer Reihe an der Hecke aufstellen.«

Wenn Vorklässler eins beherrschen, dann sich in einer Reihe aufzustellen. Eins nach dem anderen trug ich die Kinder zum Bus, den ich dann zur Galer Street zurückfuhr.

Deshalb haben Sie Ihre Kinder so zurückbekommen: ohne Schuhe und Jacken, schlammverschmiert und voller phantastischer Geschichten.

Lassen Sie mich jetzt als PTBS-Spezialistin zu Ihnen sprechen.

Unter einem »Trauma« versteht man, grob gesagt, jedwedes

Erlebnis, das die betreffende Person als lebensbedrohlich wahrnimmt. Es kann sehr kurz sein, schon eine Achtzehntelsekunde kann genügen. Unmittelbar nach dem traumatisierenden Erlebnis reagieren Kinder möglicherweise mit Angst oder Verwirrung. Ich nahm mir die Zeit, jedes Kind einzeln zum Bus zu tragen, damit ich Körperkontakt herstellen konnte. Forschungsergebnisse zeigen, wie hilfreich Berührung unmittelbar nach einem Trauma sein kann, vor allem bei Kindern.

Auf dem Weg zum Bus konnte ich zuhören, Interesse zeigen und einfach »bei dem jeweiligen Kind sein«. Außerdem konnte ich die Kinder auch auf Frühzeichen von PTBS beobachten. Ich freue mich, Ihnen berichten zu können, dass Ihre Kinder sehr gut mit dem Erlebten fertigzuwerden schienen. Ihre größte Sorge war, ob sie ihr Regenzeug wiederbekommen würden und wenn ja, wie. Ich beantwortete all ihre Fragen so ehrlich wie möglich. Ich sagte, wir würden alles tun, um ihre Sachen wiederzufinden. Die würden dann wahrscheinlich dreckig sein, aber ihre Mommies würden versuchen, sie wieder sauber zu bekommen.

Die gute Nachricht ist: Es war nur ein einzelnes traumatisches Ereignis, deshalb ist die Wahrscheinlichkeit einer PTBS gering. Die schlechte Nachricht ist: Eine PTBS kann sich noch Monate oder gar Jahre nach dem traumatischen Erlebnis manifestieren. Ich halte es für meine Pflicht als Therapeutin, Sie zu informieren, welche PTBS-Symptome bei Ihrem Kind auftreten könnten:

- Ängste, die sich ums Sterben drehen
- Bettnässen, Alpträume, Schlafstörungen
- Rückfall in Kleinkindverhalten wie Daumenlutschen, Babysprache, Tragen von Windeln
- Klagen über physische Beschwerden, ohne dass eine körperliche Ursache vorliegt
- Rückzug von Familienmitgliedern und Freunden

- Weigerung, in die Schule zu gehen
- sadistische, gewalttätige Verhaltensweisen

Wenn Sie eins oder mehrere dieser Symptome jetzt oder in den nächsten Jahren an Ihrem Kind bemerken, sollten Sie unbedingt einen Spezialisten konsultieren und ihm von den Ereignissen in Audrey Griffins Haus erzählen. Wohlgemerkt, ich sage nicht, dass das geschehen wird. Die Wahrscheinlichkeit ist sehr gering.

Ich habe Gwen Goodyear meine professionelle Hilfe für beide Vorklassen angeboten. Wir wägen noch ab, ob wir zur gemeinsamen Verarbeitung dieses traumatischen Geschehens eine Schulgesamtversammlung, eine reine Vorklassenversammlung oder ein Elternforum ansetzen sollen. Über Ihr Feedback würde ich mich freuen.

Mit besten Grüßen

Dr. Helen Derwood

• • •

Um das Ganze wirklich zu verstehen, müssen Sie wissen, *wie* abartig das Wetter an diesem Vormittag war: Es war das erste Mal seit 9/11, dass der Fährverkehr eingestellt wurde.

Mom und ich frühstückten im Macrina und fuhren dann für die üblichen Samstagseinkäufe zum Pike Place Market. Mom wartete im Auto, während ich zu dem fliegenden Fischhändler lief, Lachs kaufen, dann zu Beecher's wegen Käse und zum Metzger, Hundeknochen holen.

Ich war voll in einer *Abbey-Road*-Phase, weil ich gerade ein Buch über die letzten Tage der Beatles gelesen hatte, und beim Frühstück erzählte ich Mom fast die ganze Zeit davon. Zum Beispiel, dass dieses Medley auf der zweiten Seite ursprünglich als einzelne Songs geplant war. Paul hatte dann die Idee, sie im Studio zu verknüpfen. Und Paul wusste auch genau, was er tat, als er »Boy, you're going to carry that weight« schrieb. Es geht darum, dass John die Trennung der Beatles wollte, Paul aber nicht. Das »Boy, you're going to carry that weight« war direkt an John gerichtet. Es besagte: »Wir haben zusammen so was Tolles laufen. Wenn diese Band auseinanderbricht, dann nur wegen dir, John. Bist du sicher, dass du damit leben willst?« Und das Instrumental am Schluss, wo die Beatles abwechselnd die Lead-Gitarre spielen und Ringo sein einziges Schlagzeugsolo hat? Sie wissen doch, es kam immer als so ein bewusstes, tragisches Abschiedsstück rüber, und man sieht im Geist die Beatles in Hippie-Klamotten dastehen und dieses letzte Stück von *Abbey Road* spielen und sich gegenseitig angucken, und man denkt, O Mann, müssen die geheult haben. Tja, das ganze Instrumental wurde auch im Nachhinein von Paul im Studio zusammengebastelt, also ist das sentimentale Drum und Dran nur ein Fake.

Jedenfalls, als wir zum Fähranleger kamen, ging die Warteschlange über den ganzen Verladeparkplatz, unter der Überführung durch und bis über die First Avenue. So lang hatten wir sie noch nie erlebt. Mom stellte sich an, schaltete den Motor aus und ging durch den prasselnden Regen zum Kassenhäuschen. Als sie wiederkam, sagte sie, ein übergelaufener Regenkanal auf der Bainbridgeseite habe das Fährterminal überschwemmt. Drei Fähren voller Autos warteten drüben aufs Entladen. Es klang nach völligem Chaos. Aber wenn's um Fähren geht, kann man nun mal nichts anderes tun als warten und hoffen.

»Wann ist diese Flötenaufführung?«, fragte Mom. »Ich möchte hinkommen und dich spielen sehen.«

»Ich will nicht, dass du kommst.« Ich hatte gehofft, sie hätte es vergessen.

Ihr fiel die Kinnlade runter.

»Der Text dazu ist zu kitschig«, erklärte ich. »Du würdest sterben vor lauter Kitsch.«

»Aber ich will vor Kitsch sterben! Ich stehe darauf, vor Kitsch zu sterben.«

»Ich sag dir nicht, wann es ist.«

»Du bist so ein kleines Luder«, sagte sie.

Ich legte eine *Abbey-Road*-CD ein, die ich am Morgen gebrannt hatte, und stellte sie an. Ich vergewisserte mich, dass nur die vorderen Lautsprecher an waren, weil Ice Cream auf dem Rücksitz schlief.

Der erste Song ist ja »Come Together«. Er beginnt mit diesem irren »Schuuump« und dem Basslauf. Und als John anfing, *»Here come old flattop...«* zu singen, da konnte Mom doch tatsächlich jedes einzelne Wort des Songs auswendig! Nicht nur jedes Wort, sondern auch jede Kadenz. Sie konnte jedes »*all right!*« und »*aww!*« und »*yeaaaah!*« Und so ging es weiter, Song um Song. Als »Maxwell's Silver Hammer« kam, sagte Mom: »Igitt, das fand ich immer total überkandidelt.« Aber was tat sie? Sie sang es trotzdem Wort für Wort mit.

Ich drückte auf Pause. »Woher kennst du das denn?«, fragte ich.

»*Abbey Road?*« Mom zuckte die Achseln. »Weiß nicht, ich kenn's einfach.« Sie löste die Pausentaste.

»Here Comes the Sun« fing an, und was geschah? Nein, die Sonne kam nicht raus, aber Mom leuchtete auf, als ob die Sonne durch die Wolken bricht. Sie wissen doch, bei den ersten Tönen dieses Songs ist da was an Georges Gitarrenspiel, das so voller Hoffnung ist? Es war, als ob Mom beim Mitsingen auch voller Hoffnung war. Sie kriegte sogar das unregelmäßige Klatschen während des Gitarrensolos hin. Als der Song vorbei war, drückte sie auf Pause.

»Oh, Bee«, sagte sie. »Dieser Song erinnert mich an dich.« Sie hatte Tränen in den Augen.

»Mom!« Deshalb wollte ich nicht, dass sie zu dem Erstklässler-Elefantentanz kam. Weil die randommäßigsten Sachen bei ihr dazu führen, dass sie vor Liebe überquillt.

»Ich will, dass du weißt, wie schwer es manchmal für mich ist.« Moms Hand lag jetzt auf meiner.

»Was ist schwer?«

»Die Banalität des Lebens«, sagte sie. »Aber das wird mich nicht daran hindern, mit dir an den Südpol zu fahren.«

»Wir fahren nicht an den Südpol!«

»Ich weiß. Am Südpol hat es minus siebzig Grad. An den Südpol fahren nur Wissenschaftler. Ich habe angefangen, eins von den Büchern zu lesen.«

Ich wand meine Hand los und drückte auf Play. Und jetzt kommt der komische Teil. Beim Brennen der CD hatte ich vergessen, das Häkchen in dem Kästchen zu entfernen, wo iTunes einen fragt, ob man zwei Sekunden Abstand zwischen den Songs will. Als dieses Wahnsinnsmedley losging, sangen Mom und ich »You Never Give Me Your Money« mit und dann »Sun King«, wo Mom sogar den spanischen Teil auswendig konnte, obwohl sie gar kein Spanisch kann, nur Französisch.

Und dann ging es los mit den Zwei-Sekunden-Lücken.

Falls Sie nicht verstehen, wie tragisch und nervig das ist, dann singen Sie doch mal »Sun King« mit. Gegen Ende singt man so schläfrig auf Spanisch vor sich hin und bereitet sich drauf vor, zu »Mean Mr Mustard« mitzugrooven, weil das Tolle am Ende von »Sun King« ist, dass man so dahindriftet, aber gleichzeitig schon drauf wartet, dass Ringos Drums »Mean Mr Mustard« einleiten und es dann richtig abgefahren wird. Aber wenn man das Häkchen bei iTunes *nicht* weggemacht hat, kommt man ans Ende von »Sun King« und –

BRUTALE ZWEI SEKUNDEN DIGITALES SCHWEIGEN.

Und bei »Polythene Pam«, direkt nach dem »*look out*«,

WIEDER EINE LÜCKE vor »She Came in Through the Bathroom Window«. Ehrlich, es ist die reine Folter. Mom und ich jaulten wie die Bekloppten. Schließlich war die CD zu Ende.

»Ich liebe dich, Bee«, sagte Mom. »Ich versuch's. Manchmal klappt es, manchmal nicht.«

Die Warteschlange für die Fähre hatte sich nicht bewegt. »Wir sollten wohl einfach nach Hause fahren«, sagte ich. Es war der totale Flop, weil Kennedy in Seattle nie bei mir übernachten wollte – unser Haus macht ihr Angst. Einmal schwor sie Stein und Bein, dass ein Knubbel in einem der Teppiche sich bewegt hätte. »Er ist lebendig, er ist lebendig!«, schrie sie. Ich erklärte ihr, es sei nur eine Brombeerranke, die durch die Dielen wachse, aber sie war fest davon überzeugt, dass es der Geist von einem der Straight-Gate-Mädchen war.

Mom und ich fuhren nach Queen Anne Hill rauf. Mom hat mal gesagt, die Kabel der Oberleitungsbusse über einem seien wie eine Jakobsleiter. Immer wenn wir rauffuhren, stellte ich mir vor, sie mit gespreizten Fingern abzunehmen wie ein Fadenspiel und durchs Dach hereinzuziehen.

Wir bogen in unsere Einfahrt. Als wir gerade halb durchs Tor waren, kam Audrey Griffin auf unseren Wagen zu.

»O Mann«, sagte Mom. »Déjà-vu ist gar kein Ausdruck. Was ist denn jetzt wieder?«

»Pass auf mit ihrem Fuß«, sagte ich total im Scherz.

»O nein!« Mom kotzte es regelrecht hervor. Sie schlug sich die Hände vors Gesicht.

»Was?«, fragte ich. »Was ist denn?«

Audrey Griffin hatte keine Jacke an. Ihre Hose war von den Knien abwärts voll Schlamm, und sie war barfuß. In ihrem Haar war auch Schlamm. Mom öffnete ihre Autotür, ohne den Motor abzustellen. Als ich ausstieg, schrie Audrey Griffin schon auf Mom ein.

»Ihr Hang ist gerade in mein Haus gerutscht!«

Ich dachte: *Was?* Unser Garten war so groß und das Ende unseres Rasens so weit unten, dass ich nicht sehen konnte, wovon sie sprach.

»Während einer Party«, fuhr Audrey fort, »für potenzielle Galer-Street-Eltern.«

»Ich hatte keine Ahnung...« Moms Stimme war ganz zittrig.

»*Das* glaube ich«, sagte Audrey, »weil Sie sich ja überhaupt nie in der Schule engagieren. Beide Vorklassen waren da!«

»Ist jemand verletzt worden?«, fragte Mom.

»Gott sei Dank nicht.« Audrey hatte ein irres Lächeln. Mom und ich sind immer fasziniert von dem, was wir glückliche-weil-verärgerte Leute nennen. Diese Version von Audrey Griffin schlug alle, die wir bisher gesehen hatten, um Längen.

»Okay. Das ist gut.« Mom stieß einen tiefen Seufzer aus. Ich merkte, dass sie es sich selbst einzureden versuchte.

»Gut?«, kreischte Audrey. »Mein Garten ist unter zwei Metern Schlamm begraben. Diese Lawine hat Fenster eingedrückt, Pflanzen, Bäume und Parkettböden zerstört, meine Waschmaschine und meinen Trockner aus der Wand gerissen!« Audrey sprach schnell und holte andauernd Atem. Es war, als ob bei jedem Punkt, den sie aufzählte, die Nadel ihrer Glücklich-weil-verärgert-Anzeige weiter ausschlug. »Mein Gartengrill ist hinüber. Meine Jalousien sind ruiniert. Mein Gewächshaus ist zermalmt. Setzlinge sind tot. Wertvolle Apfelbäume, die heranzuziehen *fünfundzwanzig Jahre* gedauert hat, entwurzelt. Japanische Ahorne umgedrückt. Historische Rosen vernichtet. Die Feuergrube, die ich selbst gekachelt habe, ist hin!«

Mom saugte die Mundwinkel ein, damit sie sich nicht zu einem Grinsen verziehen konnten. Ich musste schnell auf den Boden schauen, um nicht loszuprusten. Doch die perverse Komik, die die Situation für uns hatte, endete jäh.

»Und dieses Schild!«, fauchte Audrey.

Moms Gesichtszüge sackten herab. Sie brachte mit Mühe die Worte »das Schild« hervor.

»Welches Schild?«, fragte ich.

»Was muss man für ein Mensch sein, um so ein Schild...«, sagte Audrey.

»Ich lasse es heute noch abbauen«, sagte Mom.

»Welches Schild?«, fragte ich wieder.

»Das hat der Schlamm schon für Sie erledigt«, erklärte Audrey. Mir war noch nie aufgefallen, wie hellgrün Audreys Augen waren, bis sie jetzt Mom anglotzten.

»Ich komme für alles auf«, sagte Mom.

Eins muss man über Mom wissen: Sie kann schlecht mit kleinen Widrigkeiten umgehen, aber in echten Krisen ist sie großartig. Wenn ihr der Kellner kein Wasser nachschenkt, nachdem sie dreimal drum gebeten hat, oder wenn sie ihre Sonnenbrille vergisst und die Sonne rauskommt, dann – o weh! Aber wenn etwas wirklich Schlimmes passiert, schaltet Mom auf diese totale Ruhe um. Ich glaube, das hat sie aus all den Jahren, die sie meinetwegen praktisch im Kinderkrankenhaus gelebt hat. Ich will nur sagen, wenn es wirklich dicke kommt, kann man niemand Besseren auf seiner Seite haben als Mom. Aber die Ruhe, die sie jetzt an den Tag legte, schien Audrey Griffin nur noch mehr in Rage zu bringen.

»Reduziert sich für Sie denn alles darauf? Aufs Geld?!« Je wütender Audrey wurde, desto mehr funkelten ihre Augen. »Wenn Sie da oben in Ihrem Riesenhaus sitzen und auf uns runtergucken und Schecks ausschreiben, aber niemals geruhen, von Ihrem Thron herabzusteigen und uns mit Ihrer Anwesenheit zu beehren?«

»Sie lassen sich im Moment offensichtlich von Emotionen hinreißen«, sagte Mom. »Bedenken Sie, dass ich die Arbeiten an meinem Hang auf Ihr Drängen habe vornehmen lassen. Ich habe Ihren Gärtner genommen und ihn die Sache an dem Tag erledigen lassen, den Sie bestimmt haben.«

»Dann sind Sie also für nichts verantwortlich?« Audrey schnalzte mit der Zunge. »Wie überaus bequem für Sie. Und was ist mit dem Schild? Habe ich das auch verlangt? Da bin ich jetzt aber wirklich neugierig.«

»Welches Schild?« Langsam machte mir dieses ganze Gerede von dem Schild Angst.

»Buzz.« Mom wandte sich an mich. »Ich habe was richtig Dummes getan. Ich erzähl's dir später.«

»Das arme Kind«, sagte Audrey bitter. »Nach allem, was es durchgemacht hat.«

»Hä…?«, sagte ich.

»Das mit dem Schild tut mir wirklich leid«, sagte Mom emphatisch zu Audrey. »Das war eine impulsive Reaktion an dem Tag, an dem ich Sie mit Ihrem Gärtner auf meinem Grundstück entdeckt hatte.«

»Jetzt bin *ich* schuld?«, sagte Audrey. »Das ist ja wirklich faszinierend!« Es war, als ob ihre Glücklich-weil-verärgert-Anzeigenadel jetzt über die Skala hinausgeschossen war und in Bereiche vorstieß, die noch kein Glücklich-weil-Verärgerter je erreicht hatte. Ich jedenfalls hatte Angst.

»Ich bin schuld«, sagte Mom. »Ich weise nur darauf hin, dass das, was heute passiert ist, in einem größeren Kontext steht.«

»Wollen Sie sagen, wenn ein Fachmann zu Ihnen kommt, um Ihnen einen Voranschlag für Gartenarbeiten zu machen, wie es die Richtlinien vorschreiben, sei das vergleichbar damit, ein plakatwandgroßes Schild aufzustellen, beide Vorklassen zu traumatisieren, die Zukunft der Galer Street zu gefährden und mein Haus zu verwüsten?«

»Das Schild war eine Reaktion darauf«, sagte Mom. »Ja.«

»Ohaa«, sagte Audrey Griffin, wobei sie das Wort hochsteigen und wieder runterrauschen ließ wie eine Achterbahn. Ihre Stimme war so voller Hass und Wahnsinn, dass sie meine Haut durchbohrte. Mein Herz begann schlimmer zu rasen als je zuvor.

»Das ist wirklich interessant.« Audrey riss die Augen weit auf. »*Sie* glauben also, ein gehässiges Schild über meinem Grundstück aufzustellen, sei eine *angemessene* Reaktion darauf, einen Kostenvorschlag für Gartenarbeiten zu bekommen.« Während dieses letzten Satzes fuchtelte sie mit dem Finger in alle Richtungen. »Ich glaube, ich kapiere langsam, was los ist.«

»Es *war* eine *Überreaktion*«, erklärte Mom Audrey jetzt wieder ganz ruhig. »Vergessen Sie nicht, dass Sie unbefugt mein Grundstück betreten haben.«

»Das heißt also«, brach es aus Audrey heraus, »Sie sind verrückt!« Ihre Augen zuckten krampfhaft. »Gott, ich habe mich das immer schon gefragt. Jetzt habe ich die Antwort.« Ihr Gesicht erstarrte in selbstvergessener Verzückung, und sie begann, ganz schnell und mit kleinen Bewegungen in die Hände zu klatschen.

»Audrey«, sagte Mom. »Tun Sie nicht so, als wären Sie an diesem Spiel nicht auch beteiligt gewesen.«

»Ich spiele keine Spiele.«

»Und dass Sie Gwen Goodyear dazu gebracht haben, diesen Brief rauszuschicken, dass ich Ihnen über den Fuß gefahren sei? Was war das?«

»Oh, Bernadette«, sagte Audrey mit einem traurigen Kopfschütteln. »Sie müssen wirklich aufhören, so paranoid zu sein. Wenn Sie mehr mit Leuten zu tun hätten, würden Sie vielleicht merken, dass wir keine Horde von Ungeheuern sind, die es nur auf Sie abgesehen haben.« Sie fuhr mit beiden Händen durch die Luft.

»Das wär's ja wohl«, sagte Mom. »Noch mal, für das Schild entschuldige ich mich. Das war ein blöder Fehler, und dafür gedenke ich die volle Verantwortung zu übernehmen, in Sachen Geld, in Sachen Zeit, in Sachen Gwen Goodyear und Galer Street.« Mom wandte sich ab und ging um die Motorhaube des Wagens herum. Als sie gerade einsteigen wollte, fing Audrey Griffin wieder an, wie ein Filmmonster, das noch mal zum Leben erwacht.

»Bee wäre nie an der Galer Street angenommen worden, wenn man gewusst hätte, dass sie in diesem Haus wohnt«, sagte Audrey Griffin. »Fragen Sie Gwen. Niemandem war klar, dass Ihr diese Leute aus L. A. seid, die nach Seattle gekommen waren und ein Elfhundert-Quadratmeter-Gebäude mitten in einer bezaubernden Wohngegend gekauft hatten und es als *ihr Zuhause* bezeichneten. Wissen Sie was? Im Vier-Meilen-Radius von hier, wo wir jetzt stehen, liegen *mein* Elternhaus, das Elternhaus meiner *Mutter* und das Elternhaus meiner *Großmutter*.«

»Das glaube ich«, sagte Mom.

»Mein Urgroßvater war Trapper in Alaska«, sagte Audrey. »Warrens Großvater hat ihm Pelze abgekauft. Was ich sagen will, ist, Sie kommen hierher mit Ihrem Microsoft-Geld und glauben, Sie gehören hier dazu. Aber Sie gehören hier nicht dazu. Sie werden hier nie dazugehören.«

»Gott bewahre«, sagte Mom.

»Keine von den anderen Müttern ist so wie Sie, Bernadette. Ist Ihnen klar, dass wir ein Achtklässler-Mütter-und-Töchter-Thanksgiving auf Whidbey Island hatten, zu dem Sie und Bee nicht eingeladen waren? Aber wie ich gehört habe, hatten Sie ja ein tolles Fest in *Daniel's Broiler*!«

Da blieb mir irgendwie die Luft weg. Ich stand nur daneben, aber es war, als ob mir Audrey Griffin eins in die Magengrube verpasst hätte. Ich musste mich am Auto festhalten.

»Jetzt reicht's, Audrey.« Mom machte etwa fünf Schritte auf sie zu. »*Fuck you.*«

»Nur zu«, sagte Audrey. »Schmeißen Sie nur die F-Bombe vor einem Kind. Ich hoffe, Sie fühlen sich dadurch groß und stark.«

»Ich sag's noch mal«, sagte Mom. »*Fuck you*, dafür dass Sie Bee da mit reinziehen.«

»Wir alle mögen Bee«, sagte Audrey Griffin. »Bee ist eine hervorragende Schülerin und ein prima Mädchen. Das zeigt nur, wie widerstandsfähig Kinder sind, weil sie trotz allem so geworden ist. Wenn Bee meine Tochter wäre, und ich weiß, dass ich da für alle Mütter spreche, die auf Whidbey Island dabei waren, würde ich sie niemals in ein Internat abschieben.«

Ich bekam endlich wieder genug Luft, um zu sagen: »Ich will ins Internat!«

»Natürlich«, sagte Audrey mitleidig zu mir.

»Es war meine Idee!« Ich schrie, so wütend war ich. »Das habe ich Ihnen schon mal gesagt!«

»Nicht, Bee«, sagte Mom. Sie sah mich nicht mal an, hob nur die Hand in meine Richtung. »Es lohnt sich nicht.«

»Natürlich war es deine Idee«, sagte Audrey Griffin, wobei sie den Kopf um Mom herumstreckte und mich mitleidig ansah. »Natürlich willst du weg. Wer könnte es dir verdenken?«

»Reden Sie nicht so mit mir!«, schrie ich. »Sie kennen mich ja gar nicht!« Ich war patschnass, und der Motor lief die ganze Zeit, was Benzinverschwendung ist, und beide Türen waren offen, sodass der Regen reinprasselte und das Leder ruinierte, und außerdem stand der Wagen auf der Sensorschranke, sodass das Tor sich permanent zu schließen versuchte und wieder aufging, und ich hatte Angst vor einem Motorbrand, und Ice Cream guckte allem einfach nur vom Rücksitz aus zu, mit offener Schnauze und raushängender Zunge, als ob sie gar nicht spürte, dass wir Schutz brauchten, und von *Abbey Road* lief gerade »Here Comes the Sun«, der Song, von dem Mom gesagt hatte, er erinnere sie an mich, und ich wusste, ich würde *Abbey Road* nie wieder hören.

»O Gott, Bee, was ist?« Mom hatte sich umgedreht und gesehen, dass irgendwas mit mir war. »Red mit mir, Buzz. Ist es dein Herz?«

Ich schob Mom weg und schlug Audrey voll ins nasse Gesicht. Ich weiß! Aber ich war so wütend.

»Ich bete für dich«, sagte Audrey.

»Beten Sie für sich selbst«, sagte ich. »Meine Mutter ist zu gut für Sie und diese anderen Mütter. *Sie* sind die, die keiner leiden kann. Kyle ist ein Nachwuchskrimineller, der weder Sport macht noch sonst irgendwelche freiwilligen Aktivitäten. Die einzigen Freunde, die er hat, finden ihn gut, weil er ihnen Drogen verschafft und weil er witzig ist, wenn er sich über Sie lustig macht. Und Ihr Mann ist Alkoholiker und dreimal wegen Alkohol am Steuer erwischt worden, aber er kommt immer davon, weil er den Richter kennt, und Ihnen geht's nur darum, dass es niemand erfährt, aber da haben Sie sich geschnitten, weil Kyle nämlich alles in der Schule herumerzählt.«

Audrey sagte schnell: »Ich bin Christin, darum werde ich dir das hier verzeihen.«

»Verschonen Sie mich mit dem Quatsch«, sagte ich. »Christen reden nicht so, wie Sie mit meiner Mutter geredet haben.«

Ich stieg ins Auto, machte die Tür zu, stellte *Abbey Road* ab und begann zu wimmern. Ich saß in einem Zentimeter Wasser, aber das war mir egal. Dass ich so erschrocken war, hatte nichts mit irgendeinem Schild oder einem blöden Hangrutsch zu tun und auch nicht damit, dass Mom und ich nicht auf das blöde Whidbey Island eingeladen worden waren, wo wir doch sowieso nie im Leben mit diesen dämlichen Ziegen irgendwo hätten hingehen wollen, es kam daher, dass ich wusste, irgendwie einfach wusste, dass ab jetzt alles anders sein würde.

Mom stieg ein und zog ihre Tür zu. »Du bist supercool«, sagte sie. »Weißt du das?«

»Ich hasse sie«, sagte ich.

Das andere sagte ich nicht, es war sowieso klar, obwohl ich echt nicht sagen kann, warum. Weil wir noch nie Geheimnisse vor ihm gehabt hatten, aber es war uns beiden einfach klar: Wir würden Dad nichts erzählen.

Danach war Mom nicht mehr wie vorher. Es war nicht die Sache in der Apotheke. Davon hatte sie sich wieder erholt. Ich habe doch mit ihr im Auto gesessen und *Abbey Road* mitgesungen. Und egal, was Dad sagt oder was die Ärzte oder die Polizei oder sonst irgendwelche Leute sagen, es war die Sache mit Audrey Griffin und ihrer Schreierei, die dazu geführt hat, dass Mom nicht mehr so war wie vorher. Und falls Sie mir nicht glauben:

• • •

E-Mail, abgeschickt fünf Minuten später

Von: Bernadette Fox
An: Manjula Kapoor

Keiner kann sagen, ich hätte es nicht mit aller Kraft versucht. Aber ich kann es einfach nicht. Ich kann nicht in die Antarktis fahren. Wie ich da rauskommen soll, ist mir nicht ganz klar. Aber ich vertraue auf uns, Manjula. Zusammen schaffen wir alles.

• • •

Von Dad an Dr. Janelle Kurtz,
Psychiaterin am Madrona Hill

Liebe Frau Dr. Kurtz,
eine Freundin von mir, Hannah Dillard, hat wahre Loblieder auf Sie gesungen, nachdem ihr Mann Frank im Madrona Hill war. Soweit ich es verstanden habe, hatte Frank mit Depressionen zu kämpfen. Die stationäre Behandlung im Madrona Hill unter Ihrer Leitung hat bei ihm Wunder gewirkt.

Ich schreibe Ihnen, weil ich mir große Sorgen um meine Frau mache. Sie heißt Bernadette Fox, und ich fürchte, sie ist sehr krank.

(Verzeihen Sie meine chaotische Schrift. Ich sitze im Flugzeug, und mein Laptop-Akku ist leer, deshalb schreibe ich zum ersten Mal seit Jahren mit der Hand. Ich beeile mich, weil es mir wichtig erscheint, alles zu Papier zu bringen, solange ich es noch frisch im Gedächtnis habe.)

Zunächst ein paar Hintergrundinformationen. Bernadette und ich haben uns vor fünfundzwanzig Jahren in Los Angeles kennengelernt, als das Architekturbüro, bei dem sie arbeitete, das Gebäude der Animationsfirma, bei der ich arbeitete, umbaute. Wir kamen beide von der Ostküste und waren beide auf Eliteinternaten gewesen. Bernadette war ein Shooting-Star in ihrem Metier. Ich war hingerissen von ihrer Schönheit, ihrer geselligen Art, ihrer Unbekümmertheit und ihrem Charme. Wir heirateten. Ich arbeitete an einer selbst entwickelten Idee in Sachen Computeranimation. Meine Firma wurde von Microsoft gekauft. Ein Bauprojekt von Bernadette endete unglücklich, und sie erklärte abrupt, mit der Architekturszene von L. A. sei sie fertig. Zu meinem Erstaunen drängte sie auf unseren Umzug nach Seattle.

Bernadette flog hierher, um sich Häuser anzusehen. Sie rief an, um mir zu sagen, sie habe das perfekte Haus gefunden, die ehemalige Mädchenerziehungsanstalt Straight Gate in Queen Anne. Jemand anderem wäre eine allmählich verfallende Besserungsanstalt vielleicht nicht gerade als das ideale Heim erschienen. Aber Bernadette war eben so, und sie war begeistert. Sie und ihre Begeisterung waren wie ein Nilpferd und das Wasser: Wer sich dazwischenstellte, wurde totgetrampelt.

Wir zogen nach Seattle. Ich wurde mit Haut und Haar von Microsoft gefressen. Bernadette wurde schwanger und hatte die erste von mehreren Fehlgeburten. Nach drei Jahren schließlich überstand sie das erste Schwangerschaftsdrittel. Zu Beginn des zweiten Drittels wurde ihr Bettruhe verordnet. Das Haus, das wie eine leere Leinwand darauf wartete, dass Bernadette sich mit ihrer Kunst daran versuchen würde, verkam verständlicherweise. Da waren undichte Dachstellen, Bereiche, in denen es zog, und hie und da Gewächse, die sich durch den Dielenboden zwängten. Mir ging es um Bernadettes Gesundheit – sie konnte den Stress von Baumaßnahmen gar nicht gebrauchen, sie musste liegen –, also trugen wir im Haus Parkas, stellten bei Regen Kochtöpfe auf und hielten in einer Vase im Wohnzimmer eine Gartenschere bereit. Es war ein romantisches Lebensgefühl.

Unsere Tochter Bee war eine Frühgeburt. Sie kam blau zur Welt. Es wurde ein hypoplastisches Linksherzsyndrom diagnostiziert. Ich stelle mir vor, dass ein krankes Kind ein Ehepaar zusammenschweißen oder auch auseinanderreißen kann. In unserem Fall tat es weder das eine noch das andere. Bernadette stürzte sich so restlos in alles, was mit Bees Gesundung zu tun hatte, dass sie förmlich damit verwuchs. Ich arbeitete noch mehr und nannte es Partnerschaft: Bernadette regelte, was zu passieren hatte, und ich bezahlte es.

Als Bee in die Vorklasse kam, war sie gesund, wenn auch außergewöhnlich klein für ihr Alter. Ich war immer davon ausgegangen, dass Bernadette an diesem Punkt ihre Arbeit als

Architektin wieder aufnehmen oder zumindest unser Haus in Ordnung bringen würde. Aus den undichten Stellen waren Löcher im Dach geworden; Fensterscheiben mit kleinen Sprüngen waren jetzt Flächen aus Pappe und Klebeband. Einmal in der Woche ging der Gärtner mit der Motorsense unter die Teppiche.

Unser Haus vermoderte buchstäblich. Als Bee fünf war, spielte ich einmal in ihrem Zimmer mit ihr Restaurant. Sie nahm meine Bestellung entgegen, und nach längerer furioser Aktivität in ihrer Spielküche brachte sie mir mein »Mittagessen«. Es war feucht und braun. Es roch wie Erde, war aber leichter und luftiger. »Hab ich ausgegraben«, sagte sie stolz und zeigte auf den Holzboden. Der Regen von Jahren hatte ihn so durchweicht, dass Bee mit dem Löffel darin graben konnte.

Als Bee dann in die Vorklasse eingewöhnt war, zeigte Bernadette keinerlei Interesse am Ausbau des Hauses oder sonst irgendeiner Art von Arbeit. Die ganze Energie, die sie einst so furchtlos in die Architektur investiert hatte, verwandte sie jetzt darauf, über Seattle zu wettern, in Form wilder Tiraden, die eine volle Stunde dauern konnten.

Zum Beispiel über die Fünffachkreuzungen. Als Bernadette sich zum ersten Mal über die vielen Fünffachkreuzungen in Seattle ausließ, schien es ein durchaus berechtigtes Thema. Mir war es zwar noch nicht aufgefallen, aber es gab hier in der Tat viele Kreuzungen mit einer Extra-Straße, was bedeutete, dass man eine Extra-Ampelphase lang warten musste. Allemal einen Austausch unter Eheleuten wert. Doch als Bernadette zum zweiten Mal davon anfing, dachte ich: Will sie noch irgendwas *Neues* dazu sagen? Aber nein. Sie beschwerte sich nur mit neuer Vehemenz. Sagte, ich solle Bill Gates fragen, warum er immer noch in einer Stadt mit so vielen albernen Kreuzungen lebe. Wenn ich nach Hause kam, fragte sie mich, ob ich ihn gefragt hätte. Eines Tages kam sie mit einem alten Plan von Seattle an und erklärte, es habe einst sechs separate Straßenraster gegeben, die dann mit der Zeit planlos ineinander verlaufen seien. Eines Abends, auf dem Weg zu einem Restaurant, fuhr sie einen Riesenumweg, um mir zu zeigen, wo sich drei dieser Raster trafen, und da war eine Siebenfachkreuzung. Dann stoppte sie, wie lange wir an der Ampel standen. Doch das chaotische Straßennetz von Seattle war nur einer von Bernadettes Dauerbrennern.

Nachts, wenn ich schlief, sagte sie manchmal: »Elgie? Bist du wach?«

»Jetzt schon.«

»Kennt Bill Gates nicht Warren Buffett?«, fragte sie dann. »Und gehört Warren Buffett nicht See's Candy?«

»Ich glaube ja.«

»Gut. Weil er nämlich unbedingt erfahren muss, was im Westlake Plaza los ist. Du weißt doch, See's Candy hat diese Werbestrategie, dass sie Gratiskostproben verteilen? Stell dir vor, diese ganzen schrecklichen Straßenpunks haben das gemerkt. Deshalb musste ich heute eine halbe Stunde warten, in einer Schlange *bis nach draußen*, hinter lauter Pennern und Drogensüchtigen, die nichts gekauft, sondern nur ihre Gratisprobe verlangt und sich dann hinten wieder angestellt haben.«

»Dann geh eben nicht mehr zu See's Candy.«

»Worauf du dich verlassen kannst. Aber wenn du Warren Buffett mal irgendwo bei Microsoft siehst, musst du's ihm sagen. Oder du sagst mir Bescheid, dann sag ich's ihm.«

Ich versuchte wahlweise, dem etwas entgegenzusetzen, es zu ignorieren, sie zu bitten, damit aufzuhören. Nichts funktionierte, schon gar nicht die Bitte, damit aufzuhören, die nur die jeweilige Tirade um zehn Minuten verlängerte. Allmählich fühlte ich mich wie ein gehetztes Tier, in die Enge getrieben und wehrlos.

Ich sagte ja schon, die ersten Jahre in Seattle war Bernadette entweder schwanger, oder sie hatte gerade eine Fehlgeburt hinter sich. Ich hielt diese Anwandlungen einfach für hormonell bedingt oder für ihre Art zu trauern.

Ich ermunterte Bernadette, Freundschaften zu schließen, aber das löste nur eine Tirade darüber aus, dass sie es ja versucht habe, aber niemand sie leiden könne.

Es heißt oft, in Seattle sei es besonders schwer, Freunde zu finden. Es gibt sogar einen Namen dafür, der »Seattle-Frost«. Ich habe das selbst nicht so erlebt, aber Kollegen von mir sagen, es sei wirklich so und liege an dem vielen skandinavischen Blut hier oben. Vielleicht war es anfangs für Bernadette objektiv schwer, sich einzufinden. Aber nach achtzehn Jahren immer noch einen irrationalen Hass auf eine ganze Stadt zu hegen?

Ich habe einen sehr stressigen Job, Dr. Kurtz. Manchmal kam ich morgens total ausgelaugt an meinem Arbeitsplatz an, weil ich Bernadettes Gefühlsausbrüche über mich ergehen lassen musste. Schließlich bin ich dazu übergegangen, den Microsoft-Bus zur Arbeit zu nehmen. Das war eine Rechtfertigung, eine Stunde früher aus dem Haus zu gehen, um den morgendlichen Attacken zu entkommen.

Ich hatte wirklich nicht vor, Ihnen so ausführlich zu schreiben, aber aus Flugzeugfenstern zu schauen, macht mich sentimental. Ich springe jetzt zu den gestrigen Vorfällen, die mich zu diesem Brief veranlasst haben.

Ich war mit ein paar Kollegen zu Fuß auf dem Weg zum Lunch, als mich jemand aus unserer Gruppe darauf hinwies, dass Bernadette auf einem Sofa mitten in einer Apotheke lag und schlief. Aus irgendeinem Grund trug sie eine Anglerweste. Das war besonders merkwürdig, weil Bernadette sonst immer großen Wert darauf legt, sich elegant zu kleiden, schon aus Protest gegen den grässlichen Modegeschmack der Leute hier. (Die Details dieser hübschen Tirade will ich Ihnen ersparen.) Ich ging sofort hinein. Als ich Bernadette endlich wachbekommen hatte, erklärte sie ganz sachlich, sie sei hier, um sich Haldol zu holen.

Dr. Kurtz, Ihnen brauche ich ja wohl nicht zu sagen, dass Haldol ein Antipsychotikum ist. Ist meine Frau bei einem Psychiater, der ihr Haldol verschreibt? Bezieht sie es illegal? Ich habe nicht die leiseste Ahnung.

Ich war so beunruhigt, dass ich meine Geschäftsreise verschob, damit wir am Abend zusammen essen gehen konnten, wir beide allein. Wir trafen uns bei einem Mexikaner. Wir bestellten, und ich nahm sofort das Thema Haldol in Angriff. »Ich war ganz schön überrascht, dich dort in der Apotheke zu sehen«, sagte ich.

»Pscht!« Sie belauschte die Leute am Tisch hinter uns. »Sie kennen nicht mal den Unterschied zwischen einem Burrito und einer Enchilada!« Bernadettes Gesicht wurde ganz angespannt, als sie noch angestrengter hinhörte. »O mein Gott«, flüsterte sie. »Sie haben noch nie von *Mole* gehört. Wie sehen sie aus? Ich will mich nicht umdrehen.«

»Na ja... Leute eben.«

»Was soll das heißen? Was für...« Sie konnte sich nicht beherrschen. Drehte sich kurz um. »Sie sind über und über tätowiert! Hey, ihr haltet euch für irre cool, weil ihr euch von Kopf bis Fuß tätowieren lasst, aber ihr kennt nicht mal den Unterschied zwischen einer Enchilada und einem Burrito?«

»Wegen heute...«, setzte ich an.

»Ah, ja«, sagte sie. »War das eine der Gnitzen, die bei dir war? Von der Galer Street?«

»Soo-Lin ist meine neue Admin«, sagte ich. »Sie hat einen Sohn in Bees Klasse.«

»Ach, herrje«, sagte Bernadette. »Jetzt ist alles aus.«

»Was ist aus?«, fragte ich.

»Diese Gnitzen haben mich immer schon gehasst. Sie wird dich gegen mich aufhetzen.«

»Das ist doch lächerlich«, sagte ich. »Niemand hasst dich…«

»Pscht!«, sagte sie. »Der Kellner. Er nimmt gleich ihre Bestellung auf.« Sie lehnte sich zurück und nach links, immer weiter und weiter, ihr ganzer Körper ein einziger Giraffenhals, bis der Stuhl unter ihr hervorschoss und sie auf dem Boden landete. Das ganze Restaurant schaute her. Ich sprang auf, um ihr zu helfen. Sie stand auf, stellte den Stuhl richtig hin und fing wieder an. »Hast du das Tattoo gesehen, das der eine innen auf dem Arm hat? Es sah aus wie eine Rolle Klebestreifen.«

Ich nahm einen großen Schluck Margarita und schaltete auf meine Alternativstrategie um: abzuwarten, bis sie fertig war.

»Weißt du, was einer von den Typen im Drive-in-Starbucks auf dem Unterarm hat?«, sagte Bernadette. »Eine *Büroklammer*. Früher war es mal was ganz Gewagtes, sich ein Tattoo machen zu lassen. Und jetzt lassen sich die Leute *Büroartikel* auf den Leib tätowieren? Willst du wissen, was ich dazu sage?« Das war natürlich eine rein rhetorische Frage. »Ich sage, gewagt ist, sich *kein* Tattoo machen zu lassen.« Sie drehte sich wieder um und schnappte nach Luft. »O mein Gott. Es ist nicht einfach irgendein Klebestreifen. Es ist tatsächlich Scotch-Tape, mit dem grünschwarzen Karomuster. Das ist doch irre. Wenn ihr euch schon ein Klebestreifen-Tattoo machen lasst, dann doch wenigstens einen guten alten neutralen Abroller! Was glaubst du, was da passiert ist? Hat das Tattoo-Studio an dem Tag den neuen Bürowarenkatalog gekriegt?« Sie tunkte einen Nacho in die Guacamole, und er brach unter der Last ab. »Gott, ich hasse die Nachos hier.« Sie fuhrwerkte mit der Gabel in der Guacamole herum und führte eine Portion zum Mund. »Was wolltest du gerade sagen?«

»Ich wundere mich über das Medikament, das sie dir in der Apotheke nicht geben wollten.«

»Ich weiß!«, sagte sie. »Ein Arzt hat mir was verschrieben, und es stellte sich raus, es war Haldol.«

»Ist es gegen deine Schlafprobleme?«, fragte ich. »Hast du in letzter Zeit besonders wenig geschlafen?«

»Schlaf?«, fragte sie. »Was ist das?«

»Wogegen war denn das Rezept?«

»Angst«, sagte sie.

»Bist du bei einem Psychiater?«, fragte ich.

»Nein!«

»Möchtest du zu einem Psychiater?«

»Gott, nein!«, sagte sie. »Ich habe nur Angst vor der Reise.«

»Wovor denn speziell?«

»Vor der Drakestraße, den Leuten auf dem Schiff. Du weißt doch, wie es ist.«

»Nein«, sagte ich, »eigentlich nicht.«

»Da werden viele Leute sein. Ich kann das nicht gut, Leuten ausgesetzt sein.«

»Ich glaube, wir sollten jemanden finden, mit dem du reden kannst.«

»Ich rede doch gerade mit dir oder nicht?«

»Einen Profi«, sagte ich.

»Das habe ich mal versucht. Es war komplette Zeitverschwendung.« Sie beugte sich zu mir und flüsterte: »Okay, da draußen am Fenster steht so ein Typ im Anzug. Es ist das vierte Mal in drei Tagen, dass ich ihn sehe. Und eins kann ich dir garantieren. Wenn du jetzt hinguckst, ist er weg.«

Ich drehte mich um. Ein Mann im Anzug verschwand den Bürgersteig entlang.

»Was hab ich gesagt?«, sagte sie.

»Willst du sagen, du wirst verfolgt?«

»Das ist unklar.«

Anglerweste, Schlafen in der Öffentlichkeit, Antipsychotika und jetzt auch noch Männer, die sie verfolgten?

Als Bee zwei war, entwickelte sie eine seltsame Vorliebe für ein Interaktivbuch, das Bernadette und ich Jahre zuvor von einem Straßenhändler in Rom gekauft hatten.

> ROM – einst und jetzt
> Ein Führer
> durch die antiken Stätten Roms
> mit Rekonstruktionen der Monumente

Es enthielt Fotos der heutigen Ruinen und bedruckte Folienseiten, die zeigten, wie die Bauten in ihren Glanzzeiten ausgesehen hatten. Bee saß oft mit dem Buch in ihrem Krankenhausbett, an ihre Monitore angeschlossen, und blätterte immer hin und her. Das Buch hatte einen gepolsterten roten Plastikeinband, auf dem sie gern kaute.

Mir ging auf, dass ich es gerade mit »Bernadette – einst und jetzt« zu tun hatte. Da war eine erschreckende Kluft zwischen der Frau, in die ich mich verliebt hatte, und der unkontrollierten Person, die mir gegenübersaß.

Wir fuhren nach Hause. Als Bernadette schlief, öffnete ich ihr Medizinschränkchen. Es war vollgestopft mit Medikamentenfläschchen, verordnet von einem ganzen Sortiment von Ärzten: Xanax, Klonopin, Ambien, Halcion, Trazodon u. a. Die Fläschchen waren allesamt leer.

Dr. Kurtz, ich kann nicht beurteilen, was mit Bernadette los ist. Ist sie depressiv? Manisch? Tablettensüchtig? Paranoid? Ich weiß nicht, was einen psychischen Zusammenbruch ausmacht. Wie auch immer Sie es nennen würden, ich glaube sagen zu können, dass meine Frau dringend einer Behandlung bedarf.

Von Hannah Dillard habe ich so viel Gutes gehört, speziell über Sie, Dr. Kurtz, und alles, was Sie getan haben, um Frank über dessen schwierige Zeit hinwegzuhelfen. Wenn ich mich recht erinnere, sperrte Frank sich zunächst gegen die Therapie, war dann aber bald überzeugt von Ihrem Programm. Hannah war so beeindruckt, dass sie jetzt Mitglied Ihres Kuratoriums ist.

Bernadette, Bee und ich haben für in zwei Wochen eine Antarktisreise gebucht. Bernadette will offensichtlich nicht mit. Inzwischen denke ich, es ist vielleicht besser, wenn Bee und ich allein in die Antarktis fahren und Bernadette für einen stationären Aufenthalt ins Madrona Hill geht. Ich kann mir nicht vorstellen, dass Bernadette von dieser Idee sonderlich begeistert sein wird, aber mir scheint klar, dass sie etwas betreute Erholung nötig hat. Ich bin gespannt auf Ihre Meinung.

Mit freundlichen Grüßen,
Elgin Branch

2

BERNADETTE EINST UND JETZT

*Achitekturwettbewerb, gesponsert
von den Green Builders of America*

ZUR SOFORTIGEN VERÖFFENTLICHUNG:
Die Green Builders of America und die Turner Foundation
schreiben aus:

20x20x20: das Zwanzig-Meilen-Haus
zwanzig Jahre später
zwanzig Jahre in die Zukunft gedacht

Einsendeschluss: 1. Februar
　Bernadette Fox' Zwanzig-Meilen-Haus steht nicht mehr.
Es gibt nur wenige Fotos, und alle Pläne hat Ms. Fox angeblich vernichtet. Dennoch wächst die Relevanz des Baus mit
jedem Jahr. Zum zwanzigsten Jahrestag seiner Fertigstellung
laden die Green Builders of America im Verein mit der
Turner Foundation Architekten, Studenten und Bauplaner
ein, in ihren Wettbewerbsentwürfen das Zwanzig-Meilen-
Haus neu zu denken und zu konzipieren und so einen
Dialog darüber zu eröffnen, was ›Ökologisches Bauen‹ in
den nächsten zwanzig Jahren bedeuten wird.
　Die Aufgabe: Planung eines 400-Quadratmeter-Einfamilienhauses für das Grundstück 6528 Mulholland Drive in Los
Angeles. Einzige Einschränkung ist die von Bernadette Fox
damals sich selbst auferlegte: *Sämtliche verwendeten Materialien müssen aus dem Umkreis von zwanzig Meilen um das
Baugrundstück kommen.*

Der Gewinner wird bei der von den Green Builders in Zusammenarbeit mit dem Amerikanischen Architekturinstitut (AIA) veranstalteten Gala im Getty-Center verkündet und erhält eine Preissumme von $ 40 000.

Samstag, 11. Dezember

• • •

Von Paul Jellinek, Architekturprofessor an der University of Southern California, an den jungen Mann, dem Mom vor der Bibliothek begegnete

Jacob,
da Sie sich so für Bernadette Fox interessieren, hier eine kleine Hagiographie aus der noch nicht erschienenen Februarnummer von *Artforum*. Ich wurde gebeten, den Text auf eklatante Fehler durchzusehen. Falls Sie den Impuls verspüren, den Verfasser zu kontaktieren und ihm von Ihrer Bernadette-Fox-Sichtung zu erzählen, tun Sie es bitte nicht. Bernadette hat sich offenbar dafür entschieden, von der Bildfläche zu verschwinden, und mir scheint, wir sollten das respektieren.
Paul

• • •

PDF des Artforum-*Artikels*
»St. Bernadette – die unbekannte Architekturikone«

Vor kurzem befragte der amerikanische Architektur- und Ingenieurs-Verband dreihundert Architekturstudenten nach ihren größten Vorbildern. Die Liste sieht so aus, wie man es erwarten würde – Frank Lloyd Wright, Le Corbusier, Mies van der Rohe, Louis Kahn, Richard Neutra, Rudolf Schindler –, mit einer Ausnahme. Zwischen all den großen Männern findet sich eine Frau, die praktisch kaum jemand kennt.

Bernadette Fox ist in vielerlei Hinsicht außergewöhnlich. Sie arbeitete als junge Frau auf eigene Faust in einem männerdominierten Metier. Mit zweiunddreißig erhielt sie ein MacArthur-Stipendium. Ihre handgefertigten Möbel stehen in der ständigen Sammlung des American Folk Art Museum. Sie gilt als Pionierin des ökologischen Bauens. Das einzige Haus, das sie je gebaut hat, steht nicht mehr. Sie verschwand vor zwanzig Jahren aus der Architekturszene und hat seither nichts mehr entworfen.

Jeder der genannten Punkte für sich würde schon eine bemerkenswerte Architektin ausmachen. Zusammengenommen ergeben sie eine Ikone. Aber wer war Bernadette Fox? War sie die Wegbereiterin für Frauen in der Architektur? War sie ein Genie? War sie eine Grüne, bevor es Grüne gab? Wo ist sie jetzt?

Artforum hat mit jener Handvoll Menschen gesprochen, die eng mit Bernadette Fox zusammengearbeitet haben. Hier nun unser Versuch, eins der echten Rätsel der Architekturgeschichte zu lösen.

Mitte der Achtzigerjahre war Princeton die Frontlinie im Kampf um die Zukunft der Architektur. Der Modernismus war fest etabliert, der Ruhm und Einfluss seiner Jünger gewaltig. Die Postmodernisten, angeführt von dem Princeton-Dozenten Michael Graves, entwickelten sich zu einer ernsthaften Herausforderung. Graves hatte gerade sein Public Service Building in Portland gebaut, dessen geistreiche Konzeption sowie gestalterische und stilistische Vielfalt eine kühne Abkehr von der strengen, minimalistischen Formensprache der Modernisten darstellten. Unterdes formierte sich mit den Dekonstruktivisten eine noch provokantere Strömung. Unter der Führung des ehemaligen Princeton-Professors Peter Eisenman verwarfen die Dekonstruktivisten sowohl den Modernismus als auch den Postmodernismus zugunsten von Fragmentierung und geometrischer Unvorhersagbarkeit. Von den Princeton-Studenten wurde erwartet, dass sie sich einem dieser Lager zuschlugen, zu den Waffen griffen und sich in den Kampf stürzten.

Ellie Saito war in Bernadette Fox' Studienjahrgang in Princeton.

ELLIE SAITO: Als Diplomarbeit entwarf ich ein Teehaus für das Besucherzentrum am Fujiyama. In seiner Grundkonzeption war es eine auseinandergerissene Kirschblüte, bestehend aus explosionsartig sich öffnenden rosa Segeln. Ich verteidigte meine Arbeit in einer letzten Feedback-Runde. Von allen Seiten prasselten Kommentare auf mich ein. Und Bernadette sah von ihrem Strickzeug auf und fragte: »Wo sollen sie ihre Schuhe hinstellen?« Wir alle guckten sie groß an. »Ist es nicht üblich, dass die Leute in einem Teehaus die Schuhe ausziehen?«, sagte Bernadette. »Wo sollen sie die hinstellen?«

Fox' Sinn fürs Prosaische fiel dem Dozenten Michael Graves auf, der ihr einen Job in seinem New Yorker Architekturbüro gab.

ELLIE SAITO: Bernadette war die Einzige aus dem ganzen Abschlussjahrgang, die er nahm. Es war ein schwerer Schlag.

MICHAEL GRAVES: Ich suche für mein Büro keine Architekten mit Riesenego und Riesenideen. Ich bin der mit dem Riesenego und den Riesenideen. Ich will jemanden, der in der Lage ist, meine Ideen auszuführen und die Probleme zu lösen, die ich ihm vorlege. Was mir an Bernadette auffiel, war ihre Freude an Arbeiten, die die meisten Studenten für unter ihrer Würde hielten. Architektur ist normalerweise kein Metier, das sich Arbeitsbienen ohne Ego aussuchen. Wenn man also eine Stelle zu vergeben hat und jemanden mit solchen Talenten sieht, greift man zu.

Fox war das jüngste Mitglied einer Gruppe, die mit der Arbeit am Team Disney Building in Burbank betraut war. Ihr fiel der typische »Idiotenjob« zu: Toiletten für die Managementetagen zu planen.

MICHAEL GRAVES: Bernadette trieb alle in den Wahnsinn. Sie wollte wissen, wie viel Zeit die Manager in ihren Büros verbrachten, wie oft sie Konferenzen hatten und zu welchen Tageszeiten, wie viele Leute daran teilnahmen, in welcher Geschlechterverteilung. Ich griff zum Telefon und fragte sie, was zum Teufel das solle.
Sie erklärte: »Ich muss wissen, welche Probleme mein Entwurf zu lösen hat.«
Ich antwortete: »Michael Eisner muss pissen und will nicht, dass ihm jeder dabei zuschaut.«
Ich würde ja gern behaupten, dass ich sie behielt, weil ich ihr Talent damals schon erkannte. Aber in Wirklichkeit gefielen mir die Pullover. Sie strickte mir vier, die ich heute noch habe. Meine Kinder versuchen immer wieder, sie mir zu entwenden. Meine Frau will sie dem Wohltätigkeitsladen geben. Aber ich trenne mich nicht davon.

Das Team Disney Building stagnierte immer wieder wegen des Genehmigungsverfahrens. Bei einem Gesamt-Meeting präsentierte Fox einen Strategieplan, wie sich die Baubehörde herumkriegen ließe. Graves schickte sie daher nach Los Angeles.

MICHAEL GRAVES: Ich war der Einzige, der sie ungern gehen sah.

Nach sechs Monaten war der Team-Disney-Job beendet. Graves bot Fox erneut einen Job in New York an, aber sie hatte die Freiheit der Architekturszene von Los Angeles schätzen gelernt. Auf Empfehlung von Graves bekam Fox eine Stelle beim Architekturbüro von Richard Meier, das damals bereits am Getty-Center arbeitete. Sie gehörte zu dem halben Dutzend junger Architekten, die mit der Beschaffung und Qualitätskontrolle der sechzehntausend Tonnen italienischen Travertins beschäftigt waren, der die Außenverkleidung des Museums bilden sollte.

1988 lernte Fox Elgin Branch kennen, einen Spezialisten für Computeranimation. Im Jahr darauf heirateten sie. Fox wollte ein Haus bauen. Judy Toll war ihre Immobilienmaklerin.

JUDY TOLL: Sie waren ein reizendes junges Paar. Beide so aufgeschlossen und gutaussehend. Ich versuchte immer wieder, sie von einem Haus in Santa Monica oder den Palisades zu überzeugen. Aber Bernadette wollte unbedingt ein Grundstück, wo sie einen eigenen Entwurf realisieren konnte. Ich zeigte ihnen eine stillgelegte Fabrik in Venice Beach, die für den Grundstückswert zum Verkauf stand.
Sie sah sich um und sagte, es sei perfekt. Zu meiner Verblüffung meinte sie das Gebäude selbst. Noch überraschter als ich war nur ihr Mann. Aber er vertraute ihr. Solche Entscheidungen treffen sowieso immer die Frauen.

Fox und Branch kauften die ehemalige Beeber-Bifokalbrillenfabrik. Bald darauf trafen sie auf einer Dinnerparty die beiden Menschen, die Fox' berufliches Leben am stärksten beeinflussen sollten: Paul Jellinek und David Walker. Jellinek war Architekt und Dozent am Southern California Institute of Architecture.

PAUL JELLINEK: Es war der Tag, an dem sie und Elgie den Kaufvertrag für Beeber Bifocal unterschrieben hatten. Ihre Begeisterung für die alte Fabrik prägte den gesamten Abend. Sie sagte, das Gebäude sei noch voller alter Bifokallinsen und Maschinen, und damit wolle sie »etwas machen«. So wie sie redete, so emotional und verschwommen, konnte ich nicht ahnen, dass sie gelernte Architektin war, geschweige denn ein Schätzchen von Graves.

David Walker hatte eine Baufirma.

DAVID WALKER: Irgendwann beim Dessert fragte mich Bernadette, ob ich die Bauarbeiten für sie übernehmen wolle. Ich sagte, ich würde ihr Referenzen schicken. Sie sagte: »Nein, ich mag Sie einfach.« Und sie sagte, ich solle am Samstag vorbeikommen und ein paar Männer mitbringen.

PAUL JELLINEK: Als Bernadette sagte, ihr Job sei der Travertin für das Getty, war mir alles klar. Ein Freund von mir schob dort auch Travertin-Dienst. Sie hatten diese begabten Architekten darauf reduziert, namenlose Kontrolleure an einem Fließband zu spielen. Es war eine Arbeit, die die Seele zerstörte. Beeber bot Bernadette die Möglichkeit, sich wieder mit dem zu befassen, was sie an der Architektur liebte: dem Bauen.

Die Beeber-Bifokalbrillenfabrik war ein 280-Quadratmeter-Betonziegelkasten mit vier Meter hohen Decken und Fenstergaden. Das Dach bestand aus einer Reihe von Oberlichtern. Dieses Industriegebäude in ein Wohnhaus umzuwandeln, vereinnahmte Fox' Leben während der nächsten zwei Jahre. David Walker war jeden Tag dort.

DAVID WALKER: Von außen sah es ziemlich runtergekommen aus. Aber wenn man reinkam, war alles voller Licht. Am ersten Samstag tauche ich also, wie Bernadette gesagt hatte, mit ein paar Jungs auf. Sie hat weder Pläne noch Genehmigungen. Stattdessen hat sie Besen und Fensterwischer, und wir machen uns alle dran, den Boden zu fegen und die Fenster und Oberlichter zu putzen. Ich frage, ob ich einen Container bestellen soll. Da schreit sie regelrecht: »Nein!«
Die nächste Woche verbringt sie damit, alles im Gebäude in die Hand zu nehmen und auf dem Fußboden aufzureihen. Da sind Tausende Bifokalbrillengestelle, kistenweise Brillengläser, Bündel von Faltkartons und die ganzen Maschinen zum Schleifen und Polieren der Gläser.
Wenn ich morgens kam, war sie immer schon da. Sie trug diesen Rucksack, aus dem die Wolle raushing, damit sie im Stehen stricken konnte. Und sie strickte einfach nur und betrachtete alles. Es erinnerte mich dran, wie man als Kind eine Kiste Legos auf dem Fußboden ausgekippt hatte. Und einfach nur dasaß und draufguckte, bis einem einfiel, was man bauen wollte.
An einem Freitag nahm sie einen Karton Drahtbrillenfassungen mit nach Hause. Am Montag kommt sie wieder und hat alle Fassungen mit Draht miteinander verkettet, quasi zusammengestrickt. Das Ergebnis war so eine Art Kettenhemdgeflecht aus Brillen. Und stabil war es! Also

setzt Bernadette die Jungs an die Arbeit, mit Schneid- und Biegezangen, lässt sie Tausende alter Brillenfassungen zu Bahnen zusammendrahten, die sie als Innenwände benutzt. Es war zum Brüllen, diese Machotypen aus Mexiko auf Stühlen in der Sonne sitzen und handarbeiten zu sehen. Aber es hat ihnen gefallen. Sie hörten ihre Ranchera-Musik im Radio und schwatzten wie ein Club von alten Tanten.

PAUL JELLINEK: Beeber Bifocal hat sich einfach nach und nach entwickelt. Es war nicht so, dass Bernadette gleich die große Idee hatte. Es begann mit dem Verketten der Brillenfassungen. Dann kamen die Tischplatten aus Brillengläsern. Dann die Tischfüße und -untergestelle aus Maschinenteilen. Es war echt toll. Ich kam immer mit meinen Studenten vorbei und rechnete es ihnen auf die Noten an, wenn sie mithalfen.
Da war ein Nebenraum, bis unter die Decke vollgestapelt mit Katalogen. Bernadette verleimte sie, bis sie stabile Würfel von eins zwanzig Kantenlänge ergaben. Eines Abends betranken wir uns allesamt, rückten den Würfeln mit Kettensägen zu Leibe und zersägten sie zu Sitzgelegenheiten mit Lehne. Sie wurden die Wohnzimmersitzmöbel.

DAVID WALKER: Ziemlich bald schon schälte sich das Ziel heraus, nicht in den Baumarkt zu fahren, sondern nur das zu benutzen, was sich auf dem Gelände fand. Es wurde eine Art Spiel. Ich weiß nicht, ob man es Architektur nennen kann, aber es machte auf jeden Fall Spaß.

PAUL JELLINEK: Damals drehte sich in der Architektur alles um den Computer. Jeder stieg vom Zeichenbrett auf AutoCAD um; man redete nur über Fertigbau. Die Leute bauten ihre geschmacklosen McMansion-Villen quasi bis an die Grundstücksgrenzen. Was Bernadette machte, war völlig abseits des Mainstreams. In gewisser Weise wurzelt Beeber Bifocal in der Tramp-Art. Es ist ein sehr handwerklich gemachtes Haus. Die Feministinnen werden mich dafür umbringen, aber Bernadette Fox geht die Architektur sehr weiblich an. Wenn man Beeber Bifocal betritt, ist man überwältigt von der Sorgfalt und Geduld, die da drinsteckt. Es ist wie eine warme Umarmung.

In ihrem Brotjob beim Getty empörte es Fox zunehmend, dass tonnenweise Travertin aus Italien herangeschafft wurde, nur um dann von ihren Vorgesetzten wegen kleiner Farb- und Texturabweichungen verschmäht zu werden.

PAUL JELLINEK: Eines Tages erzählte ich ihr, dass die Kulturbehörde der Stadt gerade ein freies Grundstück neben den Watts Towers gekauft hatte und Architektenvorschläge für ein Besucherzentrum einholte.

Einen Monat lang entwarf Fox heimlich einen Brunnen, ein Museum und eine Reihe von Aussichtsplattformen aus dem vom Getty ausgemusterten Travertin.

PAUL JELLINEK: Sie stellte den Zusammenhang her, weil die Watts Towers ja aus dem Schrott und Müll anderer Leute erbaut waren. Bernadette entwarf schneckenhausförmige Besucherplattformen, die die Form der Fossilien im Travertin und die wirbelnden Linien der Watts Towers aufnahmen.

Als Fox ihren Plan den Getty-Leuten vorlegte, erteilten sie ihr eine prompte und klare Abfuhr.

PAUL JELLINEK: Die Getty-Leute interessierte nur eins: das Getty gebaut zu kriegen. Sie hatten keine Lust, sich von einer besseren Hilfskraft sagen zu lassen, was sie mit ihrem überschüssigen Material machen sollten. Außerdem, man stelle sich die PR vor! Nicht gut genug fürs Getty, aber gut genug für South Central? Wer wollte sich das einhandeln?

Richard Meier und Partner konnten Fox' Entwürfe in ihrem Getty-Archiv nicht finden.

Bestimmt hat Bernadette sie einfach weggeworfen. Das Wichtige daran war – und das wusste sie –, dass sie jetzt eine eigene klare Linie gefunden hatte, nämlich schlicht nichts zu verschwenden.

Fox und Branch bezogen das Beeber-Bifocal-Haus 1991. Fox war rastlos auf der Suche nach einem neuen Projekt.

JUDY TOLL: Bernadette und ihr Mann hatten alles in diese Brillenfabrik gesteckt, in der sie jetzt wohnten, und sie hatten nicht mehr viel Geld. Also fand ich für sie ein struppiges Grundstück am Mulholland Drive in Hollywood, in der Nähe des Runyon Canyon Park. Es hatte einen ebenen Teil und bot einen tollen Blick auf die Stadt. Das Grundstück daneben stand ebenfalls zum Verkauf. Ich schlug ihnen vor, es auch zu nehmen, aber das konnten sie sich nicht leisten.

Fox setzte sich zum Ziel, ein Haus ausschließlich aus Materialien aus dem Umkreis von zwanzig Meilen zu bauen. Was nicht hieß, in den eine Meile entfernten Baumarkt zu fahren und Stahl aus China zu kaufen. Die Materialien mussten allesamt aus der Umgebung stammen.

DAVID WALKER: Sie fragte mich, ob ich die Herausforderung annähme. Ich sagte, klar.

PAUL JELLINEK: Mit das Klügste von Bernadette war, sich mit Dave zusammenzutun. Die meisten Bauleute können nicht ohne Pläne arbeiten, aber er konnte es. Wenn das Zwanzig-Meilen-Haus etwas beweist, dann, wie genial sie im Einholen von Genehmigungen war.

Wenn es um Bernadette geht, erzählen die meisten Dozenten ihren Studenten von Beeber und vom Zwanzig-Meilen-Haus. Ich erzähle meinen Studenten von Bernadettes Genehmigungsanträgen. Man kann die Pläne, die sie vorgelegt hat, einfach nicht anschauen, ohne loszuprusten. Es sind seitenweise hochoffiziell aussehende Unterlagen, die praktisch null Information enthalten. Damals lief das noch anders. Es war vor dem Bauboom, vor dem Erdbeben. Man konnte einfach auf die Baubehörde gehen und mit dem Chef sprechen.

Ali Fahad war der Chef der Behörde für Bauplanung und Bausicherheit.

ALI FAHAD: Natürlich erinnere ich mich an Bernadette Fox. Sie war eine bezaubernde Person. Sie wollte immer nur mit mir persönlich verhandeln. Meine Frau und ich hatten gerade Zwillinge bekommen, und Bernadette kam mit selbst gestrickten Decken und Mützchen für beide. Sie setzte sich hin, wir tranken Tee, sie erklärte, was sie mit ihrem Haus machen wollte, und ich sagte ihr, wie sie es machen sollte.

PAUL JELLINEK: Sehen Sie! So was kann nur eine Frau.

Die Architektur war immer ein männerdominiertes Metier. Bis Zaha Hadid 2005 in den Blickpunkt rückte, hatte man Mühe, eine berühmte Architektin zu nennen. Eileen Gray und Julia Morgan werden manchmal erwähnt. Aber in der Regel standen Architektinnen im Schatten ihrer berühmten männlichen Partner: so war es bei Anne Tyng und Louis Kahn, bei Marion Griffin und Frank Lloyd Wright, bei Denise Scott Brown und Robert Venturi.

ELLIE SAITO: Das hat mich ja damals in Princeton an Bernadette schier wahnsinnig gemacht. Sie ist eine von zwei Frauen an der ganzen Architekturfakultät und verbringt ihre Zeit mit Stricken? Das war genauso schlimm wie in Feedback-Sitzungen loszuheulen. Ich fand es wichtig, als Frau den Männern Paroli zu bieten. Ich versuchte, mit Bernadette drüber zu reden, aber es interessierte sie nicht.

DAVID WALKER: Wenn irgendwas geschweißt werden musste, brachte ich einen Schweißer an, Bernadette erklärte ihm, was sie wollte, und der Typ antwortete *mir*. Aber Bernadette machte das nichts aus. Sie wollte, dass ihr Haus gebaut wurde, und wenn das bedeutete, sich von irgendwelchen Handwerkern respektlos behandeln zu lassen, dann war das eben so.

PAUL JELLINEK: Deshalb war Dave ja so wichtig. Hätte Bernadette als Frau allein auf der Baustelle gestanden und versucht, irgendwas geschweißt zu kriegen, wäre sie fertiggemacht worden. Man darf nicht vergessen, dass sie erst dreißig war. Der Architektenberuf ist einer der wenigen, in denen Alter und Erfahrung tatsächlich als Vorteile gelten. Als junge Frau allein ein Haus zu bauen, praktisch ohne

Pläne, also, das machte man einfach nicht. Ich meine, selbst Ayn Rands Architekt war ein Mann.

Als sie die Baugenehmigung für einen 370-Quadratmeter-Glas- und-Stahl-Kastenbau mit drei Schlafzimmern, freistehender Garage und Gästehaus hatte, begann Fox mit dem Bau des Zwanzig-Meilen-Hauses. Ein Zementwerk in Gardena lieferte den Sand, den Fox vor Ort anmischte. Wegen des Stahls gab ein Recyclinghof in Glendale Bernadette Bescheid, wenn Träger hereinkamen. (Material vom Schrott galt als okay, selbst wenn es ursprünglich von außerhalb des Zwanzig-Meilen-Radius stammte.) Ein Stück weiter an der Straße wurde ein Haus abgerissen; die Container dort waren eine hervorragende Quelle für Materialien. Von Baumpflegern kam Holz, das für Schränke, Böden und Möbel verwendet wurde.

ELLIE SAITO: Ich musste zu einem Termin bei einem Fertighausentwickler in Palm Springs und kam durch L. A. Also schaute ich beim Zwanzig-Meilen-Haus vorbei. Bernadette, im Overall und mit Werkzeuggürtel, unterhielt sich in gebrochenem Spanisch mit einer Schar von Arbeitern, lachte und amüsierte sich königlich. Es war ansteckend. Ich krempelte meine Designerhemdsärmel auf und half, einen Graben auszuheben.

Eines Tages hielt ein LKW-Konvoi auf dem Nachbargrundstück. Es war von Nigel Mills-Murray gekauft worden, dem TV-Magnaten aus England, bekannt vor allem für seine populäre Gameshow You Catch It, You Keep It. *Er hatte einen britischen Architekten beauftragt, ihm eine 1300-Quadratmeter-Tudorstil-Villa aus weißem Marmor zu bauen, die Fox das Weiße Schloss taufte. Zunächst war das Verhältnis zwischen den beiden Bau-*

Crews freundschaftlich. Fox konnte zum Weißen Schloss hinübergehen und sich für eine Stunde einen Elektriker ausleihen. Ein Bauinspektor wollte die Aushubgenehmigung für das Weiße Schloss zurücknehmen, aber Fox redete es ihm aus.

DAVID WALKER: Der Bau des Weißen Schlosses war wie ein Film im Zeitraffer. Hunderte Arbeiter brachen über das Grundstück herein und arbeiteten buchstäblich rund um die Uhr. Drei Crews pro Tag mit je einer Acht-Stunden-Schicht.
Es gibt die Anekdote, dass Francis Ford Coppola bei den Dreharbeiten zu *Apocalypse Now* an seinem Wohnwagen ein Schild hatte: »Schnell, billig, gut: Wählen Sie zwei Möglichkeiten aus.« So ist das bei Häusern auch. Bernadette und ich hatten uns eindeutig für »billig« und »gut« entschieden. Aber, Mann, waren wir langsam. Beim Weißen Schloss wählten sie »schnell« und »schnell«.

Das Weiße Schloss war schon bezugsfertig, ehe Fox und Walker auch nur die Außenwände des Zwanzig-Meilen-Hauses hochgezogen hatten.

DAVID WALKER: Der *You Catch It You Keep It*-Typ fing an, auf seiner Baustelle vorbeizuschauen und Begehungen mit dem Innenarchitekten zu machen. Eines Tages befand er, dass ihm die Messingbeschläge und -accessoires nicht gefallen. Er ließ sämtliche Klinken, Türknäufe, Angeln und Badarmaturen austauschen.
Für uns war das wie verfrühte Weihnachten. Am nächsten Tag stand Bernadette buchstäblich im Container des Weißen Schlosses, als der Engländer in seinem Rolls-Royce vorfuhr.

Auf mehrere Interviewanfragen reagierte Nigel Mills-Murray nicht, wohl aber sein kaufmännischer Berater.

JOHN L. SAYRE: Wer fände es denn gut, bei seinem Haus anzukommen und eine Nachbarin dabei vorzufinden, wie sie seinen Müll durchwühlt? Niemand, so sieht's doch aus. Über einen fairen Preis für seine Beschläge hätte mein Klient ja gern geredet. Aber die Frau hat gar nicht erst gefragt. Sie ist einfach auf sein Grundstück vorgedrungen und hat ihn bestohlen. Soweit ich weiß, ist das illegal.

Von einem Tag auf den anderen errichtete Mills-Murray einen Natodrahtzaun und postierte rund um die Uhr einen Wachmann an der Zufahrt. (Das Weiße Schloss und das Zwanzig-Meilen-Haus hatten eine gemeinsame Zufahrt. Formal war es ein eingetragenes Wegerecht des Weißen Schlosses über das Grundstück des Zwanzig-Meilen-Hauses. Das sollte im darauffolgenden Jahr wichtig werden.)

Fox war regelrecht darauf versessen, an die weggeworfenen Beschläge zu kommen. Als ein LKW den Container am Weißen Schloss abholte, sprang sie in ihr Auto und folgte ihm bis zu einer roten Ampel. Sie gab dem Fahrer hundert Dollar, um Mills-Murrays Beschläge aus dem Abfall retten zu dürfen.

DAVID WALKER: Sie fand sie zu geschmacklos, um sie im Haus zu verwenden. Daher beschloss sie, die einzelnen Beschläge mit Draht zusammenzulöten, ähnlich wie damals die Brillen, und daraus ihr Grundstückstor zu fertigen.

Mills-Murray rief die Polizei, es kam aber nicht zu einer Anzeige. Am nächsten Tag war das Tor weg. Fox war überzeugt, dass Mills-Murray es gestohlen hatte, konnte es aber nicht be-

weisen. Da Fox' Job beim Getty sowieso fast zu Ende war, kündigte sie und steckte jetzt ihre gesamte Kraft ins Zwanzig-Meilen-Haus.

PAUL JELLINEK: Ich nahm auf der Baustelle eine deutlich andere Energie wahr, sobald Bernadette ihren Job aufgegeben hatte. Wenn ich mit Studenten vorbeikam, redete sie nur vom Weißen Schloss, wie hässlich es sei und was sie dort alles verschwendeten. Das stimmte ja alles, aber es hatte nichts mit Architektur zu tun.

Schließlich war das Weiße Schloss fertig. Die Krönung waren kalifornische Fächerpalmen für eine Million Dollar, die an der gemeinsamen Zufahrt gepflanzt wurden, indem ein Hubschrauber jede Einzelne in ihr Loch senkte. Fox regte sich fürchterlich auf, dass ihre Zufahrt jetzt aussehe wie ein Ritz-Carlton. Sie beschwerte sich, aber Mills-Murray schickte ihr den Grundbucheintrag rüber, in dem es eindeutig hieß, dass sein Wegerecht über ihr Grundstück »Zugang und Abgang« sowie »Gestaltungsentscheidungen und Instandhaltungsmaßnahmen« beinhalte.

DAVID WALKER: Noch heute, zwanzig Jahre später, schlägt es mir auf den Magen, wenn ich die Worte »Wegerecht«, »Zugang« oder »Abgang« höre. Bernadette hörte einfach nicht auf, darüber zu wettern. Ich ging dazu über, Walkman-Kopfhörer aufzusetzen, damit ich sie ausblenden konnte.

Mills-Murray beschloss, zur Einweihung seines neuen Hauses eine richtig fette Party zu geben. Er engagierte Prince für einen Auftritt in seinem Garten. Parken ist am Mulholland Drive immer ein Problem, also heuerte Mills-Murray ein Parkservice-Team an. Am Tag vor der Party hörte Fox Mills-Murrays

Assistentin auf der Zufahrt mit dem Boss des Parkservice-Teams darüber sinnieren, wo man hundert Autos parken könnte. Fox informierte ein Dutzend Abschleppdienste, dass am nächsten Abend Autos illegal in ihrer Zufahrt parken würden.

Während der Party, als die Parkservice-Leute sich in den Garten geschlichen hatten, um Prince »Let's Go Crazy« performen zu hören, winkte Fox die Flotte von Abschleppwagen ein. Im Nu waren zwanzig Autos abgeschleppt. Als ein tobender Mills-Murray sie zur Rede stellte, zückte Fox seelenruhig den Grundbucheintrag, in dem stand, dass die Zufahrt für »Zugang und Abgang« da sei. Nicht zum Parken.

PAUL JELLINEK: Elgie und Bernadette wohnten damals im Beeber Bifocal und hatten eigentlich vorgehabt, ins Zwanzig-Meilen-Haus zu ziehen und eine Familie zu gründen. Aber Elgie sah mit wachsender Besorgnis, was die Nachbarschaftsfehde bei Bernadette anrichtete. Auf keinen Fall wollte er in dieses Haus ziehen. Ich riet ihm zu warten, vielleicht würde es sich ja ändern.

Eines Morgens im April 1992 erhielt Fox einen Anruf. »Sind Sie Bernadette Fox?«, fragte die Stimme. »Sind Sie allein?«

Der Anrufer erklärte, ihr sei ein MacArthur-»Genie«-Stipendium zuerkannt worden. Das hatte noch kein Architekt erhalten. Das 500 000-Dollar-Stipendium gehe an »talentierte Personen, die ein außergewöhnliches Maß an Originalität und Einsatz in ihren kreativen Aktivitäten sowie eine ausgeprägte Fähigkeit zur Eigenregie bewiesen haben.«

PAUL JELLINEK: Ein Freund von mir in Chicago, der mit der MacArthur-Foundation zu tun hatte – ich weiß nicht mal wie, das ist alles so mysteriös –, fragte mich, was meiner Meinung nach das Aufregendste sei, was derzeit in der Architektur passiere. Ich sagte ihm die Wahrheit – Bernadette Fox' Haus. Wer zum Teufel konnte schon sagen, was sie nun eigentlich darstellte – eine Architektin, eine Artbrut-Künstlerin, eine Frau, die gern mit den Händen arbeitete, eine Edel-Mülltaucherin. Ich wusste nur, dass es sich toll anfühlte, ihre Häuser zu betreten.

Es war '92, und grüne Architektur war als Thema schon existent, ja, aber es war noch vor LEED, vor dem Green Building Council, fast zehn Jahre vor *Dwell*. Klar, umweltbewusstes Bauen gab es schon seit Jahrzehnten, aber Schönheit hatte dabei nie eine große Rolle gespielt.

Mein Freund aus Chicago kam mit einer großen Gruppe von Leuten. Zweifellos erwarteten sie so etwas wie eine potthässliche Jurte aus Nummernschildern und Autoreifen. Doch als sie ins Zwanzig-Meilen-Haus kamen, fingen sie an zu lachen, so wundervoll war es. Ein funkelnder Glaskasten mit klaren Linien, nicht das kleinste bisschen Gipskarton oder Anstrichfarbe. Die Böden waren aus Beton, die Wände und die Decken aus Holz, die Theken und Arbeitsflächen aus Waschbeton mit Glasscherben als durchscheinenden Farbelementen. Trotz der vielen warmen Materialien kam es einem drinnen heller vor als draußen.

An dem Tag baute Bernadette gerade an der Garage: Sie goss Beton in Formen und errichtete aus diesen Fertigbauelementen Wände. Die MacArthur-Leute legten die Jacketts ab, krempelten die Ärmel hoch und halfen mit. Da wusste ich, dass sie das Stipendium hatte.

Diese Anerkennung ermöglichte es Fox, das Zwanzig-Meilen-Haus loszulassen und zum Verkauf auszuschreiben.

JUDY TOLL: Bernadette sagte mir, sie wolle das Haus verkaufen und sich nach einem anderen Grundstück ohne gemeinsame Zufahrt umsehen. Dass Nigel Mills-Murray nebenan wohnte, kam dem Wert des Hauses sehr zugute. Ich machte ein paar Fotos und erklärte ihr, ich würde Vergleichspreise zusammenstellen.

Als ich in mein Büro kam, hatte ich eine Nachricht auf dem AB. Sie war von einem kaufmännischen Berater, mit dem ich öfters geschäftlich zu tun hatte und dem zu Ohren gekommen war, dass das Haus zu verkaufen sei. Ich erklärte ihm, wir würden es erst in ein paar Monaten zum Verkauf ausschreiben, aber er war ein Architekturfan und wollte unbedingt das Haus, das den »Genie-Preis« gekriegt hatte.

Wir feierten mit einem Essen im Spago, Bernadette, ihr reizender Mann und ich. Sie hätten die beiden sehen sollen. Er war ja so stolz auf sie. Sie hatte gerade einen enorm hoch dotierten Preis bekommen und ein enorm gutes Geschäft mit ihrem Haus gemacht. Welcher Ehemann wäre da nicht stolz? Beim Dessert holte er ein kleines Kästchen heraus und überreichte es ihr. Es enthielt ein Silbermedaillon mit einem vergilbten Foto von einem streng und irgendwie gestört aussehenden jungen Mädchen.

»Das ist die heilige Bernadette«, sagte Elgie. »Unsere Liebe Frau von Lourdes. Sie hatte Visionen, insgesamt achtzehn Mal. Deine erste Vision war Beeber Bifocal. Deine zweite war das Zwanzig-Meilen-Haus. Auf die nächsten sechzehn.«

Bernadette kamen die Tränen. Mir kamen die Tränen. Ihm kamen die Tränen. Wir waren völlig aufgelöst, als der Ober mit der Rechnung kam.

Bei jenem Essen beschlossen sie, nach Europa zu reisen. Sie wollten Lourdes sehen, die Heimat der heiligen Bernadette. Es war alles so wundervoll. Die ganze Welt stand ihnen offen.

Bernadette musste das Haus noch fotografieren, für ihr Portfolio. Wenn sie noch einen Monat warten würde, hätte der Garten Zeit, ein bisschen üppiger zu werden. Also beschloss sie, es nach ihrer Rückkehr zu machen. Ich rief den Käufer an und fragte, ob das ginge. Er sagte, ja, natürlich.

PAUL JELLINEK: Alle glauben immer, ich hätte so ein enges Verhältnis zu Bernadette gehabt, aber in Wirklichkeit habe ich gar nicht so viel mit ihr geredet. Es war Herbst, und ich hatte eine neue Gruppe Studenten. Ich wollte ihnen das Zwanzig-Meilen-Haus zeigen. Ich wusste, dass Bernadette in Europa war. Trotzdem machte ich es wie immer, sprach ihr auf den Anrufbeantworter, dass ich mit meinen Studenten im Zwanzig-Meilen-Haus vorbeikommen würde. Ich hatte ja einen Schlüssel.

Als ich vom Mulholland abbog, sah ich Bernadettes Tor offenstehen, was schon mal seltsam war. Ich fuhr hin und stieg aus. Es dauerte einen Moment, bis ich begriff, was ich sah: Ein Bulldozer demolierte das Haus! Drei Bulldozer sogar, die Wände einrammten, Glas zerschmetterten, Streben zerknickten, Möbel, Lampen, Einbauschränke einfach zerschlugen und plattwalzten. Es war so gottverdammt laut, was es noch verwirrender machte.

Ich hatte keine Ahnung, was da ablief. Ich wusste ja nicht mal, dass sie das Haus verkauft hatte. Ich rannte zu einem der Bulldozer, zerrte den Fahrer buchstäblich herunter und schrie ihn an: »Was zum Teufel machen Sie da?« Aber er konnte kein Englisch.

Damals gab es keine Handys. Ich ließ meine Studenten eine Kette vor den Bulldozern bilden und fuhr dann, so schnell ich konnte, zum Hollywood Boulevard, wo das nächste Münztelefon war. Ich rief Bernadette an und hatte ihren Anrufbeantworter dran. »Was zum Teufel tun Sie da?« schrie ich darauf. »Ich fasse es nicht, dass Sie mir nichts gesagt haben. Sie können doch nicht einfach nach Europa fahren und Ihr Haus zerstören!«

Jellinek war nicht in seinem Büro, als ihm Fox zwei Wochen später folgende Nachricht hinterließ, die er immer noch hat und mir vorspielt. »Paul«, sagt eine Frauenstimme. »Was ist los? Wovon redest du? Wir sind wieder hier. Ruf mich an.« Dann rief Fox ihre Maklerin an.

JUDY TOLL: Sie fragte, ob mit dem Haus irgendwas sei. Ich erklärte ihr, ich wisse nicht, ob Nigel irgendwas damit gemacht habe. Sie sagte: »Wer?« Ich sagte: »Nigel.« Wieder sagte sie: »Wer?« Aber diesmal schrie sie es. Ich sagte: »Der Herr, der Ihr Haus gekauft hat. Ihr Nachbar, Nigel, der mit der Fernsehshow, wo sie teure Sachen von einer Leiter werfen, und wenn man sie fängt, darf man sie behalten. Er ist Engländer.«
»Moment mal«, sagte Bernadette. »Mein Haus hat doch ein Freund von Ihnen namens *John Sayre* gekauft.«
Da wurde es mir klar, natürlich, sie wusste es nicht! Während sie in Europa war, hatte mich der kaufmännische Berater gebeten, den Eigentumstitel auf Nigel Mills-Murray übertragen zu lassen. Ich hatte nichts davon geahnt, aber der kaufmännische Berater hatte das Haus für seinen Klienten gekauft, Nigel Mills-Murray. Das passiert ständig: Prominente kaufen Häuser unter dem Namen ihres kaufmännischen Beraters und lassen dann den Titel auf sich übertragen. Aus Diskretionsgründen, verstehen Sie.

»Nigel Mills-Murray war von Anfang an der Käufer«, erklärte ich Bernadette.
Am anderen Ende war Schweigen, dann legte sie auf.

Das Zwanzig-Meilen-Haus, das drei Jahre Bauzeit erfordert hatte, war an einem Tag abgerissen worden. Die einzig existierenden Fotos sind die, die Judy Toll mit ihrer Kompaktkamera machte, die einzigen Pläne jene grotesk unvollständigen, die Fox der Baubehörde vorlegte.

PAUL JELLINEK: Ich weiß, sie gilt als das arme Opfer bei dem Ganzen. Aber an der Zerstörung des Zwanzig-Meilen-Hauses ist Bernadette selbst schuld.

In der Architekturszene setzte ein großes Wehklagen ein, als bekannt wurde, dass das Haus abgerissen worden war.

PAUL JELLINEK: Bernadette tauchte ab. Ich brachte Massen von Architekten dazu, einen Brief zu unterzeichnen, der in der Zeitung erschien. Nicolai Ouroussoff schrieb einen tollen Artikel. Der Denkmalschutz begann sich ernsthaft um die Erhaltung zeitgenössischer Architektur zu kümmern. Das war immerhin eine positive Folge des Ganzen.
Ich versuchte, sie anzurufen, aber sie und Elgie verkauften Beeber Bifocal und zogen weg. Es ist unfassbar. Dran zu denken, macht mich ganz krank. Ich fahre immer noch manchmal bei dem Grundstück vorbei. Da ist nichts.

Bernadette Fox baute kein weiteres Haus mehr. Sie zog mit ihrem Mann, der eine Stelle bei Microsoft bekam, nach Seattle. Als das Amerikanische Architekturinstitut AIA sie zum Fellow ernannte, erschien sie nicht zur Zeremonie.

PAUL JELLINEK: Ich bin in einer komischen Situation, wenn es um Bernadette geht. Alle erwarten sonst was von mir, weil ich dabei war und weil ich ihr nie die Chance gegeben habe, mich zu verprellen. Aber sie hat nur zwei Häuser gebaut, beide für sich selbst. Es waren tolle Bauten, das ist nicht der Punkt. Ich sage nur, ein Haus ohne Auftraggeber, ohne festes Budget und ohne zeitliche Einschränkungen zu bauen, ist *eine* Sache. Was wäre gewesen, wenn sie ein Firmengebäude oder ein Haus für jemand anderen hätte entwerfen sollen? Ich glaube nicht, dass ihr das gelegen hätte. Sie kam mit den meisten Menschen nicht aus. Was kann man da schon für ein Architekt sein?

Gerade weil sie so wenig hervorgebracht hat, können alle sie heiligsprechen. St. Bernadette! Sie war eine junge Frau in einer Männerwelt! Sie baute ökologisch, bevor es die Ökobewegung gab! Sie war großartig im Möbelgestalten! Sie war eine Bildhauerin! Sie prangerte das Getty wegen seiner Verschwendung an! Sie begründete die Do-it-yourself-Bewegung! Man kann über sie behaupten, was man will, was gibt es schon für Gegenbeweise?

Dass sie damals ausstieg, war für ihren Ruf wahrscheinlich das Allerbeste. Die Leute sagen, dass Nigel Mills-Murray das Zwanzig-Meilen-Haus zerstört hat, habe Bernadette wahnsinnig gemacht. Ich denke dann: Ja, wahnsinnig gerissen.

Eine Internetsuche ergibt keinerlei Hinweis darauf, was Fox heute macht. Vor fünf Jahren gab es in einer Info der Galer Street School, einer Privatschule in Seattle, eine Liste von Auktionsgegenständen. An einer Stelle hieß es: INDIVIDUELLES BAUMHAUS – Elternschaftsmitglied (Klasse 3) Bernadette Fox wird ein Baumhaus für Ihr Kind entwerfen und es eigenhändig bauen, wobei sie auch sämtliche Materialien stellt.« Ich fragte bei der Schulleiterin nach. Sie mailte mir zurück: »Laut unseren Unterlagen erzielte dieses Auktionsobjekt kein Gebot und blieb unversteigert.«

Montag, 13. Dezember

• • •

Von Mom an Paul Jellinek

Paul,
Grüße aus dem sonnigen Seattle, wo Frauen »Mädels« und Leute »Leutchens« sind, wo ein kleines bisschen ein »Ticken« ist, wo man in müdem Zustand »lahm« ist, wo alles, was ein bisschen außerhalb der Norm ist, als »krumm« gilt, wo die Sonne, wenn sie mal rauskommt, nie »Sonne« genannt wird, sondern immer »Sonnenschein«, wo Freund und Freundin »Partner« sind, wo niemand flucht, aber vielleicht mal jemand »die F-Bombe schmeißt«, wo man zwar husten darf, aber nur in die Armbeuge, und jedes Ansinnen, ob billig oder unbillig, mit »Kein Thema« beantwortet wird.

Erwähnte ich schon, wie grässlich ich es hier finde?

Aber es ist die IT-Hauptstadt der Welt, und es gibt ja dieses Ding namens »Internet«, das es einem gestattet, etwas zu tun, was sich »googeln« nennt, deshalb kann man, wenn man vor der Bibliothek irgendeinem jungen Mann über den Weg läuft und er anfängt, von einem Architekturwettbewerb in L.A. zu reden, der inspiriert sei von, sagen wir, *einem selbst*, diese Schlagwörter dem oben erwähnten Verfahren des »Googelns« unterziehen und mehr erfahren.

Du kleiner Schuft, Paul. Auf diesem Zwanzig-Meilen-Haus-

Remake sind doch überall deine Fingerabdrücke. Warum magst du mich so? Ich habe nie verstanden, was du in mir gesehen hast, du Dickschädel.

Ich sollte vermutlich erfreut sein oder sauer, aber ich bin einfach nur – platt ist wohl das richtige Wort. Weniger im Sinn von erstaunt, sondern eher im Sinn von kaputt.

Paul Jellinek. Wie zum Teufel geht es dir? Bist du sauer auf mich? Hast du Sehnsucht nach mir, weil das Leben ohne mich einfach nicht dasselbe ist? Bist du platt in irgendeinem Sinn?

Ich glaube, ich bin dir noch einen Rückruf schuldig.

Du fragst dich wahrscheinlich, was ich die letzten zwanzig Jahre gemacht habe. Ich habe den Konflikt zwischen öffentlichem und privatem Raum im Einfamilienhaus gelöst.

War ein Scherz! Ich habe allen möglichen Krempel im Internet bestellt.

Inzwischen hast du ja sicher erraten, dass wir nach Seattle gezogen sind. Elgie bekam eine Stelle bei Microsoft. MS, wie es unter Insidern heißt. Es gibt keine abkürzungswütigere Firma als Microsoft.

Ich hatte nie vor, in dieser öden oberen linken Ecke unseres Landes zu versauern. Ich wollte nur in einem grandiosen Zornesakt L.A. verlassen, meine beträchtlichen Ego-Wunden lecken und, wenn ich dann festgestellt hätte, dass mich alle ausreichend bedauerten, meine Flügel ausbreiten und wieder einfliegen, um meinen zweiten Akt zu starten und diesen Arschlöchern zu zeigen, wer die erfolgreichste Karriere-Architektin aller Zeiten wirklich ist.

Aber dann: Plötzlich stellte sich heraus, dass Elgie diese Stadt liebte. Wer konnte denn ahnen, dass unser Elgin ein radelndes, Subarufahrendes, Outdoorschuhe tragendes Alter Ego hatte, das nur darauf wartete hervorzubrechen? Und es brach hervor, bei Microsoft, diesem phantastischen Utopia für Leute mit Genie-IQ.

Halt mal, habe ich gerade gesagt, Microsoft sei phantastisch und utopisch? Ich meinte, unheimlich und böse.

Dort gibt es überall Besprechungsräume, mehr Besprechungsräume als Büros, die allesamt winzig sind. Als ich Elgies Büro zum ersten Mal sah, habe ich nach Luft geschnappt. Es war kaum größer als sein Schreibtisch. Er gehört jetzt zu den ganz Großen dort, und sein Büro ist immer noch mikroskopisch. Da passt kaum eine Couch rein, die lang genug ist, um ein Nickerchen zu machen, also, bitte: Was ist das denn für ein Büro! Und noch so was Merkwürdiges: Es gibt keine AssistentInnen. Elgie hat ein Team von 250 Leuten unter sich, und sie alle teilen sich eine Assistentin. Oder Admin, wie sie dort heißen, mit Betonung auf dem »Ad«. In L.A. hätte jeder, der nur halb so wichtig wäre wie Elgie, zwei AssistentInnen und dazu noch AssistentInnen dieser AssistentInnen, bis alle aufgeweckten Söhne und Töchter aller Einwohner westlich des Interstate 405 dort beschäftigt wären. Aber nicht so bei Microsoft. Dort machen sie alles selbst über speziell programmierte Portale.

Okay, okay, beruhige dich, ich erzähl dir noch mehr über die Besprechungsräume. Dort hängen an allen Wänden Karten, ist ja völlig normal, dass ein Unternehmen eine Karte an der Wand hängen hat, die seine Absatzgebiete oder Vertriebswege zeigt, oder? Tja, an den Wänden bei Microsoft sind es Weltkarten, und für den Fall, dass man die Dimensionen ihres Machtgebiets immer noch nicht ganz kapiert hat, steht unter den Karten: DIE WELT. An dem Tag, als mir klar wurde, dass ihr Ziel die WELTHERRSCHAFT ist, war ich draußen in Redmond, um die Mittagspause mit Elgie zu verbringen.

»Was ist eigentlich die Mission von Microsoft?«, fragte ich, während ich ein Stück Costco-Geburtstagskuchen verdrückte. Auf dem Campus war nämlich Costco-Tag, und sie boten den Leuten verbilligte Großmarkt-Mitgliedschaften an, wobei sie

Gratiskuchen als Lockmittel benutzten. Kein Wunder, dass ich manchmal verwirrt bin und diesen Ort für ein phantastisches Utopia halte.

»Lange Zeit«, antwortete Elgie, der keinen Kuchen aß, weil er ein Mann mit Selbstdisziplin ist, »war unsere Mission: in jedem Haus auf der Welt ein Computer. Aber das haben wir im Grund schon vor Jahren erreicht.«

»Und was ist dann jetzt die Mission?«, fragte ich.

»Es ist...« Er sah mich argwöhnisch an. »Na ja«, sagte er und schaute sich nach allen Seiten um. »Darüber sprechen wir nicht.«

Du musst wissen, jedes Gespräch mit jemandem, der bei Microsoft ist, endet entweder mit Variante eins oder mit Variante zwei. Das eben war Variante eins – Paranoia und Misstrauen. Sie haben sogar Angst vor ihren eigenen Frauen! Weil nämlich, wie sie sagen, das Unternehmen auf Information gegründet ist und die einfach auf und davon gehen kann.

Hier nun Variante zwei, wie ein Gespräch mit einem MS-Mitarbeiter enden kann. (MS – o Gott, jetzt haben sie mich auch schon so weit!). Sagen wir mal, ich bin mit meiner Tochter auf dem Spielplatz. Übermüdet schubse ich sie auf der Schaukel an, und eine Schaukel weiter steht ein outdoormäßig gekleideter Vater – weil es hier nämlich nur outdoormäßig gekleidete Väter gibt. Er sieht die Wickeltasche, die ich dabeihabe, und die eigentlich keine Wickeltasche ist, sondern eins der unzähligen Werbegeschenke mit Microsoft-Logo, die Elgie mit nach Hause bringt.

OUTDOOR-Papi: Sie sind bei Microsoft?
ICH: O nein, mein Mann arbeitet dort. (Seine nächste Frage schon auf halbem Weg abfangend) Er macht Robotik.
OUTDOOR-Papi: Ich bin auch bei Microsoft.

ICH: (Interesse heuchelnd, weil es mir eigentlich schnurzegal ist, aber, wow, ist der Typ gesprächig) Oh? Was machen Sie?

OUTDOOR-Papi: Ich bin in der Abteilung Messenger.

ICH: Was ist das?

OUTDOOR-Papi: Sie kennen doch Windows Live?

ICH: Mmmm...

OUTDOOR-Papi: Sie kennen doch die MSN-Homepage?

ICH: Geht so...

OUTDOOR-Papi: (Allmählich mit der Geduld am Ende) Wenn Sie Ihren Computer anschalten, was erscheint da?

ICH: Die *New York Times*.

OUTDOOR-Papi: Also, normalerweise kommt da eine Windows-Homepage.

ICH: Sie meinen das Dings, das schon vorinstalliert ist, wenn man einen PC kauft? Sorry, ich habe einen Mac.

OUTDOOR-Papi: (Defensiv, weil jeder dort nach einem iPhone jiepert, es aber das Gerücht gibt, wenn einen Ballmer mit so einem Ding erwische, werde man gefeuert, was zwar nicht bewiesen, aber auch nicht *widerlegt* ist) Ich spreche von Windows Live. Das ist die meistbesuchte Homepage der Welt.

ICH: Glaube ich Ihnen ja.

OUTDOOR-Papi: Welche Suchmaschine benutzen Sie?

ICH: Google.

OUTDOOR-Papi: Bing ist besser.

ICH: Hat ja niemand was Gegenteiliges gesagt.

OUTDOOR-Papi: Wenn Sie auch nur ein Mal auf Hotmail, Windows Live, Bing oder MSN gehen würden, würden Sie oben auf der Seite eine Registerkarte »Messenger« finden. Das ist mein Team.

ICH: Cool. Und was machen Sie bei Messenger?

OUTDOOR-Papi: Mein Team arbeitet an einer Endbenutzer-C-Sharp-Schnittstelle für HTML5...

Und dann versiegt das Gespräch, weil ab irgendeinem Punkt niemand auf der Welt intelligent genug ist, die Dinge auf ein allgemeinverständliches Niveau herunterzuschrauben.

Wie sich herausgestellt hat, war Elgie die ganze Zeit in L.A. nur ein schuhloser Sockenträger auf der Suche nach einem Teppichboden-und-Neonlicht-Flur, wo sich's zu jeder Nachtzeit umherstreifen lässt. Bei Microsoft hat er sein ideales Habitat gefunden. Es ist, als wäre er wieder an seinem Institut in Massachusetts, wo man die ganze Nacht durchmachen, Bleistift-Darts in Deckenplatten werfen und Retro-Space-Invaders mit ausländisch angehaucht sprechenden Pixelaffen spielen kann. Als Microsoft seinen jüngsten Campus baute, gestalteten sie ihn als perfektes Heim für Elgies Team. Im Atrium seines neuen Teamgebäudes gibt es einen Sandwich-Shop mit dem Schild WIR FÜHREN FEINSTE BOAR'S-HEAD-FLEISCHDELIKATESSEN. Sobald ich das erblickte, wusste ich, ich würde ihn nie wiedersehen.

Also sind wir jetzt in Seattle.

Übrigens haben es die hier für die Stadtplanung Zuständigen doch echt geschafft, aus jeder Vierfachkreuzung, auf die sie stießen, eine Fünffachkreuzung zu machen: keine Zweibahnstraße, die sie nicht plötzlich und ohne jeden Grund zur Einbahnstraße umfunktioniert hätten; keine schöne Aussicht, die sie nicht ohne jegliches architektonisches Gespür mit einem zwanzigstöckigen Altenheim verbauen würden. Moment, ich glaube, das ist das erste Mal überhaupt, dass jemand in Bezug auf Seattle die Wörter »architektonisch« und »Gespür« in Kombination benutzt hat.

Die Autofahrer sind furchtbar. Und mit furchtbar meine ich: Sie kapieren nicht, dass ich irgendwohin muss. Es sind die langsamsten Autofahrer, die die Welt je gesehen hat. Wenn jemand an einer Fünffachkreuzung vor einem an der roten Ampel steht und man alt und grau wird, bis der ganze Ampelzyklus durch ist, und es dann endlich, endlich grün wird, weißt du, was dieser Vordermann dann macht? Er fährt an, nur um mitten auf der Kreuzung zu bremsen. Man malt sich aus, dass ihm sein halbes Sandwich runtergefallen ist und er es sucht, aber nein. Sie bremsen einfach nur, weil, hey, es ist ja eine Kreuzung.

Manchmal haben diese Autos Nummernschilder aus Idaho. Und ich denke, was zum Teufel macht denn ein Wagen aus Idaho hier? Dann fällt es mir wieder ein, Richtig, wir *grenzen* ja an Idaho. Ich bin in einen Bundesstaat gezogen, der an Idaho grenzt. Und was noch an Leben in mir ist, macht *puff* und ist weg.

Meine Tochter hatte in der Schule ein Kunstprojekt namens »Schrittweise«, das mit dem Universum anfing, dann das Sonnensystem in den Fokus nahm, dann die Erde, dann die Vereinigten Staaten, dann den Bundesstaat Washington, dann Seattle – und ich dachte allen Ernstes, was hat Washington damit zu tun? Und dann fiel mir's wieder ein, richtig, wir *leben* hier. *Puff.*

Seattle. Ich habe noch nie eine Stadt gesehen, die dermaßen von Straßenpunks, Drogensüchtigen und Pennern überlaufen ist. Pike Place Market: Sie sind überall. Pioneer Square: Es wimmelt nur so. Die Vorzeigefiliale des Nordstrom-Kaufhauses: Man muss über sie wegsteigen, um reinzukommen. Das erste Starbucks: Einer von ihnen okkupiert den Milchtresen, weil er sich Gratis-Zimt auf den Kopf streut. Oh, und alle haben sie Pitbulls, viele mit umgebundenen handgeschriebenen Schildern, auf denen so witzige Sachen stehen wie ICH WETTE EINEN DOLLAR, DASS SIE DIESES SCHILD LESEN. Warum hat jeder Bettler einen Pitbull? Ach, du weißt es echt nicht? Weil sie knallharte Typen sind und man das keinen Moment vergessen soll.

Einmal war ich morgens früh in der Innenstadt, und mir fiel auf, dass die Straßen voll von Leuten mit Rollkoffern waren. Und ich dachte, wow, das ist ja mal eine Stadt der dynamischen

Menschen! Aber dann ging mir auf, nein, das sind alles Penner, die in Hauseingängen übernachtet haben und sich jetzt verdrücken, bevor sie verscheucht werden. Seattle ist die einzige Stadt, wo man in Scheiße tritt und betet, bitte, lieber Gott, lass es Hundescheiße sein.

Sooft man seine Verwunderung darüber kundtut, dass die Stadt der USA mit der höchsten Millionärsdichte sich von Pennern vereinnahmen lässt, kommt immer die gleiche Antwort. »Seattle ist eine mitfühlende Stadt.«

Ein Typ namens »der Tubamann«, ein beliebtes Unikum, weil er bei Baseballspielen der Mariners Tuba spielte, wurde in der Nähe der Gates Foundation von einer Straßengang brutal ermordet. Die Reaktion? Nicht etwa *härteres Vorgehen gegen Straßengangs* oder dergleichen. Nein, die Leute in der Gegend verdoppelten ihr Bemühen, »gegen die Ursachen der Ganggewalt anzugehen«. Sie organisierten einen Wohltätigkeitswettkampf »Gemeinsam gegen die Ursachen«, um Geld für dieses schwachsinnige Unterfangen zu sammeln. Natürlich war der Gegen-die-Ursachen-Wettkampf ein Triathlon, denn nie und nimmer würde man diese sportiven Wohltäter bitten, nur an *einer* Disziplin pro Sonntag teilzunehmen.

Selbst der Bürgermeister machte mit. In meiner Nachbarschaft gab es einen Comic-Laden, der enormen Mut bewies, indem er ein Schild ins Schaufenster stellte, das Personen mit unterhalb des Gesäßes sitzender Hose den Zutritt untersagte. Und der Bürgermeister erklärte, er wolle *die Ursachen* dafür angehen, dass die Kids ihre Hosen so tief tragen. Dieser gottverdammte Bürgermeister!

Und von den Kanadiern fange ich besser gar nicht erst an. Das ist ein Ding für sich.

Erinnerst du dich, wie das FBI vor ein paar Jahren diese Polygamistensekte in Texas aushob? Und wie all die vielen Ehefrauen der Kamera vorgeführt wurden? Und wie sie alle aussahen: langes mausbraunes Haar mit grauen Strähnen, nichts, was die Bezeichnung Frisur verdiente, kein Make-up, Gesichtsbehaarung à la Frida Kahlo und unvorteilhafte Kleider? Und wie diese ganze Talkshow-Klientel erwartungsgemäß schockiert und entsetzt war? Tja, die waren alle noch nie in Seattle.

Hier gibt es zwei Frisuren: kurzes graues Haar und langes graues Haar. Wenn man in einen Frisiersalon geht und die Haare gefärbt haben will, flattern sie mit den Ellbogen und schnattern aufgeregt: »Oh, prima, endlich mal färben!«

Aber das eigentliche Problem war, dass ich hier heraufkam und vier Fehlgeburten hatte. Sosehr ich mich auch bemühe: *das* Nigel Mills-Murray in die Schuhe zu schieben, ist schwer.

O Paul. Dieses letzte Jahr in L.A. war einfach schrecklich. Ich schäme mich so für mein Verhalten. Ich schleppe das bis heute mit mir herum, den Selbstekel, weil ich so gehässig werden konnte, nur wegen eines blöden Hauses! Es treibt mich immer noch um. Doch bevor die Selbstgeißelung lebensgefährliche Ausmaße annimmt, denke ich an Nigel Mills-Murray. War ich wirklich *so* schlimm? Hatte ich es verdient, dass ein reicher Pinkel sich den Spaß gönnt, *drei Jahre meines Lebens* zunichte zu machen? Okay, ich hatte ein paar Autos abschleppen lassen. Ich hatte ein Tor aus weggeworfenen Türklinken gebaut. Ich bin Künstlerin. Ich habe ein MacArthur-Stipendium bekommen, Herrgott noch mal. Gebührt mir nicht ein bisschen Nachsicht? Wenn ich fernsehe und am Ende der Sendung Nigel Mills-Murrays Name erscheint, drehe ich innerlich durch. Er kann weiter kreativ sein, und ich bin immer noch ein Wrack?

Das Inventar der Spielzeugkiste: Scham, Wut, Neid, Infantilität, Selbstzerknirschung, Selbstmitleid.

Das AIA hat mir vor ein paar Jahren diese nette Ehrung zukommen lassen, jetzt ist da dieses 20x20x20-Ding, ein *Artforum*-

Journalist hat versucht, wegen eines Artikels mit mir zu reden. Solche Dinge machen es nur noch schlimmer, verstehst du? Es sind Trostpreise, weil jeder weiß, dass ich eine Künstlerin bin, die einen Fehlschlag nicht überwinden konnte.

Letzte Nacht erst bin ich aufgewacht, weil ich pinkeln musste. Ich war noch halb weggetreten, nicht richtig bei Bewusstsein, eine leere Festplatte, und plötzlich wurden die Daten wieder geladen – *Bernadette Fox – Zwanzig-Meilen-Haus vernichtet – meine Schuld – ich bin eine Versagerin.* Das Versagen hält mich in seinem Fang und hört nicht auf, mich zu beuteln.

Frag mich heute nach dem Zwanzig-Meilen-Haus, und ich bin die Nonchalance in Person. *Das olle Ding? Wen juckt's?* Das ist meine Fassade, und die halte ich eisern aufrecht.

Als es mit den Fehlgeburten losging, war Elgie für mich da und gab sein Bestes.

»Es ist alles meine Schuld«, sagte ich.

»Nein, Bernadette«, sagte er. »Es ist nicht deine Schuld.«

»Ich hab's verdient«, sagte ich.

»Niemand hat das verdient.«

»Ich kann nichts hervorbringen, ohne es gleich zu zerstören«, sagte ich.

»Bitte, Bernadette, das ist nicht wahr.«

»Ich bin ein Monster«, sagte ich. »Wie kannst du mich lieben?«

»Weil ich dich kenne.«

Was Elgie nicht wusste: Ich benutzte seine Worte, um eine noch tiefere Trauer zu überleben als die über die Fehlgeburten, eine Trauer, die ich nicht eingestehen konnte: die Trauer um das Zwanzig-Meilen-Haus. Elgie weiß es bis heute nicht. Und das verstärkt nur meine bodenlose, strudelnde Scham darüber, dass ich so verrückt und unehrlich geworden bin, eine Fremde für den klügsten und anständigsten Mann, den ich je getroffen habe.

Das Einzige, was man Elgie vorwerfen kann, ist, dass für ihn das Leben so verdammt einfach ist: Tun, was man gern tut. In seinem Fall heißt das arbeiten, Zeit mit der Familie verbringen und Präsidentenbiografien lesen.

Ja, ich habe meine sieche Seele zu einem Therapeuten geschleppt. Ich war hier bei einem, dem besten in ganz Seattle. Ich brauchte etwa drei Sitzungen, um den armen Kerl zu Kleinholz zu machen. Es war schrecklich für ihn, dass er mir nicht helfen konnte. »Entschuldigen Sie«, sagte er, »aber die Psychiater hier oben sind nicht besonders gut.«

Ich habe ein Haus gekauft, als wir hierherkamen. Eine ehemalige Erziehungsanstalt für Mädchen, ein verrücktes Gebäude, mit allen Baubeschränkungen, die man sich nur vorstellen kann. Um daraus etwas zu machen, bräuchte man Houdinis Entfesselungsgeschick. Das hat mich natürlich gereizt. Ich hatte aufrichtig vor, den Tiefschlag mit dem Zwanzig-Meilen-Haus zu überwinden, indem ich Elgie, mir und dem jeweiligen Baby, mit dem ich gerade schwanger war, ein Zuhause bauen wollte. Aber dann saß ich auf dem Klo und guckte runter, gekrümmt wie ein großes C, und da war Blut in meiner Unterhose, und ich heulte Elgie wieder die Hucke voll.

Als ich endlich schwanger blieb, war das Herz unserer Tochter nicht voll entwickelt, sodass es durch eine Serie von Operationen aufgebaut werden musste. Ihre Überlebenschancen waren minimal, damals erst recht. Kaum war die Geburt überstanden, wurde mein glitschiger blauer Guppy in den OP entführt, noch ehe ich ihn berühren konnte.

Fünf Stunden später kam die Schwester und gab mir eine Spritze, um die Milchproduktion zu unterbinden. Die Operation war schiefgelaufen. Um eine zweite zu überstehen, war unser Baby nicht kräftig genug.

So sieht Untröstlichkeit aus: ich in meinem hermetisch geschlossenen Wagen auf dem Parkplatz des Kinderkrankenhauses, in meinem Krankenhausnachthemd, dreißig Zentimeter Binden zwischen den Beinen und Elgies Parka um die Schultern, und Elgie, der draußen im Dunkeln steht und mich durch die beschlagenen Scheiben zu erkennen versucht. Ich war nur Elend und Adrenalin. Ich hatte keine Gedanken, keine Gefühle. In mir toste etwas so Schreckliches, dass Gott wusste, er musste mein Baby am Leben lassen, oder dieser reißende Strom in mir würde gegen das Universum losgelassen.

Zehn Uhr morgens, ein Klopfen an der Windschutzscheibe. »Wir können sie jetzt sehen«, sagte Elgie. Da lernte ich Bee kennen. Sie schlief friedlich in ihrem Brutkasten, ein kleines blaues Dingelchen mit einem gelben Mützchen, die Brust perfekt zugedeckt. Überall an und in ihr waren Kabel und Schläuche. Neben ihr ragte eine Wand von dreizehn Monitoren auf. Sie hing an allen. »Ihre Tochter«, sagte die Schwester. »Sie hat eine Menge hinter sich.«

Da wurde mir klar, dass Bee nicht aus dieser Welt kam und dass sie mir anvertraut worden war. Du kennst doch diese Poster vom kleinen Krishna, »Balakrishna« genannt, der Inkarnation Vishnus, des Schöpfers und Zerstörers, und er ist dick und zufrieden und *blau*? Das war Bee, der Schöpfer und Zerstörer. Es war total offensichtlich.

»Sie wird nicht *sterben*«, erklärte ich den Schwestern, als wären sie die dümmsten Menschen auf Erden. »Sie ist Balakrishna.« Der Name wurde auf ihrer Geburtsurkunde eingetragen. Elgie spielte nur deshalb mit, weil er wusste, dass die Trauerbegleiterin in einer Stunde kommen sollte.

Ich bat darum, mich mit meiner Tochter allein zu lassen. Elgie hatte mir mal ein Medaillon mit der heiligen Bernadette geschenkt, die achtzehn Visionen hatte. Er hatte gesagt, Beeber Bifocal und das Zwanzig-Meilen-Haus seien meine ersten beiden Visionen gewesen. Ich fiel vor Bees Brutkasten auf die Knie und umfasste mein Medaillon. »Ich will nie wieder irgendwas bauen«, sagte ich zu Gott. »Ich verzichte auf meine anderen sechzehn Visionen, wenn du mein Baby am Leben lässt.« Es funktionierte.

Niemand in Seattle kann mich leiden. Am ersten Tag hier ging ich ins Macy's, eine Matratze kaufen. »Sie sind nicht hier aus der Gegend, stimmt's?«, sagte die Verkäuferin. »Das merke ich an Ihrer Energie.« Was meinte sie mit Energie? Dass ich in einer Matratzenabteilung die Hilfe einer Matratzenverkäuferin in Anspruch nahm?

Ich kann dir gar nicht sagen, wie oft ich gerade in einer belanglosen Konversation bin und jemand zu mir sagt: »Sagen Sie nur, was Sie *wirklich* denken.« Oder: »Vielleicht sollten Sie auf koffeeinfreien Kaffee umsteigen.« Ich führe das auf die Nähe zu Kanada zurück. Belassen wir's dabei, sonst komme ich auf das Thema Kanadier, und dafür hast du wirklich nicht die Zeit.

Kürzlich habe ich allerdings eine Freundin gefunden, eine gewisse Manjula, die all meine Anliegen vom fernen Indien aus für mich erledigt. Es ist zwar eine virtuelle Freundschaft, aber es ist immerhin ein Anfang.

Das Motto dieser Stadt sollten die unsterblichen Worte dieses französischen Marschalls bei der Belagerung von Sewastopol sein: »*J'y suis, j'y reste*« – »Hier bin ich, und hier bleibe ich.« Die Leute werden hier geboren, wachsen hier auf, studieren an der University of Washington, arbeiten hier, sterben hier. Niemand hat auch nur den leisesten Drang wegzugehen. Wenn man sie fragt, »Was war's noch mal, was Ihnen an Seattle so gefällt?«, antworten sie, »Wir haben doch alles. Die Berge und das Wasser.« Das ist ihre Begründung, Berge und Wasser.

Auch wenn ich mich immer bemühe, in der Schlange an der Supermarktkasse keine Gespräche anzufangen, konnte ich eines

Tages doch nicht widerstehen, als ich eine Frau Seattle als »kosmopolitisch« bezeichnen hörte. Ermutigt fragte ich: »Ach, ja?« Sie sagte: »Klar, in Seattle gibt es jede Menge Leute von überall her.« »Woher denn zum Beispiel?« Ihre Antwort: »Alaska. Ich habe haufenweise Freunde aus Alaska.« Wumm, da ist es wieder.

Wir spielen ein kleines Spiel, okay? Ich sage ein Wort, und du sagst das erste Wort, das dir dazu einfällt. Alles klar?

ICH: Seattle.
DU: Regen.

Was man über den Regen hier hört – es stimmt alles. Also sollte man meinen, er würde zum selbstverständlichen Hintergrund, vor allem für die Lebenslänglichen. Aber *jedes Mal,* wenn es regnet und man mit irgendjemandem interagieren muss, bekommt man zu hören: »Ist doch nicht zu glauben, dieses Wetter!« Und man will sagen: »Also, das mit dem Wetter finde ich *nicht* schwer zu glauben. Schwer zu glauben finde ich nur, dass ich hier stehe und übers Wetter rede.« Aber das sage ich nicht, verstehst du, weil das zu Streit führen würde, und den versuche ich nach besten Kräften zu vermeiden, mit wechselndem Erfolg.

Mit Leuten zu streiten, löst bei mir Herzrasen aus. *Nicht* mit Leuten zu streiten, löst bei mir Herzrasen aus. Selbst Schlafengehen löst bei mir Herzrasen aus! Ich liege im Bett, und das Bummern kommt wie eine Invasion. Es ist eine schreckliche dunkle Masse, wie der Monolith in Kubricks *2001*, mit einem Eigenleben, aber absolut unergründlich, und es ergreift Besitz von meinem Körper und setzt Adrenalin frei. Wie ein schwarzes Loch saugt es jeden harmlosen Gedanken, der mir durch den Kopf geht, ein und durchtränkt ihn mit wilder Panik. Irgendwann am Tag habe ich vielleicht gedacht, hey, ich sollte Bee mehr frisches Obst in die Schule mitgeben. In der Nacht, wenn das Bummern kommt, wird daraus, ICH MUSS BEE MEHR FRISCHES OBST IN DIE SCHULE MITGEBEN!!! Ich fühle, wie die irrationale Angst meinen Energievorrat aufzehrt, wie wenn ein batteriebetriebenes Rennauto in der Ecke vor sich hin surrt. Das ist die Energie, die ich brauche, um über den nächsten Tag zu kommen. Aber ich liege einfach nur im Bett und sehe sie dahinschwinden, und mit ihr jede Hoffnung auf ein produktives Morgen. Da geht der Abwasch dahin, da der Lebensmitteleinkauf, da die Gymnastik, da das Hereinholen der Mülltonnen. Da schwindet die freundliche Grundhaltung gegenüber den Mitmenschen. Ich wache so schweißgebadet auf, dass ich nachts einen Krug Wasser neben dem Bett stehen habe, um nicht an Dehydration zu sterben.

O Paul, erinnerst du dich an dieses Lokal nicht weit vom Zwanzig-Meilen-Haus, an der La Brea Avenue, wo es das Rosenwassereis gab und wir Meetings abhalten und das Telefon benutzen durften? Ich hätte so gern, dass du Bee kennenlernst.

Ich weiß, was du dich jetzt fragst: Wann in aller Welt ich Zeit zum Duschen finde. Gar nicht! Manchmal tagelang. Ich bin völlig daneben, ich weiß nicht, was mit mir los ist. Ich hatte eine Auseinandersetzung mit einer Nachbarin – ja! schon wieder! – und diesmal habe ich als Vergeltungsmaßnahme ein Schild aufgestellt und unabsichtlich ihr Haus zerstört. Kannst du dir so was vorstellen, Himmelhergott?

Die ganze unglückselige Geschichte beginnt in der Vorklasse. Die Schule, auf die Bee geht, ist fanatisch, was Elternbeteiligung angeht. Ständig sollen wir uns für irgendwelche Komitees melden. Was ich natürlich nie tue. Eine meiner Mitmütter, Audrey Griffin, stellte mich eines Tages im Schulflur.

»Wie ich sehe, haben Sie sich für kein Komitee eingetragen«, sagte sie, scheißfreundlich und mit Dolchblick.

»Ich hab's nicht so mit Komitees«, sagte ich.

»Und Ihr Mann?«, fragte sie.

»Er hat's noch weniger damit als ich.«

»Dann glauben Sie also beide nicht an Gemeinschaft?«, fragte sie.

Inzwischen umringte uns eine Schar von Müttern, die diese überfällige Zurechtweisung der asozialen Mutter des kranken Mädchens genossen. »Ich weiß nicht, ob Gemeinschaft etwas ist, woran man *glaubt* oder nicht«, antwortete ich.

Ein paar Wochen später kam ich in Bees Klassenzimmer, und da war so ein Ding, das sich die Ich-möchte-wissen-Wand nannte. Darauf schrieben die Kinder Sachen wie »Ich möchte wissen, was die Kinder in Russland zum Frühstück essen« oder »Ich möchte wissen, was einen Apfel rot oder grün macht«. Ich fand das alles unglaublich süß, bis ich auf Folgendes stieß: »Ich möchte wissen, warum alle Mütter freiwillige Sachen in der Schule machen bis auf eine.« Hingeschrieben von Kyle Griffin, dem Spross der Natter.

Ich konnte diesen Kyle nie leiden. In der Vorklasse hatte Bee eine Mordsnarbe senkrecht über die ganze Brust. (Mit der Zeit ist sie immer unauffälliger geworden, aber damals stand sie in voller Pracht.) Eines Tages sah Kyle die Narbe und nannte Bee »Raupe«. Ich war natürlich nicht erfreut, als Bee mir das erzählte, aber Kinder sind nun mal grausam, und Bee fand es gar nicht *so* schlimm. Ich unternahm nichts. Die Schulleiterin, die wusste, dass dieser Junge eine kleine Pest war, nahm Bee zum Vorwand, ein Elternforum zum Thema Mobbing anzusetzen.

Ein Jahr später war ich zwar immer noch angefressen wegen der Ich-möchte-wissen-Wand, überwand aber meinen inneren Schweinehund und meldete mich tatsächlich für meinen ersten freiwilligen Elterneinsatz, als Fahrdienst und Begleitung bei einer Exkursion zu Microsoft. Ich war für vier Kinder zuständig: Bee und drei andere, darunter auch dieser Kyle Griffin. Wir kamen an ein paar Süßigkeitenautomaten vorbei. (Bei Microsoft gibt es überall Süßigkeitenautomaten, bei denen man kein Geld einzuwerfen, sondern nur einen Knopf zu drücken braucht, damit etwas herauskommt.) Griffin Junior, der auf Zerstörung mittlerer Stufe voreingestellt ist, haute gegen einen Automaten. Ein Schokoriegel kam heraus. Also fing er an, wie wild auf die Automaten einzudreschen, und alle Kinder, einschließlich Bee, taten es ihm nach. Süßigkeiten und Limos purzelten auf den Boden, und die Kinder hopsten und johlten. Es war einfach unglaublich, wie in *Uhrwerk Orange*. Just in dem Moment platzte eine andere Kindergruppe, beaufsichtigt von der Schulleiterin persönlich, in unsere Mini-Droogs-Randale. »Wer von euch hat damit angefangen?«, wollte die Schulleiterin wissen.

»Niemand hat angefangen«, sagte ich. »Es ist meine Schuld.«

Und was macht Kyle? Hebt die Hand und verpetzt sich selbst. »Ich war's.« Seine Mutter, Audrey, hasst mich seither und hat auch die anderen Mütter gegen mich aufgewiegelt.

Warum ich Bee dann nicht auf eine andere Schule geschickt habe? Die anderen guten Schulen, auf die ich Bee hätte schicken können… na ja, um da hinzukommen, hätte ich an einem Buca di Beppo vorbeifahren müssen. Und ich fand mein Leben schon grässlich genug, auch ohne viermal täglich an einem dieser kitschigen italienischen Kettenrestaurants vorbeifahren zu müssen.

Langweilst du dich schon? Gott, ich mich ja.

In Kurzfassung: Als ich klein war, gab es mal im Country Club eine Ostereiersuche, und ich fand ein goldenes Ei, wofür mir ein Baby-Kaninchen zustand. Meine Eltern waren gar nicht begeistert. Aber sie kauften murrend einen Käfig, und wir stellten ihn mitsamt dem Kaninchen in unserer Wohnung an der Park Avenue auf. Ich nannte das Tier Sailor. In jenem Sommer fuhr ich ins Ferienlager, und meine Eltern begaben sich nach Long Island. Sailor ließen sie in der Wohnung zurück, mit genauen Anweisungen für das Hausmädchen, wie er zu versorgen war. Als wir Ende August zurückkamen, mussten wir feststellen, dass Gloria sich zwei Monate zuvor mit dem Silber und Moms Schmuck aus dem Staub gemacht hatte. Ich rannte zu Sailors Käfig, um nachzuschauen, ob er überlebt hatte. Er saß in der hintersten Ecke, zitternd und in jämmerlichstem Zustand: Er war so unterernährt, dass sein Fell ganz lang geworden war, der Versuch seines Organismus, den verlangsamten Stoffwechsel und die niedrige Körpertemperatur zu kompensieren. Seine Krallen waren zwei Zentimeter lang, und was noch schlimmer war, die Vorderzähne hatten sich so um die Unterlippe gekrümmt, dass er das Maul kaum noch öffnen konnte. Offenbar müssen Kaninchen an hartem Zeug wie etwa Karotten nagen, sonst werden ihre Zähne immer länger. Entsetzt öffnete ich den Käfig, um den armen kleinen Sailor an mich zu drücken, aber in einem Anfall krampfhafter Erregung zerkratzte er mir Gesicht und Hals. Die Narben habe ich immer noch. Ohne jemanden, der sich um ihn kümmerte, war er verwildert.

Das ist hier in Seattle auch mit mir passiert. Komm mir nahe, und sei es noch so liebevoll, und ich kratze dir die Augen aus. Wirklich ein beklagenswertes Schicksal für einen MacArthur-Geniepreisträger, findest du nicht? *Puff.*

Aber ich liebe dich trotzdem.
Bernadette

Dienstag, 14. Dezember

• • •

Von Paul Jellinek

Bernadette,
bist du fertig? Du glaubst diesen ganzen Quatsch doch wohl selbst nicht. Menschen wie du müssen kreativ sein. Wenn du nicht kreativ bist, Bernadette, wirst du eine Gefahr für die Allgemeinheit.
    Paul

3

EINE GEFAHR FÜR DIE ALLGEMEINHEIT

Dienstag, 14. Dezember

• • •

Weihnachtsrundbrief der Griffins

Kurz vor Weihnachten war's
als mit großem Gebraus
ein Schlammstrom sich wälzte
ins Griffinsche Haus

Ins Hotel umzuziehn
war uns nicht grade recht
doch im Westin, ihr Lieben,
lebt sich's nicht schlecht

Im Badekappenchic
und gehüllt in Frottee
ziehn wir abends zum Pool
unsrem Indoor-See

Dann lümmeln wir warm
und gemütlich im Bett
und ordern das Essen
aufs Zimmer, wie nett!

Also habt keine Sorge!
Auch ohne das eigene Nest:

Uns Griffins geht's gut.
Euch allen ein frohes Fest!

• • •

Von: Soo-Lin Lee-Segal
An: Audrey Griffin

Audrey,
ich war schon völlig mit den Nerven runter, weil ich, seit ich das mit der Schlammlawine gehört habe, einfach nicht rauskriegen konnte, wo du steckst. Aber jetzt habe ich gerade deinen tollen Weihnachtsrundbrief bekommen. Deshalb also hast du dich in Schweigen gehüllt. Du warst so damit beschäftigt, aus Zitronen Limonade zu machen!

Wer hätte gedacht, dass das Westin so luxuriös ist? Sie müssen es ganz schön aufgemöbelt haben, seit ich das letzte Mal dort war. Falls ihr es irgendwann satthabt, müsst ihr auf jeden Fall zu uns ziehen. Nach der Scheidung habe ich ja Barrys Arbeitszimmer zum Gästezimmer gemacht, mit einem Klappbett, auf dem du und Warren schlafen könnt, wenn es auch mit meinem neuen Laufband dort ein bisschen beengt ist. Kyle kann in Lincolns und Alexandras Zimmer unterkommen. Aber ich muss euch warnen, wir haben dann alle zusammen nur ein Bad.

Samantha 2 geht in drei Monaten raus, also befindet Elgin Branch natürlich, dass jetzt der perfekte Zeitpunkt ist, um in die Antarktis zu reisen, den einzigen Winkel der Welt ohne Internet. Mir fällt es zu, dafür zu sorgen, dass alles glattgeht, während er unerreichbar ist. Ich muss allerdings zugeben, es hat einen gewissen Reiz, inmitten seiner Launen und Ansprüche die Ruhe selbst zu bleiben.

Heute Morgen hättest du ihn mal sehen sollen. Da hat er eine Frau vom Marketing zur Schnecke gemacht. Ich bin ja selbst nicht so gut auf diese Marketingmädels zu sprechen, die immer nur in der Welt herumreisen und in Fünf-Sterne-Hotels übernachten. Trotzdem habe ich Elgin hinterher zur Seite genommen.

»Ich kann mir vorstellen, dass Ihr Wochenende zu Hause nicht gerade entspannt war«, sagte ich. »Aber Sie dürfen nicht vergessen, wir arbeiten alle auf dasselbe Ziel hin.« Junge, Junge, da war er ganz schön still. Ein Punkt für uns, Audrey!

• • •

Mittwoch, 15. Dezember

Von: Audrey Griffin
An: Soo-Lin Lee-Segal

Ach Soo-Lin!
Ich muss dir gestehen, das Westin ist überhaupt nicht so, wie ich es in meinem Rundbriefgedicht geschildert habe. Wo anfangen?

Die ganze Nacht knallen selbstschließende Türen, die Leitungen gluckern, sooft eine Toilettenspülung betätigt wird, und wenn jemand duscht, klingt es jedes Mal, als ob mir ein Teekessel ins Ohr pfeift. Ausländische Touristenfamilien sparen sich ihre Unterhaltungen auf, bis sie vor unserer Zimmertür stehen. Die Minibar brummt und rattert, als ob sie jeden Moment zum Leben erwachen würde. Dröhnende und quietschende Müllautos leeren um ein Uhr nachts Container mit klirrenden Flaschen. Dann machen die Bars zu, und die Straßen füllen sich mit Leuten, die besoffen herumgrölen. Was sie sagen, dreht sich immer um Autos. »Steig jetzt ins Auto.« »Ich steige nicht ins Auto.« »Klappe jetzt, oder du steigst nicht ins Auto.« »Niemand verbietet mir, in mein eigenes Auto zu steigen.«

Aber das ist ein sanftes Schlaflied, verglichen mit dem Wecker. Das Zimmermädchen wischt offenbar jeden Tag mit dem Staubtuch drüber, sodass er jede Nacht zu einer anderen unmöglichen

Zeit losschrillt. Irgendwann haben wir das verflixte Ding schließlich ausgestöpselt.

Dann fing letzte Nacht um 3:45 der *Rauchmelder* an zu piepen. Aber der Hausmeister war nicht aufzutreiben. Als wir uns gerade an dieses nervenzerfetzende Geräusch gewöhnten, ging im Zimmer *nebenan* der Radiowecker los! Schallend laut, halb Rauschen und Knattern, halb mexikanisches Talkradio. Falls du dich je gefragt hast, woraus die Wände im Westin bestehen, ich weiß es jetzt: Seidenpapier. Warren schläft wie ein Stein, war also keine Hilfe.

Ich zog mich an, um auf die Jagd nach irgendjemandem zu gehen, der für Abhilfe hätte sorgen können. Die Lifttür öffnete sich. Du glaubst nicht, was für eine Horde verwahrloster Existenzen da heraustaumelte. Sie sahen aus wie diese schrecklichen Straßenpunks, die sich immer gegenüber vom Westlake Center versammeln. Ein halbes Dutzend, mit Piercings an den unsäglichsten Stellen, neonfarbenem Haar, das zu merkwürdigen Formen rasiert war, verwaschenen Tattoos vom Scheitel bis zur Sohle. Einer hatte um den Hals eine Linie mit den Worten HIER ABTRENNEN. Ein Mädel hatte hinten auf der Lederjacke mit einer Sicherheitsnadel einen Teddy befestigt, aus dem eine blutige Tamponschnur heraushing. So was könnte ich mir nicht mal ausdenken.

Schließlich fand ich den Nachtmanager und äußerte meinen Unmut über die abstoßenden Elemente, die sie in ihr Hotel lassen.

Dem armen Kyle, der zwei Zimmer weiter wohnt, merkt man den Stress an. Seine Augen sind immer ganz rot vom Schlafmangel. Ich wollte, wir hätten einen Vorrat an Visine-Augentropfen!

Zu alldem versucht auch noch Gwen Goodyear, uns zu einer weiteren Unterredung wegen Kyle in die Schule zu zitieren. In Anbetracht unserer Situation sollte man doch meinen, sie würde uns eine Gnadenfrist zubilligen, ehe sie wieder mit der alten Leier anfängt, aber seit der Süßigkeitenautomaten-Sache hat Gwen Kyle auf dem Kieker.

Ach Soo-Lin, allein schon diese letzten Worte versetzen mich in die glücklichen Tage zurück, als wir noch vergnügt darüber ablästern konnten, was Bernadette sich wieder so alles geleistet hatte! Waren das noch idyllische Zeiten!

• • •

Von: Soo-Lin Lee-Segal
An: Audrey Griffin

Du willst zurückversetzt werden? Okay, Audrey, nimm Platz in der Zeitmaschine und schnall dich an. Eben hatte ich ein erschütterndes Gespräch mit Elgie Branch, und es wird dich schockieren, was ich dabei erfahren habe.

Ich hatte Elgie einen Konferenzraum für ein Gesamt-Meeting um elf Uhr reserviert. Ich rannte herum und beschaffte Laptops, sorgte für die entsprechende Möblierung des Raums, gab Akku-Bestellungen weiter. Ich fand sogar einen fehlenden Ball für den Kicker. Wenn etwas hier bei Mister Softy sicher ist, dann das: Eine Aufregung kommt selten allein. Sobald ich in mein Büro zurückkam – sagte ich schon, dass ich endlich ein Fensterbüro habe? –, berichteten mir nicht weniger als sechs Kollegen, dass Elgie persönlich nach mir gesucht habe. Er hatte an meiner Tür für jedermann sichtbar einen Zettel hinterlassen, ob wir zusammen zu Mittag essen könnten. Unterschrieben hatte er mit EB, aber irgendein Witzbold hatte daraus »E-Dawg« gemacht, einen seiner vielen Spitznamen.

Als ich gerade hinausgehen wollte, stand er plötzlich in meiner Bürotür, in Schuhen.

»Ich dachte, wir könnten mit dem Rad fahren«, sagte er. Es war so ein schöner Tag, dass wir beschlossen, uns unten im Deli Sandwichs zu holen und uns ein hübsches Plätzchen außerhalb des Campus zu suchen.

Da ich bei Samantha 2 noch neu bin, wusste ich nicht, dass wir eine eigene Fahrradflotte haben. Elgie ist ein richtiger Akrobat. Er setzte einen Fuß aufs Pedal, schob sich mit dem anderen an und schwang dann das Bein über den Sattel. Ich hatte seit Jahren auf keinem Fahrrad mehr gesessen, und ich fürchte, das merkte man.

»Ist was?«, fragte Elgie, als ich vom Weg abkam und auf den Rasen holperte.

»Ich glaube, die Lenkstange ist locker.« Es war vertrackt, das Ding wollte einfach nicht geradeaus fahren! Während ich wieder aufstieg, stand Elgie mit beiden Füßen auf den Pedalen und wackelte mit dem Rad, damit er nicht umfiel. Du meinst, das sei leicht? Versuch's bei Gelegenheit mal.

Schließlich hatte ich den Bogen wieder raus, und wir sausten dahin. Ich hatte ganz vergessen, wie frei man sich auf einem Fahrrad fühlt. Der frische Wind wehte mir ins Gesicht, die Sonne schien, und die Bäume tropften noch von dem Unwetter. Wir fuhren über den Commons, wo Leute ihr Essen mit nach draußen nahmen, um die Sonne zu genießen und den Seahawks-Cheerleadern zuzuschauen, die auf dem Bolzplatz eine Vorführung gaben. Ich fühlte die neugierigen Blicke auf mir. Wer ist das? Was macht die denn mit Elgin Branch?

Eine Meile weiter fanden Elgie und ich eine Kirche mit einem hübschen Brunnenhof und ein paar Bänken. Wir packten unsere Sandwichs aus.

»Der Grund, warum ich Sie gebeten habe, mit mir zu Mittag zu essen«, sagte er, »ist das, was Sie heute Morgen gesagt haben, dass nämlich mein Wochenende wohl nicht gerade entspannt war. Sie sprachen von Bernadette, richtig?«

»Oh …« Ich war schockiert. Arbeit ist Arbeit. Es war sehr verwirrend, umschalten zu sollen.

»Ich wollte Sie fragen, ob Ihnen an ihr in letzter Zeit irgendeine Veränderung aufgefallen ist.« Tränen stiegen Elgie in die Augen.

»Was ist denn?« Ich nahm seine Hand, was wohl ziemlich ungebührlich klingt, das ist mir klar, aber ich tat es aus reinem Mitgefühl. Er schaute hinab, zog dann sachte seine Hand aus meiner. Es war total okay.

»Wenn irgendwas ist«, sagte er, »liegt es genauso an mir wie an ihr. Ich bin ja nie da. Ich arbeite ja immer. Ich meine, sie ist wirklich eine tolle Mutter.«

Es gefiel mir gar nicht, wie Elgie redete. Dank *Nie wieder Opfer* erkenne ich inzwischen die Anzeichen dafür, dass jemand Opfer emotionalen Missbrauchs ist: Verwirrung, Rückzug, Abrücken von der eigenen Realitätswahrnehmung, Selbstvorwürfe. Wir von NWO helfen neu hinzugekommenen LeidensgenossInnen nicht, wir REISSen sie.

R: Realität des/der Betreffenden evaluieren
E: Eigene Missbrauchserfahrungen einbringen
I: Informationen über NWO geben
S: Sich gemeinsam von der Opferrolle verabschieden
S: Sich ein schönes Leben gönnen!

Ich legte also los mit der Geschichte von Barrys gescheiterten Geschäftsunternehmungen, seinen Trips nach Las Vegas, seinem Wutsyndrom (das nie diagnostiziert wurde, an dem er aber garantiert leidet) und meinem langen Weg dahin, endlich den Mut zu finden, mich scheiden zu lassen, wenn auch leider erst, nachdem er unsere gesamten Ersparnisse durchgebracht hatte.

»Wegen Bernadette ...«, sagte er.

Mein Gesicht glühte. Ich hatte ausschweifend von mir und NWO geredet, wozu ich manchmal neige. »Tut mir leid«, sagte ich. »Wie kann ich Ihnen helfen?«

»Wenn Sie sie in der Schule treffen, wie kommt sie Ihnen da vor? Ist Ihnen irgendwas aufgefallen?«

»Na ja, um ehrlich zu sein«, sagte ich vorsichtig, »Bernadette schien von Anfang an ... nicht viel Sinn für die Gemeinschaft zu haben.«

»Inwiefern ist das von irgendeiner Bedeutung?«

»Das Grundprinzip der Galer Street ist Gemeinschaftssinn. Es steht zwar nirgends *geschrieben*, dass die Eltern sich beteiligen müssen. Aber der Schulbetrieb basiert auf impliziten Übereinkünften. Ich zum Beispiel bin für die Elternhelfer im Unterricht zuständig. Bernadette hat sich kein einziges Mal dafür gemeldet. Und sie bringt Bee auch nie bis ins Klassenzimmer.«

»Das liegt daran, dass man mit dem Auto vorfährt und die Kinder absetzt«, sagte Elgie.

»Das *kann* man tun. Aber die meisten Mütter bringen ihre Kinder lieber zu Fuß zum Klassenzimmer. Vor allem, wenn sie Hausfrauen sind.«

»Ich glaube, ich verstehe nicht ganz...«, sagte er.

»Das Fundament der Galer Street ist Elternengagement«, erklärte ich.

»Aber wir stellen jedes Jahr einen Scheck aus, zusätzlich zum Schulgeld. Ist das nicht Engagement genug?«

»Das ist *finanzielles* Engagement, und dann gibt es da noch die anderen, *tiefer gehenden* Formen von Engagement. Lotsendienst machen, gesunde Snacks für die Talentshow backen, am Fototag Haare bürsten ...«

»Sorry«, sagte er. »Aber da bin ich Bernadettes Meinung ...«

»Ich versuche ja nur ...« Ich merkte, wie meine Stimme in die Höhe rutschte, und atmete erst mal durch. »Ich versuche ja nur, Ihnen den Kontext der Tragödie vom Wochenende aufzuzeigen.«

»Welcher Tragödie?«, sagte er.

Audrey, ich dachte, er macht Witze. »Haben Sie die E-Mails denn nicht bekommen?«

»Welche E-Mails?«, fragte Elgie.

»Von der Galer Street!«

»Guter Gott, nein«, sagte er. »Ich habe schon vor Jahren gebeten, mich von dieser Liste zu löschen ... Moment. Wovon sprechen Sie?«

Ich erzählte ihm also, wie Bernadette dieses Schild aufgestellt und euer Haus zerstört hat. Ich schwöre dir, er wusste nichts davon! Er saß einfach nur stumm da, versuchte alles aufzunehmen. Irgendwann fiel ihm sein Sandwich aus der Hand, und er hob es nicht mal auf.

Meine Handy-Erinnerungsfunktion piepte. Es war 14:15, und er hatte um 14:30 ein Einzelmeeting mit seinem Chef.

Wir radelten zurück. Der Himmel war schwarz, bis auf einen leuchtenden Fleck von weißen Wolken, wo der Sonnenschein durchbrach. Wir fuhren durch eine reizende Gegend von aneinandergekuschelten kleinen Bungalows. Ich liebe die Grau-Grün-Kitt- Farbtöne im Kontrast mit den kahlen Kirschbäumen und japanischen Ahornen. Ich fühlte regelrecht die Krokus-, Narzissen- und Tulpenzwiebeln in der Erde, wie sie geduldig unseren Winter überdauern und Kraft sammeln, um dann schließlich einen neuen gloriosen Seattler Frühling hervorzutreiben.

Ich streckte den Arm aus, um die gehaltvolle, gesunde Luft zu spüren. Welche andere Stadt hat den Jumbo-Jet, den Internet-Superstore, den Personal Computer, das Handy, das Online-Reisebüro, den Grunge, den Megamarkt und guten Kaffee hervorgebracht? Wo sonst könnte jemand wie ich neben dem Mann mit dem auf Platz vier rangierenden TED-Talk dahinradeln? Ich fing an zu lachen.

»Was ist?«, fragte Elgie.

»Ach nichts.« Ich musste daran denken, wie niedergeschmettert ich war, als mein Vater es sich nicht leisten konnte, mich auf die USC zu schicken, und ich stattdessen an der University of Washington studieren musste. Ich bin kaum je aus diesem Bundesstaat hinausgekommen (und bis heute nicht in New York gewesen!).

Plötzlich machte mir das nichts mehr aus. Sollen doch alle anderen in der Welt herumreisen. Was sie in Los Angeles und New York und sonst wo suchen, das habe ich schon hier in Seattle. Ich will es gern für mich allein haben.

• • •

Von: Audrey Griffin
An: Soo-Lin Lee-Segal

Glaubst du, ich bin heute Morgen aufgewacht und habe zum Frühstück die Dummheit mit Löffeln gefressen? Wäre es nicht wahnsinnig praktisch für Elgin Branch, nichts von der Schneise der Verwüstung gewusst zu haben, die seine Frau hinterlassen hat? Ich habe deine Story Warren erzählt, der dasselbe vermutet wie ich: dass Elgin Branch gezielte Vorkehrungen dafür trifft, sich, wenn wir auf Schadensersatz klagen, damit herausreden zu können, er hätte nichts gewusst. Aber dieser Trick wird nicht verfangen. Sag das doch E-Dawg, wenn ihr das nächste Mal ein Gotteshaus mit Picknickmüll verschmutzt. Er hat keine von den E-Mails gekriegt! So ein Schwachsinn!

• • •

Von: Audrey Griffin
An: Gwen Goodyear

Bitte checken Sie die Gesamteltern-Mailingliste und bestätigen Sie mir, dass Elgin Branch darauf ist. Ich meine nicht Bernadette, sondern speziell Elgin Branch.

• • •

Es war Kennedys Geburtstag, und da ihre Mutter abends arbeitet, machten Mom und ich es wie immer und führten Kennedy zum Geburtstagsessen aus. Am Morgen beim Zur-Schule-Bringen wartete sie auf Mom und mich.

»Wo gehen wir hin, wo gehen wir hin?«, fragte Kennedy aufgeregt.

Mom ließ ihr Fenster herunter. »Ins Space-Needle-Restaurant.«

Kennedy juchzte und hüpfte vor Freude.

Erst Daniel's Broiler und jetzt das? »Mom«, sagte ich. »Seit wann hast du so supercoole Ausgehideen?«

»Seit jetzt.«

Auf dem Weg ins Klassenzimmer konnte Kennedy ihre Aufregung kaum zügeln.

»Niemand geht *je* ins Space-Needle-Restaurant!«, kreischte sie. Was stimmt, weil es zwar hoch über der ganzen Stadt liegt und sich dreht – was es eigentlich zum einzigen Restaurant machen müsste, in das man überhaupt geht –, aber voll von Touris und total teuer ist. Dann brachte Kennedy ihre Brüllnummer und klammerte sich an mich, dass ich fast hinschlug.

Es war mindestens zehn Jahre her, dass ich mal im Space-Needle-Restaurant gewesen war, und ich hatte vergessen, wie imposant es ist. Als wir bestellt hatten, griff Mom in ihre Handtasche und holte Schreibzeug und ein Stück weißen Karton heraus. Mittendrauf schrieb sie mit verschiedenfarbigen Textmarkern: »ICH HEISSE KENNEDY UND WERDE HEUTE FÜNFZEHN, JUHU!«

»Hä?«, sagte Kennedy.

»Du warst noch nie hier, was?«, fragte Mom Kennedy und sagte dann zu mir: »Und du erinnerst dich nicht mehr, oder?« Ich schüttelte den Kopf. »Wir stellen das auf die Fensterbank.« Sie lehnte die Karte an die Scheibe. »Und legen einen Stift daneben. Während das Restaurant sich dreht, wird jeder was draufschreiben, und wenn die Runde zu Ende ist, hast du eine Karte voller Geburtstagsglückwünsche.«

»Ist das cool!«, sagte Kennedy im selben Moment, als ich »Das ist nicht fair« sagte.

»Wir können nächstes Jahr an deinem Geburtstag auch herkommen, ich versprech's dir«, sagte Mom.

Die Geburtstagskarte wanderte langsam davon, und wir hatten einen Mordsspaß! Wir machten das, was Kennedy und ich immer machen, wenn wir mit Mom zusammen sind: über die Jugendgruppe reden. Mom ist katholisch erzogen und dann auf dem College Atheistin geworden, deshalb flippte sie total aus, als ich anfing, in die Jugendgruppe zu gehen. Aber ich ging nur hin, weil es Kennedys Idee war. Kennedys Mom verbringt ihr halbes Leben im Costco-Großmarkt, darum haben sie zu Hause Riesenbeutel mit Schokoriegeln und ganze Eimer Lakritze. Außerdem haben sie einen gigantischen Fernseher mit sämtlichen Kabelkanälen, was bedeutete, dass ich viel bei Kennedy war und Süßigkeiten aß und *Friends* guckte. Aber eines Tages fand Kennedy dann, dass sie zu dick wurde und abnehmen wollte, und sagte immer Sachen wie: »Bee, du darfst keine Lakritze essen, weil ich nicht fett werden will.« Kennedy bringt oft so verrücktes Zeug, und wir führen immer die abgedrehtesten Gespräche. Jedenfalls verkündete sie total ernst, wir könnten jetzt nicht mehr zu ihr gehen, weil sie davon fett würde, und müssten stattdessen in die Jugendgruppe gehen. Sie nannte es ihre »Jugendgruppendiät«.

Ich hielt es vor Mom geheim, solange es ging, aber als sie dahinterkam, regte sie sich schrecklich auf, weil sie dachte, ich würde zum Jesus-Freak. Aber Luke und seine Frau Mae, die die Jugendgruppe leiten, sind überhaupt nicht so drauf. Na ja, okay, ein bisschen sind sie schon so drauf. Aber ihr Bibelzeug dauert immer nur eine Viertelstunde oder so, und dann können wir zwei Stunden fernsehen und Spiele spielen. Irgendwie tun mir Luke und Mae leid, weil sie sich so freuen, dass freitags die halbe Galer Street kommt. Sie haben keine Ahnung, dass wir nirgends anders hinkönnen, weil Freitag der einzige Tag ist, an dem es keinen Sport oder sonstige Aktivitäten gibt, und dass wir eigentlich nur fernsehen wollen.

Trotzdem hasst Mom die Jugendgruppe, was Kennedy das Lustigste auf der Welt findet. »Hey, Bees Mom«, sagte Kennedy. So nennt sie Mom nämlich. »Kennen Sie das mit der Kacke in der Suppe?«

»Kacke in der Suppe?«, fragte Mom.

»Haben wir in der Jugendgruppe gelernt«, sagte Kennedy. »Luke und Mae haben so ein Puppentheaterstück über Drogen gemacht. Und der Esel sagte so was wie, ›Ach, ein kleiner Zug Marihuana kann doch nichts schaden.‹ Aber das Lamm sagte: ›Das Leben ist die Suppe, und Gras ist Kacke. Wenn dir jemand nur ein kleines bisschen Kacke in die Suppe rühren würde, würdest du sie dann echt noch essen wollen?‹«

»Und diese Idioten wundern sich, dass die Leute der Kirche scharenweise davonlaufen? Puppentheater für Teenager...«

Ehe Mom voll abgehen konnte, fasste ich Kennedys Hand.

»Komm, wir gehen noch mal aufs Klo«, sagte ich. Das Klo ist in dem Teil des Restaurants, der sich nicht dreht, deshalb ist, wenn man zurückkommt, der Tisch, an dem man sitzt, nicht mehr da, wo er vorher war. Als wir wieder rauskamen, schauten wir uns um, so nach dem Motto, »Wo ist denn bloß unser Tisch?«, bis wir schließlich Mom entdeckten.

Dad war auch da. Er trug Jeans, Wanderstiefel und einen Parka und hatte immer noch seinen Microsoft-Ausweis um den Hals. Manche Sachen weiß man einfach. Und ich wusste einfach, dass Dad das mit der Schlammlawine rausgefunden hatte.

»Dein Dad ist da!«, sagte Kennedy. »Er ist echt zu meiner Geburtstagsparty gekommen. Das ist aber nett.« Ich versuchte, Kennedy festzuhalten, aber sie wand sich los und flitzte hin.

»Diese Brombeeren waren das Einzige, was den Hang gehalten hat«, sagte Dad gerade. »Und das wusstest du, Bernadette. Wie in aller Welt kannst du mitten im nassesten Winter eine seit Menschengedenken zugewucherte Hügelflanke vollkommen bloßlegen?«

»Woher weißt du das?«, fragte Mom. »Lass mich raten. Deine Admin träufelt dir Gift ins Ohr.«

»Lass Soo-Lin da raus«, sagte Dad. »Nur ihretwegen ist es überhaupt machbar, dass ich drei Wochen wegfahre.«

»Wenn du die Wahrheit wissen willst«, sagte Mom. »Ich habe die Brombeeren strikt nach den Anweisungen von Bugs Meany entfernen lassen.«

»Dem gemeinen Bandenanführer aus der *Encyclopedia Brown*-Serie?«, sagte Kennedy. »Ist ja irre.«

»Kannst du mal aufhören, das ins Lächerliche zu ziehen?«, sagte Dad zu Mom. »Ich seh dich doch, Bernadette, und es macht mir Angst. Du willst nicht mit mir reden. Du willst keinen Arzt aufsuchen. Das kann doch so nicht weitergehen.«

»Dad«, sagte ich, »flipp nicht so aus.«

»Ja, echt mal«, sagte Kennedy. »Alles Gute zum Geburtstag, liebe Kennedy!«

Kurz war Stille, dann giggelten Kennedy und ich los. »Ich hab zu mir selbst gesagt, alles Gute zum Geburtstag, liebe Kennedy«, sagte Kennedy, was einen weiteren Lachanfall auslöste.

»Das Griffin'sche Haus ist eingedrückt worden«, sagte Dad zu Mom. »Sie wohnen im Hotel. Müssen wir das bezahlen?«

»Schlammlawinen gelten als höhere Gewalt, das ist Sache der Griffin'schen Versicherung.«

Es war, als ob Dad ein Irrer wäre, der ins Space Needle

gestürmt war und mit einer geladenen Pistole herumfuchtelte, und jetzt zielte er auf mich. »Warum hast *du* mir nichts gesagt, Bee?«

»Ich weiß nicht«, sagte ich leise.

»Yippie, yippie!«, jubelte Kennedy. »Da kommt meine Geburtstagskarte!« Sie packte meinen Arm und quetschte ihn regelrecht.

»Könntest du bitte ein paar Ritalin nehmen und einfach mal die Klappe halten?«, sagte ich.

»Bee!«, blaffte Dad. »Was hast du da gerade gesagt? So redest du mir nicht mit Leuten.«

»Ist schon okay«, sagte Mom zu Dad. »So reden sie immer miteinander.«

»Nein, es ist nicht okay!« Er wandte sich an Kennedy. »Kennedy, ich muss mich für meine Tochter entschuldigen.«

»Wofür?«, fragte sie. »Da ist meine Karte!«

»Dad«, sagte ich. »Warum mischst du dich da ein? Du magst Kennedy doch gar nicht.«

»Echt nicht?«, sagte Kennedy.

»Natürlich mag ich dich, Kennedy. Bee, wie kannst du so was sagen? Was ist nur mit dieser Familie los? Ich bin doch nur hierhergekommen, um etwas zu besprechen.«

»Du bist hergekommen, um Mom anzuschreien«, sagte ich. »Audrey Griffin hat sie schon angeschrien. Du warst ja nicht dabei. Es war schrecklich.«

»Schnappt sie, schnappt sie!« Kennedy kletterte über mich hinweg und griff sich ihre Geburtstagskarte.

»Es geht nicht drum, Mom anzuschreien…« Dad war jetzt verlegen. »Es geht um etwas, was ich mit deiner Mutter zu besprechen habe. Es war mein Fehler, in Kennedys Geburtstagsessen zu platzen. Ich wusste einfach nicht, wann ich sonst die Zeit finden sollte.«

»Weil du ja immer arbeitest«, murmelte ich.

»Was war das?«, fragte Dad.

»Nichts.«

»Ich arbeite für *dich* und für *Mom* und weil die Arbeit, die ich mache, potenziell Millionen Menschen helfen kann. Und im Moment arbeite ich *besonders* viel, damit ich mit dir in die Antarktis fahren kann.«

»O nein!«, kreischte Kennedy. »Ich hasse das blöde Ding!« Sie wollte die Karte zerreißen, aber ich schnappte sie ihr aus der Hand. Es standen lauter Sachen in verschiedenen Handschriften drauf. Ein paarmal war es »Happy Birthday« oder »Herzlichen Glückwunsch«. Aber das meiste waren Sachen wie »Jesus ist unser Erlöser. Denke stets daran, dass der Herr Jesus für unsere Sünden gestorben ist.« Plus irgendwelche Bibelsprüche. Ich musste lachen. Und da fing Kennedy an zu heulen, wie sie's manchmal tut. Das Beste ist, man wartet einfach, bis es vorbei ist.

Mom griff sich die Karte. »Mach dir nichts draus, Kennedy«, sagte sie. »Diese Jesus-Freaks knöpfe ich mir vor.«

»Nein, das tust du nicht«, sagte Dad zu Mom.

»Doch, bitte«, sagte Kennedy, plötzlich putzmunter. »Ich will's sehen.«

»Ja, Mom, ich will's auch sehen.«

»Ich gehe«, sagte Dad. »Ist ja sowieso egal, niemand hört mir zu, niemand will mich hierhaben. Alles Gute zum Geburtstag, Kennedy. Tschüs, Bee. Bernadette, nur zu, mach dich nur lächerlich, fall über Leute her, die in ihrem Leben so etwas wie Sinn gefunden haben. Wir reden weiter, wenn du zu Hause bist.«

Als wir vor unserem Haus hielten, brannte im Schlafzimmer noch Licht. Mom marschierte geradewegs zum Petit Trianon. Ich ging ins Haus. Über mir knarrten die Dielen.

Es war Dad, der aus dem Bett stieg und ans obere Ende der Treppe kam.

»Mädels«, rief er runter. »Seid ihr's?«

Ich hielt den Atem an. Eine volle Minute verging. Dad tappte wieder ins Schlafzimmer, dann ins Bad. Ich hörte die Klospülung. Ich fasste Ice Cream an ihrem schlabbrigen Nackenfell, und wir schliefen bei Mom im Petit Trianon.

Mom hatte sich die Jesus-Freaks im Restaurant nicht vorgeknöpft. Aber sie hatte ein Schild geschrieben, »DIES IST EIN KINDERGEBURTSTAG. WAS ZUM TEUFEL IST BEI EUCH KAPUTT?«, und es auf die Fensterbank gestellt, und als wir gingen, war es losgewandert.

• • •

Donnerstag, 16. Dezember

Von: Gwen Goodyear
An: Audrey Griffin

Guten Morgen, Audrey. Ich habe Kate Webb gefragt, und sie erinnert sich, dass Bernadette und Elgin Branch schon bei Bees Einschulung darum gebeten haben, von allen Galer-Street-Rundmails ausgenommen zu werden. Ich habe es selbst noch mal überprüft, und sie stehen tatsächlich auf keiner der Listen, die wir derzeit in Gebrauch haben.

Etwas anderes: Ich bin froh, dass Sie so weit gut untergekommen sind und wieder einen funktionierenden Internetzugang haben. Wie ich in meinen drei unbeantwortet gebliebenen E-Mails schrieb, hält es Mr. Levy für dringend erforderlich, dass wir uns zusammensetzen und über Kyle sprechen. Ich kann mich terminlich nach Ihnen richten.

Mit freundlichen Grüßen
Gwen

An diesem Morgen machten wir in der ersten Stunde die Wortschatz-Blitzrunde, bei der unser Klassenlehrer, Mr. Levy, uns ein Wort hinwirft und auf jemanden zeigt, der dann das Wort in einem Satz benutzen muss. Mr. Levy sagte »Futteral« und zeigte auf Kyle. Und Kyle sagte: »Machen wir's mit oder ohne Schwanzfutteral?« So hatten wir noch nie gelacht. Das ist ein klassisches Beispiel dafür, warum Mr. Levy ein Gespräch mit Audrey Griffin wollte. Obwohl es total lustig war, sehe ich schon ein, dass es irgendwie nicht okay ist.

• • •

Von: Soo-Lin Lee-Segal
An: Audrey Griffin

Ich habe beschlossen, den unfreundlichen Ton deiner letzten E-Mail zu ignorieren und ihn dem Stress eurer gegenwärtigen Wohnsituation zuzuschreiben. Audrey, du täuschst dich total in Elgie.

Heute Morgen stieg ich an meiner üblichen Haltestelle in den Microsoft-Bus und setzte mich auf einen Platz ganz hinten. Elgie stieg ein paar Haltestellen später ein; er sah aus, als hätte er überhaupt nicht geschlafen. Als er mich entdeckte, hellte sich seine Miene auf. (Er hatte wohl vergessen, dass ich uns beide für denselben Bus eingetragen hatte.)

Wusstest du, dass er aus einer sehr angesehenen Familie in Philadelphia kommt? Nicht dass er so was von sich aus erzählen würde. Aber als Junge war er jeden Sommer in Europa. Es war mir peinlich, zugeben zu müssen, dass ich noch nie außerhalb der Staaten war.

»Dann müssen wir das wohl ändern, hm?«, sagte er.

Keine vorschnellen Schlüsse, Audrey! Es war rein rhetorisch. Es ist nicht so, dass er vorhätte, mit mir nach Europa zu reisen oder irgendwas in der Art.

Er war auf einem Elite-Internat. (Was dieses Thema angeht, waren wir beide wohl einfach fehlinformiert. Leute wie wir, die in Seattle geboren sind und an der UW studiert haben, sind einfach nicht ... ich will nicht das Wort *sophisticated* benutzen ... aber irgendwas fehlt uns halt, um diese weltläufigere Denkweise zu verstehen.)

Als Elgie sich dann nach meiner Geschichte erkundigte, geriet ich in Verlegenheit, weil ich doch so ein langweiliges Leben geführt habe. Das einzig halbwegs Interessante, das mir einfiel, war, wie mein Vater blind wurde, als ich sieben war, und ich mich um ihn kümmern musste.

»Im Ernst?«, sagte Elgie. »Dann haben Sie also in Zeichensprache mit ihm kommuniziert?«

»Nur wenn ich sadistisch drauf war«, erwiderte ich. Elgie war verwirrt. »Er war *blind*«, sagte ich, »nicht taub.«

Wir prusteten beide los. Jemand sagte im Scherz: »Was ist das hier, der Belltown-Werksbus?« Das ist ein Insiderwitz – der Belltown-Werksbus ist berüchtigt dafür, dass es darin ziemlich hoch hergeht, viel lauter und lustiger als im Queen-Anne-Bus. Es war also eine Mischung aus »Hey, könnt ihr das nicht zu Hause machen?« und der Anspielung darauf, wie viel Spaß die Leute im Belltown-Bus haben. Ich weiß nicht, ob dir meine Erklärung hilft, den Witz daran zu verstehen. Vielleicht hättest du dabei sein müssen.

Wir kamen aufs Thema Arbeit. Elgie machte sich Sorgen, weil er sich um Weihnachten herum so lange freinimmt.

»Sie reden immer von einem Monat«, sagte ich. »Es sind siebenundzwanzig Tage. Zwölf davon sind Weihnachtsferien, wo bei Microsoft sowieso niemand ist. Sechs Tage sind Wochenenden. Sie haben fünf Reisetage, an denen Sie in Hotels mit Internetzugang sind, das habe ich überprüft. Das heißt, Sie sind ganze neun Tage nicht erreichbar. Das ist wie ein schlimmer grippaler Infekt.«

»*Wow*«, sagte er. »Jetzt kann ich wieder frei atmen.«

»Ihr einziger Fehler war, dem Team überhaupt zu sagen, dass Sie wegfahren. Ich hätte mir irgendwelche Ausreden einfallen lassen können, dann hätte es gar niemand gemerkt.«

»Ich habe es den Leuten gesagt, bevor Sie gekommen sind«, sagte er.

»Dann ist es verzeihlich.«

Das Tollste war: Als wir ankamen, hatte sich Elgies Laune enorm gebessert. Was mich auch froh gemacht hat.

• • •

Von Ms. Goodyear,
persönlich im Westin abgegeben

Audrey und Warren,
gegen Kyle wurden beunruhigende Anschuldigungen erhoben. Vor einem Monat kam ein Elternteil zu mir und behauptete, Kyle habe auf dem Schulflur Schülern Drogen verkauft. Um Ihrer beider und um Kyles willen weigerte ich mich, es für bare Münze zu nehmen.

Gestern jedoch fand eine andere Mutter im Schulrucksack ihres Kindes zwanzig Pillen, die als Oxycontin identifiziert wurden. Bei der Befragung gab der Schüler an, das Schmerzmittel von Kyle bezogen zu haben. Auf eine Suspendierung des Schülers wurde vorerst verzichtet, unter der Auflage, dass er in den Weihnachtsferien therapeutische Hilfe erhält. Ich muss Sie und Warren unverzüglich sprechen.

Mit freundlichen Grüßen
Gwen Goodyear

• • •

Von: Audrey Griffin
An: Gwen Goodyear

Sie müssen sich schon etwas Besseres einfallen lassen, wenn Sie Kyle der Mitgliedschaft in einem Galer-Street-Drogenring bezichtigen wollen. Warren wüsste gern, was ein völlig legales Vicodin-Fläschchen, das *mir* verordnet wurde und das ich Kyle für mich zu transportieren bat, da ich an Krücken ging und zwar in Folge einer Verletzung, die ich auf *Ihrem* Schulgelände erlitten hatte – wofür ich die Galer Street bisher nie haftbar zu machen erwogen habe, obwohl mir von der Verjährungsfrist her noch massig Zeit bleibt, meine Meinung zu ändern –, mit irgendwelchen zwanzig Oxycontin zu tun hat? Stand auf diesen Pillen auch mein Name?

Apropos Warren: Er macht sich gerade sachkundig, ob es legal ist, einen Schüler, der bekanntermaßen Drogenmissbrauch betreibt, das Halbjahr beenden zu lassen. Stellt das keine Gefahr für die anderen Schüler dar? Ich frage aus reiner Neugier.

Wenn Sie so erpicht auf Schuldzuweisungen sind, würde ich vorschlagen: Schauen Sie doch mal in den Spiegel.

• • •

Von: Audrey Griffin
An: Soo-Lin Lee-Segal

Entschuldige, dass ich nicht früher geantwortet habe. Aber ich habe eine Stunde gebraucht, um meine Kinnlade wieder hochzukriegen. Ich verbringe Weihnachten in einem Hotel, und du singst Loblieder auf meinen Peiniger? Als ich das letzte Mal auf den Kalender geschaut habe, war Mitte Dezember, nicht erster April.

• • •

Von: Soo-Lin Lee-Segal
An: Audrey Griffin

Nur um das klarzustellen: Wenn Elgin Branch durch den Mittelgang vom Microsoft-Bus geht, ist das so wie bei Diana Ross damals auf dem Konzert in Las Vegas, als sie mitten durch ihr verzücktes Publikum ging. Die Leute recken die Arme und *versuchen, ihn zu berühren*. Ich bin mir nicht sicher, ob Elgin überhaupt jemanden von diesen Leuten kennt, aber er hat so viele riesige Versammlungen geleitet und war in so vielen Teams, dass Hunderte, wenn nicht gar Tausende von MS-Mitarbeitern sein Gesicht kennen. Als er letztes Jahr für seine herausragenden Leistungen als fachliche Führungskraft geehrt wurde, was nur den *zehn* größten Visionären in einem Unternehmen mit 100 000 Mitarbeitern zuteil wird, haben sie an Gebäude 33 ein riesiges Banner mit seinem Porträt aufgehängt. Er hat mehr Geld lockergemacht als irgendeiner je zuvor, als er sich bei der unternehmensweiten Spendenkampagne im Dunk Tank untertauchen ließ. Ganz zu schweigen von seinem TED-Talk, der unter allen bisherigen TED-Talks immerhin Rang vier einnimmt. Kein Wunder, dass er geräuschdämpfende Kopfhörer trägt. Sonst würden die Leute übereinander hinwegklettern, um mit ihm zu reden. Es verblüfft mich, ehrlich gesagt, dass er überhaupt den Microsoft-Bus nimmt.

Will sagen: Es wäre extrem unpassend von uns beiden gewesen, über Bernadettes Verfehlungen zu reden, während der ganze Bus die Ohren spitzte, um etwas aufzuschnappen.

• • •

Von: Audrey Griffin
An: Soo-Lin Lee-Segal

Ted interessiert mich einen feuchten Kehricht. Ich weiß nicht, wer das ist, und es ist mir piepegal, was er bei diesem Talk sagt, von dem du permanent redest.

• • •

Von: Soo-Lin Lee-Segal
An: Audrey Griffin

TED steht für Technology, Entertainment und Design. Die TED-Konferenz ist eine exklusive Begegnung der brillantesten Köpfe der Welt. Sie findet jährlich in Long Beach statt, und dort sprechen zu dürfen, ist ein enormes Privileg. Hier ein Link zu Elgies TED-Talk.

• • •

Dads TED-Talk war wirklich eine Riesensache. Alle in der Schule wussten davon. Ms. Goodyear bat Dad, ihn den versammelten Schülern und Lehrern persönlich vorzuführen. Es ist schwer zu glauben, dass Audrey Griffin nie davon gehört hatte.

• • •

Live-Blog-Protokoll von Dads TED-Talk
gepostet von dem Blogger Masked Enzyme

16:30 KAFFEEPAUSE
Halbe Stunde noch bis Session 10: »Code und Denken«, der letzten für heute. Die Mädels am Stand von Vosges-Schokolade haben sich für diese Pause selbst übertroffen: Sie reichen Speck-Trüffel. Der Aufreger: Gegen Ende von Session 9, während Mark Zuckerberg irgend-

was Langweiliges über eine Bildungsinitiative erzählte, die keinen interessierte, fingen die Vosges-Mädels an, ihren Speck zu braten, und der Duft drang in den Saal. Daraufhin freudiges Gemurmel: »Riecht ihr auch Speck? Ich rieche Speck.« Chris schoss hinaus und muss die Vosges-Mädels zur Schnecke gemacht haben, denn jetzt haben sie zerlaufene Wimperntusche auf den Wangen. Chris hatte immer schon seine *Kritiker*, und das hier hat es sicher nicht besser gemacht.

16:45 SAAL FÜLLT SICH LANGSAM FÜR SESSION 10

- Ben Affleck lässt sich mit Murray Gell-Mann fotografieren. Dr. Gell-Mann kam heute Morgen an, übergab dem Parkservice seinen Lexus mit New-Mexico-Kennzeichen, die da lauten: QUARK. Netter Gag, netter Mann.
- Während der Pause ist die Bühne umgebaut worden, zu einem Wohnzimmer oder vielleicht auch Wohnheim-Aufenthaltsraum. Fernsehsessel, Fernseher, Mikrowelle, Staubsauger. Und ein Roboter!
- Heiliger Strohsack, da ist ein Roboter auf der Bühne. Ein hübsches Ding – eins zwanzig groß, anthropomorph. Sanduhrform. Man möchte fast sagen, ein sexy Roboter-Girl. Hmmm, laut Programm ist die nächste Rednerin eine Tänzerin aus Madagaskar, die über ihren kreativen Prozess spricht. Wozu da der Roboter? Gibt es eine Art afrikanisch-lesbischen Wohnzimmer-Robotertanz? Bleibt dran, Leute, das könnte geil werden.
- Typ mit Augenklappe und Nehru-Jacke, der letztes Jahr wirren Talk über schwimmende Städte gehalten hat, setzt sich gerade dorthin, wo sonst immer Al Gore sitzt. Gibt keine reservierten Plätze bei TED, klaro, aber Al Gore sitzt schon seit Monterey in der dritten Reihe, Gangplatz rechts, und jeder weiß das. Man pflanzt sich nicht einfach auf Al Gores Platz.
- Jane macht organisatorische Durchsagen. Sponsoren-

geschenketüten werden nur noch bis heute Abend ausgegeben. Letzte Chance für Tesla-Probefahrt. Morgen Luncheon mit (dem grandiosen) E. O. Wilson: Update über seinen TED-Wunsch, die Enzyklopädie des Lebens.

– Al Gore gerade hereingekommen, redet mit Sergey Brins Eltern. Die sind so was von putzig und sprechen nur mäßig Englisch.
– Aller Augen auf dem Vize. Leute wollen sehen, wie er drauf reagiert, dass sein Platz besetzt ist. Nehru-Jacke bietet an, sich woanders hinzusetzen, aber Al Gore verzichtet. Nehru reicht Al Gore Geschäftskarte! Was für ein schmutziger Trick. Publikum buht ihn quasi aus, aber keiner will zugeben, dass er selbst interessiert hinschaut. Al Gore nimmt Geschäftskarte lächelnd entgegen. Ich liebe ihn.

17:00 CHRIS BETRITT BÜHNE
Verkündet, dass es vor der Afrikanerin noch einen Überraschungstalk gibt, verspricht eine echte Offenbarung zum Thema Gehirn-Computer-Schnittstelle. Die Leute erwachen aus ihrem Trüffel-mit-Speck-Dschumm. Chris präsentiert Elgin Branch von ... Spannung ... Microsoft Research. Okay, Research ist die einzige halbwegs anständige Abteilung bei MS, aber hallo? Microsoft? Spannung fällt in sich zusammen, Energie verpufft.

17:45 HEILIGE SCHEISSE
Vergesst höhnische Äußerungen in 17-Uhr-Post. Wartet ... ich brauche ein bisschen Zeit ...

19:00 SAMANTHA 2
(Danke für eure Geduld. Auf der TED-Website wird dieser Talk erst in einem Monat gepostet. Solange will ich versuchen, ihm gerecht zu werden. Riesendank meiner Bloggerkollegin TEDGRRRL dafür, dass ich ihr Handyvideo transkribieren darf.)

17 UHR Branch setzt Headset auf. Auf der großen Projektionswand:

ELGIN BRANCH

(Diese Typen, die nur fünf Minuten haben, können einem echt leidtun. Sie sind so nervös und gehetzt.)

17:01 Branch: »Vor fünfundzwanzig Jahren bestand mein erster Job darin, Programme für ein Forscherteam an der Duke University zu testen. Dort versuchten sie, Gehirntätigkeit und Computer zu verschmelzen.«

17:02 Presenter funktioniert nicht. Branch drückt wieder. Und noch mal. Branch schaut sich um. »Das Ding funktioniert nicht«, sagt er zu allen und keinem.

17:03 Branch macht tapfer ohne Video weiter. »Sie setzten zwei Rhesusaffen vor einen Videoschirm und gaben ihnen Joysticks, die einen animierten kleinen Ball steuerten. Jedes Mal, wenn die Affen den Ball mit dem Joystick in einen Korb beförderten, bekamen sie einen Leckerbissen.« Er klickt wieder und wieder und schaut sich um. Niemand kommt ihm zur Hilfe. Ist das lächerlich! Der Typ nimmt es locker. David Byrne ist heute Vormittag wutentbrannt von der Bühne gestürmt, als seine Audiotechnik den Geist aufgab.

17:05 Branch: »Da sollte jetzt eigentlich ein Video von der wegweisenden Duke-Studie kommen. Darauf sähen Sie jetzt zwei Affen mit jeweils zweihundert Elektroden in der motorischen Großhirnrinde. Sie sehen aus wie diese Barbies mit nachwachsendem Haar, weil ihr Schädeldach aufgesägt ist und jede Menge Kabel herauskommen. Es ist ganz schön gruselig. Vermutlich nur gut, dass ich es Ihnen nicht zeigen kann. Jedenfalls, das war eine frühe Form von Gehirn-Computer-Schnittstelle bzw. Brain-Computer-Interface oder kurz BCI.« Er klickt wieder. »Ich hatte ein ziemlich gutes Diagramm, das die Funktionsweise erklärt.«

IMHO sollte der Typ sich mehr drüber aufregen! Das ist hier eine

Technologiekonferenz, und sie schaffen es nicht mal, dass der Presenter funktioniert?

17:08 Branch: »Als die Affen gelernt hatten, den Ball mit dem Joystick zu bewegen, stöpselten die Forscher die Joysticks aus. Die Affen mühten sich noch ein paar Sekunden mit den Joysticks ab, merkten aber, dass die nicht mehr funktionierten. Sie wollten aber weiter ihre Belohnungen, also saßen sie da, starrten auf den Bildschirm und beförderten *im Kopf* die Bälle in die Körbe. Dadurch wurden die Elektroden in der Großhirnrinde aktiviert. Sie übermittelten die *Gedanken* der Affen an einen Computer, den wir darauf programmiert hatten, die Gehirnsignale zu deuten und in entsprechende Aktionen umzusetzen. Die Affen merkten bald, dass sie die Bälle bewegen konnten, indem sie es nur *dachten* – und bekamen ihre Belohnung. Das Erstaunlichste an diesem Video …« Branch blinzelt ins Scheinwerferlicht. »Haben wir das Video? Es wäre toll, das Video sehen zu können. Na, jedenfalls, das Verblüffende ist, wie schnell die Affen den Ball per Gedanken zu steuern lernten. Es kostete sie etwa fünfzehn Sekunden.«

17:10 Branch blinzelt ins Publikum. »Man sagt mir, ich habe noch eine Minute.«

17:10 Chris springt auf die Bühne und entschuldigt sich. Er ist stinksauer wegen des Presenters. Alle sind sauer. Dieser Branch ist nett und locker. Und er hat noch nichts über den Roboter gesagt!

17:12 Branch: »Der Job endete dann. Jahre später landete ich auf Umwegen bei Microsoft. In der Robotik.« Menge johlt. Branch blinzelt. »Was?« Er hat offensichtlich keine Ahnung, wie gespannt wir inzwischen alle wegen dieses verflixten Roboters sind.

17:13 Branch: »Ich arbeite an dem sprachgesteuerten persönlichen Roboter, den Sie hier sehen.« Grölen aus dem Saal. Wen juckt's, ob Craig Venter gerade verkündet hat, es sei ihm gelungen, arsenbasiertes Leben in vitro zu erzeugen? Wir wollen lieber einen Roboter, der aussieht wie aus einer Sechzigerjahre-Zukunftsphantasie!

17:13 Branch fährt fort: »Mal angenommen, ich habe Lust auf Popcorn. Ich sage ›Samantha!‹« Der Roboter leuchtet auf. »Wir haben sie Samantha genannt, nach der Figur in *Verliebt in eine Hexe*.« Lachen. »Samantha, bitte bring mir Popcorn.« Ihr müsstet diesen Branch sehen. Er ist so sympathisch und bescheiden – in Jeans und T-Shirt und ohne Schuhe. Er sieht aus, als käme er gerade aus dem Bett.

17:14 Samantha gleitet zur Mikrowelle, macht sie auf und entnimmt ihr einen Beutel Popcorn. Branch: »Wir mussten es schon vorher poppen, wie in diesen Kochsendungen.« Der Roboter rollt zu Branch und gibt ihm den Beutel Popcorn. Applaus. Branch: »Danke, Samantha.« Roboter antwortet: »Gern geschehen.« Lachen. Branch: »Es ist nett verpackte, schlichte sprachgesteuerte Technologie.«

17:17 Eine Stimme aus der ersten Reihe: »Kann ich auch was haben?« Es ist der bekannte Technik-Blogger David Pogue. Branch: »Okay, bitten Sie sie.« Pogue: »Samantha, bring mir Popcorn.« Der Roboter rührt sich nicht. Branch: »Sagen Sie bitte.« Pogue: »Das ist nicht Ihr Ernst!« Lachen. Branch: »Es *ist* mein Ernst. Meine Tochter war acht, als ich an Samantha arbeitete, und sie warf mir vor, den Roboter herumzukommandieren. Also hab ich's einprogrammiert. Bitte. Es ist buchstäblich das Zauberwort.« Pogue: »Samantha, bringst du mir Popcorn, bitte?« Allgemeine Heiterkeit! Der Roboter rollt an den Bühnenrand und streckt den Arm aus, lässt aber den Beutel Popcorn fallen, bevor Pogue ihn zu fassen kriegt. Popcorn verteilt sich auf der Bühne.

17:19 Branch: »Microsoft. Nicht ganz fehlerfrei.« Schallendes Gelächter im Saal. Branch schaut gekränkt drein. »So komisch war das auch wieder nicht.«

17:21 Branch: »Wir brachten Samantha fünfhundert Stimmkommandos bei. Wir hätten ihr noch mal fünfhundert beibringen können, aber was uns davon abgehalten hat, waren ihre Unmengen mechanischer Teile. Sie war nicht hinreichend markttauglich und zu teuer für ein Massenprodukt. Schließlich wurde das Projekt

Samantha eingestellt.« Das ganze Publikum macht *ooch*. Branch: »Was seid ihr denn für Leute? Lauter Geeks?« Ein neuer TED-Klassiker!

17:23 Ein Typ schlendert gemächlich auf die Bühne, in der Hand einen Ersatzpresenter. Auf halbem Weg bleibt er stehen und zieht sich die Hose hoch. Branch: »Nur keine Eile.« Mordsgelächter.

17:24 Branch: »Samantha war also gestorben. Aber dann fielen mir diese Affen an der Duke wieder ein. Und ich dachte, hmmm, der erschwerende Faktor bei der Erschaffung eines persönlichen Roboters ist der Roboter selbst. Vielleicht könnten wir einfach *den Roboter weglassen*.«

17:25 Branchs Presenter funktioniert endlich, also startet er die Diashow. Erstes Bild zeigt Affen, aus deren Köpfen Kabel kommen. Publikum schnappt nach Luft, ein paar Leute schreien auf. Branch: »Sorry, sorry!« Branch stoppt Diashow.

17:26 Branch: »Nach dem Moore'schen Gesetz verdoppelt sich die Anzahl an Transistoren pro Flächeneinheit alle zwei Jahre. Also wurde in zwanzig Jahren aus dem, was Sie auf diesem schrecklichen Bild gesehen haben ... das hier ...« Er klickt weiter zu einem Dia, das einen rasierten Menschenkopf zeigt: Unter der Haut sitzt etwas, das wie ein Computerchip aussieht.

17:26 Branch: »Woraus wiederum das hier wurde ...« Er hält einen Footballhelm mit einem Seahawks-Aufkleber hoch. Innen sind Elektroden, aus denen Kabel kommen. »Man konnte ihn einfach aufsetzen, ohne dass irgendwas mit dem Gehirn verdrahtet werden musste.«

17:27 Branch legt den Helm hin und greift in die Tasche. »Und schließlich das hier.« Er hält etwas hoch, das wie ein Heftpflaster aussieht. »TEDsters, darf ich vorstellen, Samantha 2.«

17:27 Branch klebt sich das Pflaster auf die Stirn, direkt unterhalb des Haaransatzes. Er setzt sich in den Fernsehsessel. Branch: »Ich schiebe jetzt für die Skeptiker eine kleine Echtzeitdemonstration ein.« Er betätigt den Hebel, und der Fernsehsessel kippt in halbliegende Position.

17:29 Komisches Geräusch. Staubsauger ist angegangen. Er bewegt sich von allein, kommt herüber und saugt das Popcorn auf. Staubsauger geht wieder aus. Branch schaut auf Fernseher.

17:31 Fernseher geht selbsttätig an. Zappt Kanäle durch. Bleibt bei einem Lakers-Spiel.

17:31 Auf Projektionswand erscheint Outlook. E-Mail-Formular geht auf. Cursor geht ins AN:-Feld. Buchstaben erscheinen selbsttätig! BERNADETTE. Cursor springt in Text-Feld: TED-TALK GUT GELAUFEN. PRESENTER GING NICHT. SCHADE, DASS SICH HIER NIEMAND MIT POWERPOINT AUSKENNT. DAVID POGUE IST EIN BISSCHEN UNKOORDINIERT. PS LAKERS ZUR HALBZEIT DREI PUNKTE VORN.

Alle sind aufgesprungen. Saal tobt. Branch steht auf, zieht das Heftpflaster von seiner Stirn ab und hält es hoch.

17:32 Branch: »Im März geht Samantha 2 ans Walter Reed Hospital. Schauen Sie sich auf Video an, wie gelähmte Kriegsveteranen Samantha 2 nutzen, um in einer intelligenten Küche selbst zu kochen, um fernzusehen, am Computer zu arbeiten, ja, sogar ein Haustier zu versorgen. Unser Ziel ist, mit Samantha 2 unseren versehrten Veteranen zu helfen, ein selbstständiges und produktives Leben zu führen. Die Möglichkeiten sind unbegrenzt. Danke.«

Das Publikum flippt aus. Chris ist auf die Bühne gegangen und umarmt Branch. Niemand kann glauben, was er gerade gesehen hat.

• • •

Voilà. Das ist Samantha 2.

• • •

Von: Audrey Griffin
An: Soo-Lin Lee-Segal

Ich habe genug von dir. Verstehst du? Genug!

• • •

Von Dr. Janelle Kurtz

Lieber Mr. Branch,
Ihre Anfrage wegen Ihrer Frau habe ich erhalten. Vielleicht habe ich sie ja falsch gedeutet, aber mir scheint, was Sie da so nett als »betreute Erholung« bezeichnen, von der Bernadette, wie Sie befürchten, »nicht sonderlich begeistert« wäre, hieße faktisch, sie gegen ihren Willen im Madrona Hill unterzubringen.

Die Regularien für einen so extremen Schritt finden sich im Zwangsbehandlungsgesetz, Titel 71, Kapitel 5, Abschnitt 150, der Gesetzessammlung des Staates Washington. Demnach muss, um eine Person zwangseinzuweisen, eine vom County ernannte psychosoziale Gesundheitsfachkraft die betreffende Person gründlich daraufhin untersuchen, ob sie aufgrund einer psychischen Erkrankung eine akute Gefahr für sich selbst, für andere oder für das Eigentum anderer darstellt.

Falls Sie der Meinung sind, dass bei Ihrer Frau eine solche Gefahr besteht, müssen Sie unverzüglich 911 anrufen und sie in eine Notaufnahme bringen lassen. Dort wird ihr Zustand beurteilt werden. Wenn festgestellt wird, dass Bernadette tatsächlich eine solche Gefahr darstellt, wird sie aufgefordert werden, sich freiwillig in eine geeignete Behandlung zu begeben. Weigert sie sich, werden ihre Bürgerrechte zeitweilig außer Kraft gesetzt, und man wird sie in eine staatlich anerkannte psychiatrische Klinik einliefern und dort bis zu zweiundsiebzig Stunden zwangsunterbringen. Danach ist es dann Sache der Gerichte.

Madrona Hills auf Orcas Island ist insofern einzigartig, als wir, neben unseren renommierten Einrichtungen für kürzer- und längerfristige stationäre Behandlungen, auch die einzige private psychiatrische Notaufnahme im Staat Washington betreiben. Daher sehe ich täglich die verheerenden Folgen der Zwangsunterbringung. Familien werden auseinandergerissen. Polizei, Anwälte und Richter mischen sich ein. Das Faktum der Zwangsunterbringung findet Eingang in Behördendaten und ist für jeden zukünftigen Arbeit- oder Kreditgeber sichtbar. Aufgrund des hohen Preises in finanzieller, emotionaler und sozialer Hinsicht sollte eine Zwangsunterbringung nur erwogen werden, wenn alle anderen Mittel erschöpft sind.

So wie Sie es schildern, gibt das Verhalten Ihrer Frau allerdings Anlass zur Besorgnis. Mich erstaunt, dass sie nicht in Therapie ist. Das wäre doch wohl der naheliegendste erste Schritt. Ich empfehle Ihnen gern ein paar hervorragende Psychiater/innen in Ihrer Gegend, die mit Bernadette sprechen und die richtigen Fragen stellen können, damit sie eine adäquate Behandlung erhält. Zögern Sie nicht, mich anzurufen, falls dies ein Weg ist, den Sie einschlagen möchten.

Mit besten Grüßen
Dr. Janelle Kurtz

• • •

Sofortnachrichtenaustausch zwischen Dad und Soo-Lin während eines Mitarbeitermeetings

Soo-LinL-S: Alles okay? Sie wirken abgelenkt.
ElginB: Zweifle an meinem Verstand. Häusliche Dinge.
Soo-LinL-S: Wenn Sie bei einem NWO-Treffen Ihre Geschichten

über Bernadette erzählen würden, kämen Sie keine zwei Sätze weit, ohne geSTORCHt zu werden. STORCH steht für: STOpp, Realitäts-CHeck!

Soo-LinL-S: Sobald jemand beim Reden in die Darstellungsweise der missbrauchenden Person rutscht, also ich z. B. sagen würde, »Ich weiß ja, ich bin immer müde und will immer nur über die Arbeit reden«, was Barry mir nämlich immer vorgeworfen hat, steht jemand auf und STORCHt denjenigen, indem er ruft: »STOpp, Realitäts-CHeck!«

Soo-LinL-S: Das lehrt uns, die eigene Wirklichkeit von der Darstellung der missbrauchenden Person zu trennen, was der erste Schritt aus dem Teufelskreis ist.

Soo-LinL-S: Ich weiß, dass Ihnen manche NWO-Bezeichnungsweisen missfallen. Das ging mir anfangs genauso. Ich wollte nicht glauben, dass Barry mich *missbraucht*.

Soo-LinL-S: Aber bei NWO ist unsere Definition von Missbrauch absichtlich weit und selbstrespektierend. Wir sind Opfer, ja, aber wir wollen heraus aus der Opfer*haltung*, was ein feiner, aber wichtiger Unterschied ist.

Soo-LinL-S: Elgie, Sie sind ein hohes Tier im erfolgreichsten Unternehmen der Welt. Sie sind drei Mal befördert worden. Sie haben eine Tochter, die trotz mehrerer Herzoperationen eine hervorragende Schülerin ist.

Soo-LinL-S: Ihr TED-Talk ist der am vierthäufigsten geklickte aller Zeiten, *und trotzdem leben Sie mit einer Frau zusammen, die keine Freunde hat, Häuser zerstört und in Geschäften einschläft?*

Soo-LinL-S: Sorry, Elgie, Sie sind hiermit geSTORCHt.

ElginB: Danke, aber ich muss mich konzentrieren. Lese nach dem Meeting alles genauer.

• • •

Freitag, 17. Dezember

Von: Bernadette Fox
An: Manjula Kapoor

Hier bin ich wieder! Haben Sie mich vermisst? Wissen Sie noch, wie ich sagte, ich würde mir was einfallen lassen, wie ich aus der Antarktissache rauskomme?

Wie wär's, wenn ich eine unaufschiebbare Operation hätte?

Mein Zahnarzt, Dr. Neergaard, will immer schon, dass ich mir alle vier Weisheitszähne entfernen lasse, womit ich es bisher nicht eilig hatte.

Aber ich könnte doch Dr. Neergaard anrufen und ihn bitten, mir *am Tag vor der Abreise* alle vier Weisheitszähne herauszunehmen. (Und wenn ich sage, *ich* könnte Dr. Neergaard anrufen und ihn bitten, mir am Tag vor der Abreise alle vier Weisheitszähne herauszunehmen, meine ich in Wirklichkeit, *Sie* könnten doch Dr. Neergaard anrufen und ihn bitten, mir am Tag vor der Abreise alle vier Weisheitszähne herauszunehmen.)

Ich kann ja behaupten, es sei ein Notfall gewesen und so untröstlich ich auch sei, der Arzt habe mir das Fliegen verboten. Dann können Mann und Tochter allein reisen, und niemand macht mir irgendwelche Vorwürfe.

Dr. Neergaards Nummer steht unter der Mail. Vereinbaren Sie den Operationstermin für den 23. Dezember, irgendwann nach zehn Uhr. (Am Morgen ist eine Schulvorführung, bei der Bee die Choreografie macht. Das kleine Luder hat mir verboten hinzugehen, aber ich habe im Netz rausgefunden, wann es ist.) Mein Plan ist folgender: Ich gehe zu der Schulvorführung und gebe anschließend vor, Weihnachtseinkäufe zu tätigen.

Wenn ich dann wieder auftauche, sehe ich aus wie ein Backenhörnchen. Ich behaupte, ich hätte Zahnschmerzen gehabt und bei Dr. Neergaard vorbeigeschaut. Und, zack, habe er mir vier Weisheitszähne herausoperiert, und jetzt könne ich leider nicht in die Antarktis. Hier in Amerika nennen wir so was Win-win-Strategie.

Montag, 20. Dezember

• • •

Von Marcus Strang vom FBI

Lieber Mr. Branch,
ich bin Regionaldirektor des Internet Crime Complaint Center (IC3), das mit dem Ministerium für Innere Sicherheit zusammenarbeitet. Meine Abteilung innerhalb des IC3 ermittelt in Sachen Vorauszahlungs- und Identitätsbetrug.

Sie sind in unser Blickfeld geraten, da eine auf Ihren Namen ausgestellte VisaCard, gültig bis 10/13, mit einem Betrag von $ 40 zugunsten einer Firma namens Delhi Virtual Assistants International belastet wurde. Diese Firma existiert nicht. Es handelt sich lediglich um eine Strohfirma für eine von Russland aus operierende kriminelle Vereinigung. Wir sammeln seit einem halben Jahr Beweismaterial gegen diese Organisation. Vor einem Monat erhielten wir eine Abhörgenehmigung, dank derer wir einen E-Mail-Wechsel zwischen Ihrer Frau, Bernadette Fox, und einer gewissen »Manjula« verfolgen konnten.

Im Zuge dieser Korrespondenz hat Ihre Frau Kreditkartendaten, Bankkonteninformationen, Sozialversicherungs- und Führerscheinnummern, Adressen, Passnummern sowie Fotos von Ihnen, sich selbst und Ihrer Tochter übermittelt.

Offenbar wissen Sie nichts von diesen Aktivitäten. In einer E-Mail an »Manjula« erwähnt Ihre Frau, dass Sie ihr verboten hätten, die Dienste von Delhi Virtual Assistants International in Anspruch zu nehmen.

Die Angelegenheit ist delikat und zugleich dringend. Gestern hat »Manjula« Ihre Frau um weitgehende Vollmachten für die Dauer Ihrer Familien-Antarktisreise gebeten. Wir konnten diese E-Mail abfangen, ehe sie Ihrer Frau übermittelt wurde. So wie Ihre Frau sich bisher verhalten hat, bestand Grund zu der Annahme, dass sie die Vollmachten ohne Zögern erteilen würde.

Wenn Sie dies lesen, lande ich gerade in Seattle. Ich bin um zwölf Uhr mittags im Microsoft-Besucherzentrum und erwarte, dass Sie mich dort treffen und sich zu rückhaltloser Kooperation bereitfinden. Die nächsten drei Stunden bewahren Sie bitte absolutes Stillschweigen über diese Information. Sprechen Sie mit niemandem darüber, insbesondere nicht mit Ihrer Frau, die sich ja bereits als Risikofaktor erwiesen hat.

Die Abhörgenehmigung bezog sich auf alle E-Mails Ihrer Frau im letzten Vierteljahr, die das Wort »Manjula« enthielten. Es waren buchstäblich Hunderte, ich habe Ihnen die zwanzig relevantesten herausgesucht und füge auch noch eine längere E-Mail Ihrer Frau an einen gewissen Paul Jellinek bei. Bitte lesen Sie dieses Material vor meiner Ankunft durch. Ich möchte Ihnen ferner nahelegen, Ihre Termine für heute und den Rest der Arbeitswoche abzusagen.

Dann also bis zu unserem Treffen im Besucherzentrum. Ihre volle Kooperation vorausgesetzt, wird es hoffentlich möglich sein, Microsoft nicht in die Angelegenheit zu involvieren.

Mit besten Grüßen
Marcus Strang

PS Wir waren alle begeistert von Ihrem TED-Talk. Wenn es die Zeit erlaubt, würde ich gern eine kleine Demonstration zum neuesten Stand von Samantha 2 sehen.

4

INVASOREN

Montag, 20. Dezember

• • •

Protokoll einer Strafanzeige, erstattet vom Nachtmanager des Westin Hotels

BUNDESSTAAT WASHINGTON
GERICHTSKREIS
KING COUNTY

BUNDESSTAAT WASHINGTON vs. Audrey Faith Griffin

Ich, Phil Bradstock, vereidigter Officer des Polizeikommissariats Seattle, erkläre, dass

oben genannte Person beschuldigt wird, am 20. Dezember in Seattle, Washington, an einem öffentlichen Ort unsittliches, beleidigendes, ruhestörerisches oder in anderer Weise ungebührliches Benehmen an den Tag gelegt zu haben, wie es dazu angetan ist, einen Verstoß gegen RCW (Revidiertes Gesetzbuch des Staates Washington) 9A.84.030.C2 darzustellen, und ferner Körperverletzung vierten Grades nach RCW 9A.36.041 begangen zu haben, beides Übertretungen, die mit einer Geldstrafe von bis zu eintausend Dollar ($ 1000) oder einer Haftstrafe von bis zu dreißig (30) Tagen oder beidem geahndet werden können.

Diese Information beruht auf der Aussage des Anzeigeerstatters STEVEN KOENIG, Nachtmanager im Westin Hotel in Downtown Seattle. Ich halte Steven Koenigs Aussage für wahrheitsgemäß und verlässlich.

1. Mr. Koenig gibt an, dass sich am Montag, den 20. Dezember, um ca. zwei Uhr morgens, als er seinen Dienst als Nachtmanager im Westin Hotel Seattle versah, Hotelgast AUDREY GRIFFIN aus Zimmer 1601 telefonisch bei ihm über Lärm aus Zimmer 1602 beschwert habe.

2. Mr. Koenig gibt an, er habe im Gästeregister nachgesehen und festgestellt, dass Zimmer 1602 nicht belegt war.

3. Mr. Koenig gibt an, als er Ms. Griffin dies mitgeteilt habe, sei sie in Zorn geraten und habe verlangt, dass er der Sache persönlich nachgehe.

4. Mr. Koenig gibt an, beim Verlassen des Fahrstuhls im sechzehnten Stock habe er laute Stimmen, Gelächter, Rap-Musik und, wie er sich ausdrückte, »Partylärm« gehört.

5. Mr. Koenig gibt an, er habe im Flur Spuren von Rauch und einen untypischen Geruch wahrgenommen, der seiner Meinung nach von »Gras« herrührte.

6. Mr. Koenig gibt an, er habe festgestellt, dass der Lärm und der Geruch aus Zimmer 1605 gekommen seien.

7. Mr. Koenig gibt an, er habe an die Tür geklopft und sich als der Nachtmanager zu erkennen gegeben, worauf die Musik abgestellt worden und jeglicher Lärm verstummt sei. Nach einem Moment der Stille sei Kichern zu hören gewesen.

8. Mr. Koenig gibt an, Ms. Griffin sei in einem Hotelbademantel im Flur auf ihn zugekommen und habe vehement behauptet, er klopfe an die falsche Tür, da Nr. 1605 das Zimmer ihres Sohns Kyle sei, der längst schlafe.

9. Mr. Koenig gibt an, nachdem er Ms. Griffin erklärt habe, dass der Lärm aus Zimmer 1605 komme, habe sie ihn mit abfälligen Ausdrücken wie »Idiot«, »Trottel« und »unfähiger Blödmann« belegt.

10. Mr. Koenig gibt an, er habe Ms. Griffin auf die Grundsätze des Westin bezüglich verbaler Beleidigungen hingewiesen. Daraufhin habe Ms. Griffin das Westin mit abfälligen Ausdrücken wie »Saftladen«, »Flohbude« und »Kaschemme« belegt.

11. Mr. Koenig gibt an, während Ms. Griffins abfällige Äußerungen noch andauerten, sei ihr Mann, WARREN GRIFFIN, blinzelnd und in Boxershorts im Flur erschienen.

12. Mr. Koenig gibt an, auf die Versuche ihres Mannes, sie zum Schweigen zu bringen, habe Ms. Griffin mit Widerstand und Beschimpfungen reagiert.

13. Mr. Koenig gibt an, während er versucht habe, beide Eheleute zu beruhigen, habe Mr. Griffin gerülpst, was mit einem »widerlichen Gestank« verbunden gewesen sei.

14. Mr. Koenig gibt an, Ms. Griffin habe ihren Mann wegen seines übermäßigen Alkoholkonsums und seines unersättlichen Appetits auf Steaks »angegiftet«.

15. Mr. Koenig gibt an, Mr. Griffin sei wieder in Zimmer 1601 gegangen und habe die Tür hinter sich zugeknallt.

16. Mr. Koenig gibt an, während Ms. Griffin vor der geschlossenen Tür von 1601 ihren hochgradigen Verdruss über »denjenigen, der den Alkohol erfunden hat« geäußert habe, habe er seinen Generalschlüssel ins Schloss von 1605 gesteckt.

17. Mr. Koenig gibt an, dass »aus dem Nichts sein Kopf zurückgerissen« worden sei, weil »dieses verrückte Weibsstück« (Ms. Griffin) in sein Haar gegriffen und daran gezogen habe, was traumatisch und schmerzhaft gewesen sei.

18. Mr. Koenig gibt an, er habe über sein Sprechfunkgerät die Polizei gerufen, und während er noch damit beschäftigt gewesen sei, habe Ms. Griffin Zimmer 1605 betreten und einen Schrei ausgestoßen.

19. Mr. Koenig gibt an, er sei in Zimmer 1605 gegangen und habe dort neun Personen vorgefunden: Ms. Griffins Sohn Kyle und diverse Straßenpunks.

20. Mr. Koenig gibt an, er habe ein breites Sortiment an Drogenzubehör bemerkt, unter anderem, aber nicht nur »Bongs, Briefchen, Papers, Fläschchen mit rezeptpflichtigen Medikamenten, Joint-Halter, Pfeifchen, Fixen, Nadeln, Löffel und einen ›Wahnsinnsvaporizer‹«. Im Zimmer seien auf den ersten Blick keine anderen Betäubungsmittel zu sehen gewesen als »Grasreste auf der Minibar«.

21. Mr. Koenig gibt an, Ms. Griffin habe ihrem Sohn gegenüber in einem etwa fünfminütigen hysterischen Monolog ihre Enttäuschung über die Wahl seiner Freunde zum Ausdruck gebracht.

22. Mr. Koenig gibt an, die gedämpfte Reaktion des jungen Kyle Griffin und seiner Gefährten habe darauf schließen lassen, dass sie »total stoned« gewesen seien.

23. Mr. Koenig gibt an, Ms. Griffin habe sich plötzlich auf ein Mädchen gestürzt, an dessen Jacke hinten ein Teddybär mit einer Sicherheitsnadel befestigt gewesen sei.

Erzählende Wiedergabe des weiteren Geschehens durch Officer B.:

Bei meinem Eintreffen wies ich mich als Officer des Polizeikommissariats Seattle aus. Ich versuchte, Ms. Griffin von dem Teddy wegzuziehen, der sie offensichtlich in einen akuten Erregungszustand versetzte. Ich teilte Ms. Griffin mit, dass ich ihr, wenn sie nicht augenblicklich leiser sei und mit mir auf den Flur hinauskomme, Handschellen anlegen müsse. Ms. Griffin beschimpfte mich unflätig und schrie mich an: »Ich bin eine vorbildliche Bürgerin. Diese Drogensüchtigen sind die, die gegen das Gesetz verstoßen und meinen Sohn verderben.« Ich packte ihren linken Arm. Ms. Griffin schrie immer noch unflätige Dinge, während ich ihr Handschellen anlegte. Sie versuchte, sich loszureißen und sagte: »Pfoten weg, fassen Sie mich nicht an, ich habe nichts Unrechtes getan.« Sie drohte, ihr Mann sei bei der Staatsanwaltschaft, sie werde mit den Überwachungsvideos des Hotels beweisen, dass ich sie ohne hinreichenden Grund in Haft nähme, und dafür sorgen, dass das Video »in sämtlichen Abendnachrichten« komme. Ich erklärte, sie sei nur vorübergehend festgenommen, solange ich festzustellen versuchte, was los sei. Zwei Verstärkungskräfte trafen ein und eskortierten mit meinem Partner, Officer Stanton, die Nicht-Hotelgäste aus dem Gebäude. Zu diesem Zeitpunkt berichtete der Anzeigeerstatter von dem Vorfall mit dem Haareziehen, den Ms. Griffin vehement abstritt. Ich fragte Mr. Koenig, ob er Anzeige erstatten wolle. Ms. Griffin rief sarkastische Bemerkungen dazwischen, die sinngemäß lauteten: »Nur zu, da steht mein Wort gegen seines. Wem wird ein Richter wohl glauben? Der Frau eines Staatsanwalts oder dem König der Kaschemme?« Mr. Koenig erklärte, er wolle Anzeige erstatten.

Auf Grundlage des Obigen ersuche ich, Officer Phil Bradstock, Polizeikommissariat Seattle, die Beschuldigte zur Anzeige zu vernehmen.

• • •

Von: Audrey Griffin
An: Soo-Lin Lee-Segal

Hallo, Fremde! Du hattest recht. Das Hotelleben hat nun doch seinen Glanz verloren. Ich komme daher auf dein Angebot zurück, uns chez Lee-Segal unterzubringen. Keine Bange! Ich weiß, dass du mit deinem tollen neuen Job schwer beschäftigt bist, und käme nicht im Traum auf die Idee, dir zur Last zu fallen.

Habe heute beim Abholen nach dir Ausschau gehalten. Lincoln hat mir erzählt, du arbeitest immer so lange, dass ihr nicht mal einen Weihnachtsbaum habt! Ich werde bei meiner Garage vorbeifahren und meine Weihnachtsschmuckkisten einladen. Bis du kommst, habe ich dein Haus fix und fertig dekoriert. Versuch nicht, mich davon abzuhalten. Du weißt ja, Weihnachten ist mein Lieblingsfest!

Wenn das keine Ironie des Schicksals ist! Weißt du noch, wie du die Scheidung von Barry wolltest und Warren das alles gratis für dich abgewickelt hat, wodurch du 30 000 Dollar gespart hast? Weißt du noch, wie du vor Dankbarkeit buchstäblich in Tränen aufgelöst warst und uns versprochen hast, du würdest es uns vergelten? Jetzt ist die Gelegenheit da! Ich nehme einfach den Schlüssel unter dem Steinamor.

Eine Frage. Was möchtest du zum Abendessen? Ich werde ein Festmahl fertig haben, wenn du nach Hause kommst.

Sei bedankt!

• • •

Von: Elgin Branch
An: Soo-Lin Lee-Segal

Mir ist klar, dass ich Ihnen durch all das, was Sie eben bei dem Meeting mit Agent Strang erfahren mussten, eine Belastung zugemutet habe, die weit über Ihre Jobbeschreibung hinausgeht. Aber ich war wie vor den Kopf geschlagen und konnte nicht allein in dieses Gespräch gehen. So schockiert ich auch war und immer noch bin, bin ich doch zugleich unglaublich dankbar, dass Agent Strang Ihre Anwesenheit schließlich doch zugelassen hat. Und noch dankbarer bin ich dafür, dass Sie mir zur Seite stehen.

• • •

Handschriftliche Mitteilung von Soo-Lin

Elgie,
mein Job ist es, dafür zu sorgen, dass S2 reibungslos läuft. Je genauer ich Ihre Situation kenne, desto besser kann ich

meinen Job machen. Ihr Vertrauen ehrt mich. Ich verspreche Ihnen, ich werde Sie nicht im Stich lassen. Von jetzt an sollten wir nicht mehr elektronisch über B. kommunizieren.
SL

• • •

Handschriftliche Antwort von Dad

Soo-Lin,
habe gerade mit Dr. Kurtz telefoniert. Wenn »Gefährdung anderer« ein Kriterium ist: Die ist durch die Sache mit Audrey Griffins Fuß und die Schlammlawine reichlich gegeben. Und was B. über die Überdosis Tabletten schreibt, stellt eindeutig »Selbstgefährdung« dar. Dr. Kurtz kommt morgen vorbei, um über eine Zwangsunterbringung zu reden.
EB

• • •

Von: Soo-Lin Lee-Segal
An: TEAM SAMANTHA 2 (Bcc)

EB wird mit einer persönlichen Angelegenheit beschäftigt sein, die seine volle Aufmerksamkeit erfordert. Sämtliche Meetings finden wie geplant statt. EB ist elektronisch auf dem Laufenden zu halten.
Danke!

• • •

Von: Soo-Lin Lee-Segal
An: Audrey Griffin

KEIN GUTER MOMENT, um bei uns zu wohnen. Ausnahmezustand auf der Arbeit. Bezahle schon Maura dafür, Lincoln und Alexandra von der Schule abzuholen und die Woche über bei uns zu wohnen. Sie hat das Gästezimmer. Tut mir wirklich schrecklich leid. Vielleicht ein anderes Hotel? Eine Kurzzeit-Mietwohnung? Ich kann dir suchen helfen.

• • •

Von: Audrey Griffin
An: Soo-Lin Lee-Segal

Habe Maura schon angerufen und ihr gesagt, dass du sie nicht brauchst. Sie ist wieder bei sich zu Hause.

Dein Haus sieht toll aus. Der Aufblasweihnachtsmann winkt den Vorübergehenden grüßend zu, und auf den Fenstersimsen liegt »Schnee«. Joseph, Maria und das Jesuskind stecken im Rasen, zusammen mit meinem Schild *WIR* WÜNSCHEN FRÖHLICHE WEIHNACHTEN. Ich müsste *dir* danken.

• • •

Von Dad an den
Leiter der Zulassungsstelle von Choate

Lieber Mr. Jessup,
wie Sie wissen, habe ich von Hillary Loundes einen Brief erhalten, in dem es um die Aufnahme meiner Tochter Bee im Choate im kommenden Herbst ging. Als ich Ms. Loundes' Empfehlung las, Bee eine Klasse überspringen zu lassen, war meine spontane Reaktion ablehnend. Aber Ms. Loundes' kluge Worte ha-

ben in mir gearbeitet. Inzwischen bin ich zu der Einsicht gelangt, dass es für Bee das Beste ist, wenn sie unverzüglich in die reichhaltige Lehr- und Förderatmosphäre von Choate eintauchen kann. Da Bee schulisch derzeit über dem Niveau der dritten Jahrgangsstufe steht, bitte ich darum, sie, wenn möglich, schon im Januar – ja, nächsten Monat – in Ihre dritte Jahrgangsstufe aufzunehmen.

Wenn ich mich recht erinnere, gab es im Exeter immer Schüler/innen, die mitten im Schuljahr abgingen, und andere, die ihren Platz einnahmen. Gegebenenfalls würde ich die Formalitäten sofort in Angriff nehmen, damit Bees Schulwechsel reibungslos verläuft. Danke.

Mit freundlichen Grüßen
Elgin Branch

• • •

Von Dad an seinen Bruder

Von: Elgin Branch
An: Van Branch

Van,
hoffentlich geht es dir gut. Ich weiß, es ist eine ganze Weile her, dass wir das letzte Mal voneinander gehört haben, aber wir haben hier einen familiären Notfall, und ich wollte dich fragen, ob du am Mittwoch nach Seattle kommen und ein paar Tage bleiben kannst. Ich schicke dir ein Flugticket und besorge dir ein Hotelzimmer. Gib mir Bescheid.

Danke.
Elgie

Dienstag, 21. Dezember

• • •

*Hektischer E-Mail-Wechsel
zwischen Onkel Van und Dad*

Elgie,
ahoi, Fremder. Sorry, aber ich glaube nicht, dass ich zu euch kommen kann. Weihnachten habe ich viel zu tun. Muss dich für diesmal leider im Regen stehen lassen (aber das seid ihr in Seattle ja wohl gewohnt).
Mahalo.
Van

• • •

Van,
vielleicht habe ich mich nicht klar ausgedrückt. Es geht um einen Notfall in meiner Familie. Ich übernehme sämtliche Kosten und jeglichen Verdienstausfall. Die Daten sind: 22. bis 25. Dezember.

• • •

Bruderherz,
vielleicht bin ich ja derjenige, der sich nicht klar ausgedrückt hat. Ich habe hier auf Hawaii ein eigenes Leben. Ich habe Pflichten. Ich kann nicht einfach in einen Flieger hüpfen, nur weil du mich mit der ersten E-Mail seit fünf Jahren beehrst und mich einlädst, Weihnachten in einem Hotel zu verbringen.

• • •

Van,
du bist Haushüter, Himmelherrgott. Bernadette ist krank. Bee weiß es nicht. Ich brauche dich hier, damit du den Tag mit Bee verbringst, während ich dafür sorge, dass Bernadette Hilfe bekommt. Ich weiß, wir haben den Kontakt verloren, aber ich möchte, dass Bee jemanden aus der Familie um sich hat. Tut mir leid, wenn mein Hotelangebot unfreundlich klang. Unser Haus ist ein einziges Chaos. Das Gästezimmer ist seit Jahren verrammelt, weil da im Fußboden ein Loch ist, das zu reparieren sich niemand aufraffen konnte. Es hat alles mit Bernadettes Krankheit zu tun. Gib dir einen Ruck.

• • •

Elgie,
ich tu's für Bee. Buche mir den Direktflug ab Kona. Es gibt noch einen Platz erster Klasse, und es wäre reizend, wenn du den ergattern könntest. Da ist ein Four Seasons, das noch freie Junior-Suiten zum Wasser hin anzeigt. Ich habe jemanden gefunden, der für mich einspringt, also eilt es mit dem Rückflug nicht.

• • •

*Genehmigungsantrag,
eingereicht von Dr. Janelle Kurtz*

ANTRAG AUF BEWILLIGUNG EINES KLINIKEXTERNEN
BERATUNGSGESPRÄCHS
BETR: BERNADETTE FOX/ELGIN BRANCH

Von Bernadette Fox erfuhr ich erstmals am 12. Dezember. Ihr Ehemann, Elgin Branch, ein Freund unseres Kuratoriumsmitglieds Hannah Dillard, schrieb mir einen ausführlichen und sehr emotionalen Brief, in dem er sich nach den Möglichkeiten einer Zwangsunterbringung erkundigte (Anlage 1).

Mr. Branchs Beschreibung seiner Frau ergab das Bild von Sozialphobie, übermäßigem Medikamentenkonsum, Agoraphobie, verminderter Impulskontrolle, unbehandelter postpartaler Depression sowie möglicherweise Manie. Hätte ich allein von seiner Darstellung auszugehen, käme ich zu der dualen Diagnose Substanzmissbrauch und bipolare Störung Typ 2.

Ich schrieb Mr. Branch einen Antwortbrief, in dem ich ihm die Gesetzeslage erklärte und dazu riet, seine Frau zu einer psychotherapeutischen Behandlung zu bewegen.

Gestern rief mich Mr. Branch an und bat um ein persönliches Treffen. Er sprach von neuen Entwicklungen bei seiner Frau, unter anderem Suizidgedanken.

Mr. Branchs Anruf erscheint mir aus folgenden Gründen eigenartig, wenn nicht gar suspekt:

1. ZEITPUNKT: In meinem Antwortbrief an Mr. Branch erwähnte ich ausdrücklich, dass seine Frau für eine Zwangsunterbringung nachweislich eine Gefahr für sich selbst oder andere darstellen müsse. Wenige Tage darauf behauptet er, im Besitz solcher Beweise zu sein.
2. NICHTEINGEHEN AUF PSYCHOTHERAPIE-RATSCHLAG: Mr. Branch scheint darauf fixiert, Ms. Fox einer stationären Behandlung im Madrona Hill zuzuführen. Warum sucht er nicht zuerst ambulante psychotherapeutische Hilfe für seine Frau?
3. GEHEIMNISKRÄMEREI: Mr. Branch weigert sich, mir konkrete Informationen am Telefon zu geben. Er besteht auf einem persönlichen Treffen.
4. DRINGLICHKEIT: Heute beschwor mich Mr. Branch telefonisch, ihn sofort zu treffen, am besten in seinem Büro.

Insgesamt sehe ich mich veranlasst, an Mr. Branchs Motiven und seiner Glaubwürdigkeit zu zweifeln. Dennoch bin ich der Meinung, der Sache nachgehen zu müssen. Das Madrona Hill ist zweimal von Ms. Fox' Verhalten in Kenntnis gesetzt worden. Da ausdrücklich von Suizidgefahr die Rede war, besteht nunmehr ein Haftungsproblem. Außerdem lässt Mr. Branchs Hartnäckigkeit vermuten, dass er nicht aufhören wird, mich zu kontaktieren, bis wir uns treffen.

Ich werde heute in Seattle sein, um an der University of Washington einen Vortrag zu halten. Ich habe für heute Abend ein Treffen mit Mr. Branch in seinem Büro vereinbart. Mir ist bewusst, dass das ein ungewöhnliches Verfahren ist, aber für einen Freund eines Kuratoriumsmitglieds nehme ich die zusätzliche Mühe gern auf mich. Ich hoffe, Mr. Branch dazu bewegen zu können, sich anderswo nach einer geeigneteren Behandlung für seine Frau umzutun.

Ich habe ihm mitgeteilt, dass mein Honorar $ 275 pro Stunde zuzüglich dem eineinhalbfachen Stundensatz für An- und Abfahrt beträgt. Er ist darüber informiert, dass wir nicht direkt mit der Versicherung abrechnen und dass mein Abstecher in sein Büro höchstwahrscheinlich nicht übernommen wird.

• • •

Von: Audrey Griffin
An: Soo-Lin Lee-Segal

Hallo! Hier warten Pfefferkuchenhäuschen darauf, nach der Schule verziert zu werden. Wann kommst du nach Hause? Ich will wissen, wann ich den Braten in den Ofen schieben soll.

• • •

Von: Soo-Lin Lee-Segal
An: Audrey Griffin

Wie gesagt, ich habe auf der Arbeit wahnsinnig viel zu tun, also bin ich zum Essen nicht da. Aber mir läuft schon das Wasser im Mund zusammen, wenn ich nur an deinen famosen Braten denke!

• • •

Von: Audrey Griffin
An: Soo-Lin Lee-Segal

Glaub nicht, ich verstehe keine dezenten Hinweise. Was hältst du davon, dass ich mich ins Auto setze und dir persönlich eine Portion vorbeibringe?

• • •

Von: Soo-Lin Lee-Segal
An: Audrey Griffin

Was hältst du davon, es nicht zu tun? Trotzdem danke!

• • •

An diesem Dienstag saß ich in meinem Zimmer an den Hausaufgaben, als das Telefon zweimal klingelte, was hieß, dass jemand am Eingangstor war, und das wiederum bedeutete Abendessen. Ich drückte *7, um das Tor zu öffnen, ging dann nach unten und empfing den Lieferboten. Ich war begeistert, als ich die Tragetaschen vom Tilth sah. Ich brachte das Essen in die Küche. Dort stand Dad mit verbissenem Gesicht.

»Ich dachte, du wärst noch arbeiten«, sagte ich. Die letzten Abende war er nicht nach Hause gekommen. Ich hatte es mir so erklärt, dass er wegen der Antarktis Nachtschichten einlegte.

»Ich wollte schauen, wie es dir geht«, sagte er.

»Mir?«, sagte ich. »Mir geht's gut.«

Mom kam aus dem Petit Trianon und schleuderte ihre Gummistiefel von sich. »Hey, sieh mal an, wer da ist! Da bin ich aber froh. Ich habe zu viel Essen bestellt.«

»Hi, Bernadette.« Dad umarmte Mom nicht.

Ich löste die Deckel und stellte die Plastikbehälter vor unseren Plätzen auf den Küchentisch.

»Heute nehmen wir Teller.« Mom holte Geschirr aus der Speisekammer und kippte die Sachen in hübsche Schüsselchen.

Aber Dad stand immer noch im geschlossenen Parka da. »Ich habe Neuigkeiten. Van kommt morgen.«

Onkel Van war mein einziger Onkel und ergo mein Lieblingsonkel. Mom hatte für ihn den Spitznamen Van »Isst du das noch?« Branch. Er wohnt auf Hawaii, in einem Hausmeisterhäuschen auf einem Riesenanwesen, das einem Hollywood-Produzenten gehört. Der Hollywood-Produzent ist kaum dort, muss aber ein Zwangsneurotiker sein, weil er Van dafür bezahlt, jeden Tag ins Haus zu gehen und die Klospülungen zu drücken. Der Hollywood-Produzent hat auch noch ein Haus in Aspen, und einmal sind dort im Winter die Rohre eingefroren und die Klos übergelaufen, was etliche Antiquitäten ruinierte, deshalb ist er in dem Punkt jetzt total paranoid, obwohl auf Hawaii keine Rohre einfrieren können. Also verdient Van, wie Mom mit Vorliebe sagt, seinen Lebensunterhalt damit, Klospülungen zu drücken. Wir waren mal auf Hawaii, und Van hat mir das ganze Anwesen gezeigt und mich die Klospülungen drücken lassen, was lustig war.

»Was macht Van hier?«, fragte ich.

»Gute Frage.« Mom stand jetzt auch reglos da, genau wie Dad.

»Sich Seattle anschauen«, sagte Dad. »Ich dachte, er könnte auf den Hund aufpassen, während wir weg sind. Warum, Bernadette? Hast du ein Problem damit?«

»Wo übernachtet er?«, fragte Mom.

»Im Four Seasons. Ich hole ihn morgen am Flughafen ab. Bee, ich hätte gern, dass du mitkommst.«

»Kann nicht«, sagte ich. »Ich gehe in die Rockettes-Weihnachtsshow, mit der Jugendgruppe.«

»Sein Flugzeug landet um vier Uhr«, sagte Dad. »Ich hole dich von der Schule ab.«

»Kann Kennedy mitkommen?«, fragte ich und hängte ein Superlächeln an.

»Nein«, sagte er. »Ich sitze nicht gern mit Kennedy im Auto. Das weißt du doch.«

»Du bist ein Spaßverderber.« Ich setzte mein fiesestes Kubrick-Gesicht auf und fing an zu essen.

Dad stapfte ins Wohnzimmer, wobei er die Tür gegen die Arbeitsplatte knallte. Eine Sekunde später kam von drüben ein dumpfer Schlag, dann Fluchen. Mom und ich rannten rüber und machten Licht an. Dad war mitten in ein Riesenlager von Kartons und Reisetaschen gekracht. »Was ist das alles für Zeug?« fragte er und sprang auf.

»Das ist für die Antarktis«, sagte ich.

UPS-Pakete waren in rasanter Folge eingetroffen. Mom hatte drei Packlisten an die Wand geklebt, für jeden von uns eine. Die Kartons waren halb offen, und Parkas, Stiefel, Handschuhe und Schneehosen hingen heraus wie Zungen.

»Wir haben jetzt so ziemlich alles.« Mom trat mit fachmännischer Miene zwischen die Kartons. »Ich warte noch auf Zinkoxid-UV-Schutz für dich.« Sie deutete mit dem Fuß auf eine riesige schwarze Reisetasche. »Für Bee suche ich noch eine Gesichtsmaske in einer Farbe, die sie mag...«

»Ich sehe meine Reisetasche«, sagte Dad. »Ich sehe Bees Reisetasche. Wo ist deine Reisetasche, Bernadette?«

»Da«, sagte Mom.

Dad ging hin und hob sie auf. Sie hing in seiner Hand wie ein kaputter Luftballon. »Warum ist da nichts drin?«, fragte er.

»Was machst du überhaupt hier?«, fragte Mom.

»*Was ich überhaupt hier mache?*«

»Wir wollten gerade essen«, sagte sie. »Du hast dich nicht hingesetzt. Du hast nicht mal deinen Parka ausgezogen.«

»Ich habe einen Termin im Büro. Ich bleibe nicht zum Essen.«

»Dann lass mich dir wenigstens frische Sachen zum Anziehen holen.«

»Ich habe Sachen im Büro.«

»Warum bist du den ganzen Weg hierhergefahren?«, sagte sie. »Nur um uns das mit Van zu sagen?«

»Manchmal ist es netter, etwas persönlich zu tun.«

»Dann bleib doch zum Essen«, sagte Mom. »Ich verstehe das nicht.«

»Ich auch nicht«, sagte ich.

»Ich mache die Sachen auf meine Art«, sagte Dad. »Ihr macht sie auf eure.« Er marschierte zur Haustür hinaus.

Mom und ich standen da und warteten, dass er wie ein begossener Pudel wieder reinkam. Aber stattdessen hörten wir seinen Prius über den Kies knirschen und auf die Straße rausfahren.

»Er ist wohl wirklich nur hergekommen, um uns das mit Van zu sagen«, sagte ich.

»Komisch«, sagte Mom.

Mittwoch, 22. Dezember

• • •

Bericht von Dr. Kurtz

PATIENTIN: Bernadette Fox

HINTERGRUND: Wie in meinem Genehmigungsantrag vom 21. 12. ausgeführt, hatte ich mit Elgin Branch ein Treffen auf dem Microsoft-Campus vereinbart. Seit Stellung dieses Antrags, in dem ich mich skeptisch über Mr. Branch äußerte, hat sich meine Meinung über ihn und seine Motive grundlegend geändert. Um diese Kehrtwende zu erhellen, will ich unser Treffen möglichst detailliert schildern.

ZUM GESPRÄCHSTREFFEN: Mein Vortrag an der Uni war früher als erwartet beendet. In der Hoffnung, hinterher noch die Fähre um 22:05 zu bekommen, kam ich schon eine halbe Stunde vor dem vereinbarten Termin an. Man wies mir den Weg zum Büro von Mr. Branchs Administrationskraft. Dort vor dem Schreibtisch saß eine Frau im Regenmantel mit einem in Alufolie verpackten Teller auf dem Schoß. Ich fragte nach Mr. Branch. Die Frau erklärte, sie sei eine Freundin der Administrationskraft und gekommen, um diese mit einem Abendessen zu überraschen. Sie sagte, alle seien bei einem Meeting unten im großen Auditorium.

Ich sagte, ich sei ebenfalls in einer persönlichen Angelegenheit hier. Sie bemerkte den Madrona-Hill-Ausweis an meinem Aktenköfferchen und sagte sinngemäß: »Madrona Hill? Oha! Ich würde sagen, das ist allerdings was Persönliches!« Die Administrationskraft kam herein und schrie förmlich auf, als sie mich mit der Frau mit dem Essensteller reden sah. Sie tat so, als wäre ich eine Microsoft-Beschäftigte. Ich versuchte, ihr zu signalisieren, dass ich mich schon anderslautend vorgestellt hatte, aber sie bugsierte mich hastig in einen Konferenzraum und zog die Rollos herunter.

Die Administrationskraft gab mir eine vertrauliche FBI-Akte und ging hinaus. Es ist mir verwehrt, vom Inhalt mehr wiederzugeben als die zentralen Fakten, Ms. Fox' psychische Verfassung betreffend:
- Sie hat vor der Schule eine Mitmutter angefahren.
- Sie ließ ein riesiges Schild zum Haus dieser Frau hin aufstellen, um sie zu verhöhnen.
- Sie hortet verschreibungspflichtige Medikamente.
- Sie leidet an extremen Ängsten, Größenwahn und Suizidgedanken.

Mr. Branch erschien, sichtlich erregt, weil er unten alle bis in den Abend hinein festhielt und sie gerade eben, bevor er heraufgekommen war, auf einen Programmfehler gestoßen waren. Ich versprach, mich kurz zu fassen, und gab ihm eine Liste einiger hervorragender Psychiater in der Gegend. Mr. Branch war fassungslos. Er war der festen Meinung, die FBI-Akte enthalte doch wohl hinreichende Rechtfertigungsgründe für eine stationäre Behandlung seiner Frau.

Ich äußerte meine Besorgnis darüber, dass er seine Frau unbedingt zwangsunterbringen lassen wolle. Er versicherte mir, er wolle nur die bestmögliche Behandlung für sie.

Mr. Branchs Administrationskraft klopfte und fragte Mr. Branch etwas wegen des Reviews für einen Codefix. Mr. Branch sah auf sein Smartphone und schauderte. Offenbar waren während unseres Gesprächs fünfundvierzig E-Mails eingegangen. Er sagte: »Wenn Bernadette mich nicht umbringt, wird es ›Allen antworten‹ tun.« Er scrollte durch die Mails und blaffte etwas nur für Insider Verständliches über eine Änderungsliste, was seine Administrationskraft in rasendem Tempo mitschrieb, ehe sie hinausstürzte.

Nach einigem lebhaftem Hin und Her, bei dem mich Mr. Branch der Pflichtverletzung bezichtigte, räumte ich schließlich ein, dass seine Frau möglicherweise an einer Anpassungsstörung leide, die, wie ich erläuterte, eine psychische Reaktion auf ein belastendes

Ereignis sei und gewöhnlich Angst oder depressive Verstimmung beinhalte. Das belastende Ereignis scheine im Fall seiner Frau eine bevorstehende Antarktisreise zu sein. Im Extremfall könnten die Bewältigungsmechanismen so unzureichend sein, dass es zu einem psychotischen Schub komme.

Mr. Branch brach fast in Tränen aus vor Erleichterung, weil ich endlich bestätigt hatte, dass mit seiner Frau etwas nicht stimmte.

Die Administrationskraft kam wieder herein, diesmal in Begleitung von zwei Männern. Es folgte weiterer Insider-Jargon über die Implementierung eines Codefix.

Als sie wieder gegangen waren, erklärte ich Mr. Branch, dass die geeignete Behandlung bei einer Anpassungsstörung eine Psychotherapie sei, keine stationäre Zwangsbehandlung. Ich sagte ihm unverblümt, dass es ethisch nicht vertretbar und ein unerhörter Verstoß gegen die ärztlichen Grundsätze wäre, wenn eine Psychiaterin eine Zwangsunterbringung veranlassen würde, ohne die betreffende Person vorher gesehen zu haben. Mr. Branch versicherte mir, er sei nicht darauf erpicht, dass sie in einer Zwangsjacke davongeschleppt werde, und fragte mich, ob es vielleicht einen Mittelweg gebe.

Zum dritten Mal klopfte die Administrationskraft. Offenbar hatte Mr. Branchs Fix funktioniert und das Meeting war vorbei. Weitere Leute betraten jetzt den Konferenzraum, und Mr. Branch ging eine Prioritätenliste für den nächsten Tag durch.

Mich verblüffte die *Intensität* des Ganzen. Ich habe noch nie eine Gruppe von Menschen so eigenständig und motiviert auf so hohem Level arbeiten sehen. Der Druck war deutlich spürbar, aber ebenso der Kameradschaftsgeist und die Liebe zur Arbeit. Was auffiel, waren die Ehrerbietung, die Mr. Branch entgegengebracht wurde, und seine humorvolle, egalitäre Art selbst unter extremem Stress.

Irgendwann bemerkte ich, dass Mr. Branch auf Socken war, und mir ging auf: Er war der von dem TED-Talk! Dem Talk, wo es darum geht, dass man sich einen Chip auf die Stirn klebt und dann für den Rest seines Lebens keinen Muskel mehr zu rühren braucht. Es ist das Extrem dessen, was ich als beunruhigenden Trend zur Realitätsvermeidung ansehe.

Als bis auf Mr. Branch, die Administrationskraft und mich alle wieder gegangen waren, sagte ich, da Ms. Fox offensichtlich Selbstmedikation gegen ihre Ängste betreibe, könne ich ihn an einen sehr kompetenten Kollegen verweisen, der auf Suchtintervention spezialisiert sei. Mr. Branch nahm den Vorschlag dankbar an. Da jedoch außer mir niemand Einblick in diese FBI-Akte nehmen darf, fragte er mich, ob ich mir vorstellen könne, die Intervention selbst vorzunehmen. Ich sagte ja.

Ich betone, wie wichtig es sei, dass Mr. Branch etwas Schlaf bekomme. Seine Administrationskraft sagte, sie habe ihm ein Hotelzimmer gebucht und werde ihn selbst hinfahren.

• • •

Am nächsten Nachmittag holte mich Dad von der Schule ab, und wir fuhren zum Flughafen.

»Freust du dich noch auf Choate?«, fragte er.

»Klar«, sagte ich.

»Da bin ich wirklich sehr froh«, sagte Dad. Und dann: »Weißt du, was es heißt, wenn man einen Präsidenten als *Lame Duck* bezeichnet?«

»Klar.«

»So habe ich mich gefühlt, nachdem ich im Exeter angenommen worden war. Es kam mir vor, als ob ich auf der Mittelschule nur noch auf der Stelle träte. Ich wette, so fühlst du dich jetzt auch.«

»Eigentlich nicht.«

»Ein *Lame Duck* ist ein Präsident, der in absehbarer Zeit aus dem Amt scheidet…«

»Ich weiß, was das ist, Dad. Was hat das mit Choate zu tun? Alle anderen gehen im Herbst auch von der Galer Street ab und auf eine andere Schule. Da könnte man ja gleich am ersten Tag des achten Schuljahrs sagen, das ganze Jahr sei ein *Lame Duck*-Jahr. Oder wenn man vierzehn wird, dass es ein *Lame Duck*-Jahr ist, bis man fünfzehn wird.«

Da war er erst mal ein paar Minuten still. Aber dann legte er wieder los. »Ich bin froh, dass du so gern in die Jugendgruppe gehst«, sagte er. »Wenn du Kraft daraus ziehst, dort zu sein, sollst du wissen, dass ich das ganz und gar unterstütze.«

»Kann ich bei Kennedy übernachten?«

»Du bist viel bei Kennedy«, sagte er ganz besorgt.

»Darf ich?«

»Natürlich darfst du.«

Wir fuhren am Güterbahngelände an der Elliott Bay vorbei, wo die riesigen orangefarbenen Kräne aussehen wie Trinkvogel-Strauße, die über Tausende von gestapelten Frachtcontainern wachen. Als ich klein war, habe ich Mom mal gefragt, was das für Dinger seien, all die vielen Container. Sie sagte, Straußeneier, voll mit Barbiepuppen. Obwohl ich nicht mehr mit Barbies spiele, bin ich bei der Vorstellung von so vielen Barbies immer noch ganz aus dem Häuschen.

»Tut mir leid, dass ich immer so wenig da war.« Wieder Dad.

»Du bist doch da.«

»Ich wäre gern mehr da«, sagte er. »Ich *werde* mehr da sein. Es fängt mit der Antarktis an. Wir beide werden dort eine tolle Zeit haben.«

»Wir drei.« Ich holte meine Flöte heraus und spielte bis zum Flughafen.

Onkel Van war knackebraun, mit zerfurchtem Gesicht und weißlichen Hautfetzen auf den Lippen. Er trug ein Hawaiihemd, Flipflops, ein aufblasbares Nackenkissen um den Hals und einen Riesenstrohhut mit einer drumgebundenen Bandana, auf der THE HANGOVER stand.

»Bruderherz!« Van schloss Dad in die Arme. »Wo ist Bee? Wo ist dein kleines Mädchen?«

Ich winkte.

»*Du* bist ein großes Mädchen. Meine Nichte Bee ist ein kleines Mädchen.«

»Ich bin Bee«, sagte ich.

»Das kann doch nicht sein!« Er hob die Hand hoch. »High-Five fürs Wachsen.«

Ich schlug etwas lasch ein.

»Ich hab Geschenke mitgebracht.« Er nahm seinen Strohhut ab und zog darunter weitere Strohhüte hervor, jeder mit einer HANGOVER-Bandana. »Einer für dich.« Er setzte Dad einen Hut auf. »Einer für dich.« Er setzte mir einen auf. »Einer für Bernadette.«

Ich schnappte mir den Hut. »Ich geb ihn ihr.« Er war so abartig hässlich, dass ich ihn Kennedy schenken musste.

Als Van da stand und sich Lippenpomade auf seine ekligen Lippen schmierte, dachte ich, hoffentlich sieht mich niemand mit diesem Typen im Zoo.

• • •

Interventionskonzept
von Dr. Kurtz für ihren Supervisor

PATIENTIN: Bernadette Fox
INTERVENTIONSPLAN: Ich habe meine Fallinformationen Dr. Mink und Dr. Crabtree vorgelegt, die auf Suchtintervention spezialisiert sind. Sie stimmten mir zu, dass aufgrund des vorliegenden Substanzmissbrauchs eine Intervention angezeigt ist. Obwohl ich keine

formelle Ausbildung zur Suchttherapeutin vorweisen kann, habe ich angesichts der in meinen Fallinformationen beschriebenen besonderen Umstände beschlossen, die Behandlung selbst zu leiten.

JOHNSON-MODELL VS. MOTIVIERENDE INTERVENTION: In den letzten zehn Jahren ist das Madrona-Hill von der unangekündigten, »überfallartigen« Intervention nach dem Johnson-Modell zum eher patientenzentrierten »motivierenden Ansatz« nach Miller und Rollnick übergegangen, der Studien zufolge effizienter ist. Dennoch wurde in diesem Fall aufgrund der vom FBI diktierten Geheimhaltung das Johnson-Modell gewählt.

VORBEREITUNGSTREFFEN: Mr. Branch und ich haben uns heute Nachmittag in Dr. Minks Praxis in Seattle getroffen. Dr. Mink hat in den 1980er- und 90er-Jahren zahlreiche Interventionen nach Johnson durchgeführt und machte uns mit den einzelnen Schritten vertraut.

1. Initiierte »Realitätskonfrontation« des/der Suchtkranken
2. Familienmitglieder bekunden dem/der Suchtkranken in eigenen Worten ihre Liebe und Zuneigung.
3. Familienmitglieder benennen im Einzelnen, was das Suchtverhalten des/der Suchtkranken bereits angerichtet hat.
4. Familienmitglieder sichern dem/der Suchtkranken Unterstützung während der Therapie zu.
5. Familienmitglieder und Therapeut/in legen negative Folgen in dem Fall dar, dass der/die Suchtkranke eine Therapie ablehnt.
6. Der/die Suchtkranke erhält Gelegenheit, sich freiwillig in Therapie zu begeben.
7. Der/die Suchtkranke wird unverzüglich in die Behandlungseinrichtung verbracht.

Die Hoffnung ist, dass Bernadette Fox Krankheitseinsicht zeigt und sich freiwillig ins Madrona Hill aufnehmen lässt.

• • •

An diesem Abend ging ich mit der Jugendgruppe ins *Radio-City-Weihnachtsspektakel*. Der erste Teil mit den Rockettes war doof. Die ganze Zeit nur Playback-Musik, während die Rockettes die Beine schwangen. Ich dachte, sie würden wenigstens singen oder noch irgendwie anders tanzen. Aber sie schwangen immer nur die Beine, mal in einer Reihe, die zur einen Seite guckte. Dann in einer Reihe, die zur anderen Seite guckte. Dann in einer Reihe, die sich drehte. Das Ganze zu Songs wie »It's Beginning to Look a Lot Like Christmas« und »I saw Mommy Kissing Santa Claus«. Es war einfach albern. Kennedy und ich dachten die ganze Zeit nur, was soll das?

Dann war Pause. Es gab keinen Grund, raus in die Halle zu gehen, weil niemand Geld hatte, was hieß, wir hätten sowieso nur vom Trinkwasserbrunnen trinken können. Also blieben alle Jugendgruppen-Kids einfach sitzen. Als das Publikum wieder reinströmte, waren die Frauen mit ihren Betonfrisuren, dem dicken Make-up und den glitzernden Weihnachtsbroschen ganz aufgedreht vor Vorfreude. Selbst Luke und Mae, die als unsre Aufsichtspersonen mit waren, standen vor ihren Sitzen und starrten auf den roten Vorhang.

Das Licht ging aus. Ein Stern wurde auf den Vorhang projiziert. Das Publikum raunte und klatschte viel zu begeistert für einen simplen Stern.

»Heut ist der heiligste Tag für alle Menschheit«, verkündete eine erschreckende Donnerstimme. »Heut ist geboren mein Sohn, Jesus, der König der Könige.«

Der Vorhang ging auf. Auf der Bühne war eine Krippe mit einem lebendigen Jesuskind und Maria und Josef. »Gott«

erzählte in schicksalsschwerem Ton die Weihnachtsgeschichte. Hirten kamen hinter den Kulissen hervor, mit lebenden Schafen, Ziegen und Eseln. Jedes neue Tier, das heraustrottete, rief neues »Ooh« und »Aah« hervor.

»Waren all diese Leute denn nie in einem Streichelzoo?«, sagte Kennedy.

Drei Weise aus dem Morgenland ritten auf einem Kamel, einem Elefanten und einem Strauß auf die Bühne. Da dachte selbst ich, okay, das ist cool, ich wusste gar nicht, dass man auf Straußen reiten kann.

Dann erschien eine dicke schwarze Frau, was den Bann brach, weil sie ein superenges rotes Kleid trug, so eins, wie man es bei Macy's sieht.

»*O heil'ge Nacht*«, begann sie.

Ekstatische Ausrufe um mich herum.

»*... da Gott zu uns gekommen, in Schwachheit und bar aller Pracht*«, sang sie. »*Da er von uns die alte Schuld genommen, des Vaters Huld aufs Neue uns gebracht.*« Etwas an der Melodie ließ mich die Augen schließen. Der Text und die Musik erfüllten mich mit einer wohligen Wärme. »*Die ganze Welt durchglüht ein freudig Hoffen, denn Gottes Herrlichkeit ist nun ihr Teil.*« Sie machte eine Pause. Ich öffnete die Augen.

»*Fallt auf die Knie*«, sang sie erschreckend laut und freudig. »*Der Himmel steht uns offen! O heil'ge Nacht, du gabst uns ew'ges Heil!*«

»*O heil'ge Nacht*«, fielen andere Stimmen ein. Jetzt war da plötzlich ein Chor auf der Bühne, um das Jesuskind herum, fünfzig Leute, alles Schwarze, in glitzernder Kleidung. Ich hatte sie gar nicht kommen sehen. Die wohlige Wärme in mir verfestigte sich, was das Schlucken schwer machte.

»*O heil'ge Nacht, du gabst uns ew'ges Heil!*«

Es war so merkwürdig und so vollkommen ungewohnt,

dass ich einen Moment lang ganz verwirrt war und geradezu aufatmete, als es vorbei war. Aber die Musik ging weiter. Mir war klar, dass ich mich auf die nächste Welle gefasst machen musste. Über der Bühne war auf einmal ein digitales Schriftband. Es schien einfach aus dem Nichts aufgetaucht zu sein, genau wie der Chor. Rote Pixelbuchstaben glitten darüber ...

ER LEHRTE UNS
DAS HERZE SO ZU WENDEN
DASS VOLLER LIEB
UND FRIEDEN ES UNS SEI

Um mich herum raschelte und knarzte es. Das kam daher, dass Leute im Publikum aufstanden, um mitzusingen.

IN SEINER HUT
WIRD ALLE UNTERDRÜCKUNG ENDEN
EIN JEDER SKLAV
WIRD VON DER KETTE FREI

Wegen der Leute vor mir konnte ich den Text nicht mehr sehen. Ich stand auch auf.

ZUM HIMMEL HOCH
FROHLOCKEN UNSRE CHÖRE
DEN NAMEN SEIN
ZU PREISEN ALLEZEIT

Alle im Publikum hoben jetzt die Arme und wackelten mit den Fingern, als ob sie Jazz-Hands machten.
 Kennedy hatte sich die HANGOVER-Bandana aufgesetzt. »Was ist?«, sagte sie und machte Schielaugen. Ich schubste sie.

Die schwarze Hauptsängerin, die zuletzt nicht so laut gesungen, sondern die ganze Arbeit dem Chor überlassen hatte, trat plötzlich vor.

»*Chriiist ist der Herr!*«, föhnte ihre Stimme alle an die Wand, während die Leuchtschrift sagte:

CHRIST IST DER HERR!

Es war alles so fröhlich und so offen und geradeheraus religiös. Mir wurde klar, dass diese Leute, diese »Kirchenmäuse«, wie Mom sie nannte, tatsächlich unterdrückt waren und jetzt nur deshalb aus sich herausgehen konnten, weil sie hier unter anderen Kirchenmäusen waren. Die Frauen, die so hübsch aussahen mit ihren Ausgehfrisuren und Weihnachtspullovern, scherten sich nicht darum, wie gut oder nicht gut ihre Stimmen waren, sie sangen einfach mit. Manche warfen den Kopf in den Nacken und machten sogar die Augen zu. Ich hob die Hände, nur um auszuprobieren, wie es sich anfühlte. Ich ließ meinen Kopf nach hinten kippen und meine Augen zuklappen.

DRUM SINGT IHM PREIS UND EHRE

Ich war das Jesuskind. Mom und Dad waren Maria und Josef. Das Stroh war mein Krankenhausbett. Um mich herum waren die Ärzte und Schwestern, die mir halfen, am Leben zu bleiben, als ich blau auf die Welt gekommen war, und ohne die ich jetzt tot wäre. All diese fremden Leute. Ich hätte sie bei einer Gegenüberstellung nicht wiedererkannt, aber sie hatten ihr ganzes Leben darauf verwandt, sich das Wissen zu erarbeiten, das mir dann das Leben gerettet hatte. Dank ihnen stand ich jetzt hier in dieser umwerfenden Welle von Menschen und Musik.

UND KÜNDET IMMERFORT
VON SEINER HERRLICHKEIT!

Etwas traf mich in die Seite. Es war Kennedy, die mich boxte.

»Hier«. Sie hielt mir ihre HANGOVER-Bandana hin, weil mir Tränen auf den Wangen brannten. »Komm mir jetzt bloß nicht auf den totalen Jesus-Trip.«

Ich ignorierte sie und warf wieder den Kopf zurück. Vielleicht ist Religion ja das: sich von einer Klippe zu stürzen und drauf zu vertrauen, dass etwas, das größer ist als man selbst, auf einen aufpasst und einen an den richtigen Ort trägt. Ich weiß nicht, ob es möglich ist, alles auf einmal zu fühlen, so viel, dass man glaubt, man platzt gleich. Ich spürte, wie sehr ich Dad liebte. Es tat mir leid, dass ich im Auto so gemein zu ihm gewesen war. Er wollte ja nur mit mir reden, und ich wusste nicht, warum ich es nicht einfach zulassen konnte. Natürlich war mir nicht entgangen, dass er nie zu Hause war. Schon seit Jahren. Ich wollte nach Hause rennen und Dad umarmen und ihn bitten, nicht so viel weg zu sein, mich bitte nicht nach Choate zu schicken, weil ich ihn und Mom zu sehr liebte, weil ich unser Haus und Ice Cream und Kennedy und Mr. Levy zu sehr liebte, um fortzugehen. Ich fühlte mich so voller Liebe zu allem. Aber gleichzeitig fühlte ich mich so total hängengelassen, wie es niemand je verstehen könnte. Ich fühlte mich so allein auf dieser Welt und gleichzeitig so geliebt.

Am nächsten Morgen kam Kennedys Mom rein, um uns zu wecken. »Shit!«, sagte sie. »Ihr kommt zu spät zur Schule.« Sie knallte uns ein paar Frühstücksriegel hin und ging wieder ins Bett.

Es war acht Uhr fünfzehn. Das Weltfest begann um acht

Uhr fünfundvierzig. Ich zog mich schnell an und rannte, ohne zu verschnaufen, den Hügel runter und über die Überführung. Kennedy kommt immer zu spät zur Schule, was ihre Mutter nicht weiter kümmert, also blieb sie noch sitzen, aß Frühstücksriegel und guckte fern.

Ich rannte direkt in den Geräteraum, wo Mr. Kangana und die Erstklässler eine letzte Probe abhielten. »Bin da«, sagte ich und schwenkte meine *Shakuhachi*. »Sorry.« Die Kleinen sahen so süß aus in ihren japanischen Kimonos. Sie begannen, auf mir herumzuturnen wie Äffchen.

Jenseits der Wand kündete Ms. Goodyear uns an, und wir gingen hinaus in die Turnhalle; sie war gerammelt voll mit Eltern, die Videokameras auf uns richteten. »Und nun«, sagte Ms. Goodyear, »eine Darbietung unserer Erstklässler. Begleiten wird sie die Achtklässlerin Bee Branch.«

Die Erstklässler stellten sich auf. Mr. Kangana gab mir das Zeichen, und ich spielte die ersten Töne. Die Kinder fingen an zu singen.

Zousan, zousan
O-ha-na ga na-ga-I no ne
So-yo ka-a-san mo
Na-ga-I no yo

Sie machten es toll, sangen alle im Gleichtakt. Bis auf Chloe, die an dem Morgen ihren ersten Milchzahn verloren hatte; sie stand wie erstarrt da und bohrte mit der Zunge in der Zahnlücke. Wir legten eine kleine Pause ein, dann war das Lied auf Englisch dran, mit meiner Choreographie. Die Erstklässler sangen und bewegten sich dazu wie Elefanten, ließen die Arme mit den gefalteten Händen baumeln wie schwingende Rüssel.

Kleiner Elefant, kleiner Elefant,
du hast eine sehr lange Nase.
Ja, meine Mama hat auch eine lange Nase.

In dem Moment hatte ich so ein Gefühl. Und da war sie, Mama, sie stand in der Tür mit ihrer Riesensonnenbrille.

Kleiner Elefant, kleiner Elefant,
sag mir, wen hast du lieb?
Oh, meine Mama, die hab ich so sehr lieb.

Ich lachte, weil ich wusste, Mom würde es lustig finden, wenn *ich* jetzt heulte. Ich schaute hin. Aber sie war weg.
Es war das letzte Mal, dass ich sie sah.

Freitag, 24. Dezember

• • •

Von Dr. Janelle Kurtz

An das Klinikkuratorium,
hiermit möchte ich Ihnen mitteilen, dass ich meine Stelle als Chefärztin der Psychiatrie am Madrona Hill kündige. Ich liebe meinen Job. Meine Kollegen sind für mich wie eine Familie. Doch als verantwortliche Psychiaterin von Ms. Bernadette Fox und in Anbetracht der tragischen und rätselhaften Geschehnisse rund um die von mir geleitete Intervention sehe ich mich zu diesem Schritt gezwungen. Danke für die vielen wunderbaren Jahre und die Möglichkeit, einer so guten Sache zu dienen.
Mit freundlichen Grüßen
Dr. Janelle Kurtz

Dr. Kurtz' Bericht über die Intervention

PATIENTIN: Bernadette Fox

Geplant war, das Interventionsgespräch mit Ms. Fox in der Praxis ihres Zahnarztes durchzuführen, wo sie um zehn Uhr einen Termin hatte. Dr. Neergaard war informiert und hielt einen freien Praxisraum für uns bereit. Elgin Branchs Bruder Van sollte die Tochter Bee von der Schule abholen und mit ihr bis auf weitere Benachrichtigung in den Zoo gehen.

Es sollte verhindert werden, dass Ms. Fox bei ihrer Ankunft in der Zahnarztpraxis dort den Wagen ihres Mannes sehen würde. Daher vereinbarten Mr. Branch und ich, uns bei ihm zu Hause zu treffen und mit meinem Wagen zu Dr. Neergaards Praxis zu fahren.

DAS HAUS DER EHELEUTE BRANCH/FOX: Es handelt sich um die ehemalige Erziehungsanstalt für Mädchen Straight Gate, ein imposantes, aber baufälliges Backsteingebäude am oberen Ende eines riesigen Hanggrundstücks mit Blick auf die Elliott Bay. Innen ist das Gebäude in erschreckendem Zustand. Räume sind mit Brettern vernagelt. Es ist dunkel und feucht, und der Modergeruch ist so intensiv, dass man ihn förmlich zu schmecken glaubt. Wenn eine Familie mit beträchtlichem Einkommen in derart heruntergekommenen Verhältnissen lebt, lässt dies auf mangelnde Selbstachtung, ein ambivalentes Verhältnis zur eigenen finanziellen/sozialen Position und mangelnde Realitätsprüfung schließen.

Als ich um neun Uhr beim Branch'schen Haus ankam, standen dort mehrere Autos, darunter ein Polizeiwagen, unordentlich in der Einfahrt. Ich klingelte an der Eingangstür. Ms. Lee-Segal, Mr. Branchs Administrationskraft, öffnete mir. Sie erklärte, sie und Mr. Branch seien eben erst gekommen. FBI-Agent Marcus Strang war gerade dabei, ihnen mitzuteilen, dass »Manjula«, die Internetassistentin, letzte Woche Mr. Branchs gesammelte American-Airlines-Bonusmeilen gestohlen habe.

Mr. Branch war fassungslos, dass Agent Strang ihm das jetzt erst erzählte. Agent Strang erklärte, sie hätten darin kein ernsthaftes Risiko gesehen, da Internetdiebe normalerweise nicht aus ihren Kellern kröchen und schon gar nicht in Flugzeuge stiegen. Letzte Nacht jedoch seien die Meilen zum Erwerb eines einfachen Tickets Moskau-Seattle benutzt worden, für einen Flug, der morgen ankomme. Außerdem habe »Manjula« E-Mails an Ms. Fox geschickt, um sich bestätigen zu lassen, dass diese allein zu Haus sein werde, während Mr. Branch und die Tochter in die Antarktis reisten.

Mr. Branch fuhr der Schreck dermaßen in die Knie, dass er sich an einer Wand abstützen musste. Ms. Lee-Segal strich ihm über den Rücken und versicherte ihm, im Madrona Hill auf Orcas Island werde seine Frau in Sicherheit sein. Ich betonte ein weiteres Mal, dass das nicht garantiert sei, da ich Ms. Fox begutachten müsse, ehe ich sie zwangseinweisen lassen könne.

Mr. Branch kehrte jetzt seine Wut und seine Ohnmachtsgefühle gegen mich und bezichtigte mich des Bürokratismus und des Mauerns. Ms. Lee-Segal unterbrach ihn mit dem Hinweis, dass wir Gefahr liefen, zu spät zu Dr. Neergaard zu kommen. Ich fragte Agent Strang, ob wir uns, angesichts der Tatsache, dass »Manjula« irgendwo da draußen herumlief, bei der Intervention irgendeiner physischen Gefahr aussetzten. Er versicherte uns, es könne nichts passieren, da reichlich Polizeischutz vor Ort sei. Ziemlich erschüttert wollten wir gerade zur Haustür hinaustreten, als wir plötzlich hinter uns eine Frauenstimme hörten.

»Elgie, was sind das alles für Leute?«

Es war Bernadette Fox. Sie war soeben zur Hintertür hereingekommen.

Der erste visuelle Eindruck war der einer attraktiven Frau Anfang fünfzig, mittelgroß und von mittlerer Statur, ohne Make-up und mit blasser, aber nicht ungesunder Gesichtsfarbe. Sie trug einen blauen Regenmantel, darunter Jeans und einen weißen, grobmaschigen Kaschmirpullover, und an den Füßen Slipper ohne Socken. Ihr langes Haar war ordentlich gebürstet und mit einem Tuch zurückgebunden. An ihrer Erscheinung war nichts, was darauf hingedeutet hätte, dass sie sich vernachlässigte. Im Gegenteil, sie wirkte chic und gepflegt.

Ich schaltete mein Aufnahmegerät ein. Das Folgende ist ein Transskript.

FOX: Ist was mit Bee? Bee ist doch nichts passiert. Ich habe sie ja eben noch in der Schule gesehen ...

BRANCH: Nein, mit Bee ist nichts.

FOX: Wer sind dann diese Leute?

Dr. KURTZ: Ich bin Dr. Janelle Kurtz.

BRANCH: Du solltest doch beim Zahnarzt sein, Bernadette.

FOX: Woher weißt du das?

Dr. KURTZ: Setzen wir uns.

FOX: Warum? Wer sind Sie? Elgie ...

BRANCH: Sollen wir's hier machen, Dr. Kurtz?

Dr. KURTZ: Ich würde sagen, ja ...

FOX: Was hier machen? Das gefällt mir nicht. Ich gehe.

Dr. KURTZ: Bernadette, wir sind hier, weil Sie uns wichtig sind und weil wir möchten, dass Sie die Hilfe bekommen, die Sie brauchen.

FOX: Was denn für Hilfe? Warum ist die Polizei da draußen? Und was macht die Gnitze hier?

Dr. KURTZ: Wir hätten gern, dass Sie sich hinsetzen, damit wir Ihnen die Realität Ihrer Situation vor Augen führen können.

FOX: Elgie, bitte sag ihnen, sie sollen gehen. Was auch immer das hier soll, lass uns beide allein drüber reden, hörst du. Diese Leute haben hier nichts zu suchen.

BRANCH: Ich weiß alles, Bernadette. Und sie auch.

FOX: Wenn es um Dr. Neergaard geht ... wenn er dir erzählt hat ...

wenn du irgendwie herausgefunden hast ... ich habe den Termin vor zehn Minuten abgesagt. Ich komme mit auf die Reise. Ich fahre mit in die Antarktis.

BRANCH: Bernadette, bitte. Hör auf zu lügen.

FOX: Schau doch auf mein Handy. Da! Ausgehende Anrufe. Dr. Neergaard. Ruf ihn doch an. Hier ...

BRANCH: Dr. Kurtz, sollen wir ...

Dr. KURTZ: Bernadette, wir machen uns Sorgen, inwieweit Sie in der Lage sind, sich adäquat um sich zu kümmern.

FOX: Soll das ein Witz sein? Ich verstehe gar nichts. Ist es wegen Manjula?

BRANCH: Es gibt keine Manjula.

FOX: Was?

BRANCH: Agent Strang, könnten Sie ...

Fox: *Agent* Strang?

AGENT STRANG: Hi. Vom FBI.

BRANCH: Agent Strang, wo Sie schon hier sind, könnten *Sie* vielleicht meiner Frau erklären, welch katastrophale Folgen ihr Verhalten bereits gezeitigt hat?

AGENT STRANG: Wenn sich das hier plötzlich in eine psychologische Intervention verwandelt hat – das ist nicht mein Ding.

BRANCH: Ich wollte ja nur ...

AGENT STRANG: Nicht mein Zuständigkeitsbereich.

BRANCH: Manjula ist eine Deckfigur für einen Ring russischer Identitätsdiebe. Sie haben sich als Manjula ausgegeben, um an unsere gesamten Bankdaten zu kommen. Und nicht nur das, Sie kommen nach Seattle, um zuzuschlagen, während Bee und ich in der Antarktis sind. Ist das richtig, Agent Strang?

AGENT STRANG: Weitestgehend.

FOX: Ich glaub's nicht. Ich meine, doch, ich glaub's natürlich. Inwiefern zuschlagen?

BRANCH: Oh, keine Ahnung! Unsere Bankkonten leerräumen, unsere

Wertpapierdepots, unsere Eigentumstitel an sich bringen, was alles nicht so schwer sein dürfte, weil du ihnen ja unsere sämtlichen Daten und Passwörter gegeben hast! Manjula wollte sogar eine Vollmacht haben.

FOX: Das stimmt nicht. Ich habe seit Tagen nichts mehr von ihr gehört. Ich wollte sie schon feuern.

BRANCH: Das liegt daran, dass das FBI die E-Mails abgefangen und unter deinem Namen beantwortet hat. Kapierst du denn nicht?

Dr. KURTZ: Ja, es ist gut, dass Sie sich hinsetzen, Bernadette. Setzen wir uns doch alle.

FOX: Nicht da …

Dr. KURTZ: Oh!

FOX: Wasser. Sorry, da regnet es durch. Gott, Elgie, ich habe totalen Mist gebaut. Hat sie alles gestohlen?

BRANCH: Gott sei Dank noch nichts.

LEE-SEGAL: (UNVERSTÄNDLICHES FLÜSTERN)

BRANCH: Danke. Hab ich vergessen. Sie hat unsere Bonusmeilen eingelöst!

FOX: Unsere Bonusmeilen? Das ist ja wirklich katastrophal! Sorry, ich bin unter Schock.

Dr. KURTZ: Jetzt, wo wir bequem … wo wir sitzen … Oh! Mein Rock.

FOX: Ist das Sofa nass? Sorry. Die orangene Farbe kommt daher, dass die Dachbleche verrostet sind und das Wasser da durchtropft. Geht normalerweise mit Zitronensaft und Salz raus. Wer sind Sie?

Dr. KURTZ: Dr. Janelle Kurtz. Ist schon gut. Bernadette, ich würde gern mit der Realitätskonfrontation weitermachen. Da das FBI Zugang zu ihrem E-Mail-Account hat, ist uns bekannt, dass Sie Selbstmordgedanken hatten. Sie haben Tabletten für künftige Selbstmordversuche gehortet. Sie haben vor dem Schulgebäude eine Mutter zu überfahren versucht.

FOX: Seien Sie nicht albern.

LEE-SEGAL: (TIEFES SEUFZEN)

FOX: Ach, halten Sie den Mund. Was machen Sie überhaupt hier? Kann mal jemand ein Fenster öffnen und die Gnitze rauslassen?

BRANCH: Nenn sie nicht so, Bernadette!

FOX: Verzeihung. Kann mal jemand die *Admin* aus meinem Wohnzimmer rauslassen?

Dr. KURTZ: Ms. Lee-Segal, es wäre tatsächlich gut, wenn Sie gingen.

BRANCH: Sie kann bleiben.

FOX: Ach? Sie kann bleiben? Wieso das?

BRANCH: Sie ist eine Freundin ...

FOX: Was denn für eine Freundin? Eine Freundin dieser Ehe ist sie nicht, das kann ich dir versichern.

BRANCH: Du hast jetzt nicht das Sagen, Bernadette.

FOX: Moment mal, was ist das?

LEE-SEGAL: Was?

FOX: Was da unten aus Ihrer Hose raushängt?

LEE-SEGAL: Was? Wo?

FOX: Es ist ein Schlüpfer. Aus Ihrer Jeans hängt ein Schlüpfer raus!

LEE-SEGAL: Oh – keine Ahnung, wie der da hinkommt ...

FOX: Sie sind eine in Seattle geborene Sekretärin und haben in diesem Haus keinen Platz!

Dr. KURTZ: Bernadette hat recht. Das ist eine reine Familienangelegenheit.

LEE-SEGAL: Ich gehe nur zu gern.

AGENT STRANG: Vielleicht sollte ich auch gehen? Ich bin direkt vor dem Haus.

(KURZE VERABSCHIEDUNGEN UND DAS AUF- UND ZUGEHEN DER HAUSTÜR)

FOX: Bitte fahren Sie fort, Colonel Kurtz – sorry, *Dr. Kurtz*.

Dr. KURTZ: Bernadette, Ihr aggressives Verhalten Ihrer Nachbarin gegenüber hat dazu geführt, dass das Haus dieser Frau zerstört wurde und dreißig Kinder möglicherweise eine PTBS davongetragen haben. Sie haben nicht die Absicht, in die Antarktis zu reisen.

Sie wollten sich vier Weisheitszähne ziehen lassen, um dem zu entgehen. Sie haben Kriminellen bereitwillig persönliche Daten verraten, was zu finanziellem Ruin hätte führen können. Sie sind nicht mal zu elementarster zwischenmenschlicher Kommunikation fähig, sondern übertragen es einer Internetassistentin, Lebensmitteleinkäufe zu tätigen, Termine zu vereinbaren und sämtliche grundlegenden Haushaltsdinge erledigen zu lassen. Ihr Haus ist in abrissreifem Zustand, was für mich auf eine schwere Depression hindeutet.

FOX: Sind Sie immer noch dabei, mir »die Realität vor Augen zu führen«? Oder darf ich auch was sagen?

MÄNNERSTIMME: Haltet ihn!

KURTZ/BRANCH: (PANISCHE LAUTE)

(WIR DREHTEN UNS UM UND SAHEN EINEN MANN IN EINEM LANGEN MANTEL AUF SEIN SMARTPHONE STARREN)

BRANCH: Wer sind Sie?

DETECTIVE DRISCOLL: Detective Driscoll. Polizeikommissariat Seattle.

FOX: Er ist schon die ganze Zeit hier. Ich bin vorhin an ihm vorbeigekommen.

DETECTIVE DRISCOLL: Entschuldigung. Es ist mit mir durchgegangen. Passiert mir echt nur beim Football. Clemson hat einen Pass abgefangen und war auf dem Weg in die Endzone. Sorry. Tun Sie so, als wäre ich gar nicht hier.

Dr. KURTZ: Bernadette, Elgin würde jetzt gern seine positiven Gefühle Ihnen gegenüber äußern. Elgin …

BRANCH: Was zum Teufel ist mit dir los, Bernadette? Ich dachte, du hättest noch schwerer an all den Fehlgeburten zu tragen als ich. Aber in Wirklichkeit war alles, was dir zu schaffen gemacht hat, ein blödes Haus? Was du mit dem Zwanzig-Meilen-Haus durchgemacht hast … Shit, das muss ich bei Microsoft zehnmal am Tag wegstecken. Menschen überwinden Sachen. Das nennt sich: wieder auf die Beine kommen. Du hast ein MacArthur-Stipendium gekriegt. Zwanzig Jahre später beißt du dich immer noch an der Ungerechtigkeit fest, die dir im Kampf mit einem englischen Arschloch widerfahren ist, einem Kampf, den du dir selbst eingebrockt hast? Ist dir klar, wie egozentrisch und selbstmitleidig das ist? Ist dir das klar?

Dr. KURTZ: Okay. Es ist wichtig offenzulegen, dass da eine Menge Verletzung im Spiel ist. Aber bleiben wir im Hier und Jetzt. Elgin, versuchen Sie doch, Ihren *positiven Gefühlen* für Bernadette Ausdruck zu geben. Sie haben davon gesprochen, was für eine wunderbare Mutter...

BRANCH: Und du sitzt da draußen in deinem Airstream und belügst mich nach Strich und Faden und outsourct unser Leben, *unser Leben*, nach Indien? Habe ich dabei gar nicht mitzureden? Du hast Angst, seekrank zu werden, wenn wir die Drakestraße überqueren? Dagegen gibt es ein Mittel. Es nennt sich Scopolamin-Pflaster. Du kannst doch nicht im Ernst auf den Plan verfallen, dir *vier Weisheitszähne* rausnehmen zu lassen, um Bee und mir dann irgendwelche Märchen zu erzählen? Es gibt Leute, die sterben an Weisheitszahnoperationen. Aber du willst dich dem einfach so aussetzen, nur um keinen Smalltalk mit Fremden machen zu müssen? Was zum Teufel soll Bee denken, wenn sie das hört? Und das alles, weil du eine »Versagerin« bist? Bist du nicht auch Ehefrau? Und Mutter? Warum wendest du dich nicht an deinen Mann? Warum musst du dein Herz irgendeinem Architekten ausschütten, den du seit zwanzig Jahren nicht mehr gesehen hast? Gott, du bist krank. Du machst mich krank, und du bist krank.«

Dr. KURZ: Eine andere Möglichkeit, liebevolle Gefühle auszudrücken, ist eine Umarmung.

BRANCH: Du hast den Verstand verloren, Bernadette. Es ist, als ob Außerirdische gekommen wären und dich durch eine Replik ersetzt hätten, die aber eine exzentrische, verrückte Version von dir ist. Ich war schon so überzeugt davon, dass ich eines Nachts, als du geschlafen hast, rübergelangt und deine Ellbogen befühlt habe. Weil ich dachte, egal, wie gut ihre Nachbildung ist, die spitzen Ellbogen hätten sie nie hingekriegt. Du bist davon aufgewacht. Erinnerst du dich?

FOX: Ja, ich erinnere mich.

BRANCH: Als ich mich dabei ertappt habe, ist mir klar geworden, o mein Gott, ich muss aufpassen, sonst zieht sie mich mit runter. Bernadette ist verrückt geworden, aber ich lasse mich nicht mit runterziehen. Ich bin Vater. Ich bin Ehemann. Ich bin Teamleiter von über 250 Leuten, die von mir abhängig sind. Deren *Familien* von mir abhängig sind. Ich weigere mich, mit dir von der Klippe zu springen.

FOX: (WEINEN)

BRANCH: Und dafür hasst du mich? Du verspottest mich als naiven Trottel, weil ich meine Familie liebe? Weil ich meine Arbeit liebe? Weil ich Bücher liebe? Wann hat es angefangen mit dieser Verachtung, Bernadette? Weißt du das genaue Datum? Oder musst du erst deine Internetassistentin fragen, der du fünfundsiebzig Cent die Stunde zahlst, die aber in Wirklichkeit die russische Mafia ist und unsere sämtlichen Bonusmeilen eingelöst hat und auf dem Weg nach Seattle ist, um dich zu töten? Herrgott, ich muss aufhören zu reden!

Dr. KURTZ: Vielleicht sollten wir jetzt die positiven Gefühle als abgehakt betrachten und zu dem *Schaden* kommen, den Bernadettes Verhalten angerichtet hat.

BRANCH: Soll das ein Witz sein? Der Schaden, den sie angerichtet hat?

FOX: Ich bin über den Schaden im Bild.

Dr. KURTZ: Sehr gut. Dann käme jetzt ... ich habe vergessen, was jetzt kommt. Wir hatten Realität, positive Gefühle, Schaden ...

DETECTIVE DRISCOLL: Schauen Sie nicht mich an.

Dr. KURTZ: Ich schaue mal eben in meine Notizen.

DETECTIVE DRISCOLL: Ich weiß nicht, ob das jetzt gerade passt, aber gehört der Kaffee hier jemandem? Ich habe meinen irgendwo abgestellt ...

Dr. KURTZ: Das Zusichern von Unterstützung!

BRANCH: Natürlich unterstütze ich dich. Du bist meine Frau. Du bist Bees Mutter. Wir haben Glück, dass nicht schon jeder Cent von unseren Konten abgeräumt ist und ich finanziell zu dieser Unterstützung in der Lage bin.

FOX: Es tut mir leid, Elgie. Ich weiß nicht, wie ich das wiedergutmachen kann. Du hast recht. Ich brauche Hilfe. Ich werde alles tun. Lass uns damit anfangen, zusammen in die Antarktis zu fahren, nur wir drei, keine Computer, keine Arbeit ...

BRANCH: Würdest du es bitte unterlassen, Microsoft die Schuld zu geben?

FOX: Ich sage ja nur, wir drei allein, als Familie, ohne irgendwelche Ablenkungen von außen.

BRANCH: Ich fahre nicht mit dir in die Antarktis. Ich würde dich bei der ersten Gelegenheit über Bord werfen.

FOX: Ist die Reise gecancelt?

BRANCH: Das würde ich Bee nie antun. Sie hat das ganze letzte Jahr Bücher über die Antarktis gelesen und Referate darüber gehalten.

FOX: Aber dann weiß ich nicht ...

Dr. KURTZ: Bernadette, ich würde vorschlagen, dass wir in den nächsten Wochen zusammen daran arbeiten.

FOX: Sie kommen mit uns auf die Reise? Das ist ja mal kurios.

Dr. KURTZ: Nein, natürlich nicht. Sie müssen sich darauf konzentrieren, etwas für sich zu tun, Bernadette.

FOX: Ich verstehe immer noch nicht, was Sie damit zu tun haben.

Dr. KURTZ: Ich bin Psychiaterin am Madrona Hill.

FOX: Madrona Hill? Die Klapsmühle? Guter Gott! Du steckst mich in eine Klapsmühle? Elgie! Das ist nicht wahr!

DETECTIVE DRISCOLL: Scheiße, echt?

BRANCH: Bernadette, du brauchst Hilfe.

FOX: Du willst also mit Bee in die Antarktis fahren und mich im Madrona Hill einsperren? Das kannst du nicht machen!

Dr. KURTZ: Wir hätten gern, dass Sie freiwillig hingehen.

FOX: Du liebe Güte. Ist Van deshalb hier? Um Bee mit Schneeleoparden und Karussellfahrten abzulenken, während ihr mich einsperrt?

BRANCH: Du verstehst immer noch nicht, wie krank du bist, was?

FOX: Elgie, schau mich an. Ich habe mich verfranzt. Ich kann da wieder rausfinden. Wir können da gemeinsam wieder rausfinden. Für uns. Für Bee. Aber mit diesen Invasoren hier werde ich nicht zusammenarbeiten. Sorry, aber ich muss schon die ganze Zeit pinkeln. Oder brauche ich dazu die Genehmigung der Frau Doktor?«

Dr. KURTZ: Gehen Sie nur …

FOX: Gott, *Sie* sind das! Er ist es! Elgie!

BRANCH: Wer?

FOX: Der Typ, von dem ich dir neulich Abend im Restaurant erzählt habe, dass er mich verfolgt. Das war er! Sie haben mich verfolgt, stimmt's?

DETECTIVE DRISCOLL: Sie sollten es nicht merken. Aber, ja, ich war's.

FOX: Das Ganze hier dreht sich darum, dass ich angeblich verrückt bin. Aber ich bin so froh, dass er mich wirklich verfolgt hat, weil *ich* jetzt wenigstens weiß, dass ich nicht verrückt bin.

(SCHLIESSEN DER BADTÜR. LÄNGERE STILLE)

Dr. KURTZ: Ich habe Ihnen ja gesagt, Interventionen dieser Art sind nicht meine Stärke.

BRANCH: Bernadette wurde wirklich verfolgt. Und wenn sie nun auch wirklich Dr. Neergaard angerufen hat, um den Termin abzusagen? Sollten wir es nicht wenigstens überprüfen?

Dr. KURTZ: Wie wir bereits besprochen haben, sind Zweifel ein natürliches, ja, notwendiges Element von Interventionen. Denken Sie daran, Ihre Frau wird sich nicht freiwillig Hilfe suchen. Wir wollen verhindern, dass sie am absoluten Tiefpunkt ankommt.

BRANCH: Ist das hier denn nicht der absolute Tiefpunkt?

Dr. KURTZ: Der absolute Tiefpunkt ist der Tod. Das hier dient dazu, den Tiefpunkt für Bernadette höherzusetzen.

BRANCH: Inwiefern ist das gut für Bee?

Dr. KURTZ: Ihre Mutter bekommt Hilfe.

BRANCH: Himmel.

Dr. KURTZ: Was ist?

BRANCH: Ihre Reisetasche. Neulich Abend waren nur meine Tasche und die von Bee gepackt. Das da ist Bernadettes Tasche. Jetzt ist sie gepackt.

DETECTIVE DRISCOLL: Was wollen Sie damit sagen?

BRANCH: Dr. Kurtz, das beweist doch, dass sie wirklich mitfahren wollte! Vielleicht war sie ja nur zu vertrauensvoll dem Internet gegenüber und ist auf eine Betrugsmasche hereingefallen. Es werden doch ständig Leute Opfer von Identitätsdiebstahl. Die steckt man doch auch nicht gleich ins Irrenhaus...

Dr. KURTZ: Mr. Branch.

(KLOPFEN AN BADTÜR)

BRANCH: Bernadette. Es tut mir leid. Lass uns darüber reden.

(TRITTE GEGEN BADTÜR)

DETECTIVE DRISCOLL: Wir brauchen Verstärkung.

Dr. KURTZ: Mr. Branch...

BRANCH: Lassen Sie mich los. Bernadette! Warum antwortet sie nicht? Sir...

DETECTIVE DRISCOLL: Hier.

BRANCH: Und wenn sie nun da drin Tabletten hatte oder ein Fenster eingeschlagen und sich die Pulsadern aufgeschnitten hat... Bernadette!

(AUFGEHEN DER HAUSTÜR)

AGENT STRANG: Gibt es ein Problem?

DETECTIVE DRISCOLL: Sie ist schon mehrere Minuten im Bad und antwortet nicht.

AGENT STRANG: Aus dem Weg. Miss Fox!

(WIEDERHOLTE TRITTE GEGEN DIE BADTÜR)

DETECTIVE DRISCOLL: Hier ist sie nicht. Am Waschbecken läuft Wasser.

BRANCH: Sie ist weg?

Dr. KURTZ: Ist da ein Fenster?

AGENT STRANG: Es ist zu. (ÖFFNEN DES FENSTERS) Nach hinten raus liegen die Fenster viel höher. Sie hätte nicht springen können, ohne sich zu verletzen. Einen Sims gibt es nicht. An der Vordertür war ich. (FUNKGERÄT-RAUSCHEN) Kevin, irgendwas gesehen?

STIMME AUS FUNKGERÄT: Niemand gekommen oder gegangen.

BRANCH: Sie hat sich doch nicht in Luft aufgelöst. Vor der Badtür standen ja Sie, oder?

DETECTIVE DRISCOLL: Ich habe mich eine Sekunde entfernt, um mir die Tasche anzusehen.

AGENT STRANG: Herrgott.

DETECTIVE DRISCOLL: Es klang so interessant.

Dr. KURTZ: Das hier ist die einzige Tür, die sie ... wo führt die hin?

BRANCH: In den Keller. Wir öffnen sie nie. Da unten ist alles voller Brombeeren. Detective, können Sie mir mal helfen?

(SCHRAPPEN VON TÜR ÜBER FUSSBODEN)

Dr. KURTZ: O Gott, wie das riecht.

DETECTIVE DRISCOLL: Puuh.

AGENT STRANG: Da ist sie offensichtlich nicht runtergegangen ...

(ANSPRINGEN EINES MOTORS)

Dr. KURTZ: Was ist das?

BRANCH: Eine Motorsense. Wenn sie in den Keller ...

Dr. KURTZ: Es ist völlig unmöglich ...

(LAUTES MOTORENGERÄUSCH)

Dr. KURTZ: Mr. Branch!

Mr. Branch kam nicht weit in den Keller hinab, ehe er in das Brombeergestrüpp fiel. Er tauchte wieder auf, blutend und mit ramponierter Kleidung. Sein linkes Oberlid war eingerissen und das Auge ernstlich zerkratzt. Ein Krankenwagen brachte Mr. Branch in die Augenklinik des Virginia Mason.

Eine Hundestaffel suchte das Gelände ab. Von Bernadette Fox fand sich keine Spur.

5

BESTANDENE GEFAHR

Freitag, 14. Januar

• • •

Von Dad

Bee,
Mrs. Webb hat angerufen und gesagt, dein Giraffenbecher sei jetzt glasiert und könne abgeholt werden. Ich habe an der Galer Street vorbeigeschaut, und die Klassenlehrerin der ersten Klasse hat mir dieses Abschiedsposter gegeben, das ihre Schüler für dich gemacht haben. Es ist so farbenfroh, dass ich dachte, du willst es vielleicht in deinem Zimmer aufhängen. (Den Becher behalte ich allerdings selbst, mit der Ausrede, dass er beim Verschicken kaputtgehen könnte!) Alle an der Galer Street lassen dich ganz lieb grüßen, von den Vorklässlern bis zu Gwen Goodyear.

In Seattle ist alles beim Alten. Wir hatten drei Tage Sonne, aber jetzt regnet es. Von Mom immer noch nichts. Ich stehe in engem Kontakt mit dem Handy-Provider und den Kreditkartengesellschaften. Sobald sich da irgendwas tut, geben sie mir Bescheid.

Denk dran, Bee, das alles hat nichts mit dir zu tun. Es ist ein Erwachsenenproblem zwischen deiner Mom und mir. Es ist kompliziert, und ich bin mir selbst nicht sicher, dass ich alles verstehe, was passiert ist. Das Wichtigste ist, dass du weißt, wie lieb wir beide dich haben.

Nächste Woche fliege ich zu einem Meeting nach Washington. Ich dachte, ich könnte nach Choate rauffahren und dich abholen, und wir beide könnten daraus ein verlängertes Wochenende in New York machen. Wir können ja im Plaza wohnen wie Eloise.

Ich vermisse dich ganz schrecklich. Du kannst mich jederzeit anrufen, oder ich würde auch gern skypen, falls du diesbezüglich je deine Meinung änderst.

Alles Liebe
Dad

• • •

Fax von Soo-Lin

Liebe Audrey,
hoffe, es geht dir gut in Arizona. (Utah? New Mexico? Warren hat nur gesagt, du seist in der Wüste, in einem Motel ohne Handynetz und ohne E-Mail, wie kannst du nur!)

Ich weiß nicht, wie viel von den Neuigkeiten des letzten Monats zu dir durchgedrungen ist, also erzähle ich von Anfang an.

Wie du schon lange vor mir geahnt hast, hat sich bei Samantha 2 zwischen Elgie und mir ein ziemlich enges Verhältnis entwickelt. Es begann von meiner Seite als Bewunderung seines Genies und wurde dann weit mehr, als er mich wegen seiner emotional missbräuchlichen Ehe ins Vertrauen zog.

Die Achtklässler lesen gerade Shakespeare und müssen als Hausaufgabe einen Monolog auswendig lernen. (Erzähl das Kyle. Er wird heilfroh sein, dass er nicht mehr auf der Galer Street ist!) Lincoln hat ein ganzes Stück aus *Othello* aufgekriegt, wo der Mohr die unmögliche Liebe zwischen sich und Desdemona rechtfertigt. Das ist Elgies und meine Beziehung, auf den Punkt gebracht.

Sie liebte mich, weil ich Gefahr bestand;
ich liebte sie um ihres Mitleids willen.

Shakespeare sagt es doch immer am besten, was?

Du weißt ja, dass Bernadette während einer Suchtintervention bei ihr zu Hause verschwunden ist. Unsere erste Sorge war, dass die Russenmafia dort eingedrungen war und sie entführt hatte. Aber bald schon erfuhren wir, dass die Russen beim Umsteigen in Dubrovnik festgenommen worden waren. Daraufhin verschwanden das FBI und die Polizei fast so plötzlich wie Bernadette!

Elgie und Bee sind doch nicht in die Antarktis gefahren. Elgie musste wegen einer Hornhautverletzung behandelt werden, und sein Augenlid wurde genäht. Nach zweiundsiebzig Stunden erstattete er Vermisstenanzeige. Bis jetzt hat sich wegen Bernadette nichts ergeben.

Wenn du mich fragst, haben sie die Geister der Straight-Gate-Mädchen verschluckt. Wusstest du, dass Straight Gate nicht nur eine »Erziehungsanstalt für Mädchen« war? Es war eine Art Knast für *schwangere* Mädchen, und im Keller wurden illegale Abtreibungen vorgenommen. Und diesen Ort sucht Bernadette sich aus, um ein kleines Mädchen großzuziehen?

Ich schweife ab.

Elgie hatte für den Notfall dafür gesorgt, dass er Bee schon im Januar aufs Internat schicken könnte. Nach Bernadettes Verschwinden ging er davon aus, dass sie nicht hinwollen würde. Aber Bee hat darauf bestanden.

Ich habe Elgie gesagt, er solle doch zu mir ziehen, aber er will lieber noch weiter im Hotel wohnen, was ich respektiere. Dafür habe ich Glückspilz jetzt ihren blöden Riesenhund, der Tag und Nacht herumrennt und nach Bernadette jault und alles verdreckt.

Elgie hat mir vorgeschlagen, ein größeres Haus in Queen Anne zu suchen, das er bezahlen würde. Dann wurde Lincoln an der Lakeside School angenommen. (Oh, sagte ich das schon? Wir sind an der Lakeside angenommen worden!) Da die Lakeside die nächsten vier Jahre der Mittelpunkt unseres Lebens sein wird, dachte ich: Was hält uns eigentlich in Queen Anne? Warum nicht Madison Park? Das ist näher an der Lakeside. Es ist näher an Microsoft. Elgie sagte, gern, solange das Haus keine Baumaßnahmen erfordere.

Ich habe ein wunderschönes Haus gefunden, gleich am Lake Washington, Craftsman-Stil, das Haus, das mal Kurt Cobain und Courtney Love gehört hat. Lincolns Leistungen in der Schule sind dadurch rasant gestiegen, das kannst du mir glauben!

Ich habe bei Microsoft aufgehört, ein Glück! Es gibt demnächst wieder eine große Umstrukturierung. Ja, so schnell schon! Samantha 2 ist natürlich geschützt, aber trotzdem, Microsoft ist im Moment kein vergnüglicher Ort. Vor lauter Gerüchten kommt die Produktivität fast völlig zum Erliegen.

Jetzt, wo ich diesen Brief noch mal durchgelesen habe, fürchte ich, er ist ziemlich taktlos, wenn man bedenkt, wo du jetzt bist. *Wo* denn eigentlich?! Wie geht es Kyle? Ich hoffe, du kannst dich für mich freuen.

Liebe Grüße
Soo-Lin

Samstag, 15. Januar

• • •

Fax von Audrey Griffin

Liebe Soo-Lin,
Glückwunsch zu deinem neuen Glück. Du bist ein wunderbarer Mensch und verdienst alles Erfreuliche, was dir dein neues Leben beschert. Möge es von Dauer sein.

Ich habe selbst innere Ruhe gefunden, in Utah, wo Kyle in einem Wildnis-Resozialisierungsprogramm ist. Er ist drogensüchtig, und sie haben bei ihm ADHS und eine Borderline-Persönlichkeitsstörung diagnostiziert.

Wir haben ein wunderbares, wenn auch hartes Intensivprogramm aufgetan. Dass wir uns für Utah entschieden haben, liegt daran, dass es der einzige Bundesstaat ist, wo das Gesetz es letztlich erlaubt, das eigene Kind zu kidnappen. Deshalb sind sie hier auf diese Wildnis-Therapien spezialisiert. Am ersten Tag haben sie Kyle und eine Gruppe von Jugendlichen mit verbundenen Augen zwanzig Meilen in die Wüste hinausgekarrt, sie ohne Schlafsack, Proviant, Zahnbürste oder Zelt dort abgesetzt und ihnen gesagt, sie kämen sie in einer Woche wieder holen.

Es ist nicht wie in einer Reality-TV-Serie, wo Kameras dabei sind und alles überwacht wird. Nein. Diese Kids müssen kooperieren, um zu überleben. Viele von ihnen waren wie Kyle gerade auf dem kalten Entzug.

Natürlich hatte ich schreckliche Angst. Kyle kann überhaupt nichts allein. Du erinnerst dich ja sicher an die Anrufe während unserer Frauenabende. »Mom, die Batterien in der Fernbedienung sind alle.« Und wie ich dann schon früher gegangen bin, um ihm neue zu besorgen? Wie sollte er sieben Tage in der Wüste überleben?

Oder, schlimmer noch, ich habe die anderen Mütter angeschaut und gedacht, mein Sohn wird eins von euren Kindern umbringen.

Nach einer Woche wurden die Kids eingesammelt und ins Rehabilitationszentrum zurückgebracht. Kyle war am Leben, zehn Pfund leichter, ein Quell barbarischen Gestanks und ein ganz klein wenig *demütig*.

Warren flog nach Seattle zurück, aber ich konnte es nicht. Ich zog in ein Motel, gegen das sich das Westin wie das Tadsch Mahal ausnimmt. Die Getränkeautomaten sind vergittert. Die Bettwäsche war so kratzig, dass ich hundert Meilen zum nächsten Walmart gefahren bin und welche aus Baumwolle gekauft habe.

Ich gehe jetzt zu einer Al-Anon-Selbsthilfegruppe speziell für Eltern von Kindern mit Drogenproblemen. Ich habe eingesehen, dass ich mein Leben nicht allein meistern kann. Ich bin ja immer in die Kirche gegangen, aber dieses Programm ist auf eine Art spirituell, wie ich es noch nie erlebt habe. Belassen wir's dabei.

Um ehrlich zu sein, ich habe Angst davor, nach Seattle zurückzukehren. Gwen Goodyear hat großzügigerweise angeboten, dass Kyle nach den Frühjahrsferien wieder auf die Galer Street gehen und die fehlenden Leistungsnachweise im Sommer nachträglich erbringen kann, um dann mit seiner Klasse die Schule abzuschließen. Aber ich weiß nicht, ob ich jetzt schon zurückwill. Ich bin nicht mehr die Frau, die dieses dumme Weihnachtsgedicht geschrieben hat. Ich weiß aber auch nicht genau, wer ich bin. Ich vertraue darauf, dass Gott mich leitet.

Das mit Bernadette ist ja wirklich erschütternd. Aber ich

weiß, sie wird wieder auftauchen. Sie hat doch immer einen Trick auf Lager, oder?

Liebe Grüße
Audrey

Sonntag, 16. Januar

• • •

Von: Soo-Lin
An: Audrey Griffin

Audrey! Ich pefinde mich mitten in einem schrecklichen Alptraum! Ich sollte eigentlich einer Mit-NWO-lerin schreipen. Kann aper nicht, weil mein Labtob mit all meinen Adressen tot ist und deine die einzige E-Mail-Adresse ist, die ich auswendig weiß. Ich pin in einem Internet-Café in Südamerika, und diese Tastatur ist so dreckig und kleprig und APSCHEULICH, und statt dem P kommt ein B und statt dem B ein P, und das Komma klemmt und man muss sofort PACKSBACE drücken, oder die ganze Mail pesteht nur aus Kommas! Ich würde die Ps und Bs ja in Ordnung pringen, aper sie perechnen hier nach Minuten und nehmen keine Kreditkarten, und ich hatte nur 20 Besos. Ich hänge an einem Timer, und dieser SCHROTTHAUFEN von Combuter geht in 2 Minuten aus. Elgie soll nicht merken, dass ich mich rausgestohlen hape, darum erzähl ich dir so viel wie möglich, pevor mein Geld alle ist.

Sie hapen sie gefunden!!! Sie hapen Pernadette gefunden!!!! Gestern wurde Elgies VisaCard mit $ 1300 pelastet, zugunsten der Antarktis-Kreuzfahrtgesellschaft. Elgie rief das Reisepüro an, das es pestätigte. Pernadette ist ohne sie in die Antarktis gefahren!!! Ihre Kreditkartennummer war in deren Unterlagen,,,, und da der Trib sich dem Ende näherte,, wurden ihr die Zusatzkosten apgepucht, also wurde Elgie penachrichtigt. Das Reisepüro sagte, das Schiff sei gerade im Pegriff, die Drakestraße zu überqueren, auf dem Rückweg von der Antarktis, und werde in vierundzwanzig Stunden in Ushuaia, Argentinien, landen! Elgie hat mich angerufen, und ich hape uns zwei Tickets dorthin pesorgt.

Audrey„, ich pin schwanger!!!! Ja, ich trage Elgies Kind unter dem Herzen. Ich wollte es weder dir noch sonst jemandem sagen, weil ich 40 pin und es eine Schwangerschaft in vorgerücktem Alter ist. Elgie weiß es natürlich, und es ist der wahre Grund, warum ich meinen Jop aufgegepen hape„ damit ich nicht noch zusätzlichen Stress hape, und deshalp kauft Elgie das Haus, nicht, damit er und ich dort glücklich und zufrieden sind pis an unser Lepensende, HA HA HA, wie ich es mir wünsche, sondern für sein neues Papy!!! Jetzt, wo Pernadette wieder auf der Pildfläche ist, was wird da aus mir? Ich hätte nie pei MS aufhören sollen! Ich pin eine dumme Bute! Ich war im Wolkenkuckucksheim, hape tatsächlich geglaupt, Elgie und ich und die Kinder würden glücklich und zufrieden zusammenlepen. Womit soll ich mein Geld verdienen? Pernadette hasst mich. Du hättest hören müssen, was für gemeine Sachen sie zu mir gesagt hat. Ich hape Angst vor ihr. Sie ist eine Hexe. Ich pin total in Banik. Elgie will mich hier nicht hapen. Er ist fast tot umgefallen, als er gehört hat, dass ich mit nach Ushuaia komme„„ weil ihm nicht klar war, dass ich mir auch ein Ticket pesorge. Aper was sollte er tun, die Frau apwimmeln, die sein Kind unterm Herzen trägt? Ha ha, nichts da. Ich pin in Ushuaia„ da sitze ich jetzt und tibbe auf dieser APSCHEULICHEN TASTATUR!!!!!! Ich muss, muss„, muss an Elgies Seite stehen, wenn Pernadette morgen von diesem Schiff geht. Wenn ER ihr nicht sagt, dass ich schwanger pin, dann kannst du mir glaupen, ich werde es tun und

Dienstag, 18. Januar

• • •

Von Bruce Jessup

Lieber Mister Branch,
ich habe versucht, Sie bei der Arbeit anzurufen, aber da sagt ein Anrufbeantworter, dass Sie außer Landes sind. Ich schreibe Ihnen mit großem Bedauern, aber mit aller Dringlichkeit. Nach gründlicher Beratung sind Bees Vertrauenslehrer, ihre Betreuerin und ich der einhelligen Meinung, dass Bee sofort von unserer Schule genommen werden sollte, ohne das Schuljahr hier zu beenden.

Wie Sie wissen, waren wir alle hocherfreut über Bees vorzeitigen Eintritt. Wir haben sie in Homestead untergebracht, einem unserer familiärsten Wohnheime, mit einer Zimmergenossin, Sarah Wyatt aus New York, die als besonders begabte und leistungsstarke Schülerin auf der Dekansliste steht.

Doch von Bees erster Woche an wurde mir berichtet, dass sie von der Internatsumgebung nicht zu profitieren scheint. Lehrer sagten, Bee sitze ganz hinten und schreibe nie mit. Ich sah sie Essen mit auf ihr Wohnheimzimmer nehmen, statt mit den anderen Schülern im Speisesaal zu essen.

Dann ersuchte ihre Zimmergenossin um Verlegung. Sie beklagte sich, Bee verbringe die Studienzeit damit, auf YouTube Josh Groban »O Holy Night« singen zu sehen. In der Hoffnung, darüber einen Zugang zu Bee zu finden, schickte ich den Internatsgeistlichen auf ihr Zimmer. Er sagte, sie habe kein Interesse an spirituellem Diskurs gezeigt.

Gestern Morgen bemerkte ich Bees lebhaften Schritt, als sie über den Campus ging. Ich war sehr erleichtert, bis Sarah ganz verstört in mein Büro platzte. Sie erzählte mir Folgendes: Vor ein paar Tagen haben sie und Bee zusammen im Freizeitzentrum ihre Post geholt. In Bees Fach lag ein dicker brauner Umschlag ohne Absender. Abgestempelt in Seattle. Bee sagte, dass ihr die Schrift unbekannt sei. Die Sendung enthielt einen Stoß Dokumente.

Bee las sie und war offenkundig freudig erregt. Sarah fragte, was das sei, aber Bee wollte es ihr nicht sagen. Als sie dann auf ihrem Zimmer waren, unterließ es Bee, YouTube zu gucken. Sie erzählte Sarah, sie schreibe »ein Buch« auf Grundlage dieser Dokumente.

Gestern Nachmittag dann warf Sarah in Bees Abwesenheit ein Blick in dieses »Buch«. Von dem Inhalt – insbesondere FBI-Dokumenten mit der Aufschrift VERTRAULICH – war Sarah so schockiert, dass sie sofort zu mir kam.

Laut Sarahs Beschreibung schreibt Bee einen erzählenden Text, der die Schriftstücke in dem Umschlag miteinander verbindet. Diese umfassen unter anderem: FBI-Unterlagen über eine Überwachung Ihrer Frau, E-Mails zwischen Ihnen und Ihrer Administrationskraft, handschriftliche Mitteilungen zwischen einer Frau und deren Gärtner, eine Notaufnahme-Rechnung eben jener Frau, elektronische Kommunikation eines Fundraisers der Galer Street School über einen desaströsen Brunch, einen Artikel über die Karriere Ihrer Frau, Korrespondenz zwischen Ihnen und einer Psychiaterin.

Es geht mir um Bee. Wie Sie vielleicht wissen, war John F. Kennedy im Choate. Während seiner Schulzeit hier hielt der damalige Schulleiter eine Abschlussfeier-Rede, in der er die unsterblichen Worte sprach: »Frage nicht, was Choate für dich tun kann. Frage, was du für Choate tun kannst.«

Auch wenn es schwer ist, hier also das, was ich für Choate tun kann: Ich kann erkennen, ob ein junger Mensch – und

selbst eine so begabte Schülerin wie Bee – zu einem Zeitpunkt
ins Internat gekommen ist, da er zu Hause bei seiner Familie sein sollte. Ich gehe davon aus, dass Sie mir beipflichten
und unverzüglich nach Wallingford kommen, um Ihre Tochter nach Hause zu holen.

Mit freundlichen Grüßen
Bruce Jessup

Mittwoch, 19. Januar

• • •

Fax von Soo-Lin

Audrey,
ACHTUNG: Gestern hatten Außerirdische mein Gehirn
übernommen! Meine letzte Schwangerschaft ist so lange
her, dass ich völlig vergessen hatte, wie einen Hormone dazu
bringen, verrückte Sachen zu machen, beispielsweise mitten
in der Nacht in argentinische Internet-Cafés zu rennen und
Freundinnen zu Hause wilde, peinliche E-Mails zu schreiben.

Jetzt, wo ich mein Gehirn wiederhabe, will ich ein nüchter-
neres Update der Bernadette-Saga versuchen. Aber ich warne
dich, falls dir meine letzte (ziemlich wirre) E-Mail actionüber-
frachtet vorkam, ist das noch gar nichts im Vergleich zu dem,
was in den letzten achtundvierzig Stunden passiert ist.

Nachdem wir mitten in der Nacht angekommen waren,
erwachten Elgie und ich in dem tristen, feuchten kleinen
Städtchen Ushuaia. Es war Sommer, aber anders als alle
Sommer, die ich je erlebt hatte. Dichter Dauernebel und
noch feuchtere Luft als im Regenwald der Olympic-Halbin-
sel. Bis Bernadettes Schiff ankam, hatten wir noch Zeit tot-

zuschlagen, darum fragten wir den Herrn an der Rezeption, ob es hier irgendwelche Sehenswürdigkeiten gebe. Er sagte, die berühmteste Touristenattraktion sei ein Gefängnis. Jawohl, das stellen sich die Leute hier unter Amüsement vor: ein Gefängnis. Es ist schon eine ganze Weile nicht mehr in Betrieb und jetzt ein Kunstmuseum. Trotzdem nein, danke. Elgie und ich gingen direkt zum Hafen, um auf Bernadettes Schiff zu warten.

Unterwegs sah ich immerhin Islandmohn, Lupinen und Fingerhut, was mich an zu Hause erinnerte. Ich habe Fotos gemacht und schicke Sie dir, wenn du möchtest.

Am Kai stank es nach Fisch, und alles war voll mit hässlichen Fischerbooten und vulgären Hafenarbeitern. In Seattle lassen wir unsere Kreuzfahrtschiffe weit weg von den Fischerbooten anlanden. Nicht so in Argentinien.

Elgie und ich warteten in der »Einreisehalle«, bestehend aus vier hauchdünnen Wänden mit einem gerahmten Foto von Michael Jackson und einem Röntgenkontrollgerät, das nicht mal angeschlossen war. Es gab drei klobige, uralt aussehende Münzfernsprecher. Jede Menge Seeleute aus aller Welt standen Schlange, um nach Hause zu telefonieren. Es war wie beim Turmbau zu Babel.

Um dir ein Gefühl für Elgies emotionale Verfassung in den letzten Wochen zu geben: Er schwankte zwischen der Überzeugung, dass Bernadette gleich zur Tür hereinspazieren würde, und der Angst, dass etwas Schreckliches passiert sein könnte. Sobald er erfahren hatte, dass Bernadette in die Antarktis getürmt war und ihn und Bee in wahnsinniger Sorge zurückgelassen hatte, war er so was von *wütend*. Ich muss sagen, ich fand es ein bisschen merkwürdig.

»Man ist doch nicht sauer auf jemanden, weil er Krebs hat«, sagte ich. »Sie ist doch eindeutig krank.«

»Das ist kein *Krebs*«, sagte er. »Sie ist egoistisch und schwach. Statt sich der Realität zu stellen, flüchtet sie. Sie ist aus Los Angeles geflüchtet. Sie ist in ihren Airstream geflüchtet. Sie ist vor jeder persönlichen Verantwortung geflüchtet. Und was hat sie getan, als wir sie mit dieser Tatsache konfrontiert haben? Sie ist wortwörtlich erneut *geflüchtet*. Und ich bin jetzt blind, verdammt noch mal.«

Audrey, er ist nicht blind. Mein Vater war blind, deshalb bin ich in diesem Punkt gegen Übertreibung allergisch. Elgie muss lediglich sein linkes Brillenglas zugeklebt lassen, bis seine Hornhaut verheilt ist, was bald der Fall sein wird.

Endlich lief die H&H *Allegra* ein. Sie ist kleiner als alle Kreuzfahrtschiffe, die ich in Seattle je gesehen habe, aber ein richtiges Schmuckstück, ganz frisch gestrichen. Die Kaiarbeiter rollten eine Treppe ans Schiff, und die ersten Passagiere kamen heraus und durch die Einreisekontrolle. Elgie gab Bescheid, dass wir da waren, um Bernadette Fox abzuholen. Immer mehr Leute strömten vorbei, aber keine Bernadette.

Armer Elgie, er war wie ein Hund, der an der Haustür winselt, weil er auf sein Frauchen wartet. »Da ist sie...«, sagte er. Dann: »Nein, das ist sie nicht. Oh, da ist sie!«, dann wieder ganz betrübt: »Nein, das ist sie nicht.« Der Strom der Passagiere wurde zu einem dünnen Rinnsal, und wir warteten immer noch.

Nach einer langen Lücke kamen schließlich der Schiffskapitän und ein paar Offiziere in einer engen Gruppe auf uns zu und redeten ernst miteinander.

»Nicht schon wieder«, knurrte Elgie.

»Was?«

»Das kann verdammt noch mal nicht wahr sein!«, sagte er.

»Was?«, fragte ich, als der Kapitän und seine Gang gerade die Einreisehalle betraten.

»Mr. Branch«, sagte der Kapitän mit einem starken deutschen Akzent. »Es gibt da anscheinend ein Problem. Wir können Ihre Frau nicht finden.«

Das ist kein Witz, Audrey. Bernadette hat es wieder getan! Irgendwo unterwegs ist sie vom Schiff verschwunden.

Der Kapitän war total erschüttert, das merkte man. Er hatte es dem Chef der Kreuzfahrtgesellschaft gemeldet und versprach uns gründliche Nachforschungen. Dann wurde es richtig surreal. Während wir noch dastanden und den Schock zu verkraften versuchten, entschuldigte sich der Kapitän höflich. »Die nächsten Passagiere kommen gleich«, sagte er. »Wir müssen das Schiff bereitmachen.«

Die Purserette, eine Deutsche mit ganz kurzem wasserstoffblondem Haar, reichte uns mit einem verlegenen Lächeln Bernadettes Pass, als wollte sie sagen, *ich weiß, das ist nicht viel, aber es ist alles, was wir haben.*

»Moment...«, rief Elgie. »Wer ist dafür zuständig? Wer ist der Verantwortliche?«

Wie sich herausstellte, *niemand*. Als Bernadette an Bord des Schiffs gegangen war, hatte sie Argentinien verlassen (was der Stempel in ihrem Pass bezeugte), also war es nicht Argentiniens Problem. Da die Antarktis jedoch kein Staat ist und keine eigene Regierung hat, war Bernadette offiziell nirgends *eingereist*, nachdem sie Argentinien verlassen hatte.

»Kann ich das Schiff durchsuchen?«, bettelte Elgie. »Oder ihre Kabine?« Aber irgendein argentinischer Beamter weigerte sich stur, uns an Bord zu lassen, weil wir nicht die nötigen Papiere hatten. Also marschierte der Kapitän allein wieder über den verregneten Kai und ließ uns mit offenen Mündern stehen.

»Die anderen Passagiere«, sagte Elgie und spurtete zur Straße. Doch der letzte Bus war schon abgefahren. Dann rannte Elgie einfach wie ein Irrer los in Richtung Schiff. Er kam nicht weit, weil er gegen einen Poller rannte und hinschlug. (Sein räumliches Sehen ist beeinträchtigt, weil ja das eine Brillenglas abgeklebt ist.) Inzwischen stand schon ein argentinischer Zollbeamter mit gezogener Pistole neben Elgie. Mein Geschrei war immerhin so laut, dass der Kapitän sich umdrehte. Der Anblick – Elgie, der, mit einer Pistole bedroht, bäuchlings auf dem glitschigen Kai lag und »Meine Frau, meine Frau« stöhnte, und ich, die ich verzweifelt schrie und fuchtelte – erregte sogar bei einem Deutschen Mitleid. Der Kapitän kam zurück und erklärte uns, er werde das Schiff durchsuchen lassen, wir sollten warten.

Für mich persönlich sah die Sache so aus: Wenn Bernadette irgendwo drüben in der Antarktis war, dann sollte die Antarktis sie ruhig behalten. Ja, du hast richtig gelesen. Wenn ich diese Frau vorher schon nicht leiden konnte, konnte ich sie jetzt, da ich von ihrem Mann schwanger war, *erst recht* nicht leiden! Ich kann mich deshalb zu solcher Selbstsucht bekennen, weil du jetzt gleich sehen wirst, wie sehr ich Elgie liebe: Wenn er seine Frau finden wollte, dann wollte auch ich sie finden. Ich schaltete komplett auf Admin-Modus um.

Ich stellte mich hinter dem Dutzend Crewmitgliedern an, die während ihres kurzen Wendeaufenthalts zu Hause anrufen wollten. Als ich dran war, erreichte ich wundersamerweise Agent Strang beim FBI. Elgie und ich teilten uns den Hörer, als Agent Strang uns mit einem Bekannten von sich verband, einem Seerechtsjuristen im Ruhestand. Wir erläuterten diesem Mann unser Dilemma, und er suchte an seinem Ende der Leitung im Internet.

Unser Schweigen machte die wartenden Seeleute mit jeder Minute wütender. Endlich war der Jurist wieder dran und erklärte, die H&H *Allegra* sei unter einer Billigflagge registriert, nämlich in Liberia. (Ich will dir die Suche im Atlas ersparen: Liberia ist ein armes, vom Bürgerkrieg geschwächtes Land in Westafrika.) Das war also weder Trost noch Hilfe. Der Jurist sagte, von Harmsen & Heath sollten wir keinerlei Kooperation erwarten. Er habe selbst schon Angehörige von Personen vertreten, die von Kreuzfahrtschiffen verschwunden seien (wer hätte gedacht, dass das eine Industrie für sich ist?), und habe Jahre gebraucht und behördliche Strafandrohungen auffahren müssen, um auch nur eine Passagierliste zu erhalten. Dann erläuterte er uns, dass bei einem Verbrechen in internationalen Gewässern der Heimatstaat des Opfers die Jurisdiktion habe. Die Antarktis jedoch sei ausgerechnet *der* Ort auf der Welt, der nicht unter internationale Gewässer falle, da hier etwas gelte, das sich Antarktis-Vertrag nenne. Wie es aussehe, sagte er, seien wir in eine rechtliche Grauzone geraten. Er meinte, wir sollten versuchen, die liberianische Regierung oder die US-Regierung dazu zu bringen, uns zu helfen, aber dafür müssten wir zuerst einen Richter überzeugen, dass in diesem Fall das »Long-arm-Statut« anwendbar sei. Was das ist, erklärte er nicht, weil er dringend zum Squash musste.

Agent Strang war noch in der Leitung und sagte, wir seien wohl »angeschissen«. Ich glaube, er ist mittlerweile sauer auf Elgie und insbesondere auf Bernadette, weil sie ihm so viel Scherereien gemacht haben. Mich kann er aus irgendeinem Grund auch nicht leiden.

Die Zeit verrann. Unsere einzige Spur zu Bernadette war das Schiff selbst, das in einer Stunde auslief. Die Busflotte kam wieder, mit neuen Passagieren, die ausstiegen, umherspazierten und Fotos machten.

Zum Glück hielt der Kapitän Wort und kam wieder. Das Schiff war von oben bis unten mit einem strahlenpistolenartigen Ding abgesucht worden, das die Kohlendioxidkonzentration misst und blinde Passagiere aufspüren soll. Aber es war kein *Nicht*-Crewmitglied an Bord. Elgie fragte den Kapitän, ob er ein anderes Schiff wisse, das uns (uns!) an die Orte bringen könne, wo Bernadette gewesen sei, damit wir selbst nach ihr suchen könnten. Doch der Kapitän sagte, alle als Eisbrecher ausgerüsteten Schiffe seien Jahre im Voraus ausgebucht. Außerdem gehe der antarktische Sommer zu Ende und das Eis schließe sich. Deshalb werde selbst die H & H *Allegra* auf dieser Fahrt nicht so tief in die Antarktis vordringen wie auf der letzten.

Glaub mir, es war nichts zu machen.

»Stopp! *Warten Sie!*« Es war die Purserette, die in ihrem kurzen Rock und ihren knöchelhohen Cowboy-Boots, einen Notizblock schwenkend, auf uns zugerannt kam. »Das hier wurde auf dem Schreibtisch gefunden.« Aber auf dem Block stand nichts. »Der Kugelschreiber ist gedrückt.«

Elgie nahm die Brille ab und untersuchte das Papier. »Da sind durchgedrückte Spuren...«, sagte er. »Wir können es einem Forensikspezialisten schicken. Danke! Vielen Dank!« Der Block ist jetzt in einem Labor in Delaware, das solche Dinge untersucht, zu einem immensen Preis, wie ich hinzusetzen möchte.

Es heißt, man soll immer das Beste hoffen. Aber wie könnte man, wenn das Beste wäre, dass Bernadette auf einem Eisberg in der Antarktis sitzt? Aus Seattle zu verschwinden, ist eine Sache. In einer Weltgegend ohne Zufluchtsmöglichkeiten und mit extremen Minustemperaturen zu verschwinden, ist eine ganz andere.

Heute Morgen kamen wir im Schockzustand in Seattle an. Elgie checkte seine Mailbox und hatte eine ganze Reihe Anrufe des Schulleiters vom Choate. Offenbar ist jetzt irgendwas mit *Bee*. Was, wollte Elgie mir nicht sagen. Er sitzt schon im Flieger rüber zur Ostküste, um nach ihr zu schauen, was mir doch ein bisschen überstürzt erscheint.

Ich für mein Teil versuche, mich auf das Hier und Jetzt zu konzentrieren: auf meine Schwangerschaft und die Einrichtung fürs neue Haus. So viele Schlafzimmer und jedes mit einem kompletten Bad! Alexandra und Lincoln wollen wir erst von dem Baby erzählen, wenn ich über den dritten Monat hinaus bin. Bee weiß weder von der Schwangerschaft noch von unserem Trip nach Ushuaia. Elgie will den Bericht des Kapitäns abwarten, bevor er mit ihr redet. Er glaubt, weil Bee so wissenschaftlich veranlagt ist, wäre es hilfreich, ihr ein paar Fakten präsentieren zu können.

Tja, ich hab dir doch gesagt, das hier wird ein Actionknüller. Ach, du fehlst mir so, Audrey. Komm bald nach Hause!
Soo-Lin

Donnerstag, 20. Januar

• • •

Fax von Audrey Griffin

Soo-Lin,
mach dir keine Gedanken wegen der Mail aus Ushuaia. Da war ich schon in wesentlich schlimmerem Zustand! Du glaubst mir nicht? Ich bin sogar eines Nachts im Westin wegen Ruhestörung festgenommen worden! Die Anzeige wurde dann zurückgezogen. Trotzdem stehe ich dir, was Amok laufende Emotionen angeht, in nichts nach. Und ich hatte nicht mal die überaus legitime Entschuldigung schwanger-

schaftsbedingten Hormonaufruhrs. Gratuliere! Du, Elgie und das Baby, ihr seid in meine Gebete eingeschlossen.

Das mit Bernadette ist ja wirklich sehr verwirrend. Ich glaube keine Sekunde, dass sie in der Antarktis erfroren ist. Bitte schick mir doch den Bericht des Kapitäns, sobald du ihn hast. Ich bin sehr gespannt.

Liebe Grüße
Audrey

Dienstag, 25. Januar

• • •

Fax von Soo-Lin

Liebe Audrey,
nimm meinen letzten Brief, rahme ihn ein und heb ihn auf, denn er ist ein Artefakt aus einem flüchtigen Moment meines Lebens, da ich wahres Glück mein Eigen nennen konnte.

Du erinnerst dich, dass ich schrieb, Elgie sei auf dem Weg an die Ostküste, um Bee zu besuchen? Was ich irgendwie seltsam fand? Inzwischen ist klar, dass Elgie sie wieder vom Choate runtergenommen hat. Er ist gerade nach Seattle zurückgekehrt, Bee im Schlepptau.

Weißt du noch, was für ein sanftes, stilles Mädchen Bee immer war? Ich kann dir sagen, das Kind ist nicht wiederzuerkennen: von Hass verzehrt. Elgie ist mit ihr wieder in das Haus an der Gate Avenue gezogen. Aber Bee weigert sich, mit ihm unter einem Dach zu schlafen. Der einzige Ort, wo sie schlafen will, ist Bernadettes Airstream. Sankt Bernadette!

Elgie hat solche Schuldgefühle, dass er alles tut, was Bee verlangt. Sie will nicht wieder auf die Galer Street? In Ordnung!

Sie weigert sich, zu unserem wöchentlichen Essen einen Fuß in mein Haus zu setzen? In Ordnung!

Du kommst nie drauf, was der Quell dieses ganzen Aufruhrs ist. Es ist dieses haarsträubende »Buch«, das Bee geschrieben hat. Sie lässt niemanden reingucken, aber nach dem bisschen, was mir Elgie erzählt, basiert es auf E-Mails zwischen uns beiden, Audrey, plus dem FBI-Bericht und sogar handschriftlichen Mitteilungen zwischen dir und dem Brombeerspezialisten. Ich habe keine Ahnung, wie Bee das alles in die Finger gekriegt hat. Ich will ja niemanden beschuldigen, aber der einzige Mensch, der da drankommen konnte, ist Kyle (der alte Kyle). Vielleicht kannst du ihn bei eurer nächsten Therapiesitzung mal zur Rede stellen. Ich jedenfalls hätte gern ein paar Antworten. Ich bin schon ganz paranoid, dass dieses Fax in feindliche Hände fällt.

Elgie will, dass Bee im Herbst auf die Lakeside geht. Ich kann nur sagen, da muss sie sich aber am Riemen reißen, weil wir *auf gar keinen Fall* diesen Airstream zu unserem neuen Haus schleppen werden. Stell dir das doch mal vor! Wir wären der weiße Abschaum von Madison Park. »Wir«! Als ob Elgie je wollen würde, dass wir als Familie zusammenleben.

Du hältst mich sicher für schrecklich egoistisch, aber *mein* Leben ist auch total durcheinander! Ich habe meine Arbeit aufgegeben, ich bin mit vierzig schwanger von einem Mann, dessen Leben ein einziges Chaos ist, und ich leide an fürchterlicher Morgenübelkeit. Das Einzige, was ich drinbehalte, ist French Toast. Ich habe schon elf Pfund zugenommen und bin noch nicht mal im zweiten Schwangerschaftsdrittel. Wenn Bee erfährt, dass Bernadette umgekommen ist, von der Sache mit dem Baby ganz zu schweigen, wer weiß, was sie dann tut?

Anbei ein Brief des Kreuzfahrtunternehmens samt dem Bericht des Kapitäns und auch die forensischen Ergebnisse.

Und die wunderschönen Fotos von dem Mohn in Ushuaia, die ich dir versprochen hatte. Ich muss dringend los zu einem NWO-Meeting, das habe ich weiß Gott nötig.
Liebe Grüße
Soo-Lin

• • •

*Von Elijah Harmsen,
Vorstandsvorsitzender von Harmsen & Heath
Adventure-Reisen*

Lieber Mr. Branch,
zunächst möchte ich Ihnen und Bee mein aufrichtiges Beileid zum plötzlichen Verschwinden von Ms. Bernadette Fox aussprechen. Ich kann nur erahnen, welch ein Schock der Verlust eines so außergewöhnlichen Menschen sein muss.

Seit Harmsen & Heath 1903 von meinem Urgroßvater gegründet wurde, hat die Sicherheit unserer Passagiere für uns stets oberste Priorität. Und in der Tat haben wir diesbezüglich über mehr als ein Jahrhundert eine makellose Bilanz vorzuweisen.

Wie versprochen, lege ich einen von Kapitän Jürgen Altdorf erstellten Bericht bei. Er gründet sich weitestgehend auf die elektronische Signatur, die durch den magnetkodierten Bordausweis Ihrer Frau in verschiedenen Kontexten abgegeben wurde, und zeichnet ein verlässliches und detailliertes Bild von Ms. Fox' Leben an Bord: den täglichen Landgängen zu Exkursionen, ihren Einkäufen im Bordshop, Verzehrbuchungen in der Schiffslounge. Außerdem hat Kapitän Altdorf, gemäß den Verfahrensvorschriften von Harmsen & Heath, ausführliche Befragungen vorgenommen.

Die letzten elektronisch belegten Aktivitäten Ihrer Frau datieren vom 5. Januar. Sie nahm an der Vormittagsexkursion teil, kehrte wohlbehalten an Bord zurück und ließ an der Bar beträchtliche Buchungen auf ihre Magnetkarte vornehmen. Zu diesem Zeitpunkt war die H & H *Allegra* auf Kurs durch die Gerlache-Straße. Es ist anzumerken, dass die See während der darauffolgenden vierundzwanzig Stunden außergewöhnlich unruhig war. Wir sahen uns gezwungen, zwei geplante Landgänge abzusagen. Um jedes Risiko zu vermeiden, wurden die Passagiere mehrfach per Lautsprecherdurchsage ermahnt, bei solch rauem Wetter nicht an Deck zu gehen.

Nach meinem Dafürhalten geben die Wetterbedingungen und die Buchungen für den Verzehr in der Shackleton-Lounge einigen Aufschluss über die Verfassung Ihrer Frau an dem Tag, an dem sie zuletzt gesehen wurde. Wenn auch niemand je genau wissen wird, was geschehen ist, sind doch gewisse Schlussfolgerungen unvermeidlich.

So schwer es auch sein mag, dem ins Gesicht zu sehen, hoffe ich doch, dass die Fakten Ihnen und Ihrer Tochter in dieser schwierigen Trauerzeit ein klein wenig zu helfen vermögen.

Mein aufrichtiges Mitgefühl.

Elijah Harmsen

• • •

Bericht des Kapitäns

DIESER BERICHT WURDE ERSTELLT VON KAPITÄN JÜRGEN GEBHARD ALTDORF, SCHIFFSFÜHRER DER HARMSEN & HEATH *ALLEGRA*. ER BASIERT AUF DER AUSWERTUNG DER ELEKTRONISCHEN SIGNATUR VON BORDAUSWEIS 998322-01 AUF DER FAHRT AB 26. DEZEMBER VON USHUAIA, ARGENTINIEN, ZUR ANTARKTISCHEN HALBINSEL UND BETRIFFT DIE VERIFIZIERTE ANWESENHEIT VON PASSAGIERIN 998322-01, BERNADETTE FOX, US-STAATSBÜRGERIN, WASHINGTON STATE, SEATTLE.

26. DEZEMBER 16:33 PASSAGIERIN SCHIFFT AUF DER HH *ALLEGRA* EIN UND ERHÄLT KABINE 322. 26. DEZEMBER 18:08 PASSAGIERIN NIMMT FOTOAUSWEIS IN EMPFANG. 26. DEZEMBER 18:30 PASSAGIERIN BEI SEENOTRETTUNGSÜBUNG ALS ANWESEND REGISTRIERT. 26. DEZEMBER 20:05 BELASTUNGSBUCHUNG BORDSHOP $ 433.09 FÜR KLEIDUNG UND TOILETTENARTIKEL.

27. DEZEMBER AUF SEE. 06:00 PASSAGIERIN WIRD VON SCHIFFSARZT GEGEN BEWEGUNGSKRANKHEIT BEHANDELT. 27. DEZEMBER PASSAGIERIN INFORMIERT KABINENPERSONAL, DASS SIE BIS AUF WEITERES WEDER REINIGUNGS- NOCH TURN-DOWN-SERVICE WÜNSCHT. KABINENSTEWARDESS ERINNERT SICH AN DIVERSE BEGEGNUNGEN MIT PASSAGIERIN IN GANG UND UMGEBUNG. NACHFRAGE WEGEN REINIGUNGS- UND TURN-DOWN-SERVICE. PASSAGIERIN LEHNT JEDEN SERVICE AB. KEINE ZIMMERREINIGUNG WÄHREND GESAMTER REISE VERMERKT.

30. DEZEMBER 10:00 PASSAGIERIN AUSGEBOOTET DECEPTION ISLAND, WHALERS BAY. 30. DEZEMBER 12:30 WIEDER EINGEBOOTET. 30. DEZEMBER 13:47 PASSAGIERIN AUF LANDGANG AB NEPTUN'S BELLOW, 30. DEZEMBER 19:41 WIEDER EINGEBOOTET.

31. DEZEMBER 08:00 PASSAGIERIN AUSGEBOOTET 70,6S 52,4W WEDDELL-MEER 31. DEZEMBER 13:23 PASSAGIERIN ALS LETZTE WIEDER AN BORD.

1. JANUAR 10:10 PASSAGIERIN AUSGEBOOTET TEUFELSINSEL. WIEDER EINGEBOOTET 16:31 1. JANUAR 23:30 PASSAGIERIN UNTERZEICHNET RECHNUNG F. 2 PINK PENGUIN COCKTAILS IN SHACKLETON-LOUNGE. 1 FLASCHE CABERNET ZUM ABENDESSEN.

2. JANUAR 08:44 PASSAGIERIN AUSGEBOOTET DANCO-KÜSTE. 2. JANUAR 18:33 WIEDER EINGEBOOTET. 2. JANUAR 23:10 1 FLASCHE CABER-

NET ZUM ABENDESSEN. PASSAGIERIN UNTERZEICHNET RE. F. 2 PINK PENGUINS, LOUNGE.

3. JANUAR 08:10 PASSAGIERIN AUSGEBOOTET DETAILLE-INSEL. 3. JANUAR 16:00 PASSAGIERIN WIEDER AN BORD. 3. JANUAR 19:36 PASSAGIERIN UNTERZ. RE. F. 5 PINK PENGUINS, LOUNGE.

4. JANUAR 08:05 PASSAGIERIN AUSGEBOOTET PETERMANN-INSEL. 4. JANUAR 11:39 WIEDER EINGEBOOTET. 4. JANUAR 13:44 PASSAGIERIN UNTERZEICHNET RE. F. 1 FLASCHE CABERNET MITTAGESSEN. 14:30 PASSAGIERIN AUSGEBOOTET PORT LOCKROY. 18:30 WIEDER EINGEBOOTET. 4. JANUAR 23:30 PASSAGIERIN UNTERZEICHNET RE. F. 4 PINK PENGUINS, 4 WHISKEY SOUR, SHACKLETON-LOUNGE.

5. JANUAR 08:12 PASSAGIERIN AUSGEBOOTET NEKO HARBOR. 5. JANUAR 16:22 PASSAGIERIN WIEDER AN BORD. 5. JANUAR 18:00 PASSAGIERIN UNTERZ. RE. F. 2 FLASCHEN WEIN, SHACKLETON-LOUNGE.

6. JANUAR 05:30 SCHIFF KANN WEGEN SEEGANG NICHT ANKERN. 6. JANUAR 08:33 DURCHSAGE RAUE SEE. NUR KONTINENTALES FRÜHSTÜCK UND KLEINE KÜCHE. 6. JANUAR 18:00 DURCHSAGE, DASS SHACKLETON-LOUNGE SCHLIESST.

15. JANUAR 17:00 VORLÄUFIGE RECHNUNGSSTELLUNG. RECHNUNG IN TÜR VON PASSAGIERIN GESTECKT.

16. JANUAR 16:30 PASSAGIERIN BEI AUSSCHIFFUNGSBRIEFING ALS NICHT ANWESEND REGISTRIERT. 16. JANUAR 19:00 BEZAHLUNG VON BAR- UND BORDSHOPRECHNUNG SOWIE CREW-TRINKGELD DURCH PASSAGIERIN AUSGEBLIEBEN. 16. JANUAR 19:00 PASSAGIERIN REAGIERT NICHT AUF WIEDERHOLTES AUSRUFEN. 16. JANUAR 19:30 PASSAGIERIN REAGIERT NICHT AUF WIEDERHOLTEN VERSUCH, KABINE ZU BETRETEN.

19:32 PURSERETTE BETRITT KABINE. PASSAGIERIN NICHT ANWESEND. 16. JANUAR 22:00 PASSAGIERIN TROTZ UMFASSENDER DURCHSUCHUNG DES SCHIFFS NICHT GEFUNDEN.

17. JANUAR 07:00 BEFRAGUNG DER PASSAGIERE DURCH MICH UND PURSERETTE. KEINE RELEVANTEN INFORMATIONEN GEWONNEN. PASSAGIERE ENTLASSEN. 17. JANUAR 10:00 WÄRME- UND CO_2-SCAN ERGIBT KEINE UNAUSGEWIESENEN PERSONEN.

** SICHTUNG FOTODOKUMENTATION ERGIBT: KEIN FOTO VON PASSAGIERIN IM ARCHIV DES KREUZFAHRTFOTOGRAFEN. KEINE VIDEOAUFNAHMEN VON PASSAGIERIN DURCH SCHIFFSVIDEOFILMER.

*** DURCHSUCHUNG VON KABINE 322 ERGIBT SCHREIBBLOCK. DIESER WURDE WEISUNGSGEMÄSS US-EXPERTEN ÜBERSTELLT.

• • •

Bericht von Tonya Woods
Expertin für forensische Schriftuntersuchung

Lieber Mr. Branch,
mit Hilfe eines Gerätes zur Prüfung der elektrostatischen Oberflächenbeschaffenheit (Electro-Static Detection Apparatus oder ESDA) haben wir den auf mehreren Briefblockblättern mit Briefkopf der HARMSEN & HEATH *ALLEGRA* befindlichen Schriftdurchdruck analysiert. Aufgrund dreier verschiedener Druckrillentiefen lässt sich sagen, dass auf diesem Block höchstwahrscheinlich ein dreiseitiger Brief geschrieben wurde. Er ist mit »Alles Liebe, Mom« unterschrieben, was dafür spricht, dass es sich um einen Brief einer Mutter an ihr Kind handelt. Die am häufigsten wiederholte Wortkombination ist »Audrey Griffin«. Wenngleich wir nicht imstande sind, den ganzen Brief zu rekonstruieren, sind wir doch ziemlich sicher, dass er folgende Elemente enthält:

»*Audrey Griffin sei der Teufel.*«
»*Audrey Griffin ist ein Engel.*«
»*Romeo, Romeo.*«
»*… ich Christin bin.*«
»*Audrey weiß …*«
Bitte lassen Sie mich wissen, ob ich noch etwas für Sie tun kann.
Mit freundlichen Grüßen
Tonya Woods

• • •

*Fax von Audrey Griffin
an ihren Mann*

Warren,
kannst du bitte sofort nach Hause gehen und den Anrufbeantworter, meine Post und meine E-Mails checken. Ich muss dringend wissen, ob da was von Bernadette Fox ist.

Ja, Bernadette Fox.

Seit Wochen willst du wissen, was es war, was in den Tagen vor Weihnachten passiert ist und mich dazu gebracht hat zu kapitulieren. Ich habe die ganze Zeit versucht, den Mut zu finden, es dir an einem dieser Familientherapie-Wochenenden zu sagen. Aber Gott hat befunden, dass ich es dir jetzt sagen soll.

Diese Tage vor Weihnachten waren ein Alptraum. Ich war wütend auf Bernadette Fox. Ich war wütend auf Kyle, weil er so ein Stinktier war. Ich war wütend auf Soo-Lin, weil sie sich auf Elgin Branchs Seite geschlagen hat. Ich war wütend auf dich, wegen deiner Trinkerei und weil du partout nicht mit zu Soo-Lin ziehen wolltest. Und wenn ich noch so viele Pfefferkuchenhäuser fabrizierte, ich wurde nur immer noch wütender.

Dann besuchte ich eines Abends Soo-Lin bei der Arbeit. Eine Frau kam herein und fragte nach Elgin Branch. Ich bemerkte, dass sie einen Sichtausweis vom Madrona Hill hatte, der psychiatrischen Klinik. Das fand ich, gelinde gesagt, interessant. Und mein Interesse wurde noch weiter angestachelt, als Soo-Lin mir etwas vorlog, wer diese Frau sei.

Soo-Lin kam an dem Abend spät nach Hause, und als sie schlief, stöberte ich in ihrer Tasche. Dort fand ich eine vertrauliche FBI-Akte.

Der Inhalt war verblüffend. Bernadette hatte unwissentlich einem Ring von Identitätsdieben ihre Konto- und Kreditkarteninformationen gegeben, und das FBI führte unter ihrem Namen und ihrer E-Mail-Adresse eine verdeckte Operation durch. Aber noch schockierender waren die Post-it-Zettel hinten auf der Akte. Es waren handschriftliche Mitteilungen zwischen Elgin und Soo-Lin, aus denen hervorging, dass er sich mit jemandem vom Madrona Hill treffen wollte, weil Bernadette eine Gefahr für sich und andere sei. Seine Beweise? Dass sie mir über den Fuß gefahren sei und unser Haus zerstört habe.

Meine Erzfeindin sollte in eine psychiatrische Einrichtung gesteckt werden? Das hätte ein Grund zum Feiern sein sollen, aber stattdessen saß ich auf dem Bänkchen im Flur, am ganzen Leib zitternd. Alles löste sich auf, und übrig blieb nur die Wahrheit: Bernadette war mir nie über den Fuß gefahren. Ich hatte das Ganze nur vorgetäuscht. Und die Schlammlawine? Bernadette hatte die Brombeeren exakt nach meiner Anweisung entfernen lassen.

Eine volle Stunde muss ich so dagesessen haben, ohne mich zu rühren. Ich tat gar nichts, außer zu atmen und auf den Fußboden zu starren. Ich wollte, eine Kamera hätte mich gefilmt, denn die Aufnahmen würden zeigen, wie es aussieht, wenn jemand zur Wahrheit erwacht. Und was war die Wahrheit? Meine Lügen und Übertreibungen würden schuld daran sein, dass eine Mutter eingesperrt wurde.

Ich fiel auf die Knie. »Bitte, Gott«, sagte ich. »Sag mir, was ich tun soll.«

Eine große Ruhe kam über mich. Eine Ruhe, die mich jetzt schon einen ganzen Monat lang schützt. Ich ging in den Rund-um-die-Uhr-Safeway, machte von jedem Dokument in der Akte und auch von den Post-it-Zetteln eine Kopie und steckte die Originale wieder in Soo-Lins Tasche, ehe irgendjemand aufwachte.

Zwar war alles auf diesen Dokumenten wahr, aber es war nur ein *Teil* der Wahrheit. Ich war entschlossen, die Geschichte mit meiner eigenen Dokumentation aufzufüllen. Am nächsten Morgen krempelte ich unser Haus nach allem um, was über die Schlammlawine und meine »Verletzung« zu finden war – nach jeder E-Mail und jedem Zettel –, und verbrachte dann den ganzen Tag damit, meine Unterlagen mit Bernadettes E-Mails aus der FBI-Akte chronologisch zusammenzupuzzeln. Ich wusste, meine ergänzte Geschichte würde Bernadette freisprechen.

Aber wovor genau würde es sie bewahren? Was war bei diesem Treffen zwischen Elgin und der Psychiaterin abgelaufen? Gab es einen Plan?

Um vier Uhr nachmittags kehrte ich in Soo-Lins Haus zurück. Lincoln und Alexandra waren beim Schwimmtraining. Kyle hing natürlich wie ein Zombie im Souterrain herum und spielte Videospiele. Ich stellte mich vor den Fernseher. »Kyle«, sagte ich, »wenn ich Soo-Lins E-Mail-Verkehr lesen müsste, wie würde ich das anstellen?« Kyle grunzte und ging nach oben zum Wäscheschrank. Ein eingestaubter Tower-Computer, eine Riesentastatur und ein klobiger Bildschirm standen auf dem Boden. Kyle baute alles auf dem Bett im Gästezimmer auf und stöpselte das Modem in die Telefondose.

Eine Uralt-Windowsversion wurde geladen, mit türkisem Bildschirmhintergrund, eine bizarre Begegnung mit der Vergangenheit! Kyle drehte sich zu mir um. »Ich schätze mal, sie soll es nicht merken?« »Das wäre optimal.« Kyle ging auf eine Microsoft-Website und lud ein Programm herunter, das es einem ermöglicht, einen fremden Computer aus der Ferne zu übernehmen. Er ließ Soo-Lins Passwort und ID an ihr E-Mail-Programm auf diesem Computer senden. Mit dieser Information gab er eine Reihe durch Punkte getrennter Zahlen ein, und binnen Minuten erschien das, was Soo-Lin auf ihrem Computer bei Microsoft sieht, auf dem Bildschirm vor uns. »Wie's aussieht, ist sie gerade nicht am Computer«, erklärte Kyle und knackte mit den Fingerknöcheln. Er gab noch ein paar Sachen ein. »Sie hat eine Abwesenheitsnotiz bis morgen früh. Also hast du wohl Zeit.«

Ich wusste nicht, ob ich ihn umarmen oder ohrfeigen sollte. Ich tat weder noch, sondern gab ihm Geld und sagte, er solle draußen auf Lincoln und Alexandra warten und mit ihnen Pizza essen gehen. Kyle war schon halb die Treppe runter, als mir noch eine Idee kam. »Kyle«, rief ich, »du weißt doch, dass Soo-Lin Administrationskraft ist? Glaubst du, wir haben genug Informationen, um zum Beispiel in den Computer von ihrem Chef zu kommen?« »Du meinst Bees Dad?« »Ja, Bees Dad.« »Kommt drauf an«, sagte er, »ob sie Zugriff auf sein E-Mail-Postfach hat. Ich check's mal eben.«

Kein Witz, Warren, fünf Minuten später sah ich Elgin Branchs Computer vor mir. Kyle checkte den Terminkalender. »Jetzt gerade ist er mit seinem Bruder essen, da dürfte er wohl noch mindestens eine Stunde offline sein.«

In rasendem Tempo las ich Elgins Korrespondenz mit Soo-Lin, seinem Bruder und dieser Psychiaterin. Ich entdeckte, dass für den nächsten Morgen eine Intervention geplant war. Ich wollte Ausdrucke, um sie meiner ergänzten Dokumentation hinzuzufügen, aber es gab keinen Drucker. Als alle schliefen (außer Soo-Lin, die angerufen hatte, um zu sagen, sie komme diese Nacht nicht nach Hause), eröffnete Kyle zwei Hotmail-Accounts und brachte mir bei, etwas zu machen, das sich »Screenshot« nennt, und das Bild von einem Hotmail-Konto aufs andere zu senden ... oder so. Ich weiß nur, dass es funktionierte. Ich druckte die Sachen an einem Computer im Safeway aus.

Die Intervention sollte in Dr. Neergaards Praxis stattfinden. Ich wollte ja keinen FBI-Ermittlungen in die Quere kommen. Aber ich konnte nicht zulassen, dass Bernadette wegen meiner Lügen in ein psychiatrisches Krankenhaus verschleppt würde. Um neun Uhr morgens machte ich mich auf den Weg zu der Zahnarztpraxis. Aus einem Bauchgefühl heraus fuhr ich beim Straight Gate vorbei.

In der Einfahrt standen ein Polizeiauto und Soo-Lins Subaru. Ich parkte in einer Seitenstraße. In dem Moment sauste ein mir wohlbekanntes Auto vorbei. Es war Bernadette, mit Sonnenbrille. Ich musste ihr die Akte geben. Aber wie sollte ich an der Polizei vorbeikommen?

Natürlich! Das Loch im Zaun!

Ich rannte die Seitenstraße runter, kletterte durch den Zaun und den kahlen Hügel hinauf. (Absurde Anmerkung: Die Brombeeren kamen schon wieder. Die ganze Mühe für nichts und wieder nichts!)

Ich arbeitete mich durch den Schlamm, bis ich Bernadettes Glanzmispel erreichen konnte. An den Ästen zog ich mich auf den Rasen hinauf. Da stand ein Polizist auf der anderen

Seite des Hauses, mit dem Rücken zu mir. Ich kroch den Rasen hinauf zum Haus. Ich hatte keinen Plan. Da waren nur ich, der braune Umschlag in meinem Hosenbund und Gott.

Wie ein Kommandosoldat robbte ich die pompöse Treppe zur hinteren Eingangsloggia hinauf. Alle waren im Wohnzimmer. Ich konnte sie nicht hören, aber ihre Körpersprache sagte eindeutig, dass die Intervention in vollem Gange war. Dann ging eine Gestalt zur anderen Seite des Wohnzimmers. Es war Bernadette. Ich rannte die Treppe hinunter. In einem kleinen Fenster weiter drüben und etwa vier Meter überm Boden ging Licht an. (Das Grundstück fällt steil ab, deshalb liegt das, was auf der Vorderseite das Erdgeschoss ist, nach hinten raus so hoch wie ein Obergeschoss.) Geduckt rannte ich hin.

Da stolperte ich über irgendwas. Du wirst es nicht glauben, aber es war eine Leiter, die da im Garten lag, als ob Gott persönlich sie deponiert hätte. Von diesem Moment an fühlte ich mich unbesiegbar. Er beschützte mich. Ich hievte die Leiter hoch und lehnte sie ans Haus. Ohne Zögern stieg ich hinauf und klopfte an das Fenster.

»Bernadette«, flüsterte ich. »Bernadette.«

Das Fenster ging auf. In der Öffnung war Bernadettes verdutztes Gesicht. »Audrey?«

»Kommen Sie.«

»Aber...« Sie hatte die Wahl zwischen Erhängen und Erschießen: mit mir zu kommen oder in die Klapsmühle gesteckt zu werden.

»Schnell!« Ich stieg hinunter, und Bernadette folgte mir, nicht ohne das Fenster hinter sich zuzumachen.

»Kommen Sie mit zu mir«, sagte ich. Wieder zögerte sie.

»Warum tun Sie das?«, fragte sie.

»Weil ich Christin bin.«

Ein Funkgerät krächzte: »Kevin, irgendwas gesehen?«

Bernadette und ich rannten über den Rasen und schleiften die Leiter hinter uns her.

Wir schlitterten den schlammigen Hang hinunter und in unseren Garten. Die Bodenleger waren ziemlich verblüfft, als sie uns Schlammkreaturen durch die Tür stolpern sahen. Ich schickte die Männer nach Hause.

Ich gab Bernadette mein vervollständigtes Dossier, in dem jetzt auch noch ein kürzlich erschienener Artikel über Bernadettes Architektinnenkarriere war, den Kyle im Internet gefunden hatte. »Sie hätten mir erzählen sollen, dass Sie ein MacArthur-Stipendium bekommen haben«, sagte ich. »Ich wäre vielleicht nicht ganz so eine Gnitze gewesen, wenn ich gewusst hätte, was für ein Genie Sie sind.«

Ich ließ Bernadette am Tisch sitzen, ging duschen und brachte ihr dann Tee. Sie las mit ausdrucksloser Miene und gerunzelter Stirn. Irgendwann sagte sie: »Ich hätte es getan.«

»Was?«, fragte ich.

»Manjula die Vollmacht gegeben.« Sie drehte die letzte Seite um und atmete tief durch.

»Im Wohnzimmer sind noch Kartons mit Galer-Street-Sachen, falls Sie sich umziehen möchten«, sagte ich.

»Das zeigt, wie verzweifelt ich bin.« Sie schälte sich aus ihrer schlammfeuchten Strickjacke. Darunter trug sie eine Anglerweste. Sie tätschelte sie. In den Netztaschen sah ich Brieftasche, Handy, Schlüssel, Pass. »Ich kann alles tun«, sagte sie mit einem Lächeln.

»Sieht so aus.«

»Bitte, sorgen Sie dafür, dass Bee das hier bekommt.« Sie steckte die Dokumente wieder in den Umschlag. »Ich weiß, es ist starker Tobak. Aber sie kann damit umgehen. Ich richte sie lieber durch die Wahrheit zugrunde als durch Lügen.«

»Es wird sie nicht zugrunde richten«, sagte ich.

»Ich muss Sie etwas fragen. Bumst er sie? Die Administrationskraft, Ihre Freundin, wie heißt sie doch gleich?«
»Soo-Lin?«
»Genau«, sagte sie. »Soo-Lin. Sind sie und Elgie...«
»Schwer zu sagen.«
Das war das letzte Mal, dass ich Bernadette gesehen habe.
Ich fuhr zu Soo-Lin zurück und organisierte für Kyle einen Platz im Eagle's Nest.
Ich fand heraus, dass Bee im Internat war. Ich ließ es mir von Gwen Goodyear bestätigen und schickte Bee den Umschlag mit den Dokumenten nach Choate, ohne Absender.
Gerade habe ich erfahren, dass Bernadette in die Antarktis gefahren und irgendwo dort verschwunden ist. Es wurde eine Untersuchung angestellt, und wenn man zwischen den Zeilen liest, will einem der Bericht einreden, dass sie betrunken war und über Bord gefallen ist. Das glaube ich keine Sekunde. Aber mich treibt der Gedanke um, dass sie versucht haben könnte, Bee über mich eine Nachricht zukommen zu lassen. Warren, bitte, geh nach Hause und schau gründlich nach, ob da irgendwas von Bernadette ist.
In Liebe
Audrey

• • •

Fax von Warren Griffin

Liebling,
ich bin furchtbar stolz auf dich. Ich bin jetzt zu Hause. Da ist keine Nachricht von Bernadette. Tut mir leid. Kann's nicht erwarten, dich am Wochenende zu sehen.
Liebe Grüße
Warren

Freitag, 28. Januar

• • •

Fax von Soo-Lin

Audrey,
ich bin bei NWO geSTORCHt worden. Bevor ich wieder mitmache, muss ich ein DEP schreiben und vorlesen. (DEP steht für Der eigene Part und spricht sich De-Ee-Pe aus, weil es sonst nicht so nett klingt.) Es ist eine schriftliche Bestandsaufnahme, bei der wir uns unserem eigenen Anteil an dem emotionalen Missbrauch stellen sollen. Wenn ich mich dabei ertappe, wie ich wieder in Opferverhaltensweisen verfalle, muss ich mich selbst STORCHen. Ich habe die letzten drei Stunden mit meinem DEP verbracht. Hier ist es, falls es dich interessiert.

• • •

DEP von Soo-Lin

Nachdem meine Tätigkeit als Elgies Admin holprig begonnen hatte, entwickelte sich unsere Arbeitsbeziehung bestens. Elgie verlangte Unmögliches. Ich machte es möglich. Ich merkte, wie Elgie über meine Zauberei staunte. Es wurde bald ein sich in immer neue Höhen emporschraubendes Duett: Ich, die ich so gute Arbeit leistete wie nie zuvor in meinem Leben, und Elgie, der mich lobte. Ich fühlte, wie wir uns ineinander verliebten.

(STOPP – REALITÄTSCHECK: Ich verliebte mich, Elgie nicht.)

Dann kam der alles verändernde Tag, an dem er mich

fragte, ob ich mit ihm zu Mittag essen wolle, und sich mir wegen seiner Frau anvertraute. Falls er nicht wusste, dass man nicht vor einer Mitarbeiterin schlecht über die eigene Ehefrau spricht, ich wusste es. Ich versuchte, nicht darauf einzusteigen. Aber wir haben Kinder an derselben Schule, deshalb war in unserem Fall die Trennlinie zwischen Arbeit und Privatem sowieso schon verwischt.

(STOPP – REALITÄTSCHECK: In dem Moment, als Elgie schlecht über seine Frau zu sprechen begann, hätte ich das Gespräch höflich beenden können.)

Dann geriet Bernadette in die Fänge eines kriminellen Hacker-Rings. Elgie war stinksauer auf sie und vertraute sich mir erneut an, was ich als weiteren Beweis dafür nahm, dass er mich liebte. Eines Abends, als Elgie im Büro übernachten wollte, buchte ich ihm ein Zimmer im Hyatt in Bellevue und fuhr ihn selbst hin. Ich hielt beim Parkservice.

»Was tun Sie denn da?«, fragte Elgie.

»Ich komme mit rein, um dafür zu sorgen, dass Sie alles haben.«

»Sind Sie sicher?«, fragte er, für mich die implizite Bestätigung, dass wir in dieser Nacht endlich der knisternden sexuellen Spannung zwischen uns stattgeben würden.

(STOPP – REALITÄTSCHECK: Ich war nicht nur total verblendet, ich machte mich aktiv an einen Mann in seelisch labilem Zustand heran.)

Wir nahmen den Lift und gingen in sein Zimmer. Ich setzte mich aufs Bett. Elgie streifte seine Schuhe ab und schlüpfte gänzlich bekleidet unter die Decke.

»Könnten Sie das Licht ausmachen?«, fragte er.

Ich knipste die Nachttischlampe aus. Es war stockdunkel. Ich saß nur da, von Begehren durchpulst und kaum in der Lage zu atmen. Vorsichtig schwang ich die Beine aufs Bett.

»Gehen Sie?«, fragte er.

»Nein«, sagte ich.

Minuten vergingen. Ich hatte immer noch ein genaues inneres Bild, wo Elgie lag. Ich sah im Geist seinen Kopf auf dem Kissen, seine Arme auf der Decke, die verschränkten Hände knapp unterm Kinn. Noch mehr Zeit verging. Offenbar wartete er, dass ich den ersten Schritt machte.

(STOPP – REALITÄTSCHECK: Ha!)

Ich streckte meine Hand dahin, wo in meinem Bild seine Hände waren. Meine Finger tauchten in etwas Feuchtes und Weiches, dann Scharfes.

»Huch...«, sagte Elgie.

Ich hatte ihm die Finger in den Mund gesteckt, und er hatte reflexhaft zugebissen.

»Oh!«, sagte ich. »Tut mir leid!«

»Tut *mir* leid«, sagte er. »Wo ist...«

Er tastete im Dunkeln nach meiner Hand. Fand sie, legte sie auf seine Brust und bedeckte sie dann mit seiner anderen Hand. Ein Fortschritt! Ich atmete so leise, wie ich nur konnte, und wartete auf ein Signal. Wieder verging eine Ewigkeit. Ich rubbelte mit dem Daumen über seinen Handrücken, der jämmerliche Versuch, einen Funken zu erzeugen, aber seine Hand blieb starr.

»Was denken Sie?«, fragte ich schließlich.

»Wollen Sie das wirklich wissen?«

Ich drehte fast durch vor Erregung. »Nur wenn Sie's mir sagen möchten«, schnurrte ich kätzchenhaft zurück.

»Das Schmerzlichste an der ganzen FBI-Akte war dieser Brief von Bernadette an Paul Jellinek. Ich wollte, ich könnte die Zeit zurückdrehen und ihr sagen, dass ich sie wirklich kennenlernen möchte. Wenn ich das getan hätte, läge ich jetzt vielleicht nicht hier.«

Gott sein Dank war es stockfinster, sonst hätte sich das Zimmer um mich gedreht. Ich stand auf und fuhr nach Hause. Ich kann von Glück sagen, dass ich nicht von der Evergreen Point Bridge gerauscht bin, versehentlich oder sonst wie.

Am nächsten Tag ging ich zur Arbeit. Elgie hatte einen Termin außerhalb des Campus, um die Intervention im Fall seiner Frau mit der Psychiaterin zu besprechen. Danach kam sein Bruder aus Hawaii am Flughafen an. Ich erledigte meine Arbeit und hatte dabei immer wieder die kitschige Phantasie, dass in meiner Tür ein Blumenstrauß erschien und dahinter mit Dackelblick Elgie, der mir eine Liebeserklärung machte.

Plötzlich war es sechzehn Uhr, und mir ging auf: Elgie kam überhaupt nicht zur Arbeit! Und nicht nur das, am nächsten Tag war die Intervention. Und am Tag darauf würde er in die Antarktis starten. Ich würde ihn also wochenlang nicht sehen! Es kam kein Anruf, nichts.

Ich hatte für Elgie einen Tablet konfiguriert, für die Reise. Auf dem Nachhauseweg wollte ich ihn in dem Hotel abgeben, wo der Bruder wohnte und wo ich auch Elgie für die nächsten zwei Nächte ein Zimmer gebucht hatte.

(STOPP – REALITÄTSCHECK: Ich hätte ihn von jemand anderem vorbeibringen lassen können, aber ich wollte Elgie unbedingt sehen.)

Ich war gerade dabei, das Päckchen an der Rezeption abzugeben, als jemand rief: »Hey, Soo-Lin!«

Es war Elgie. Ihn nur meinen Namen sagen zu hören, ließ mich ganz schwach werden und erfüllte mich mit Hoffnung. Er und sein Bruder luden mich ein, mit ihnen zu Abend zu essen. Was soll ich sagen? Dieses Essen war der Wendepunkt, was auch an den Tequila-Runden lag, die Van immer wieder bestellte, weil Tequila »beschwingt, ohne einen dicken Kopf zu machen«. Ich glaube, ich habe in meinem ganzen Leben nie so gelacht wie an diesem Abend, als die beiden Anekdoten aus ihrer Kindheit erzählten. Wenn Elgies und mein Blick sich begegneten, sahen wir uns eine Sekunde länger als üblich in die Augen, ehe wir wegschauten. Nach dem Essen spazierten wir alle drei in die Lobby.

Ein Sänger namens Morrissey logierte im Hotel, und eine Schar junger homosexueller Verehrer hatte sich versammelt, in der Hoffnung, einen Blick auf ihn zu erhaschen. Sie hatten Morrissey-Poster, Morrissey-Aufnahmen und Pralinenschachteln dabei. Liebe lag in der Luft!

Elgie und ich setzten uns auf eine Polsterbank, aber Van ging nach oben, schlafen. Als sich die Lifttür hinter ihm schloss, sagte Elgie: »Van ist gar nicht so übel, oder?«

»Er ist urkomisch«, antwortete ich.

»Bernadette meint, er sei ein totaler Loser, der mich ständig anpumpt.«

»Was zweifellos stimmt«, sagte ich, was Elgie mit einem anerkennenden Lachen quittierte. Dann gab ich ihm den Tablet. »Ich darf nicht vergessen, Ihnen den hier zu geben. Ich habe ihn so eingestellt, dass er erst voll verfügbar ist, nachdem Sie eine Diashow gesehen haben.«

Die Diashow begann. Es waren Fotos von Elgie aus seiner gesamten Zeit bei Microsoft, von mir gesammelt. Elgie, wie er im Auditorium seine Arbeit präsentiert, Schnappschüsse von ihm und Samantha 1, er, wie er sich beim Führungskräfte-Picknick seinerzeit auf Paul Allens Ranch mit Matt Hasselbeck einen Football zuwirft, wie er seinen Technical Recognition Award entgegennimmt. Und auch Fotos, auf denen er die dreijährige Bee auf dem Schoß hat. Da war sie gerade frisch aus dem Krankenhaus entlassen, und am Halsausschnitt guckte noch der Verband hervor. Ein Foto zeigte sie in der Microsoft-Kinderbetreuung, mit Beinschienen, weil sie durch das viele Liegen in den ersten Lebensjahren eine Hüftfehlstellung hatte. Und da war das berühmte E-Dawg-Foto, Elgie in Rapperpose, mit Goldketten und einer großen Uhr um den Hals.

»Es ist mir wichtig, dass Sie das jeden Tag sehen«, sagte ich. »Damit Sie wissen, dass Sie noch eine zweite Familie haben, bei Microsoft. Klar, das ist nicht dasselbe. Aber wir haben Sie auch gern.«

(STOPP – REALITÄTSCHECK: Ich hatte Bernadette aus einigen dieser Fotos herausgeschnitten. Und ich hatte eins von mir dazugetan: Ich an meinem Schreibtisch, mit Photoshop so bearbeitet, dass es aussah, als strahlte mein Gesicht Licht ab.)

»Ich werde nicht weinen«, sagte Elgie.

»Sie dürfen gern«, sagte ich.

»Ich darf, aber ich tu's nicht.« Wir sahen uns lächelnd an. Er lachte, ich auch. Die Zukunft war herrlich, und sie öffnete sich in diesem Moment vor uns.

(STOPP – REALITÄTSCHECK: Weil wir betrunken waren.)

Und dann begann es zu schneien.

Die Wände im Four Seasons bestehen aus dünnen Schieferplatten, die wie Blätterteig geschichtet sind, und eine vorstehende Kante hatte ein Loch in Elgies Parka gerissen, sodass jetzt Daunen um uns herumtanzten. Die Morrissey-Fans schwenkten theatralisch die Arme und fingen an, einen Morrissey-Song zu singen, in dem es heißt, »*through hail and snow I'd go ...*« Es erinnerte mich an einen meiner Lieblingsfilme, *Moulin Rouge*!

»Gehen wir rauf.« Elgie nahm meine Hand. Sobald die Fahrstuhltür zu war, küssten wir uns. Als wir zwischendurch

Luft holen mussten, sagte ich: »Ich habe mich die ganze Zeit gefragt, wie sich das anfühlen würde.«

Der Sex war verkrampft. Elgie wollte es offensichtlich so schnell wie möglich hinter sich bringen und schlief dann ein. Am nächsten Morgen zogen wir uns hastig an und guckten dabei nur auf den Fußboden. Er hatte seinen Wagen Van überlassen, also fuhr ich ihn nach Hause. Und da platzte dann Bernadette in die Vorbereitungen für diese Intervention.

Bernadette ist immer noch von der Bildfläche verschwunden, und ich bin schwanger. Diese jämmerliche Nacht im Hotel war das erste und letzte Mal, dass wir Sex hatten. Elgie hat versprochen, für mich und das Baby zu sorgen. Aber er weigert sich, mit mir zusammenzuleben. Manchmal denke ich, ich muss ihm einfach nur Zeit lassen. Er liebt Präsidentenbiografien? Ich habe meinen Sohn Lincoln genannt, nach einem Präsidenten. Er liebt Microsoft? Ich liebe Microsoft. Wir sind total kompatibel.

(STOPP – REALITÄTSCHECK: Elgie wird mich nie lieben, weil ich nun mal nicht so brillant und weltläufig bin wie er. Er wird Bee immer mehr lieben als unser ungeborenes Kind. Er versucht, sich mit dem Haus loszukaufen, und ich sollte es verflixt noch mal nehmen.)

Mittwoch, 2. Februar

• • •

Fax von Soo-Lin

Audrey,
ich war bei NWO, um mein DEP vorzulesen, und bin ge-STORCHt worden. Schon wieder! Seit Frankenstein ist kein

so wütender Mob mehr über eine arme, leidende Kreatur hergefallen.

Ich fand mein DEP verdammt ehrlich. Aber alle sagten, es sei ein selbstmitleidiger Erguss.

Im Zuge meiner Verteidigung erklärte ich, durch die Schwangerschaft würde ich von Elgie reviktimisiert. Das war ein Fehler. Weil es bei NWO so was wie Reviktimisierung durch denselben Täter nicht gibt: Wenn wir viktimisiert werden, dann deshalb, weil wir uns viktimisieren *lassen*, deshalb ist es jetzt ein neuer Missbrauchstäter, nämlich unser eigenes Selbst, also hat formal keine Reviktimisierung in obigem Sinne stattgefunden. Aber ich wandte ein, dass mein Baby durch Elgie viktimisiert werde, was doch heiße, neues Opfer, derselbe Täter. Da sagten sie doch glatt, *ich* würde mein Baby viktimisieren. Das hätte ich ja gerade noch so annehmen können, doch dann behauptete jemand, weil es Elgies Baby sei, sei *ich* es, die *Elgie* viktimisiere.

»Was ist das denn für eine solidarische Unterstützung?« Mir platzte der Kragen. »Ich will euch sagen, wer hier das Opfer ist. Das bin *ich*, und ihr seid die Missbrauchstäter, ihr scheinfrommen Sadisten!« Ich stapfte wutentbrannt hinaus, kaufte mir ein Eis und heulte in meinem Auto.

Das war die Krönung.

Als ich nach Hause kam, ging mir auf, dass es der eine Abend pro Woche war, an dem Elgie zum Essen kommt. Er war schon da und half Lincoln und Alexandra bei den Hausaufgaben. Ich hatte Lasagne vorgekocht, und die Kinder hatten sie in den Backofen geschoben und den Tisch gedeckt.

Anfangs hat Elgie sich gegen diese Familienabendessen gesträubt, aber inzwischen scheint er sie richtig zu genießen. Stell dir vor: Bernadette hat nie gekocht, sie hat einfach nur Lieferservice-Zeug bestellt. Und nach dem Essen, glaubst du, sie hätte sich bequemt, das Geschirr abzuwaschen? Nein, der Esstisch hatte Schubladen, so wie Schreibtischschubladen, und Bernadettes gloriose Idee war es, einfach die Schubladen aufzuziehen, das dreckige Geschirr und Besteck reinzupacken und die Schubladen wieder zuzumachen. Am nächsten Tag hat dann die Putzfrau die Schubladen ausgeräumt und das Geschirr abgewaschen. Hast du je gehört, dass jemand so lebt?

Als ich gerade den Salat in die Salatschüssel kippte, flüsterte Elgie: »Ich habe den Bericht des Kapitäns und den Brief von diesem Juristen an dich weitergeleitet. Bist du schon dazu gekommen, die Sachen zu lesen?«

»Warum fragst du überhaupt?« Ich knallte den Salat und die Dressingflasche auf den Tisch. »Es interessiert dich doch sowieso nicht, was ich denke.«

Die Vordertür flog auf. Herein stürmte Bee, mit Mr. Harmsens Brief und dem Kapitänsbericht wedelnd. »Ihr wünscht euch, Mom wäre tot?!«

»Bee...«, sagte Elgie. »Wo hast du das her?«

»Es war in der Post in unserem Briefkasten.« Sie stampfte mit dem Fuß auf und ruckelte an Elgies Stuhl. »Alles andere könnte ich ja noch verkraften! Aber euch interessiert nur, irgendwie zu beweisen, dass Mom tot ist.«

»Ich habe das nicht geschrieben«, sagte Elgie. »Das sind spitzfindige juristische Absicherungsversuche von jemandem, der nicht verklagt werden will.«

»Was ist, wenn Mom zurückkommt und feststellt, dass du hier sitzt und mit Leuten, die sie gehasst hat, supernett zu Abend isst?«

»Wenn das passiert, wird *sie* einiges zu erklären haben«, sagte ich. Ich weiß, ich weiß, falsche Reaktion.

»Sie Gnitze!« Bee fuhr herum und schrie mich an. »*Sie*

wollen doch, sie wäre tot, damit Sie Dad heiraten können und an sein Geld kommen.«

»Tut mir leid«, sagte Elgie zu mir. »Das ist nur die Trauer.«

»Es ist die Trauer darüber, dass du so bescheuert bist«, erklärte Bee Elgie. »Und dich von Yoko Ono hast verhexen lassen.«

»Lincoln, Alexandra«, sagte ich. »Geht runter, fernsehen.«

»Sie meint es bestimmt nicht so«, versuchte mich Elgie zu beruhigen.

»Ach, stopfen Sie sich doch einfach weiter voll«, fauchte Bee mich an.

Ich brach in Tränen aus. Klar, sie weiß nicht, dass ich schwanger bin. Aber dennoch, Audrey, ich hab dir ja von der schlimmen Morgenübelkeit erzählt. Aus irgendeinem Grund reicht French Toast allein nicht mehr. Neulich Nacht bin ich aufgewacht und hatte unwiderstehliche Gelüste, gesalzenes Karamelleis von Molly Moon draufzutun. Ich habe eine Packung gekauft und mir Sandwichs aus French Toast mit gesalzenem Karamelleis gemacht. Glaub mir, ich sollte das schützen lassen und ein Geschäft draus machen. Gestern hat Dr. Villar gesagt, ich müsse aufpassen, sonst würde das Baby, wenn es geboren wird, ganz aus Zucker bestehen wie ein Marshmallow-Küken. Also ist es ja wohl verständlich, dass ich losgeheult habe. Ich bin nach oben gerannt und habe mich aufs Bett geworfen.

Nach einer Stunde erschien Elgie. »Soo-Lin«, sagte er. »Bist du okay?«

»Nein!«, heulte ich.

»Es tut mir leid«, sagte er. »Tut mir leid wegen Bee, tut mir leid wegen Bernadette und wegen des Babys.«

»Das mit dem Baby tut dir leid!« Ich wurde wieder von krampfartigem Schluchzen geschüttelt.

»So habe ich's nicht gemeint«, sagte er. »Es kommt nur alles so plötzlich.«

»Plötzlich kommt es nur für *dich*, weil Bernadette all diese Fehlgeburten hatte. Wenn man eine gesunde Frau ist wie ich und mit einem Mann schläft, dann wird man schwanger.«

Langes Schweigen. Schließlich sagte Elgie: »Ich habe Bee gesagt, wir können in die Antarktis fahren.«

»Du weißt, dass ich so eine Reise nicht machen kann.«

»Nur Bee und ich«, sagte er. »Sie meint, es wird ihr helfen, zu einem inneren Abschluss zu kommen. Es war ihre Idee.«

»Also wirst du natürlich fahren.«

»Es ist die einzige Möglichkeit, mit ihr zusammen zu sein, sie lässt ja nichts anderes zu. Sie fehlt mir.«

»Dann fahr um Himmels willen.«

»Du bist eine erstaunliche Frau, Soo-Lin«, sagte er.

»Oh, danke.«

»Ich weiß, was du hören möchtest«, sagte er. »Aber bedenke doch mal, was ich durchgemacht habe und immer noch durchmache. Willst du wirklich, dass ich Sachen sage, von denen ich nicht weiß, ob ich sie ernst meine?«

»Ja!« Ich hatte es satt, meine Würde zu wahren.

»Die letzte Kreuzfahrt dieser Saison geht übermorgen los«, sagte er schließlich. »Auf dem Schiff ist noch Platz. Wir haben eine Gutschrift, die andernfalls verfällt. Es ist eine Menge Geld. Und ich bin es Bee schuldig. Sie ist ein tolles Mädchen, Soo-Lin. Wirklich.«

Also reisen Elgie und Bee morgen ab, in die Antarktis. Meiner Meinung nach ist das Ganze absolut tragisch. Aber was weiß ich schon? Ich bin ja nur eine in Seattle geborene Sekretärin.

Liebe Grüße

Soo-Lin

6

DER WEISSE KONTINENT

Wir kamen um sechs Uhr morgens in Santiago an. Ich war noch nie erster Klasse geflogen, deshalb wusste ich nicht, dass jeder Sitz eine abgeschlossene Zelle ist und, wenn man auf einen Knopf drückt, zu einem Bett wird. Sobald mein Sitz ganz flach war, breitete eine Stewardess eine frisch bezogene weiße Decke über mich. Ich muss wohl gelächelt haben, weil Dad von seinem Platz herüberschaute und sagte: »Gewöhn dich nicht zu sehr daran.« Ich lächelte ihm zu, aber dann fiel mir wieder ein, dass ich ihn ja hasste, also legte ich mir mein Augenkissen aufs Gesicht. Sie bringen einem eins, das mit Leinsamen und Lavendel gefüllt ist und in der Mikrowelle war. Ich schlief zehn Stunden.

Am Flughafen war eine lange Einreiseschlange. Doch ein Beamter winkte Dad und mich rüber und hakte eine Kette los, sodass wir direkt an einen leeren Schalter gehen konnten, der nur für Familien mit kleinen Kindern war. Zuerst ärgerte es mich, weil ich ja schon fünfzehn bin. Aber dann dachte ich, okay, ich werde klein und niedlich sein.

Der Typ trug eine Uniform und brauchte ewig mit unseren Pässen. Er sah vor allem mich immer wieder an, schaute dann auf meinen Pass. Hoch, runter, hoch, runter. Ich dachte, dass es an meinem blöden Namen liegen würde.

Endlich sagte er etwas. »Schöne Mütze.« Es war eine *Princeton Tigers-Basecap*, die sie Mom geschickt hatten, als sie eine Geldspende von ihr wollten. »Princeton«, sagte er. »Das ist eine amerikanische Universität, so wie Harvard.«

»Nur besser«, sagte ich.

»Ich mag Tiger.« Er legte die Hand auf unsere beiden Pässe. »Ich mag diese Mütze.«

»Ich auch.« Ich stützte das Kinn in die Hand. »Deshalb trage ich sie.«

»Bee«, sagte Dad. »Gib ihm die Mütze.«

»Waaas?«, sagte ich.

»Ich hätte sehr gern diese Mütze«, unterstützte der Typ Dad.

»Bee, mach schon.« Dad wollte mir die Mütze abnehmen, aber mein Pferdeschwanz war durchgezogen.

»Das ist meine Mütze!« Ich hielt sie mit beiden Händen fest. »Die hat Mom mir geschenkt.«

»Sie hat sie in den Müll geworfen«, sagte Dad. »Ich besorge dir eine neue.«

»Besorgen Sie sich selbst eine«, sagte ich zu dem Typen. »Die kann man im Internet bestellen.«

»Wir können Ihnen eine bestellen«, setzte Dad hinzu.

»Kommt nicht in Frage!«, sagte ich. »Er ist ein erwachsener Mann mit einem Job und einer Pistole. Er kann es selbst tun.«

Der Mann gab uns unsere gestempelten Pässe und zuckte die Achseln, als wollte er sagen, man kann's ja mal versuchen. Wir holten unser Gepäck und wurden in die Haupthalle des Flughafens geschleust. Sofort identifizierte uns ein Reiseleiter an den blau-weißen Bändern, die wir um unsere Taschen gebunden hatten. Er sagte, wir sollten warten, bis alle anderen aus der Gruppe durch die Einreisekontrolle seien. Das werde eine Weile dauern.

»Nichts ist umsonst«, sagte Dad. Da war zwar was dran, aber ich tat, als hörte ich es nicht.

Nach und nach tauchten auch andere Leute mit blau-weißen Bändern auf. Das waren unsere Mitreisenden. Die meisten waren alt, mit zerknitterten Gesichtern und knitterfreier Reisekleidung. Und die Fotoausrüstungen! Diese Leute umkreisten einander wie khakifarbene Pfauen und präsentierten ihre Kameras und Objektive. Während sie so umeinander herumstolzierten, zogen sie milchige Gefrierbeutel mit Dörrobst heraus und steckten sich Bröckchen in den Mund. Manchmal ertappte ich sie dabei, wie sie mich neugierig ansahen, wahrscheinlich, weil ich die Jüngste war, und dann lächelten sie freundlich. Einer starrte mich so lange an, dass ich mir einfach nicht verkneifen konnte zu sagen: »Machen Sie ein Foto. Da haben Sie länger was davon.«

»Bee!«, sagte Dad entrüstet.

Etwas Lustiges gab es: An irgend so einem völlig randommäßigen, fensterlosen Raum war ein Schild mit einem knienden Strichmännchen unter einem spitzen Dach. Das war das internationale Piktogramm für Gebetsraum. Reinigungskräfte, Imbissverkäufer und Taxifahrer gingen rein und beteten.

Es war Zeit, in den Bus zu steigen. Ich wartete, bis Dad einen Platz gefunden hatte, und setzte mich dann woandershin. Die Schnellstraße in die Stadt verlief entlang eines Flusses, an dessen Ufer jede Menge Müll herumlag: Getränkedosen, Wasserflaschen, tonnenweise Plastik und frisch ausgekippte Essensreste. Kinder spielten in dem Müll Fußball, tollten in dem Müll mit räudigen Hunden herum, hockten sogar am Wasser, um inmitten des Mülls ihre Kleider zu waschen. Es war total ätzend, man wollte die ganze Zeit sagen, könnte vielleicht mal jemand den Müll da aufsammeln?

Wir fuhren in einen Tunnel. Der Reiseleiter, der vorn im Bus stand, nahm ein Mikrophon und erging sich begeistert darin, wann der Tunnel gebaut worden war, wer den Bauauftrag erhalten hatte, wie lange der Bau gedauert hatte, welcher Präsident ihn genehmigt hatte, wie viele Autos jeden Tag durchfuhren usw. Ich wartete die ganze Zeit darauf, dass er das Besondere an dem Tunnel enthüllen würde, dass der vielleicht selbstreinigend war oder aus recycelten Flaschen bestand. Aber nein, es war einfach nur ein Tunnel. Trotzdem freute man sich unwillkürlich für den Reiseleiter: Wenn alles den Bach runtergehen würde, hätte er immer noch den Tunnel.

Wir fuhren zu unserem Hotel, das eine gedrehte Betonsäule war. In einem speziellen Konferenzraum nahm eine österreichische Dame das Einchecken vor.

»Wir brauchen *zwei getrennte Betten* in unserem Zimmer«, sagte ich. Es war der totale Schock für mich gewesen, als ich erfahren hatte, dass Dad und ich auf der ganzen Reise in *einem* Zimmer wohnen würden.

»Ja, Sie haben zwei getrennte Betten«, sagte die Dame. »Hier ist Ihr *Wautscha* für die Stadtrundfahrt und den Transfer zum Flughafen.«

»Mein was?«, fragte ich.

»Ihr *Wautscha*«, sagte sie.

»Mein *was*?«

»Ihr *Wautscha*.«

»Was ist ein *Wautscha*?«

»*Voucher*«, sagte Dad. »Dein Gutschein. Sei nicht so ein kleines Biest.« Ich hatte wirklich nicht verstanden, was die Dame sagte. Aber zurzeit war ich generell ein kleines Biest, also ließ ich das so stehen. Wir bekamen unseren Schlüssel und gingen in unser Zimmer.

»Diese Stadtrundfahrt klingt toll!«, sagte Dad. Er konnte einem schon fast leidtun mit seinem zugeklebten Brillenglas und seinem verzweifelten Bemühen, bis einem wieder einfiel, dass das alles ja damit angefangen hatte, dass er Mom in eine psychiatrische Klinik sperren wollte.

»Ja«, sagte ich. »Möchtest du mit?«

»Möchte ich«, sagte er, hoffnungsfroh und gerührt.

»Viel Spaß.« Ich schnappte mir meinen Rucksack und machte mich auf den Weg zum Pool.

Choate war groß und majestätisch, mit efeubewachsenen Gebäuden und schmucker moderner Architektur, verstreut auf riesigen schneebedeckten Rasenflächen, über die kreuz und quer Fußspuren führten. Gegen den Ort selbst hatte ich nichts. Nur die Leute waren komisch. Meine Zimmergenossin, Sarah Wyatt, konnte mich von Anfang an nicht leiden. Ich glaube, es lag daran, dass sie vor den Weihnachtsferien allein in einem Zweierzimmer gewohnt hatte. Und als sie zurückkam, hatte sie urplötzlich eine Zimmergenossin. Im Choate redet man darüber, was die Väter machen. Ihr Dad besaß Hochhäuser in New York. Jedes Kind, ungelogen, hatte ein iPhone, die meisten hatten auch iPads, und jeder Computer, den ich sah, war ein Mac. Als ich sagte, mein Dad sei bei Microsoft, machten sie sich offen über mich lustig. Ich hatte einen PC und hörte Musik auf meinem Zune-MP3-Player. Was ist das denn?, fragten mich die anderen so abschätzig, als hätte ich gerade ein großes Stück Scheiße genommen und Kopfhörer reingestöpselt. Ich erzählte Sarah, meine Mutter sei eine berühmte Architektin und habe einen MacArthur-Genie-Preis gekriegt, und Sarah sagte: »Das ist nicht wahr.« Und ich sagte: »Klar ist es wahr, schau doch im Internet nach.« Aber Sarah Wyatt schaute nicht nach, nicht mal so viel Respekt hatte sie vor mir.

Sarah hatte dickes, glattes Haar und trug teure Klamotten, über die sie sich lang und breit ausließ, und jedes Mal, wenn ich sagte, von diesem oder jenem Geschäft, das sie gerade genannt hatte, hätte ich noch nie gehört, stöhnte sie leise.

Marla, ihre beste Freundin, wohnte unten im Erdgeschoss. Marla redete immerzu und war wohl ganz lustig, aber sie hatte schreckliche Akne, rauchte Zigaretten und hatte eine Probefrist, um ihre Schulleistungen zu verbessern, wenn sie in Choate bleiben wollte. Ihr Vater war Fernsehregisseur in L. A., und es ging dauernd um ihre Freunde und Freundinnen zu Hause, die berühmte Eltern hatten. Alle saßen zu ihren Füßen, wenn sie darüber quasselte, wie cool Bruce Springsteen sei. Und ich dachte, klar ist Bruce Springsteen cool, das muss ich mir nicht erst von Marla erzählen lassen. Ich meine, an der Galer Street roch es nach Lachs, aber wenigstens waren die Leute dort normal.

Dann ging ich eines Tages an mein Postfach, und da war so ein großer brauner Umschlag. Er hatte keinen Absender drauf, und die Adresse war in komischen Blockbuchstaben geschrieben, die weder Moms noch Dads Schrift waren. Und er enthielt keinen Begleitbrief, nur all diese Dokumente über Mom. Von da an wurde alles besser, weil ich anfing, mein Buch zu schreiben.

Aber als ich dann eines Tages nach der Schule in mein Zimmer zurückkam, wusste ich, dass irgendwas im Busch war. Unser Wohnheim war Homestead, ein kleines altes Haus mitten auf dem Campus, in dem laut einer Tafel George Washington ein Mal übernachtet hatte. Oh, ich vergaß zu sagen, dass Sarah so einen komischen Geruch an sich hatte, wie Babypuder, aber nur wenn einem von Babypudergeruch schlecht wird. Parfüm kann es nicht gewesen sein, und Babypuder habe ich nie gesehen. Ich weiß bis heute nicht, was es war. Na, jedenfalls, ich öffnete die Haustür und hörte über mir hastige Schritte. Ich ging nach oben, aber in unserem Zimmer war niemand. Allerdings hörte ich Sarah im Bad. Ich setzte mich an meinen Schreibtisch und klappte meinen Laptop auf, und da roch ich es. Dieser eklige Babypudergeruch hing über meinem Schreibtisch. Das war umso merkwürdiger, als Sarah ein großes Brimborium darum gemacht hatte, das Zimmer in zwei Hälften aufzuteilen, und es die strenge Regel gab, die unsichtbare Grenze nicht zu übertreten. In dem Moment schoss sie hinter mir aus dem Bad, durch unser Zimmer und die Treppe runter. Die Haustür knallte zu. Sarah stand draußen an der Ecke und wartete darauf, die Elm Street überqueren zu können.

»Sarah«, rief ich aus dem Fenster.

Sie schaute hoch.

»Wo gehst du hin? Ist alles okay?« Ich hatte Angst, dass mit einem der Hochhäuser von ihrem Dad irgendwas war.

Sie tat, als ob sie mich nicht hörte. Sie marschierte die Christian Street rauf, was komisch war, weil ich wusste, dass sie jetzt Squash hatte. Sie bog auch nicht ab, um ins Hill House oder in die Bibliothek zu gehen. Hinter der Bibliothek kam nur noch das Archbold, wo das Sekretariat ist. Ich ging zum Tanzen, und als ich zurückkam, versuchte ich mit Sarah zu reden, aber sie wich mir aus. In dieser Nacht schlief sie unten in Marlas Zimmer.

Ein paar Tage darauf, mitten im Englischunterricht, sagte mir Mrs. Ryan, ich solle sofort in Mr. Jessups Büro kommen. Sarah hatte mit mir zusammen Englisch, und instinktiv drehte ich mich zu ihr um. Sie guckte schnell weg. Da wusste ich: Diese merkwürdig riechende, Yogahosen tragende New Yorkerin mit den dicken Brillantohrringen hatte mich verraten.

In Mr. Jessups Büro war Dad, der mir erklärte, es sei das Beste, wenn ich Choate wieder verließe. Es war urkomisch, wie Mr. Jessup und Dad umeinander herumtanzten. Jeder Satz begann mit »Weil Bee mir so am Herzen liegt« oder »Weil Bee so ein außergewöhnliches Mädchen ist« oder »In Bees Interesse«. Es war beschlossen worden, dass ich Choate verlassen würde und sie mir meine Leistungen so bescheinigen würden, dass ich nächstes Jahr auf die Lakeside gehen konnte. (Offenbar war ich dort angenommen worden. Wer hätte das gedacht?)

Draußen auf dem Flur waren wir unter uns, Dad, ich und die Bronzebüste von Richter Choate. Dad wollte mein Buch sehen, was nicht in Frage kam. Ich zeigte ihm aber den Umschlag, der mit der Post gekommen war. »Wo kommt der her?« »Mom«, sagte ich. Aber es war nicht Moms Schrift da auf dem Umschlag, und das wusste er. »Warum sollte sie dir das schicken?«, fragte er. »Weil sie will, dass ich es weiß.« »Dass du was weißt?« »Die Wahrheit. Du würdest sie mir ja nie erzählen.« Dad atmete durch und sagte: »Die einzige Wahrheit ist, dass du jetzt Sachen gelesen hast, die du in deinem Alter unmöglich verstehen kannst.«

Da fällte ich die maßgebliche Entscheidung: Ich hasse ihn.

• • •

Ganz früh am Morgen nahmen wir in Santiago ein Charterflugzeug nach Ushuaia, Argentinien. Mit dem Bus fuhren wir durch das kleine Städtchen. Die Häuser hatten Dächer im spanischen Stil und matschige Gärten mit rostigen Schaukelgerüsten. Im Hafen wurden wir in eine Art Hütte geführt, die durch eine Glaswand längsgeteilt war. Das war die Einreisehalle, also war da natürlich eine Schlange. Bald füllte sich die Hallenhälfte jenseits der Glaswand mit alten Leuten, die Reisekleidung trugen und Rucksäcke mit blau-weißen Bändern hatten. Das waren die, die gerade *vom* Schiff kamen – Geister aus unserer Reisezukunft. Sie zeigten uns die erhobenen Daumen, formten Worte wie: Sie werden begeistert sein,

Sie ahnen ja gar nicht, wie toll es ist, wir beneiden Sie! Und dann erhob sich auf unserer Seite ein allgemeines Geraune. Buzz Aldrin. Buzz Aldrin. Buzz Aldrin. Drüben stand ein taffer kleiner Mann in einer Lederbomberjacke voller NASA-Aufnäher, mit einer Armhaltung, als juckte es ihn, eine Prügelei vom Zaun zu brechen. Er hatte ein herzliches Lächeln und nahm es bereitwillig hin, dass sich Leute auf unserer Seite der Scheibe zu ihm stellten und fotografieren ließen. Dad fotografierte mich mit ihm, und ich werde Kennedy sagen, das bin ich, wie ich Buzz Aldrin im Gefängnis besuche.

Es war Freitagnachmittag, als ich in Seattle ankam, nachdem Dad mich aus Choate zurückgeholt hatte, also ging ich direkt in die Jugendgruppe. Ich platzte mitten in ein blödes Spiel namens Hungrige Vögelchen, bei dem alle in zwei Teams aufgeteilt waren und die Mama-Vögel durch Röhrchen aus rotem Lakritz Popcorn aus einer Schüssel ansaugen und dann zu den Küken rüberlaufen und sie damit füttern mussten. Ich war schockiert, dass Kennedy so ein Babyspiel spielte. Ich schaute zu, bis sie mich bemerkten und es ganz still wurde. Kennedy kam nicht mal zu mir rüber. Luke und Mae umarmten mich in echt christlicher Manier.

»Es tut uns ja so leid, was deiner Mutter passiert ist«, sagte Luke.

»Nichts ist meiner Mutter passiert«, sagte ich.

Das Schweigen wurde verkrampfter, dann guckten alle Kennedy an, weil sie doch meine Freundin war. Aber ich merkte, dass auch sie Angst vor mir hatte.

»Spielen wir weiter«, sagte sie in Richtung Fußboden. »Es steht 10:7 für uns.«

Unsere Pässe wurden abgestempelt, und wir traten aus der Hütte hinaus. Eine Frau sagte, wir sollten immer der weißen Linie folgen, bis zum Kapitän, der uns an Bord willkommen heißen würde. Schon das bloße Wort »Kapitän« ließ mich so schnell den rissigen Kai entlangrennen, dass ich wusste, es waren nicht meine Beine, die mich trugen, es war meine Aufregung. Dort, am Fuß einer Treppe, stand ein Mann in dunkelblauer Uniform mit einer weißen Mütze.

»Sind Sie Kapitän Altdorf?«, sagte ich. »Ich bin Bee Branch.« Er lächelte verwirrt. Ich holte Luft und sagte: »Bernadette Fox ist meine Mutter.«

Da sah ich sein Namensschild. CPT. JORGES VARELA. Und darunter: ARGENTINA.

»Aber ...«, sagte ich. »Wo ist Kapitän Altdorf?«

»Ah«, sagte dieser falsche Kapitän. »Kapitän Altdorf. Er war vorher. Er ist jetzt in Deutschland.«

»Bee!« Es war Dad, schnaufend und keuchend. »Du kannst doch nicht einfach so wegrennen.«

»Sorry.« Die Stimme brach mir, und ich spürte die Tränen aufsteigen. »Ich habe so viele Bilder von der *Allegra* gesehen, dass sich das jetzt ganz stark nach innerem Abschluss anfühlt.«

Das war gelogen, wie kann einem der Anblick eines Schiffs irgendein Gefühl von innerem Abschluss geben? Aber nach Choate hatte ich schnell gelernt, dass ich unter Berufung auf mein inneres Abschließen alles durfte. Ich durfte in Moms Airstream schlafen, der Schule fernbleiben und sogar in die Antarktis fahren. In Wirklichkeit fand ich dieses ganze Abschluss-Ding total empörend, weil es ja bedeutet hätte, dass ich versuchte, Mom zu vergessen. Dabei fuhr ich in die Antarktis, um sie zu finden.

Als wir in unsere Kabine kamen, war unser Gepäck schon da. Dad und ich hatten je zwei Gepäckstücke: einen Koffer mit normaler Kleidung und eine Reisetasche mit unserem Expeditionszeug. Dad fing sofort mit dem Auspacken an.

»Okay«, sagte er. »Ich nehme die beiden oberen Schubladen, und du kannst die beiden unteren haben. Ich nehme diese Seite des Schranks. Großartig! Im Bad sind zwei Fächer, ich nehme das obere.«

»Du musst nicht jeden langweiligen Pipifax, den du tust, kommentieren«, sagte ich. »Das hier ist kein Curling-Olympiawettkampf. Du packst einfach nur einen Koffer aus.«

Dad zeigte auf sich. »Was du hier siehst, ist dein Vater, der dich ignoriert. Das haben mir die Experten geraten, also tue ich's.« Er setzte sich auf sein Bett, zog seine Reisetasche zwischen seine Beine und öffnete den Reißverschluss mit einer einzigen präzisen Bewegung. Das Erste, was ich sah, war seine Nasendusche, mit der er immer seine Nasengänge spülte. Ausgeschlossen, dass ich jeden Tag mit ihm in diesem winzigen Raum hocken würde, während er das machte. Er steckte das Ding in eine Schublade und packte dann weiter aus. »O Gott.«

»Was?«

»Ein Reise-Luftbefeuchter.« Er öffnete eine Schachtel. Darin war ein Apparat, so groß wie eine Minipackung Cornflakes. Sein Gesicht verzog sich, und er drehte sich zur Wand.

»Was ist?«, fragte ich.

»Ich hatte Mom gebeten, mir einen zu besorgen, weil die Antarktisluft so trocken ist.«

Meine Augen wurden untertassengroß, und ich dachte, o Gott, vielleicht war es doch nicht so eine gute Idee, diese Reise zu unternehmen, wenn Dad vorhat, die ganze Zeit zu heulen.

»Meine Damen und Herren.« Zum Glück kam eine Stimme mit neuseeländischem Akzent knisternd aus einem Lautsprecher in der Decke. »Willkommen an Bord. Sobald Sie sich häuslich eingerichtet haben, möchten wir Sie gern in der Shackleton-Lounge mit einem Begrüßungscocktail und Hors d'œuvres empfangen.«

»Ich geh schon mal.« Ich flitzte hinaus und ließ Dad mit seinen Tränen allein.

Wenn mir ein Milchzahn ausfiel, brachte mir die Zahnfee immer eine DVD. Meine ersten drei DVDs waren *Yeah, Yeah, Yeah*, *Ein süßer Fratz* und *That's Entertainment*. Dann bekam ich für meinen linken Schneidezahn von der Zahnfee *Xanadu*, der mein Lieblingsfilm überhaupt wurde. Das Beste war die Schlussszene in der nagelneuen Rollschuh-Disco mit all dem glänzenden Chrom und polierten Holz, den geschwungenen Plüschsitzen und Flokatiwänden.

So sah die Shackleton-Lounge aus, plus Bündeln von Flachbildfernsehern, die von der Decke hingen, und Fenstern, durch die man hinausgucken konnte. Ich hatte sie ganz für mich, weil alle noch am Auspacken waren. Ein Kellner stellte Kartoffelchips auf die Tische, und ich mampfte ein ganzes Körbchen alleine leer. Nach ein paar Minuten schlenderte eine Gruppe superbrauner Leute, die Shorts, Flipflops und Namensschildchen trugen, an die Bar. Es waren Crewmitglieder, Natur- und Landschaftsführer.

Ich ging rüber. »Kann ich Sie mal was fragen?«, sagte ich zu einem von ihnen, Charlie laut seinem Namensschild.

»Klar.« Er steckte sich eine Olive in den Mund. »Schieß los.«

»Waren Sie auch auf der Reise dabei, die direkt nach Weihnachten losging?«

»Nein, ich habe erst Mitte Januar angefangen.« Er schaufelte sich noch ein paar Oliven in den Mund. »Warum?«

»Ich dachte nur, Sie wüssten vielleicht was über eine Passagierin damals. Bernadette Fox.«

»Keine Ahnung.« Er spuckte sich Kerne in die hohle Hand.

Ein anderer ebenso brauner Guide, auf dessen Namensschild FROG stand, fragte: »Was war deine Frage?« Er war Australier.

»Nichts«, sagte der erste Landschaftsführer, Charlie, mit einer Art Kopfschütteln.

»Waren Sie auf der Neujahrsreise mit?«, fragte ich Frog. »Weil, da war nämlich eine Frau dabei, eine Bernadette...«

»Die, die sich umgebracht hat?«, fragte Frog.

»Sie hat sich nicht umgebracht«, sagte ich.

»Niemand weiß, *was* passiert ist«, sagte Charlie und sah Frog tadelnd an.

»Eduardo war dabei.« Frog griff in ein Schälchen Erdnüsse. »Eduardo! Du warst doch da, als die Frau über Bord gesprungen ist. Auf der Neujahrsreise. Wir haben doch drüber geredet.«

Eduardo hatte ein großes, rundes, spanisch aussehendes Gesicht und sprach mit britischem Akzent. »Ich glaube, sie ermitteln noch.«

Eine Frau mit hochgestecktem schwarzem Lockenhaar mischte sich ein, KAREN stand auf ihrem Namensschild. »Du warst da dabei, Eduardo? – Auuu!« Karen schrie auf und spuckte einen Mundvoll breiiges beiges Zeug in ein Schälchen. »Was ist da drin?«

»Scheiße, das sind Erdnüsse?«, sagte Charlie. »Da habe ich meine Olivenkerne reingespuckt.«

»Mist«, sagte Karen. »Ich glaube, ich habe mir einen Zahn abgebrochen.«

Und dann ging alles durcheinander: »Ich hab gehört, sie ist aus einer psychiatrischen Anstalt ausgebrochen, bevor sie an Bord kam.« »Mein Zahn ist futsch.« »Wie konnten sie so jemanden überhaupt an Bord lassen?, frage ich euch.« »Das ist dein Zahn?« »Die lassen doch jeden an Bord, der genug Kohle hat.« »Du Arsch!« »Oh, Mann, tut mir leid.« »Zum Glück hat sie sich umgebracht. Stellt euch vor, sie hätte einen anderen Passagier umgebracht oder dich, Eduardo...«

»Sie hat sich nicht umgebracht!«, schrie ich. »Sie ist meine Mutter, und so was würde sie nie tun!«

»Sie ist deine Mutter«, murmelte Frog. »Das wusste ich nicht.«

»Sie wissen alle *gar* nichts!« Ich trat gegen Karens Stuhl, aber der rührte sich nicht, weil er am Boden festgeschraubt war. Ich rannte die hintere Treppe runter, hatte aber unsere Kabinennummer vergessen und sogar, auf welchem Deck wir waren, also wanderte ich immer weiter durch diese schrecklichen engen, niedrigen Gänge, wo es nach Diesel roch. Endlich ging eine Tür auf, und es war Dad.

»Da bist du ja!«, sagte er. »Kommst du mit nach oben zum Empfang?«

Ich zwängte mich an ihm vorbei in die Kabine und knallte die Tür zu. Ich wartete, dass er wieder reinkam, aber er kam nicht.

Bevor ich eingeschult wurde und auch noch anfangs in der Vorklasse war meine Haut wegen meines Herzfehlers zeitweise blau. Meistens merkte man es kaum, aber in manchen Phasen war es ziemlich schlimm, was hieß, dass es wieder Zeit für eine Operation war. Einmal, vor meiner Fontan-OP, war Mom mit mir im Seattle Center, und ich spielte in dem riesigen Musikspringbrunnen. Ich hatte mich bis auf die Unterwäsche ausgezogen und rannte die steilen Brunnenränder rauf und runter, versuchte, dem emporschießenden Wasser ein Schnippchen zu schlagen. Ein Junge, der älter war als ich, zeigte mit dem Finger auf mich. »Guck mal«, sagte er zu seinem Freund. »Da ist Violetta Beauregarde!« Das war das verzogene Mädchen aus *Charlie und die Schokoladenfabrik*, das zu einer riesigen blauen Kugel wurde. Ich war aufgequollen, weil sie mich für die Operation mit Steroiden vollgepumpt hatten. Ich rannte zu Mom, die auf dem Brunnenrand saß. Ich presste mein Gesicht zwischen ihre Brüste. »Was ist denn, Bee?« »Sie haben mich *so* genannt«, piepste ich. »*So?*« Moms Augen waren ganz dicht vor meinen. »Violetta Beauregarde«, brachte ich heraus und brach dann wieder in Tränen aus. Die gemeinen Jungs guckten ängstlich her, hofften, dass Mom sie nicht bei ihren Müttern verpetzen würde. Mom rief ihnen zu: »Das ist wirklich originell, ich wollte, *ich* wäre da draufgekommen.« Das war der glücklichste Moment meines Lebens, weil mir bewusst wurde, dass Mom immer hinter mir stehen würde. Ich fühlte mich riesig. Ich rannte wieder die Betonschräge runter, schneller als je zuvor, so schnell, dass ich hätte hinfallen müssen, aber ich fiel nicht hin, weil Mom auf der Welt war.

Ich setzte mich auf eins der schmalen Betten in unserer winzigen Kabine. Die Schiffsmaschine begann zu dröhnen, und der Kiwi kam wieder über Lautsprecher.

»Meine Damen und Herren«, sagte er. Der Ton brach kurz ab, als ob der Mann etwas Schlimmes zu verkünden hätte und erst mal seine Gedanken sammeln müsste. Dann war er wieder da. »Sagen Sie Ushuaia auf Wiedersehen, denn soeben hat unser Antarktis-Abenteuer begonnen. Küchenchef Issey hat das traditionelle Bon-Voyage-Roastbeef mit Yorkshire-Pudding zubereitet, das Ihnen nach dem Empfang im Speisesaal serviert wird.«

Auf gar keinen Fall würde ich da hingehen, denn das hieße, mit Dad an einem Tisch zu sitzen, also beschloss ich, mich an die Arbeit zu machen. Ich holte meinen Rucksack hervor und nahm den Bericht des Kapitäns heraus.

Mein Plan war, Moms Spur Schritt für Schritt zu folgen, weil ich wusste, irgendwas würde mir ins Auge springen, irgendein

Hinweis, den außer mir niemand bemerkt hatte. Was genau? Ich hatte keine Ahnung.

Das Erste, was Mom getan hatte, war im Bordshop für $ 433 einzukaufen, ein paar Stunden, nachdem sie an Bord gegangen war. Die Summe war aber nicht aufgeschlüsselt. Ich wollte gerade die Kabine verlassen, als mir aufging, dass das auch die perfekte Gelegenheit war, Dads Nasendusche zu entsorgen. Ich schnappte sie mir und machte mich dann auf den Weg Richtung Schiffsbug. Ich kam an einem Wandmülleimer vorbei, warf die Nasendusche rein und ein paar Papierhandtücher obendrauf.

Ich bog um die Ecke zum Bordshop, und da – *wumm* – schlug die Seekrankheit zu. Ich schaffte es mit Mühe, mich langsam umzudrehen und wieder die Treppe runterzugehen, Stufe um Stufe, ganz behutsam, weil ich bei der kleinsten Erschütterung meines Körpers sofort gekotzt hätte. Als ich unseren Treppenabsatz erreichte, betrat ich vorsichtig den Gang. Ich holte tief Luft oder versuchte es zumindest, aber meine sämtlichen Muskeln waren erstarrt.

»Kleines Fräulein, Sie krank?«, schnitt eine Stimme in mein Ohr. Schon der Klang einer Stimme löste akuten Brechreiz aus, so schlimm war es.

Steif drehte ich mich um. Es war ein Zimmermädchen mit einem Putzwagen, der an einer Haltestange vertäut war.

»Hier, Fräulein, nehmen das für seekrank.« Sie streckte mir ein kleines weißes Päckchen hin.

Ich stand einfach nur da, kaum fähig, den Blick zu senken.

»Oh, Sie krank, Fräulein.« Sie hielt mir eine Flasche Wasser hin. Ich konnte nur draufschauen.

»Welche Kabine Sie haben?« Sie inspizierte den Bordausweis, der um meinen Hals hing. »Ich helfe, kleines Fräulein.«

Meine Kabine war ein paar Türen weiter. Sie schloss die Tür

mit ihrem Schlüssel auf und klemmte sie in geöffneter Stellung fest. Es erforderte äußerste Entschlossenheit, aber ganz langsam schaffte ich die paar Schritte. Als ich die Kabine betrat, hatte sie schon das Rollo heruntergezogen und die Betten aufgeschlagen. Sie gab mir zwei Pillen in die Hand und hielt mir die Wasserflasche hin. Ich starrte beides nur an, zählte dann aber bis drei, brachte irgendwie die Konzentration auf, die Pillen zu schlucken, und setzte mich anschließend auf eins der Betten. Die Frau kniete sich hin und zog mir die Stiefel aus.

»Ziehen Pullover aus. Ziehen Hose aus. Ist besser.«

Ich öffnete den Reißverschluss meines Hoodies, und sie fasste ihn an den Ärmelbündchen und zog ihn mir aus. Ich wand mich aus meiner Jeans. Ich fror von der Luft an meiner nackten Haut.

»Sie jetzt hinlegen. Sie schlafen.«

Ich nahm alle Kraft zusammen und schlüpfte unter die kalte Decke. Ich rollte mich zusammen und starrte auf die Holztäfelung. Mein Magen fühlte sich an, als sei er voll mit diesen Stehauf-Chromeiern, die Dad auf seinem Schreibtisch hatte. Ich war allein mit dem Dröhnen der Maschine, dem Klappern der Kleiderbügel und dem Auf- und Zugleiten von Schubladen. Nur ich und die Zeit. Es war wie damals, als wir bei der Führung durchs Balletthaus hinter die Bühne schauen durften und ich Hunderte von Seilen mit Gewichten sah und die vielen Monitore und das Lichtpult mit Tausenden von Beleuchtungsanweisungen, die alle nur für einen kleinen Szenenwechsel waren. Ich lag da auf dem Bett und sah die Hinterbühne der Zeit, sah, wie langsam diese verging, sah alles, woraus sie besteht, nämlich nichts. Die Wände waren unten mit blauem Teppichboden verkleidet, dann kam eine Metallleiste, dann glänzendes Holz und dann beiges Plastik bis an die Decke. Und ich dachte, was für scheußliche Farben, die könnten mich umbringen, ich muss die Augen zumachen. Aber selbst das schien eine unmögliche Aufgabe. Also machte ich es wie der Bühnenmeister im Balletthaus, zog ein Seil in meinem Gehirn, dann noch eins, dann fünf weitere, was meine Augenlider herabsenkte. Mein Mund hing offen, aber heraus kam nur ein stockendes Stöhnen. Wenn es sich zu Worten geformt hätte, hätten sie gelautet: Alles, nur das nicht.

Dann war es vierzehn Stunden später, und da war ein Zettel von Dad, er sei in der Lounge bei einem Vortrag über Seevögel. Ich sprang aus dem Bett, und meine Beine und mein Magen waren wieder ein einziges Gewackel. Ich zog das Rollo hoch. Es war, als wären wir in der Trommel einer Waschmaschine. Ich wurde aufs Bett zurückgeworfen. Wir überquerten die Drakestraße. Ich wollte es ganz genau mitkriegen, aber die Arbeit wartete.

Der Schiffsgang war mit Kotztüten dekoriert: Fächerförmig gefaltet steckten sie hinter den Geländern, hinter Handdesinfektionsspendern und in Türtaschen. Das Schiff lag so schräg, dass ich mit einem Fuß auf der Wand und mit dem anderen auf dem Boden ging. Die Rezeption war groß, was bedeutete, dass man, wenn man sie durchquerte, kein Geländer zum Festhalten hatte, also hatten sie ein Spiderman-Netz aus Seilen gezogen. Ich war als Einzige unterwegs. Alle anderen hatten sich wie kranke Tiere in ihren Bau zurückgezogen. Ich versuchte, die Tür zum Bordshop zu öffnen, aber sie war abgeschlossen. Eine Frau hinterm Ladentisch schaute auf. Sie rieb sich gerade etwas innen aufs Handgelenk.

»Haben Sie auf?«, fragte ich, überdeutlich die Lippen bewegend.

Sie kam herüber und schloss den Metallrahmen unten auf. »Kommst du wegen Origami-Papier?«, fragte sie.

»Was?«

»Die japanischen Passagiere machen um elf eine Origami-Einführung. Ich habe das Papier da, falls du mitmachen möchtest.«

Die Gruppe von Japanern war mir schon aufgefallen. Sie sprachen kein Wort Englisch, hatten aber einen eigenen Dolmetscher, der sich ihre Aufmerksamkeit verschaffte, indem er einen Stab mit Bändern und einem baumelnden Stoffpinguin schwenkte.

Das Schiff machte eine heftige Bewegung, und ich fiel rückwärts in einen Korb mit Harmsen-&-Heath-Sweatshirts. Ich versuchte, wieder aufzustehen, aber es war unmöglich. »Ist es immer so schlimm?«

»Das ist schon ziemlich rau.« Sie ging hinter den Ladentisch. »Wir haben Zehn-Meter-Wellen.«

»Waren Sie Weihnachten auch hier?«, fragte ich.

»Ja, war ich.« Sie öffnete ein unbeschriftetes Döschen und titschte den Finger hinein. Dann verrieb sie etwas auf der Innenseite ihres anderen Handgelenks.

»Was machen Sie da?«, fragte ich. »Was ist in dem Döschen?«

»Das ist eine Creme gegen Bewegungskrankheit. Ohne die könnte die Crew nicht funktionieren.«

»ABHR?«, fragte ich.

»Ja«, sagte sie überrascht.

»Und die Spätdyskinesien?«

»Wow«, sagte sie. »Du kennst dich ja aus. Der Arzt sagt, die Dosis ist so niedrig, dass da keine Gefahr besteht.«

»Auf der Weihnachtsreise war hier eine Frau«, sagte ich. »Sie hat im Bordshop eingekauft, am 26. Dezember abends. Wenn ich Ihnen ihren Namen und ihre Kabinennummer sage, könnten Sie dann nachschauen, was genau sie gekauft hat?«

»Oh ...« Die Frau sah mich merkwürdig an; ich konnte den Blick nicht deuten.

»Sie ist meine Mutter«, sagte ich. »Sie hat für über vierhundert Dollar eingekauft.«

»Bist du mit deinem Dad hier?«

»Ja.«

»Geh doch einfach wieder in deine Kabine, während ich den Beleg ausgrabe. Das kann etwa zehn Minuten dauern.«

Ich gab ihr meine Kabinennummer und hangelte mich an den Seilen wieder zurück. Ich war ganz begeistert gewesen, dass wir einen Fernseher hatten, aber jetzt ließ die Begeisterung nach, als auf den einzigen beiden Kanälen *Happy Feet* und der Seevögel-Vortrag kamen. Die Tür wurde geöffnet. Ich sprang auf. Es war Dad ... mit der Frau aus dem Bordshop.

»Polly sagt, du wolltest den Beleg von Moms Einkauf sehen?«

»Wir hatten Anweisung, deinen Vater zu benachrichtigen«, erklärte sie mir verlegen. »Ich habe dir aber Origami-Papier mitgebracht.«

Ich funkelte sie finster an und schmiss mich aufs Bett.

Dad warf Polly einen Ich-mache-das-schon-Blick zu. Die Tür wurde geschlossen, und Dad setzte sich mir gegenüber. »Das gestern Abend war den Landschaftsführern sehr unangenehm«, sagte er zu meinem Rücken. »Sie haben mich aufgesucht. Der Kapitän hat mit der gesamten Crew gesprochen.« Es folgte eine längere Pause. »Red mit mir, Bee. Ich will wissen, was du denkst und fühlst.«

»Ich will Mom finden«, sagte ich ins Kopfkissen.

»Ich weiß, Schatz. Ich auch.«

Ich drehte den Kopf. »Warum gehst du dann zu einem blöden Vortrag über Seevögel? Du tust, als ob sie tot wäre. Du solltest versuchen, sie zu finden.«

»Jetzt?«, fragte er. »Auf dem Schiff?« Der Nachttisch war voll mit Dads Zeug: seinen Augentropfen, einer Lesebrille mit zugeklebtem linkem Glas, einer Sonnenbrille mit zugeklebtem linkem Glas, diesem grässlichen Croakie-Brillenhalter, seinem Herzfrequenzmesser und diversen Röhrchen mit Vitaminkügelchen für unter die Zunge. Ich musste mich aufsetzen.

»In der Antarktis.« Ich zog den Bericht des Kapitäns aus meinem Rucksack.

Dad atmete tief ein. »Was machst du denn damit?«

»Das wird mir helfen, Mom zu finden.«

»Dafür sind wir doch nicht hier«, sagte er. »Wir sind hier, weil du zu einem inneren Abschluss finden wolltest.«

»Das hab ich nur gesagt, um dich rumzukriegen.« Klar, ich weiß, man kann nicht so was sagen und erwarten, dass der andere es völlig in Ordnung findet. Aber in dem Moment war ich einfach zu aufgeregt. »Du hast mich selbst draufgebracht, Dad, als du gesagt hast, der Brief von dem Harmsen-Typen sei nur Juristengerede. Wenn man den Bericht des Kapitäns nämlich unvoreingenommen liest, beweist er doch, dass Mom es hier toll fand. Es hat ihr so viel Spaß gemacht, den ganzen Tag Exkursionen zu unternehmen und Cocktails zu trinken, dass sie beschlossen hat hierzubleiben. Und sie hat mir einen Brief geschrieben, damit ich mir keine Sorgen mache.«

»Darf ich dir eine andere Interpretation liefern?«, sagte Dad. »Ich sehe eine Frau, die sich abschottet und zum Abendessen eine Flasche Wein trinkt und dann zu den harten Sachen übergeht. Das hat mit Spaß haben nichts zu tun. Das heißt, sich zu Tode zu trinken. Und, ja, ich bin sicher, dass Mom dir einen Brief geschrieben hat. Aber er bestand hauptsächlich in paranoiden Tiraden gegen Audrey Griffin.«

»Sie haben gesagt ›höchstwahrscheinlich‹.«

»Aber wissen werden wir es nie«, sagte Dad. »Weil sie den Brief nie abgeschickt hat.«

»Sie hat ihn einem anderen Passagier gegeben, der ihn einwerfen sollte, sobald er zurückkäme, aber der Brief ist verlorengegangen.«

»Wieso hat dieser Passagier dann bei der Befragung nichts gesagt?«

»Weil Mom ihm gesagt hat, dass er schweigen soll.«

»Es gibt ein Sprichwort«, sagte Dad. »Wenn du Hufschlag hörst, denk an Pferde, nicht an Zebras. Weißt du, was das bedeutet?«

»Ja.« Ich ließ mich mit einem wütenden Schnauben aufs Kopfkissen fallen.

»Es bedeutet, wenn man eine Erklärung für etwas sucht, soll man nicht mit dem Exotischsten anfangen.«

»Ich weiß, was es bedeutet.« Ich verlagerte meinen Kopf, weil ich in einem Spuckefleck gelandet war.

»Es sind jetzt sechs Wochen, und niemand hat etwas von ihr gehört«, sagte er.

»Sie ist irgendwo und wartet auf mich«, sagte ich. »So viel steht fest.« Heftige energetische Schwingungen attackierten meine rechte Gesichtsseite. Sie gingen von Dads Kram auf dem Nachttisch aus. Da war so viel Zeug und alles so ordentlich arrangiert, schlimmer als bei einem Mädchen, es machte mich einfach krank. Ich richtete mich abrupt auf, um dem zu entkommen.

»Ich weiß nicht, wo du das hernimmst, Schätzchen, wirklich.«

»Mom hat sich nicht umgebracht, Dad.«

»Das heißt nicht, dass sie nicht eines Abends zu viel getrunken hat und über Bord gefallen ist.«

»Das hätte sie nie mit sich geschehen lassen.«

»Ich spreche von einem Unfall, Bee. Niemand ›lässt‹ einen Unfall mit sich geschehen.«

Eine Dampfwolke stieg hinterm Schreibtischstuhl auf. Es war der Luftbefeuchter, den Mom für Dad gekauft hatte und der jetzt, mit einer auf dem Kopf stehenden Wasserflasche bestückt, in die Steckdose gestöpselt war. Genau wie Dad es gewollt hatte.

»Ich weiß, warum es für *dich* praktisch ist, wenn Mom sich angeblich umgebracht hat.« Bis ich anfing, die Worte herauszulassen, hatte ich nicht geahnt, dass sie zusammengepresst in mir drinsteckten. »Weil du sie betrogen hast und weil du dadurch aus dem Schneider bist, weil du nämlich sagen kannst, blablabla, sie war immer schon verrückt.«

»Bee, das stimmt nicht.«

»Denk *du* doch mal an Pferde«, sagte ich. »Während du dein Leben nur auf der Arbeit verbracht hast, hatten Mom und ich es zusammen so toll und lustig, wie man sich's nur vorstellen kann. Mom hat für mich gelebt und umgekehrt. Sie hätte nie auch nur dran *gedacht*, sich zu betrinken und in die Nähe einer Reling zu spazieren, weil das nämlich bedeutet hätte, dass sie mich womöglich nie wiedersehen würde. Dass du ihr so was zutraust, zeigt nur, wie wenig du sie kennst. Denk *du* mal an Pferde, Dad.«

»Wo versteckt sie sich dann?«, fragte Dad, dem jetzt allmählich der Kragen platzte. »Auf einem Eisberg? Auf einem Floß? Wovon hat sie sich ernährt? Wie hält sie sich warm?«

»Deshalb wollte ich ja den Beleg vom Bordshop«, sagte ich, ganz langsam, weil er es dann vielleicht kapieren würde. »Als Beweis, dass sie sich warme Sachen gekauft hat. Die gibt es dort. Ich hab sie gesehen. Parkas und Stiefel. Und sie verkaufen auch Müsliriegel...«

»Müsliriegel!« Das brachte das Fass zum Überlaufen. »Müsliriegel? Darauf gründet sich deine Theorie?« Die Haut an Dads Hals war durchscheinend, und eine dicke Ader pulsierte. »Parkas und Müsliriegel? Warst du schon mal draußen?«

»N-nein...«, stotterte ich.

Er stand auf. »Komm mit.«

»Warum?«

»Damit du die Temperatur fühlst.«

»Nein!«, sagte ich so entschieden, wie ich irgend konnte. »Ich weiß, wie sich Kälte anfühlt.«

»Nicht diese Art Kälte.« Er griff sich den Bericht des Kapitäns.

»Der gehört mir«, rief ich. »Das ist Privateigentum!«

»Wenn du dich so für Fakten interessierst, komm jetzt mit.« Er packte mich an der Kapuze und schleifte mich zur Tür hinaus. Ich knurrte: »Lass mich los!« Und er knurrte: »Du kommst jetzt mit!« Uns auf der engen, steilen Treppe gegenseitig mit den Ellbogen schubsend, gelangten wir ein Deck höher, dann zwei, und vor lauter Rangeln und Schimpfen bemerkten wir erst mit Verzögerung, dass wir im Mittelpunkt allgemeiner Aufmerksamkeit standen. Wir waren in der Lounge. Die Japaner saßen an Tischen voller Origami-Papier und starrten uns stumm an.

»Sie wollen zum Origami?«, fragte der japanische Dolmetscher hin- und hergerissen, denn einerseits war offenbar niemand zu ihrem Workshop erschienen, andererseits aber – wer hätte uns beiden Origami beibringen wollen?

»Nein, danke«, sagte Dad und ließ mich los.

Ich spurtete durch die Lounge und streifte einen Stuhl, ohne zu bedenken, dass der ja festgeschraubt war; statt aus dem Weg zu purzeln, rammte er sich mir in die Rippen, und da sich gleichzeitig auch noch der Fußboden neigte, krachte ich gegen einen der Tische.

Dad packte mich. »Wohin verflixt...«

»Ich geh nicht mit dir raus!« Als rangelndes, krallendes Bündel aus nagelneuer Funktionskleidung und Origami-Papier stolperten wir in Richtung Ausgang. Ich stemmte den Fuß gegen den Türpfosten, damit Dad mich nicht weiterschieben konnte.

»Was hat Mom denn überhaupt so Schlimmes verbrochen?«, schrie ich. »Eine Assistentin in Indien Sachen für sich erledigen zu lassen? Was ist denn mit Samantha 2? Da geht's doch auch nur darum, dass Leute bequem rumsitzen und einen Roboter ihren ganzen Scheiß erledigen lassen können. Du hast zehn Jahre deines Lebens und Berge von Geld damit verbraucht, etwas zu erfinden, damit die Leute ihr Leben nicht mehr selbst leben müssen. Mom hat das für fünfundsiebzig Cent die Stunde hingekriegt, und du wolltest sie in eine Irrenanstalt einweisen lassen!«

»So siehst du das?«

»Du warst der totale Rockstar, Dad, wie du durch den Gang vom Microsoft-Bus gegangen bist.«

»Das habe nicht ich geschrieben.«

»Aber deine Freundin!«, sagte ich. »Wir wissen doch beide, was Sache ist. Mom ist weggelaufen, weil du dich in deine Admin verliebt hast.«

»Wir gehen jetzt raus.« Dads ganzes Workout hatte offenbar doch was genützt, denn er hob mich mit einem Arm hoch, als wäre ich aus Balsaholz, und riss mit der anderen Hand die Tür auf.

Kurz bevor sie zufiel, sah ich noch mal die armen Japaner. Keiner hatte sich gerührt. Ihre Hände waren mitten im Falten erstarrt. Es sah aus wie eine Szene in einem Wachsfigurenkabinett.

Ich war auf der ganzen Schiffsreise noch nicht draußen gewesen. Sofort waren meine Ohren ein einziges Stechen und meine Nase ein brennend kalter Stein an meinem Gesicht. Der Wind war so stark, dass mir davon das Innere der Augen gefror. Die Haut über meinen Wangenknochen fühlte sich an, als würde sie jeden Augenblick reißen.

»Wir sind noch nicht mal in der Antarktis«, brüllte Dad durch den Wind. »Spürst du, wie kalt es ist? Spürst du's?«

Ich öffnete den Mund, und die Spucke darin gefror wie das Wasser in einer Eishöhle. Als ich schluckte, was mich äußerste Anstrengung kostete, schmeckte es nach Tod.

»Wie soll Bernadette da fünf Wochen am Leben geblieben sein? Schau dich doch um! Fühl diese Luft! Wir sind noch nicht mal in der Antarktis!«

Ich zog die Hände in die Ärmel und ballte meine tauben Finger zu Fäusten.

Dad wedelte mit dem Bericht vor mir herum. »Die einzige Wahrheit ist, dass Mom am 5. Januar um achtzehn Uhr wohlbehalten an Bord war und dann angefangen hat zu trinken. Die See war zu rau zum Ankern. Und das war's. Du willst Fakten? Fühl sie! Dieser Wind, diese Kälte, das sind die Fakten.«

Dad hatte recht. Er ist klüger als ich, und er hatte recht. Ich würde Mom nie finden.

»Gib das her«, sagte ich und versuchte, den Bericht zu erwischen.

»Ich lasse das nicht zu, Bee! Es ist nicht gut für dich, die ganze Zeit etwas zu suchen, das gar nicht da ist!« Dad fuchtelte mit dem Bericht, und ich versuchte, ihn an mich zu reißen, aber meine Gelenke waren zu steif und meine Ärmel im Weg, und dann war es zu spät, und auch das letzte Blatt wurde in den Himmel hinaufgesogen.

»Nein! Das ist alles, was ich habe!« Bei jedem Wort stach die eisige Luft in meiner Lunge.

»Es ist nicht alles, was du hast«, sagte Dad. »Du hast mich, Bee.«

»Ich hasse dich!«

Ich rannte in unsere Kabine und schluckte noch zwei weiße Pillen, nicht weil ich seekrank war, sondern weil ich wusste, sie würden mich ausknocken und ich könnte einfach schlafen. Irgendwann wachte ich auf und war nicht mehr müde. Ich schaute aus dem Fenster. Das Meer war kabbelig und schwarz und der Himmel auch. Ein einsamer Seevogel hing in der Luft. Etwas schwamm auf den Wellen. Es war ein riesiges Stück Eis, der erste Vorbote des schrecklichen Landes vor uns. Ich nahm noch zwei Pillen und schlief wieder ein.

Dann war da Musik, ganz leise, aber im Lauf von zwei, drei Minuten immer lauter. *I'm starting with the man in the mirror...* Es war Michael Jackson, ein Weckruf über die Lautsprecheranlage, und zwischen Rollo und Wand war ein gleißender Spalt.

»Meine Damen und Herren, guten Morgen«, sagte die Stimme über Lautsprecher. Nach seiner üblichen ominösen Pause fuhr der Kiwi fort: »Für diejenigen unter Ihnen, die noch nicht das Vergnügen hatten, aus dem Fenster zu blicken – willkommen in der Antarktis.« Bei diesen Worten schoss ich hoch. »Viele von Ihnen sind bereits an Deck und genießen den ruhigen, klaren Morgen. Erstmals Land gesichtet haben wir um sechs Uhr dreiundzwanzig, als wir uns Snow Hill Island näherten. Im Moment fahren wir gerade in die Deception Bay ein.« Ich zog an der Rolloschnur.

Da! Eine schneebedeckte schwarze Felsinsel, darunter schwarzes Wasser und darüber weiter grauer Himmel, die Antarktis. Mein Magen klumpte sich zusammen, denn wenn dieses Land sprechen könnte, hätte es nur eins gesagt: Du gehörst nicht hierher.

»Das Besteigen der Schlauchboote beginnt um neun Uhr dreißig«, fuhr der Kiwi fort. »Unsere Landschaftsführer und Kameraexperten bieten geführte Fußexkursionen an. Und denjenigen, die lieber Kajak fahren möchten, stehen jederzeit Kajaks zur Verfügung. Die Temperatur beträgt minus dreizehn Grad Celsius oder acht Grad Fahrenheit. Noch einmal guten Morgen und willkommen in der Antarktis.«

Dad platzte zur Tür herein. »Du bist auf! Lust zu schwimmen?«

»Schwimmen?«

»Es ist eine Vulkaninsel«, sagte er. »Es gibt da eine heiße Quelle, die einen Wasserbereich in Ufernähe erwärmt. Was meinst du? Kleines Bad im Antarktischen Ozean gefällig?«

»Nein.« Ich schaute mir selbst zu. Es war, als ob die alte Bee neben mir stünde und zu mir sagte: »Was redest du da? Das wäre doch toll. Kennedy würde ausflippen.« Aber die Kontrolle über meine Stimme hatte die neue Bee, und die sagte: »Du kannst ja gehen, Dad.«

»Ich habe so ein Gefühl, dass du dir's noch anders überlegst«, sagte Dad, ganz ungebrochene Munterkeit. Aber wir wussten beide, dass er nur so tat.

Tage vergingen. Ich hatte überhaupt kein Zeitgefühl, weil die Sonne nie unterging. Also orientierte ich mich an Dad. Er stellte seinen Wecker wie zu Hause auf sechs Uhr und ging als Erstes in den Fitnessraum, dann hörte ich Michael Jackson singen, und Dad kam zurück, um zu duschen. Er hatte ein System ersonnen, das so aussah, dass er frische Unterwäsche ins Bad mitnahm, darin wieder herauskam und sich dann im Zimmer den Rest anzog. Einmal sagte er: »Es ist wie verhext, ich finde meine Nasendusche einfach nicht.« Dann ging er frühstücken. Wenn er wiederkam, brachte er mir einen Teller mit Frühstück und ein fotokopiertes Exemplar des sechsseitigen *New York Times Digest*, auf dem in großen handgeschriebenen Blockbuchstaben stand: NUR FÜR DIE REZEPTION – NICHT IN KABINE MITNEHMEN. Der Text stand auf der Rückseite nicht mehr benötigter Speisekarten vom Vortag. Ich schaute gern nach, welche Sorte Fisch es am Vorabend gegeben hatte, weil es immer eine war, von der ich noch nie gehört hatte, so was wie Riesen-Antarktisdorsch, Schwarzer Seehecht, Wrackbarsch oder Meerbrasse. Ich hob die Speisekarten auf, für den Fall, dass Kennedy mir nicht glauben würde. Dann legte Dad Schicht für Schicht seine Expeditionsausrüstung an, brachte Sonnencreme, Lippenschutz und Augentropfen zur Anwendung und machte sich auf nach draußen.

Bald darauf schipperten dann schwarze Motorschlauchboote, die sich Zodiacs nannten, die Passagiere an Land. Wenn das letzte Zodiac abgelegt hatte, erwachte ich zum Leben. Jetzt waren hier nur noch ich und die Staubsauger. Ich ging aufs alleroberste Deck, in die Bibliothek, wo ich den neuesten Stand einer endlosen Siedler-von-Catan-Partie erkundete, die ein paar Passagiere spielten. Es gab auch etliche Puzzles, was mich zuerst entzückte, weil ich Puzzles liebe, aber in der Schachtel lag dann immer ein Zettel: ›Bei diesem Puzzle fehlen sieben Teile‹ oder wie viele auch immer, und ich dachte, warum soll ich es dann machen? In der Bibliothek war außer mir noch eine Frau, die nie das Schiff verließ, warum weiß ich nicht. Sie redete nicht mit mir, sondern war immer mit einem *Sudoku für Senioren*-Heft zugange. Oben auf die jeweilige Seite schrieb sie, wo sie das Rätsel gelöst hatte, als Andenken. Da stand immer »Antarktis«. Meistens aber saß ich in der Bibliothek einfach nur da. Sie war ringsum verglast, sodass ich alles sehen konnte. Was man über die Antarktis wissen muss, ist im Grund nur, dass sie aus drei waagrechten Streifen besteht. Unten ist der Wasserstreifen, der irgendeinen Farbton zwischen Schwarz und Dunkelgrau hat. Darüber liegt der Landstreifen, der normalerweise schwarz oder weiß ist. Dann kommt der Himmelsstreifen in irgendeiner Art Grau oder Blau. Die Antarktis hat keine Fahne, aber wenn sie eine hätte, müsste sie aus drei waagrechten Streifen in verschiedenen Grautönen bestehen. Wenn man ganz künstlerisch sein wollte, könnte man sie auch einheitlich grau machen und sagen, es seien drei graue Streifen für das Wasser, das Land und den Himmel, aber da müsste man wahrscheinlich zu viel erklären.

Irgendwann kam dann die Zodiac-Flottille wieder auf das Schiff zu. Ich konnte nicht erkennen, auf welchem Boot Dad war, weil an alle Passagiere die gleichen roten Kapuzenparkas und roten Schneehosen ausgegeben worden waren, wahrscheinlich, weil sie in Rot am krassesten von dem Grau abstechen. Die Guides dürfen Schwarz tragen. Ich achtete darauf, dass ich wieder in der Kabine war, sobald das erste Zodiac zurückkam, damit Dad denken würde, ich hätte herumgehangen und Trübsal geblasen. Das Zimmermädchen hinterließ auf meinem Kopfkissen immer ein Handtuch, das so zusammengedreht war, dass es aussah wie ein Hase, und jeden Tag war der Hase mit neuen Accessoires versehen. Zuerst trug er meine Sonnenbrille, dann meinen Haarreifen, dann eins von Dads Breathe-Right-Nasenpflastern.

Dad kam hereingestürmt, die Kälte noch in den Kleidern, und war voller Informationen und Geschichten. Er zeigte mir auf seinem Kameradisplay Fotos und sagte, sie gäben es nicht wirklich wieder. Dann ging er zum Lunch in den Speisesaal und brachte mir anschließend etwas zu essen, ehe er zur Nachmittagsexkursion verschwand. Das Beste am ganzen Tag fand ich den abendlichen Tagesrückblick, den ich auf dem Fernseher in der Kabine verfolgte. Jeden Tag gingen die Taucher runter und machten Videos vom Meeresgrund. In diesem lebensfeindlichen, schwarzen Wasser gibt es, wie sich herausstellte, Millionen total abgefahrener Meereskreaturen, Wesen wie durchsichtige Seegurken, Würmer mit anmutigen zwanzig, dreißig Zentimeter langen Stacheln, neonfarbene Seesterne und kleine Krebse, die gefleckt und gestreift sind, als wären sie *Yellow Submarine* entsprungen. Dass ich sie nicht mit ihren wissenschaftlichen Namen benenne (nicht, dass ich's unbedingt wollte), liegt daran, dass sie noch keine haben. Die meisten hat vorher noch nie ein Mensch gesehen.

Ich versuchte, Dad zu lieben und nicht wegen seiner krampfhaften Munterkeit und seiner Anziehprozedur zu hassen. Ich versuchte, mir vorzustellen, was Mom in ihm gesehen hatte, als sie noch Architektin war. Ich versuchte, mich in jemanden reinzuversetzen, der jede kleinste Kleinigkeit an Dad total umwerfend fand. Aber es war traurig, weil mir beim Gedanken an ihn und seine ganzen Accessoires nur schlecht wurde. Ich wünschte mir, ich hätte nie die Gedankenverbindung gehabt, dass Dad im Grund ein Riesenmädchen ist, weil man, wenn man so was erst mal gedacht hat, schwer wieder davon loskommt.

Manchmal konnte ich kaum fassen, dass ich das Glück hatte, ich zu sein, so toll war es. Wir passierten Eisberge, die mitten im Meer schwammen. Sie waren gigantisch und hatten die seltsamsten Formen, wie bizarre Skulpturen. Sie waren so eindrucksvoll und majestätisch, dass einem schier das Herz platzte, aber in Wirklichkeit sind sie nur Eisbrocken und bedeuten gar nichts. Da waren ebenholzschwarze Strände, mit Schnee bestäubt, und manchmal stand auf einem Eisberg ein einsamer Kaiserpinguin, riesig und mit orangefarbenen Wangen, und man hatte keine Ahnung, wie er da hingekommen war und wie er wieder wegkommen würde und ob er es überhaupt wollte. Auf einem anderen Eisberg sonnte sich ein lächelndes Seeleopardenweibchen, das aussah, als könnte es keiner Fliege etwas zuleide tun, dabei ist es eins der grimmigsten Raubtiere der Welt und würde sich nichts dabei denken aufzuspringen, einen Menschen mit seinen rasiermesserscharfen Zähnen zu packen, ins eisige Wasser zu ziehen und zu schütteln, bis ihm die Haut abgeht. Manchmal schaute ich über Bord auf das Packeis, das aussieht wie weiße Puzzleteile, die nie zusammenpassen werden, und das, wenn man durchfuhr, wie das Klimpern von Cocktailgläsern klang. *Überall* waren Wale. Einmal sah ich eine Schule von fünfzig Killerwalen, Mütter und Babys, fröhlich blasend herumtollen, und ich sah Pinguine über den tintenschwarzen Ozean hüpfen wie Flöhe und sich dann auf das sichere Ufer eines Eisbergs stürzen. Wenn ich mich für etwas entscheiden müsste, wäre das mein Lieblingsbild, wie die Pinguine aus dem Wasser an Land schnellen. Kaum jemand auf der Welt kriegt das alles zu sehen, was mich unter Druck setzte, es mir besonders gut einzuprägen und Worte für die Großartigkeit zu finden. Dann dachte ich an irgendwas anderes, zum Beispiel an die Zettel, die Mom immer in meine Lunchdose getan hatte. Manchmal hatte sie auch einen für Kennedy dazugelegt, weil deren Mutter ihr nie Zettel schrieb, und manche Zettel hatten Geschichten ergeben, die sich über Wochen hinzogen. Und dann stand ich von meinem Bibliotheksstuhl auf und schaute durchs Fernglas. Aber Mom war nie dort. An zu Hause und an meine Freundinnen dachte ich schon ziemlich bald nicht mehr, denn wenn man auf einem Schiff in der Antarktis ist und es nie Nacht wird – wer ist man da? Ich glaube, was ich sagen will, ist: ich war ein Geist auf einem Geisterschiff in einem Geisterland.

Eines Abends beim Tagesrückblick brachte Dad mir einen Teller Käseflips und ging wieder rauf in die Lounge, und ich guckte per Fernseher zu. Ein Wissenschaftler erzählte etwas über eine Zählung von Pinguinküken im Rahmen einer Langzeitstudie. Dann wurde der Plan für den nächsten Tag verkündet, der darin bestand, Port Lockroy zu besuchen, einen britischen Militärposten aus dem Zweiten Weltkrieg, der jetzt ein Museum war, wo *Leute wohnten* und einen *Souvenirshop* sowie ein *Postamt betrieben*. Wir wurden alle ermuntert, *Antarktis-Pinguinmarken zu kaufen* und *Briefe nach Hause zu schicken*!

Mein Herz machte Luftsprünge, und ich ging aufgedreht in der Kabine umher und dachte, o mein Gott o mein Gott o mein Gott, während ich darauf wartete, dass Dad hereinstürzte.

»Meine Damen und Herren«, kam die Stimme über Lautsprecher. »Das war wieder ein wunderbarer Tagesrückblick. Küchenchef Issey hat mir soeben mitgeteilt, dass das Abendessen fertig ist. *Bon Appétit*.«

Ich rannte in die Lounge hinauf, weil ich dachte, Dad säße vielleicht noch wie betäubt dort, aber das Treffen hatte sich schon aufgelöst. Eine Gruppe langsamer Leute verstopfte die Treppe. Ich lief ans andere Ende der Lounge und nahm den langen Weg in den Speisesaal. Dort saß Dad mit einem Mann an einem Tisch.

»Bee!«, sagte er. »Möchtest du mit uns essen?«

»Aber – warst du denn nicht beim Tagesrückblick?«, fragte ich. »Hast du nicht gehört…«

»Doch! Und das ist Nick, der die Pinguinkolonien erforscht. Er hat mir gerade erzählt, dass er immer Helfer beim Zählen der Pinguinküken braucht.«

»Tag…« Dad machte mir in dem Moment solche Angst, dass ich einen Schritt zurückwich und gegen einen Kellner prallte. »Sorry… Tag… Tschüs.« Ich drehte mich um und eilte so schnell ich konnte hinaus.

Ich rannte in den Kartenraum, wo auf einem Riesentisch eine Karte der Antarktischen Halbinsel liegt. Jeden Tag sah ich dort Crewmitglieder die Strecke, die unser Schiff zurücklegte, mit einer gepunkteten Linie markieren, und später kamen dann Passagiere und übertrugen diese Pünktchenlinie gewissenhaft auf ihre eigenen Karten. Ich zog eine riesige flache Schublade auf und fand die Karte von Moms Kreuzfahrt. Ich legte sie obenauf und folgte den Punkten mit dem Zeigefinger. Und tatsächlich: Ihr Schiff hatte Port Lockroy angelaufen.

Am nächsten Morgen, als Dad im Fitnessraum war, ging ich hinauf an Deck. Dort drüben auf dem Felsufer stand ein schwarzes Holzgebäude, L-förmig, wie zwei Monopoly-Hotels, mit weißen Fensterrahmen und kirschroten Fensterumrandungen. Die Landschaft war mit Pinguinen getüpfelt. Im Hintergrund waren ein Schneefeld und darüber ein hoher, spitzer Berg, der sieben kleinere, zusammengedrängte Berge überragte. Schneewittchen und die sieben Zwerge.

Dad hatte sich zum Kajakfahren mit der ersten Gruppe und danach zum Landgang in Port Lockroy mit der zweiten Gruppe eingetragen. Ich wartete, bis er weg war, riss dann die Pappetiketten von meinem roten Parka und meiner Schneehose und zog mich an. Ich mischte mich in den Strom von Passagieren, die wie Astronauten die Treppe zum Trockenraum hinunterstapften. Der war voller Klamottenschließfächer und hatte auf beiden Seiten große Öffnungen, wo Anlegeplattformen vertäut waren. Ich ging eine Rampe zu einem tuckernden Zodiac hinab.

»Port Lockroy?«, vergewisserte sich ein Crewmitglied. »Hast du ausgescannt?«

Er zeigte auf eine Konsole mit einem Computer. Ich scannte meinen Bordausweis. Auf dem Bildschirm poppte mein Foto auf, zusammen mit den Worten VIEL SPASS BEIM LAND-

GANG, BALAKRISHNA! Ich wurde sauer auf Manjula, die doch dafür hatte sorgen sollen, dass ich hier Bee hieß, aber dann fiel mir wieder ein, dass sie ja eine Internetkriminelle war.

Ein Dutzend Rotvermummte quetschten sich in das Zodiac, wo Charlie hinten am Motor stand. Es waren hauptsächlich Frauen, die für ihr Leben genug Pinguine gesehen hatten und jetzt dringend *shoppen* wollten. Sie platzten vor Neugier, was es denn dort zu kaufen gab.

»Ich weiß nicht«, sagte Charlie, ein bisschen genervt. »T-Shirts.«

Ich war zum ersten Mal draußen auf dem glasigen Wasser. Bitterkalter Wind attackierte mich von allen Seiten. Alles an mir schnurrte augenblicklich zusammen, und bei jeder Bewegung traf meine Haut auf eine neue kalte Stelle innen in meinem Schneeanzug, also blieb mir nur stillzuhalten. Lediglich den Kopf drehte ich ein winziges bisschen, gerade so weit, dass ich das Ufer sehen konnte.

Je näher wir Port Lockroy kamen, desto kleiner wurde seltsamerweise das Gebäude, und ich bekam jetzt erstmals Angst. Charlie gab Gas und ließ das Zodiac auf das Felsufer aufgleiten. Ich rollte mich über die wulstige Seitenwand des Boots und warf meine Rettungsweste ab. Einen weiten Bogen um die Eselspinguine schlagend, die ihre Felsnester bewachten, kraxelte ich bis zu einer Holzrampe, die zum Eingang des Gebäudes führte. Eine britische Fahne flatterte im kalten grauen Wind. Ich war als Erste da und stieß die Tür auf. Zwei Mädchen im College-Alter, die ein bisschen dümmlich und sehr enthusiastisch wirkten, begrüßten uns.

»Willkommen in Port Lockroy!«, sagten sie mit britischem Akzent.

Es war eine dieser deprimierenden Situationen, wo es drinnen genauso kalt ist wie draußen. Ich befand mich in einem Raum mit türkis gestrichenen Wänden. Es war der Souvenirshop, mit bunten Wimpeln an der Decke, Tischen voller Bücher, Stofftiere und Postkarten und Plexiglasregalen mit Sweatshirts, Baseballmützen und allem, worauf man einen Pinguin sticken kann. Von Mom keine Spur, aber wie auch? Das hier war ja nur der Souvenirshop.

Am Ende des Raums war eine Türöffnung, die zum Rest von Port Lockroy führte, aber die englischen Mädchen standen davor. Ich behielt die Nerven und tat, als interessiere ich mich für die Anschlagbretter, während die anderen Passagiere hereintröpfelten und angesichts des Beuteangebots in Ohs und Ahs ausbrachen. Selbst die Sudokufrau hatte sich für diesen Ausflug von ihrem Bibliotheksstuhl losgerissen.

»Willkommen in Port Lockroy«, flöteten die Mädchen abwechselnd. »Willkommen in Port Lockroy.«

Es fühlte sich an, als hätten wir schon eine Stunde hier herumgestanden. »Wo sind denn die Leute, die hier leben?«, fragte ich schließlich. »Wo wohnt man hier?«

»Du stehst mitten drin«, sagte eine. »Wir warten noch mit dem Vortrag, bis alle hier sind.« Dann fingen sie wieder an: »Willkommen in Port Lockroy.«

»Aber wo *schläft* man?«, fragte ich.

»Willkommen in Port Lockroy. Sind das jetzt alle? Oh, da kommen noch mehr.«

»Gibt es hier so was wie einen Speisesaal, wo alle anderen sind?«

Aber die Mädchen blickten über meinen Kopf hinweg. »Willkommen in Port Lockroy. Okay, sieht aus, als wären wir vollzählig.« Eine von ihnen begann, ihr Ding abzuspulen: »Im Zweiten Weltkrieg war Port Lockroy ein geheimer britischer Militärposten...« Sie hielt inne, weil gerade die Japaner eingetroffen waren und mit ihnen die übliche leise Konfusion. Ich hielt es nicht mehr aus. Ich quetschte mich an den Engländerinnen vorbei.

Da waren zwei kleine Räume; ich betrat den linken, eine altertümliche Kommandozentrale mit Schreibtischen und rostigen Apparaten voller Tasten und Drehknöpfe. Aber nirgends Menschen. Am anderen Ende war eine Tür mit der Aufschrift NICHT ÖFFNEN. Ich ging an Wandregalen mit halb zerfledderten Büchern entlang und zog an der Tür. Blendend grelles Licht warf mich zurück: Die Tür führte hinaus auf ein Schneefeld. Ich machte sie zu und ging zurück zu dem anderen Raum.

»1966 finanzierte der britische *Antarctic Heritage Trust* die Umwandlung Port Lockroys in ein ›lebendes Museum‹«, erklärte eines der Mädchen gerade.

Dieser Raum war eine Küche mit rostigen Herden und Borden voller merkwürdiger Lebensmittelrationen und britischer Konservendosen. Auch hier gab es eine Tür mit der Aufschrift NICHT ÖFFNEN. Ich rannte hin und riss sie auf... wieder der tränentreibende Schneeschock.

Ich machte die Tür schnell zu. Sobald sich meine Augen erholt hatten, ging ich in den Hauptraum zurück und dachte nach. Okay, es gab also nur drei Türen, die Vordertür, durch die wir hereingekommen waren, und die anderen beiden nach draußen...

»Während des Krieges war Port Lockroy die Ausgangsbasis für die Operation Tabarin...« verkündeten die Mädchen.

»Ich versteh das nicht«, platzte ich dazwischen. »Wie viele Leute leben hier?«

»Nur wir beide.«

»Aber wo *wohnen* Sie?«, fragte ich. »Wo schlafen Sie?«

»Hier.«

»Wie – *hier*?«

»Wir rollen unsere Schlafsäcke hier im Laden aus.«

»Wo gehen Sie denn aufs Klo?«

»Wir gehen nach draußen...«

»Wo waschen Sie Ihre Wäsche?«

»Na ja, wir...«

»Wo duschen Sie?«

»Du siehst doch, wie sie leben«, fauchte mich eine Touristin an. Sie hatte Sommersprossen, blaue Augen und graue Strähnen im blonden Haar. »Sei nicht so taktlos. Diese Mädchen kommen für drei Monate hierher und pinkeln um des Abenteuers willen in eine Blechdose.«

»Und hier sind *wirklich* nur Sie beide?«, sagte ich matt.

»Und Kreuzfahrtpassagiere wie du, die hier vorbeikommen.«

»Und es ist niemand von einem der Schiffe, na ja, hiergeblieben...?« Die Worte, die aus meinem Mund kamen, und überhaupt die ganze Idee, dass Mom hier auf mich wartete, kamen mir plötzlich so kindisch vor, dass ich anfing loszuheulen wie ein Baby. Zur Demütigung kam auch noch Wut auf mich selbst, weil ich so blöd gewesen war, die Hoffnung total mit mir durchgehen zu lassen. Rotz und Wasser liefen mir übers Gesicht und in den Mund und übers Kinn und auf meinen neuen roten Parka, über den ich ganz aus dem Häuschen gewesen war, weil man ihn behalten durfte.

»Guter Gott«, sagte die sommersprossige Frau. »Was hat sie denn?«

Ich konnte nicht aufhören zu heulen. Ich war gefangen in einem Gruselkabinett aus Trockenfleischrationen, Doris-Day-Fotos, Whiskykisten, rostigen *Quaker Oats*-Dosen, auf denen der *Quaker Oats*-Typ ein junger Mann war, Morseapparaten, langen Unterhosen mit Arschklappe, die an einer Wäscheleine hingen, und Babylätzchen mit der Aufschrift ANTARCTICA BEACH CLUB. Charlie sprach mit gesenktem Kopf in das Sprechfunkgerät an seinem Parka. Scharen besorgter älterer Frauen fragten: Was ist denn los? Ich weiß jetzt, wie das auf Japanisch heißt, nämlich *Anata wa daijōbudesu?*

Ich schob mich durch die Masse aus Schutzkleidung und schaffte es zur Vordertür raus. Ich stolperte die Rampe runter, und als sie zu Ende war, kletterte ich über Felsen, so weit ich kam, und blieb an einer kleinen Einbuchtung stehen. Ich schaute zurück: kein Mensch. Ich setzte mich hin und verschnaufte. Da war ein Seeelefantenweibchen, das, den ganzen Körper von einer dicken Schicht Blubber ummantelt, träge auf der Seite lag. Ich konnte mir nicht vorstellen, wie es sich je wieder bewegen sollte. Es hatte große schwarze Knopfaugen, aus denen schwarze Tränen rannen. Auch aus der Nase quoll es schwarz. Mein Atem war eine dichte Wolke. Die Kälte packte mich. Ich wusste nicht, wie ich mich je wieder bewegen sollte. Die Antarktis war wirklich ein schrecklicher Ort.

»Bee, Schätzchen?« Es war Dad. »Danke«, sagte er leise zu einer Japanerin, die ihn offenbar zu mir geführt hatte. Er setzte sich hin und reichte mir ein Taschentuch.

»Ich dachte, sie wäre hier, Dad.«

»Ich verstehe, wie du darauf gekommen bist«, sagte er.

Ich weinte noch ein bisschen, hörte dann auf. Aber das Weinen ging trotzdem weiter. Es war Dad.

»Ich vermisse sie auch, Bee.« Seine Brust bebte und zuckte. Im Weinen war Dad schlecht. »Ich weiß, du glaubst, du hättest das Monopol darauf, sie zu vermissen. Aber Mom war meine beste Freundin.«

»Sie war *meine* beste Freundin«, sagte ich.

»Ich kannte sie länger.« Es war nicht mal witzig gemeint.

Jetzt, wo Dad weinte, dachte ich: Wir können doch nicht

beide auf Felsen in der Antarktis sitzen und heulen. »Es wird schon, Dad.«

»Du hast vollkommen recht«, sagte er und schnäuzte sich. »Es hat alles mit diesem Brief angefangen, den ich Dr. Kurtz geschrieben habe. Ich wollte doch nur, dass Mom Hilfe bekommt. Das musst du mir glauben.«

»Ich glaub's dir.«

»Du bist großartig, Bee. Du warst immer schon großartig. Du bist das Tollste, was wir hervorgebracht haben.«

»Na ja...«

»Doch, wirklich.« Er legte den Arm um mich und zog mich an sich. Meine Schulter passte perfekt unter seine. Ich spürte bereits die Wärme seiner Achselhöhle. Ich schmiegte mich noch enger an ihn. »Hier, probier die mal aus.« Er griff in seinen Parka und zog zwei von diesen USB-Handwärmern heraus. Ich stieß einen Jaullaut aus, weil sie sich so toll anfühlten.

»Ich weiß, diese Reise ist schwer für dich«, sagte Dad. »Sie ist nicht so, wie du's dir gewünscht hast.« Er seufzte tief und schniefte. »Es tut mir leid, dass du diese ganzen Dokumente lesen musstest, Bee. Die waren nicht für dich gedacht. So was sollte eine Fünfzehnjährige nicht lesen müssen.«

»Ich bin froh, dass ich sie gelesen habe.« Ich hatte nichts von Moms anderen Schwangerschaften gewusst. Es gab mir das Gefühl, dass da all diese Kinder waren, die Mom gern gehabt hätte und die sie so geliebt hätte, wie sie mich liebte, aber ich war die, die am Leben geblieben war, und ich war versehrt wegen meines Herzens.

»Paul Jellinek hatte recht«, sagte Dad. »Er ist ein toller Typ, ein echter Freund. Es wäre schön, wenn wir eines Tages nach L. A. fliegen und ihn besuchen könnten. Er kannte Bernadette am besten. Ihm war klar, dass sie kreativ sein musste.«

»Oder eine Gefahr für die Allgemeinheit werden würde«, sagte ich.

»Darin habe ich deine Mom wirklich im Stich gelassen«, sagte er. »Sie war eine Künstlerin, die aufgehört hatte, kreativ zu sein. Ich hätte alles tun müssen, um sie wieder dazu zu bringen.«

»Warum hast du's nicht getan?«

»Ich wusste nicht wie. Eine Künstlerin dazu zu bringen, wieder etwas zu erschaffen… das ist ein Riesending. Ich schreibe Programme. Ich hab's nicht verstanden. Versteh's immer noch nicht. Weißt du, bis ich diesen *Artforum*-Artikel gelesen habe, hatte ich total vergessen, dass wir Straight Gate von Moms MacArthur-Geld gekauft haben. Es war so, dass Bernadettes Hoffnungen und Träume buchstäblich um uns herum zerbröckelten.«

»Ich weiß nicht, warum alle so über unser Haus herziehen«, sagte ich.

»Hast du schon mal gehört, dass das Gehirn ein diskontierender Mechanismus ist?«

»Nein.«

»Diskontieren heißt in diesem Fall ›mit der Zeit heruntergewichten‹. Nehmen wir mal an, du kriegst ein Geschenk und packst es aus und es ist eine sagenhafte Diamanthalskette. Im ersten Moment bist du ganz außer dir vor Glück und Freude. Am nächsten Tag freust du dich immer noch, aber nicht mehr ganz so. Nach einem Jahr siehst du die Kette und denkst, ach, das olle Ding. Genauso ist es mit negativen Gefühlen. Sagen wir mal, die Windschutzscheibe kriegt einen Sprung, und man regt sich total darüber auf. O nein, meine Windschutzscheibe ist hin, ich kann kaum noch was sehen, so eine Katastrophe! Aber man hat nicht genug Geld, um sie austauschen zu lassen, also fährt man weiter damit herum. Nach einem Monat fragt einen jemand, was denn mit der Windschutzscheibe passiert sei, und man sagt, wieso? Weil das Gehirn die Sache *heruntergewichtet* hat.«

»Als ich das erste Mal bei Kennedy war«, sagte ich, »war da dieser schreckliche Geruch, der immer in ihrem Haus ist, weil ihre Mutter permanent Fisch brät. Ich habe Kennedy gefragt, was riecht denn hier so krass? Und sie hat gar nicht kapiert, was ich meine.«

»Genau«, sagte Dad. »Und weißt du, warum unser Gehirn das tut?«

»Mm-mm.«

»Es dient dem Überleben. Man muss darauf eingerichtet sein, ungewohnte Sinneseindrücke wahrzunehmen, weil sie oft Gefahr signalisieren. Wenn man in einem Dschungel voll duftender Blüten lebt, muss man aufhören, den lieblichen Duft so intensiv wahrzunehmen, weil man sonst ein Raubtier nicht riechen könnte. Deshalb ist das Gehirn ein diskontierender Mechanismus. Weil das überlebenswichtig ist.«

»Cool.«

»Genauso ist es mit Straight Gate«, sagte er. »Wir haben die Löcher in den Decken, die feuchten Stellen in den Böden, die verrammelten Zimmer heruntergewichtet. Ich sage dir das ungern, aber so wohnt man nicht.«

»Wir haben so gewohnt«, sagte ich.

»Ja, wir haben so gewohnt.« Eine ganze Weile verging, und das war schön. Da waren nur wir und das Seeelefantenweibchen und die Lippenpomade, die Dad zückte.

»Wir waren wie die Beatles, Dad.«

»Ich weiß, dass du das so siehst, Schätzchen.«

»Ehrlich. Mom ist John, du bist Paul, ich bin George, und Ice Cream ist Ringo.«

»Ice Cream«, sagte Dad lachend.

»Ice Cream«, sagte ich. »Voller Groll auf die Vergangenheit, voller Angst vor der Zukunft.«

»Was?«, fragte er und rieb die Lippen aneinander.

»Das hat Mom in einem Buch über Ringo Starr gelesen. Heutzutage, stand da, sei er voller Groll auf die Vergangenheit und voller Angst vor der Zukunft. Mom hat ja so gelacht. Jedes Mal, wenn wir Ice Cream mit offenem Maul dasitzen sahen, haben wir gesagt, ›Arme Ice Cream, voller Groll auf die Vergangenheit, voller Angst vor der Zukunft‹.«

Dad grinste.

»Soo-Lin«, setzte ich an, aber schon ihren Namen brachte ich nur schwer heraus. »Sie ist nett. Aber sie ist wie Kacke in der Suppe.«

»Kacke in der Suppe?«, fragte er.

»Mal angenommen du kochst eine Suppe«, erklärte ich, »und sie sieht total lecker aus, und du willst sie essen, okay?«

»Okay«, sagte Dad.

»Und dann rührt jemand ein ganz kleines bisschen Kacke rein. Auch wenn es nur ein winziges bisschen ist und wenn man's noch so gut verrührt, würdest du dann die Suppe noch essen wollen?«

»Nein«, sagte Dad.

»Das ist Soo-Lin. Kacke in der Suppe.«

»Also, das scheint mir doch etwas unfair«, sagte er. Und wir mussten beide lachen.

Es war das erste Mal auf der ganzen Reise, dass ich Dad richtig ansah. Er hatte ein Fleece-Stirnband über den Ohren und Zinkoxid auf der Nase. Sein restliches Gesicht glänzte von Sonnenschutz und Feuchtigkeitslotion. Er hatte eine Bergsteigersonnenbrille mit Seitenschutz auf. Dass das eine Glas zugeklebt war, fiel nicht auf, weil das andere genauso dunkel war. Da war echt nichts, wofür man ihn hätte hassen müssen.

»Nur damit du's weißt«, sagte Dad, »du bist nicht die Einzige mit wilden Theorien, wo Mom geblieben sein könnte. Ich dachte, vielleicht ist sie ja doch in Ushuaia vom Schiff gekommen, und als sie mich mit Soo-Lin gesehen hat, ist sie uns irgendwie ausgewichen. Und weißt du, was ich getan habe?«

»Was?«

»Ich habe einen Kopfgeldjäger aus Seattle angeheuert und ihn nach Ushuaia geschickt, um sie zu suchen.«

»Echt?«, sagte ich. »Einen richtigen Kopfgeldjäger?«

»Die sind drauf spezialisiert, Leute weit weg von zu Hause zu finden«, sagte er. »Jemand bei der Arbeit hatte mir diesen empfohlen. Der Mann war zwei Wochen in Ushuaia und suchte nach Bernadette, checkte die ein- und auslaufenden Schiffe, die Hotels. Er hat nichts gefunden. Und dann kam der Bericht des Kapitäns.«

»Ja«, sagte ich.

»Bee«, sagte er behutsam. »Ich muss dir was sagen. Ist dir aufgefallen, dass ich die ganze Zeit nicht in Panik war, weil ich keine E-Mail-Verbindung hatte?«

»Nicht direkt.« Ich hatte ein schlechtes Gewissen, weil mir jetzt aufging, dass ich überhaupt nicht über Dad nachgedacht hatte. Es stimmte, normalerweise ist er immer mit seinen E-Mails zugange.

»Es gibt eine riesige Umstrukturierung, die sie wahrscheinlich jetzt gerade bekanntgeben, während wir hier auf diesen Felsen sitzen.« Er sah auf seine Armbanduhr. »Ist heute der Zehnte?«

»Weiß nicht«, sagte ich. »Kann sein.«

»Ab dem Zehnten ist Samantha 2 gecancelt.«

»Gecancelt?« Ich verstand nicht, wie das Wort in diesem Zusammenhang stehen konnte.

»Es ist aus. Sie stecken uns zu den Spielen.«

»Du meinst, für die Xbox und so?«

»So ähnlich«, sagte er. »Das Walter Reed Hospital hat wegen Budgetkürzungen einen Rückzieher gemacht. Bei Microsoft ist man nichts, wenn man nichts auf den Markt bringt. Wenn Samantha 2 unter Spiele läuft, können sie wenigstens Millionen Exemplare auf den Markt werfen.«

»Und was wird aus all den Querschnittsgelähmten, mit denen du gearbeitet hast?«

»Ich stehe in Verhandlungen mit der Universitätsklinik«, sagte er. »Ich hoffe, dass ich unsere Arbeit dort fortführen kann. Es ist kompliziert, weil Microsoft die Patente hat.«

»Ich dachte, du hast die Patente«, sagte ich.

»Ich habe die Patentwürfel. Die Patente hat Microsoft.«

»Dann willst du also weg von Microsoft?«

»Ich *bin* schon weg von Microsoft. Ich habe letzte Woche meinen Ausweis abgegeben.«

Ich hatte Dad nie ohne seinen Ausweis erlebt. Eine schreckliche Traurigkeit drang durch meinen Kopf, strömte in mich hinein und füllte mich bis obenhin, als wäre ich ein Honigspenderbär. Ich hatte das Gefühl, gleich vor Traurigkeit zu platzen. »Das ist so verrückt«, war alles, was ich herausbrachte.

»Ist das ein guter Moment, um dir was noch Verrückteres zu sagen?«, fragte er.

»Glaub schon«, sagte ich.

»Soo-Lin ist schwanger.«

»Was?«

»Du bist zu jung, um solche Dinge zu verstehen, aber es war nur eine Nacht. Ich hatte zu viel getrunken. Es war schon in dem Moment vorbei, in dem es anfing. Ich weiß, das klingt jetzt wahrscheinlich ganz schön... wie würdest du sagen... krass?«

»Ich sage nie krass«, sagte ich.

»Eben hast du's gesagt«, sagte er. »Über den Geruch in Kennedys Haus.«

»Sie ist wirklich schwanger?«, sagte ich.

»Ja.« Der Ärmste, er sah aus, als würde er gleich kotzen.

»Das heißt also«, sagte ich, »dein Leben ist ruiniert.« Tut mir ja leid, aber irgendwas in mir ließ mich grinsen.

»Ich kann nicht behaupten, dass mir dieser Gedanke nicht gekommen wäre«, sagte er. »Aber ich versuche, es nicht so zu sehen. Ich versuche, es so zu sehen, dass mein Leben jetzt *anders* ist. Dass *unser* Leben anders ist. Meins und deins.«

»Das heißt, ich und Lincoln und Alexandra haben dann *dasselbe* Geschwisterchen?«

»Ja.«

»Das ist so randommäßig.«

»Randommäßig!«, sagte er. »Ich finde es immer grässlich, wenn du dieses Wort benutzt. Aber es ist ziemlich randommäßig.«

»Dad«, sagte ich. »Ich hab sie an dem Abend Yoko Ono genannt, weil sie diejenige war, die die Beatles auseinandergebracht hat. Nicht weil sie Asiatin ist. Ich hab's hinterher bereut.«

»Das weiß ich«, sagte er.

Es war gut, dass die triefäugige Robbe da war, weil wir sie einfach nur beobachten konnten. Aber dann fing Dad an, sich Augentropfen reinzuträufeln.

»Dad«, sagte ich. »Ich will dich echt nicht kränken, aber...«

»Aber was?«

»Du hast viel zu viel Klimbim. Ich kann gar nicht alles auf dem Schirm behalten.«

»Ein Glück, dass du's nicht musst, was?«

Wir schwiegen eine Weile, dann sagte ich: »Ich finde, das Tollste an der Antarktis ist, einfach in die Gegend zu gucken.«

»Weißt du warum?«, fragte Dad. »Wenn unsere Augen längere Zeit entspannt auf den Horizont gerichtet sind, setzt unser Gehirn Endorphine frei. Wie diese Euphorie beim Joggen. Heutzutage verbringen wir alle unser Leben damit, auf Bildschirme vor unserer Nase zu schauen. Da ist das hier eine wohltuende Abwechslung.«

»Ich hab eine Idee«, sagte ich. »Man müsste eine App erfinden, die, wenn man aufs Smartphone starrt, dem Gehirn weismacht, man würde zum Horizont schauen, dann kann man vom Simsen und Mailen euphorisch werden.«

»Was hast du gesagt?« Dad glotzte mich an – sein Gehirn lief sichtlich auf Hochtouren.

»Wehe, du klaust mir meine Idee!« Ich gab ihm einen Schubs.

»Betrachte dich als gewarnt.«

Ich stöhnte und beließ es dabei. Dann kam Charlie rüber und sagte, es sei Zeit für die Rückfahrt.

Beim Frühstück fragte mich Nick, der Pinguinzähler, wieder, ob ich seine Assistentin sein wolle, was Spaß zu verheißen schien. Wir durften vor allen anderen losfahren, in einem eigenen Zodiac. Nick ließ mich am Außenbordmotor stehen und steuern. Die beste Beschreibung von Nick wäre, dass er überhaupt keine Persönlichkeit hatte, was gemein klingt, aber irgendwie stimmt. Am ehesten zeigte er noch so was wie Persönlichkeit, als er mir erklärte, ich müsse den Horizont im weiten Winkel absuchen, wie ein Suchscheinwerfer, hin und her und hin und her. Er sagte, nachdem er das erste Mal hier unten gewesen sei und ein Zodiac gefahren habe, habe er zu Hause sofort einen Autounfall gebaut, weil er immer von links nach rechts geschaut habe, hin und her, und schließlich auf den Wagen direkt vor sich aufgefahren sei. Aber das ist noch keine Persönlichkeit. Das ist nur ein Autounfall.

Er setzte mich bei einer Kolonie von Adéliepinguinen ab und gab mir ein Klemmbrett mit einer Satellitenkarte, auf der ein Gebiet markiert war. Das hier war die Fortsetzung einer Studie von vergangenem Monat, bei der ein anderer Wissenschaftler die Eier gezählt hatte. Mein Job war es festzustellen, wie viele davon erfolgreich ausgebrütet worden waren. Nick taxierte die Kolonie. »Sieht aus wie ein komplettes Brutversagen.« Er zuckte die Achseln.

Ich war schockiert, wie beiläufig er das sagte. »Was heißt komplettes Brutversagen?«

»Adéliepinguine sind darauf geeicht, ihre Eier jedes Jahr genau am gleichen Ort zu legen«, sagte er. »Wir hatten einen späten Winter, darum waren ihre Nistplätze noch schneebedeckt, als sie anfingen zu nisten. Also sieht es jetzt so aus, als gäbe es keine Küken.«

»Woran erkennt man das?« Weil *ich* es ganz und gar nicht erkennen konnte.

»Sag du's mir«, sagte er. »Beobachte ihr Verhalten, und erzähl mir dann, was du gesehen hast.«

Er ließ mich mit einem Zählgerät zurück und fuhr los zu einer anderen Kolonie; in zwei Stunden, sagte er, sei er wieder da. Adéliepinguine sind wohl die süßesten von allen. Ihr Kopf ist ganz schwarz bis auf perfekte weiße Ringe, mit denen die schwarzen Äuglein eingefasst sind. Ich fing an der linken oberen Ecke an und drückte jedes Mal den Zähler, wenn ich einen grauen Flaumball zwischen den Füßen eines Adéliepinguins hervorgucken sah. Klick, Klick, Klick. Ich arbeitete mich quer über das markierte Gebiet und dann ein Stückchen tiefer wieder zurück. Man darf kein Nest doppelt zählen, was aber fast unmöglich ist, weil die Nester nicht in ordentlichen Reihen liegen. Als ich fertig war, zählte ich noch mal von vorn und kam aufs gleiche Ergebnis.

Was mich an Pinguinen echt überrascht hat: Ihre Brust ist nicht reinweiß, sondern hat pfirsichfarbene und grüne Flecken. Und zwar stammen die von Krill und Algen, die sie halbverdaut auswürgen, um ihre Jungen damit zu füttern, wobei sie sich bekleckern. Und Pinguine stinken! Und sie sind laut. Manchmal machen sie sanfte Geräusche, was sehr beruhigend ist, aber meistens tröten sie. Die Pinguine, die ich beobachtet habe, verbrachten die meiste Zeit damit, zu anderen hinzuwatscheln und ihnen Steine zu klauen, was zu erbitterten Kämpfen führte, bei denen sie sich gegenseitig blutig hackten.

Ich kletterte hoch auf die Felsen und schaute mich um. Da war Eis in jeder erdenklichen Form, bis ins Unendliche. Gletscher, Festeis, Eisberge, Eisbrocken im stillen Wasser. Die Luft war so kalt und klar, dass das Eis noch ganz in der Ferne genauso scharf und plastisch zu sehen war wie direkt vor mir. Diese riesige Weite, dieser Friede, die Reglosigkeit und die gewaltige Stille – ich hätte ewig da sitzen können.

»Was hast du an Verhalten beobachtet?«, fragte Nick, als er zurück war.

»Die Pinguine, die am meisten gezankt und gekämpft haben, waren die ohne Küken«, sagte ich.

»Da hast du's«, sagte er.

»Es ist, als ob sie sich eigentlich um ihre Jungen kümmern sollten. Weil sie aber keine haben, wissen sie nicht wohin mit ihrer Energie. Also suchen sie einfach Streit.«

»Gut beobachtet.« Er sah sich meinen Zählbogen an. »Sieht prima aus. Ich brauche noch deine Unterschrift.« Ich unterschrieb ganz unten, als Bestätigung, dass ich die Wissenschaftlerin war.

Als Nick und ich aufs Schiff zurückkamen, schälte sich Dad gerade im Trockenraum aus diversen Kleidungsschichten. Ich scannte meinen Bordausweis ein. Es gongte, und auf dem

Bildschirm stand: BALAKRISHNA, BITTE WENDEN SIE SICH ANS SCHIFFSPERSONAL. Hmm, ich scannte den Ausweis noch mal. Wieder ein Gong.

»Das ist, weil du nicht ausgescannt hast«, sagte Nick. »Für den Computer bist du immer noch an Bord.«

»Meine Damen und Herren«, kam es aus dem Deckenlautsprecher, gefolgt von der Pause. »Wir hoffen, Sie haben Ihre Vormittagsexkursion genossen und Appetit auf argentinische Grillspezialitäten mitgebracht, die Ihnen jetzt im Speisesaal serviert werden.« Ich war schon halb die Treppe rauf, ehe ich merkte, dass Dad nicht hinter mir war. Er stand immer noch versonnen am Scanner.

»Dad!« Ich wusste, alle würden das Büffet stürmen, und wollte nicht am Ende der Schlange landen.

»Okay, okay.« Dad erwachte aus seiner Trance, und wir hängten die Massen ab.

Es gab keine Nachmittagsexkursion, weil wir eine Riesenstrecke zurücklegen mussten und keine Zeit für eine Unterbrechung hatten. Dad und ich gingen in die Bibliothek, auf der Suche nach einem Gesellschaftsspiel.

Dort fand uns Nick. Er streckte mir ein paar Papiere hin. »Hier sind Kopien deiner Daten und früherer Daten, falls es dich interessiert.« Vielleicht war das ja seine Persönlichkeit: nett zu sein.

»Cool«, sagte ich. »Möchten Sie was mit uns spielen?«

»Nein«, sagte er. »Ich muss packen.«

»Schade«, sagte ich zu Dad. »Weil ich echt gern Risiko spielen würde, aber das geht besser zu dritt.«

»Wir spielen mit«, sagte eine britische Mädchenstimme. Es war eine der beiden aus Port Lockroy! Sie und die andere trugen handgeschriebene Schildchen an der Bluse, mit ihren Namen und GEBE GERN AUSKUNFT ÜBER PORT LOCKROY.

Sie waren frisch geduscht und hatten ein strahlendes Lächeln im blitzsauberen Gesicht.

»Was machen Sie denn hier?«, fragte ich.

»Die nächsten zwei Tage läuft kein Schiff Port Lockroy an«, sagte Vivian.

»Also hat der Kapitän gesagt, wir könnten die Nacht auf der *Allegra* verbringen«, sagte Iris. Sie waren beide so redebedürftig, dass sie sich wie Rennfahrer gegenseitig schnitten und ausbremsten. Es kam wohl daher, dass sie lange keine Gesellschaft von Dritten gehabt hatten.

»Wie kommen Sie denn wieder zurück?«, fragte ich.

»Es gab eine Planänderung wegen Nick...«, begann Vivian.

»Deshalb ist heute keine Nachmittagsexkursion«, übernahm Iris.

»Die *Allegra* muss ihn nach Palmer bringen«, sagte Vivian.

»Deshalb kreuzen wir die Route des *nächsten* Schiffs, das Port Lockroy anläuft, und das übernimmt dann Vivian und mich...«

»Die Kreuzfahrtunternehmen hängen so was aber nicht gern an die große Glocke...«

»Sie wollen den Passagieren das Gefühl geben, dass sie ganz allein auf dem weiten Antarktischen Ozean sind, deshalb können solche Crew-Transfers nur mitten in der Nacht stattfinden...«

»Und du kannst beruhigt sein, dass wir geduscht haben!«, sagte Vivian, und sie kicherten beide los, was das Redewettrennen beendete.

»Tut mir echt leid, wenn ich taktlos war«, sagte ich.

Ich drehte mich zu Dad um, aber der marschierte gerade in Richtung Brücke. Ich rief ihm nicht nach, weil Dad meine Risiko-Strategie kennt, die darin besteht, gleich am Anfang Australien zu besetzen. Australien ist zwar klein, aber es gibt nur einen Zugang, und wenn es dann an die Eroberung der Welt geht und man Australien nicht hat, geht man rein und sitzt mit seinen Armeen erst mal dort fest, bis man wieder dran ist. Dann kann der nächste Spieler die einzelnen Armeen, die man unterwegs zurückgelassen hat, kassieren. Ich sorgte dafür, dass wir drei schnell unsere Farben wählten und unsere Armeen verteilten, bevor Dad zurückkommen würde. In den ersten vier Runden riss ich mir Australien unter den Nagel.

Mit diesen Mädchen Risiko zu spielen war deshalb so toll, weil ich in meinem ganzen Leben noch nie zwei so glückliche Menschen gesehen hatte. Da sieht man, was eine heiße Dusche und ein richtiges Klo bewirken können. Vivian und Iris erzählten mir die lustige Geschichte, wie sie eines Tages zwischen zwei Kreuzfahrtgruppen-Besuchen in Port Lockroy gesessen hatten und eine schicke Riesenyacht angelandet hatte und es die Yacht von Paul Allen war, die *Octopus*, und wie er und Tom Hanks ausgestiegen waren und eine Führung wollten. Ich fragte die Mädchen, ob sie auf der *Octopus* hätten duschen dürfen, aber sie sagte, sie hätten sich nicht getraut zu fragen.

Die sommersprossige Dame, die mich in Port Lockroy taktlos genannt hatte, setzte sich mit einem Buch hin und sah mich und Vivian und Iris lachen, als ob wir uns schon ewig kennen würden.

»Halloooo«, sagte ich zu ihr wie eine große Grinsekatze.

Ehe sie antworten konnte, sagte die Stimme über Lautsprecher: »Meine Damen und Herren, guten Abend.« Der Kiwi verkündete, dass an Steuerbord Wale seien, die ich schon gesehen hatte. Im Lauf der Zeit kamen noch weitere »Meine-Damen-und-Herren«, gefolgt von Ankündigungen eines Fotografie-Vortrags, dann des Abendessens und schließlich der *Reise der Pinguine*, aber wir wollten nicht aufhören zu spielen, also holten wir abwechselnd Teller mit Essen aus dem Speisesaal in die Bibliothek.

Bei jeder Lautsprecherankündigung tauchte Dad auf und gab mir durch die Scheibe das Daumen-hoch-Zeichen, und ich antwortete ihm auf dieselbe Weise. Die Sonne schien immer noch gleißend hell, und dass es später wurde, merkte man nur daran, dass sich die Bibliothek allmählich leerte. Bald tauchte auch Dad nicht mehr auf, und nur wir drei spielten noch immer Risiko. Es mussten Stunden vergangen sein. Da waren nur noch wir und die Putzcrew. Irgendwann schien noch ein »Meine Damen und Herren« über Lautsprecher zu kommen, aber ich war mir nicht sicher wegen des Staubsaugerlärms. Dann tauchten verschlafen aussehende Passagiere mit Parkas über den Schlafanzügen und mit Kameras an Deck auf.

»Was ist denn los?«, fragte ich. Es war zwei Uhr morgens.

»Oh, wir sind wohl in Palmer«, sagte Vivian mit einer abwinkenden Handbewegung. Sie war dran, und sie glaubte offenbar, gleich Europa besetzen zu können.

Noch mehr Leute erschienen an Deck, aber ich konnte nicht über ihre Köpfe hinwegschauen. Schließlich stieg ich auf meinen Stuhl. »Meine Güte!«

Da war eine kleine Stadt, wenn man denn eine Ansammlung von Containern und ein paar Wellblechhütten als Stadt bezeichnen konnte. »Was *ist* das?«

»Das ist Palmer«, sagte Iris.

Palmer war die Kurzform für *die Palmer-Station*. Als Nick gesagt hatte, er müsse packen, und Iris gesagt hatte, wir würden Nick in Palmer absetzen, hatte ich gedacht, er wolle auf irgendeiner Insel Pinguine zählen.

Ich wusste alles über die drei Orte in der Antarktis, wo Amerikaner leben können. Es gibt die McMurdo-Station, die aussieht wie ein gottverlassenes Kaff mit etwa tausend Leuten. Dann ist da natürlich der Südpol, weit im Inland und nicht per Schiff erreichbar, mit zwanzig Leuten. Und die Palmer-Station mit rund fünfundvierzig Leuten. Alle drei Stationen sind von Wissenschaftlern und Hilfspersonal bewohnt. Aber ich hatte im Kartenraum nachgeschaut und den Kapitän gefragt: Die Palmer-Station fuhr die *Allegra* nie an.

Trotzdem waren wir hier.

»Gehen wir an Land?«, fragte ich die Mädchen.

»Oh, nein«, sagte Iris.

»Nur für Wissenschaftler«, sagte Vivian. »Die sind da sehr straff organisiert.«

Ich rannte aufs Deck hinaus. Ein paar Zodiacs waren auf den zweihundert Metern zwischen unserem Schiff und der Palmer-Station in beide Richtungen unterwegs. Nick war auf einem mit Kühlbehältern und Lebensmittelkisten beladenen Zodiac, das sich von uns entfernte.

»Was sind das für Leute, die da an Bord kommen?«, fragte ich mich laut.

»Das ist eine Tradition.« Charlie, der Landschaftsführer, stand neben mir. »Wir lassen die Wissenschaftler aus Palmer auf einen Drink an Bord.«

Ich muss einen ganz bestimmten Gesichtsausdruck gehabt haben, denn Charlie fügte rasch hinzu: »Vergiss es. Die Leute bewerben sich fünf Jahre im Voraus, um nach Palmer zu können. Betten und Proviant sind dort extrem limitiert. Moms aus Seattle landen da nicht, nur weil es ihnen gerade einfällt. Sorry. Aber es ist so.«

»Bee!«, flüsterte eine erregte Stimme. Es war Dad. Ich hatte gedacht, er schliefe, weil es zwei Uhr morgens war. Bevor ich etwas sagen konnte, bugsierte er mich schon die Treppe runter. »Ich bin ins Nachdenken gekommen, als du das

Problem beim Wiedereinscannen hattest«, sagte er mit zittriger Stimme. »Was ist, wenn Bernadette von Bord gegangen ist, aber *nicht ausgescannt hat*? Laut Scandaten wäre sie dann immer noch an Bord gewesen, woraus später natürlich jeder gefolgert hätte, dass sie vom Schiff selbst verschwunden ist. Aber wenn sie irgendwo an Land gegangen wäre, ohne auszuscannen, könnte sie immer noch dort sein.« Er öffnete die Tür zur Lounge, die sich jetzt mit ziemlich verlotterten Gestalten füllte, Wissenschaftlern von der Palmer-Station.

»Neko Harbor war der letzte Ort, wo Mom an Land gegangen ist«, versuchte ich, dem nachzugehen. »Und da ist sie wieder zurückgekommen.«

»Laut Bordausweisdaten war es der letzte Ort«, erklärte Dad noch mal. »Aber wenn sie sich *später* vom Schiff geschlichen hat? *Ohne* auszuscannen? Ich war gerade an der Bar, und da kam eine Frau und bestellte einen Pink Penguin.«

»Einen Pink Penguin?« Mein Herz fing an zu beben. Das war die Drink-Sorte aus dem Bericht des Kapitäns.

»Wie ich erfahren habe, ist die Frau eine Wissenschaftlerin von der Palmer-Station«, sagte Dad. »Und der Pink Penguin ist dort *der* Drink.«

Ich musterte die Gesichter der Neuankömmlinge. Sie waren jung und schmuddelig, als ob sie alle für irgendeine Outdoor-Equipment-Firma Kurse in Survivaltraining geben würden, und sie lachten viel. Moms Gesicht war nicht darunter.

»Schau dir diesen Ort an«, sagte Dad. »Ich wusste gar nicht, dass er existiert.«

Ich kniete mich auf eine Sitzbank am Fenster und schaute raus. Rote Stege verbanden die blauen Metallgebäude. Ein Dutzend Strommasten ragten neben einem Wassertank mit einem aufgemalten Killerwal auf. Ein riesiges orangefarbenes Schiff lag in der Nähe; es sah nicht aus wie ein Kreuzfahrtschiff, eher wie eins von diesen Industrieschiffen, die immer in der Elliott Bay sind.

»Laut dieser Frau ist die Palmer-Station der begehrteste Forschungsposten in der ganzen Antarktis«, sagte Dad. »Stell dir vor, der Koch dort hat am Cordon Bleu gelernt.«

Unten fuhren weiter Zodiacs zwischen unserem Schiff und dem Felsufer hin und her. In einem war eine lebensgroße Elvis-Puppe, die die Landschaftsführer unter großem Gejohle und Gelächter filmten. Keine Ahnung. Musste ein Insider-Witz sein.

»Und die Pink Penguins im Bericht des Kapitäns...«, sagte ich, noch immer beim Versuch, eins und eins zusammenzuzählen.

»Die waren nicht für Bernadette«, sagte Dad. »Die waren bestimmt für einen Wissenschaftler, einen wie Nick, der in der Palmer-Station abgesetzt wurde und mit dem sich Bernadette angefreundet hatte.«

Ich hing noch an etwas fest. »Aber Moms Schiff war gar nicht in der Nähe der Palmer-Station...« Da machte es Klick. »Ich weiß, wie wir das überprüfen können!«

Ich rannte aus der Lounge und die Treppe rauf in den Kartenraum, dicht gefolgt von Dad. Auf dem glänzenden Holztisch lag die Karte der Antarktischen Halbinsel mit der rot gepunkteten Linie für die Strecke, die wir zurücklegten. Ich zog die Schublade auf und blätterte die Karten durch, bis ich die mit dem Datum 26. Dezember fand.

»Das ist die Route von Moms Reise.« Ich breitete die Karte aus und beschwerte die Ecken mit Messinggewichten.

Ich fuhr die rot gepunktete Linie von Moms Kreuzfahrt nach. Von Feuerland aus hatte die *Allegra* zuerst Deception Island angesteuert wie diesmal auch. Dann war sie im Bogen um die Antarktische Halbinsel herum tief ins Weddell-Meer gefahren und wieder zurück nach Neko Harbor und zur Adelaide-Insel, aber danach hatte sie kehrtgemacht und war durch die Bransfield-Straße und über die King-George-Insel nach Ushuaia zurückgekehrt. »Ihr Schiff war nicht hier in der Nähe.« Es ließ sich nicht leugnen.

»Was ist das da?« Dad zeigte auf grau gestrichelte Linien, die die rot gepunktete Linie kreuzten. Das war an drei verschiedenen Stellen der Fall.

»Strömungen oder so was«, spekulierte ich.

»Nein ... das sind keine Strömungen«, sagte Dad. »Warte mal, sie haben jeweils ein Symbol ...« Das stimmte. Die grauen Linien hatten eine Schneeflocke, ein Glöckchen und ein Dreieck. »Da muss irgendwo eine Legende sein ...«

Da war eine, unten links. Neben den Symbolen stand SITKA STAR SOUTH, LAURENCE M. GOULD und ANTARCTIC AVALON.

»Den Namen Laurence M. Gould kenne ich irgendwoher«, sagte ich.

»Das klingt wie Schiffsnamen«, sagte Dad.

»Woher kenne ich ...«

»Bee«, sagte Dad mit einem breiten Grinsen. »Schau mal da.«

Ich hob den Kopf. Sah durchs Fenster dieses riesige Schiff, ganz oranger Rumpf und blaue Großbuchstaben: RV LAURENCE M. GOULD.

»Es hat die Route von Moms Schiff gekreuzt«, sagte Dad. »Und schau, wo es jetzt ist.«

Ich hatte Angst zu sagen, was ich dachte.

»Sie ist hier, Bee!«, sagte Dad. »Mom ist hier.«

»Los!«, sagte ich. »Wir fragen einen von diesen Leuten in der Lounge ...«

Dad packte mich am Arm. »Nein!«, sagte er. »Wenn Mom es mitkriegt, verschwindet sie vielleicht wieder.«

»Dad, wir sind in der Antarktis. Wo sollte sie denn hin?«

Er sah mich an, so nach dem Motto, Ach echt?

»Okay, okay, okay«, sagte ich. »Aber Touristen dürfen nicht rüber. Wie sollen wir ...«

»Wir klauen uns einfach ein Zodiac«, sagte er. »Wir haben genau vierzig Minuten.«

Da erst bemerkte ich, dass er unsere roten Parkas in der Hand hielt. Er fasste mich an der Hand, und wir schraubten uns ein, zwei, drei Etagen runter, bis wir im Trockenraum landeten.

»Einen schönen guten Abend«, sagte eine junge Frau hinter dem Tresen. »Oder ist es schon Morgen? O ja, ist es!« Sie wandte sich wieder ihrem Papierkram zu.

»Wir gehen gleich wieder nach oben«, sagte Dad laut.

Ich schob ihn hinter eine Reihe von Schließfächern. »Gib mir die Jacken.« Ich stopfte sie in ein leeres Schließfach und führte Dad in den Crew-Teil, wo ich mit Nick gewesen war. An der Wand hingen eine Reihe schwarze Parkas. »Zieh einen von denen an«, flüsterte ich.

Ich schlenderte zu der Anlegeplattform, wo ein Zodiac vertäut war. Das einzige Crew-Mitglied hier war ein Filipino. Auf seinem Namensschild stand JACKO.

»Ich habe da eben was mitgekriegt«, sagte ich. »Das Schiff hat Satellitenverbindung über die Palmer-Station, deswegen sind Ihre Kollegen alle oben auf der Brücke, um gratis nach Hause zu telefonieren.«

Jacko verschwand, immer zwei Stufen auf einmal nehmend, nach oben. Ich flüsterte Dad zu. »Jetzt!«

Ich zog einen riesigen Crew-Parka an und rollte die Ärmel auf. Wir schnappten uns zwei Rettungswesten und kletterten in ein Zodiac. Ich wickelte die Leine los und drückte dann einen Knopf am Motor. Der Motor sprang tuckernd an.

Wir lösten uns von der *Allegra* und fuhren über das funkelnde schwarze Wasser.

Ich blickte zurück. Ein paar Passagiere waren noch an Deck und fotografierten, aber die meisten hatten sich nach drinnen zurückgezogen. Die Sudoku-Frau war jetzt in der Bibliothek. Iris und Vivian saßen an unserem Risiko-Spielbrett und schauten aus dem Fenster. Die meisten Kabinenrollos waren heruntergelassen. Laut den Schiffsdaten waren Dad und ich sicher und gemütlich an Bord.

»Runter«, sagte Dad. Ein Zodiac kam jetzt auf uns zu. »Du bist viel kleiner, als irgendjemand hier draußen sein sollte.« Er stellte sich vor den Motor und umfasste die Pinne. »Tiefer«, sagte er. »Ganz runter.«

Ich lag bäuchlings auf dem Plankenboden. »Nimm deine blöde Brille ab!« Dad trug seine normale Brille, und da fiel das zugeklebte Glas total auf.

»Shit!« Er fummelte die Brille in seine Tasche und zog den Parka bis über seine Nase zu.

»Wer kommt da?«, fragte ich. »Kannst du's erkennen?«

»Frog, Gilly und Karen«, sagte Dad durch die Zähne. »Ich fahre jetzt eine kleine Kurve. Nicht zu doll, nur um ein bisschen Abstand zu kriegen.«

Ich fühlte, wie ihr Zodiac an uns vorbeifuhr.

»Okay, alles klar«, sagte er. »Jetzt suche ich einen Platz zum Anlegen…«

Ich spähte über den Gummiwulst. Die Palmer-Station war jetzt ganz nah. »Man jagt das Ding einfach mit Schwung auf den Fels«, sagte ich.

»Nein, das…«

»Doch«, sagte ich und stand auf. »Einfach mit Karacho…«

Dad gab Gas und plötzlich wurde ich auf den Gummiwulst geschleudert. Ich packte eine Halteschlaufe, und mein Körper krachte auf die Außenseite. Mein einer Fuß und mein Knie wurden zwischen dem harten Gummi und dem Ufergestein eingeklemmt. »Autsch!« schrie ich.

»Bee! Alles okay?«

Ich hatte nicht das Gefühl. »Alles klar.« Ich befreite mich und stand wacklig auf. »O nein!« Das andere Zodiac hatte gewendet, und die Personen an Bord winkten und schrien. Es galt uns. Ich duckte mich hinter das Boot.

»Geh«, sagte Dad.

»Wohin?«

»Such sie einfach«, sagte er. »Ich halte die da auf. Unser Schiff fährt um drei Uhr ab. Das ist in dreißig Minuten. Finde irgendjemanden. Frag nach Mom. Entweder sie ist hier, oder sie ist nicht hier. Falls du zurückwillst, musst du unserem Schiff bis spätestens zwei Uhr fünfzig per Sprechfunk Bescheid geben. Hast du verstanden? Zwei Uhr fünfzig.«

»Was meinst du mit *falls* ich zurückwill?«

»Weiß nicht, was ich meine«, sagte Dad.

Ich schluckte und starrte auf die Wellblechsiedlung.

»Und...« – Dad griff in seine Innentasche und zog ein schwarzes Samtbeutelchen mit einer goldenen Seidenkordel heraus – »gib ihr unbedingt das hier.«

Ohne Abschied humpelte ich die Straße hinauf, von deren Schotter kaum noch etwas übrig war. Rechts und links standen Container in verschiedenen Blautönen, mit schablonenbeschrifteten Schildern: KÜHLGUT, EXPLOSIV, FEUERGEFÄHRLICH, ÄTZENDE STOFFE, DIE BAT-CAVE. Auf hölzernen Plattformen standen Zelte. Sie hatten richtige Türen und komische Fahnen wie zum Beispiel eine Piratenflagge oder eine mit Bart Simpson drauf. Obwohl die Sonne hoch am Himmel stand, ging ich durch Nachtstille. Die Gebäude standen jetzt dichter und waren durch eine Art Hamsterlabyrinth aus roten Stegen und Röhrensträngen verbunden. Links von mir war ein Aquarium mit Tintenfischen und Seesternen, die sich ans Glas pressten, und bizarren Meereskreaturen, wie wir sie beim Tagesrückblick gesehen hatten. Und da war ein großer runder Aluminiumbehälter und daneben ein Schild mit einem Martiniglas und der Aufschrift KEIN GLAS AM UND IM WHIRLPOOL.

Ich erreichte die Treppe zum Hauptgebäude. Auf halber Höhe wagte ich es, mich umzudrehen.

Das andere Zodiac lag jetzt neben dem von Dad. Einer der Guides war hinübergestiegen. Es sah nach einer Auseinandersetzung aus. Aber Dad stand immer noch am Motor, was bedeutete, dass die Guides mir den Rücken zukehrten. Bis jetzt hatten sie mich noch nicht entdeckt.

Ich öffnete die Tür und fand mich ganz allein in einem großen, wohlig warmen Raum mit Teppichfliesen und einer Reihe von Alu-Picknicktischen. Es roch wie in einer Eislaufhalle. An einer Wand standen Regale mit DVDs. Weiter hinten waren eine Theke und eine offene Edelstahlküche. Auf einer Weißwandtafel stand WILLKOMMEN ZU HAUSE, NICK!

Irgendwoher kam Lachen. Ich rannte den Gang entlang und riss Türen auf. Ein Raum enthielt nur Walkie-Talkies in Ladestationen. Ein Riesenschild besagte: HIER DRINNEN KEINE KAFFEEBECHER AUSSER MEINEN, JOYCE. Im nächsten Raum waren Schreibtische, Computer und Sauerstoffflaschen. Wieder ein anderer war ganz voll mit merkwürdigen wissenschaftlichen Apparaten. Dann kamen Toiletten. Um die Ecke hörte ich Stimmen. Ich rannte darauf zu. Stolperte.

Auf dem Boden stand ein Kochtopf auf einem ausgebreiteten Müllbeutel. In dem Topf war ein T-Shirt mit einem Motiv, das mir bekannt vorkam ... einem regenbogenfarbenen

Handabdruck. Ich bückte mich und fischte es aus dem kalten, grauen Wasser. GALER STREET SCHOOL.

»Dad«, rief ich. »Daddy!« Ich rannte wieder zurück, den Gang entlang zu der Fensterfront.

Beide Zodiacs rasten davon zu unserem Schiff. Dad war in einem davon.

Dann, hinter mir, »Du kleines Luder.«

Es war Mom, die da stand. Sie trug Carhartt-Hosen und einen Fleece-Pullover.

»Mom!« Tränen schossen mir in die Augen. Ich rannte zu ihr. Sie ging in die Knie, und ich drückte sie einfach nur und verkroch mich in ihr. »Ich hab dich gefunden!«

»Was machst du hier?«, sagte sie. »Wie bist du hierhergekommen?« Ihre Fältchen waren wie Sonnenstrahlen, die von ihren lächelnden Augen ausgingen. Da war ein breiter Streifen Grau um ihren Scheitel.

»Dein Haar sieht ja komisch aus«, sagte ich.

»Du hast mich schier umgebracht«, sagte sie. »Weißt du das?« Dann, verwirrt und mit Tränen in den Augen: »Warum hast du nicht geschrieben?«

»Ich wusste nicht, wo du bist!«, sagte ich.

»Mein Brief«, sagte sie.

»Dein Brief?«

»Ich hab ihn vor Wochen abgeschickt.«

»Ich hab deinen blöden Brief nicht gekriegt«, sagte ich. »Hier. Das ist von Dad.« Ich gab ihr das Samtbeutelchen. Sie wusste, was es war, drückte es an ihre Wange und schloss die Augen.

»Mach's auf!«, sagte ich.

Sie schnürte das Beutelchen auf und entnahm ihm ein Medaillon. Darin war ein Foto der heiligen Bernadette. Es war die Halskette, die Dad ihr nach ihrem Architekturpreis geschenkt hatte. Ich sah sie zum ersten Mal.

»Was ist das?« Sie zog ein Kärtchen heraus und hielt es ein Stück von sich weg. »Ich kann's nicht lesen.« Ich nahm es ihr aus der Hand und las vor.

1. BEEBER BIFOCAL
2. ZWANZIG-MEILEN-HAUS
3. BEE
4. DEINE FLUCHT
   NOCH VIERZEHN WUNDER ZU VOLLBRINGEN

»Elgie«, sagte Mom und atmete mit einem entspannten Lächeln aus.

»Ich wusste, dass ich dich finde«, sagte ich und drückte sie, so fest ich konnte. »Keiner hat mir geglaubt. Aber ich hab's gewusst.«

»Mein Brief«, sagte Mom. »Wenn du ihn nicht gekriegt hast…« Sie zog meine Arme auseinander und sah mir ins Gesicht. »Das versteh ich nicht, Bee. Wenn du meinen Brief nie gekriegt hast, wie kommst du dann hierher?«

»Ich hab's so gemacht wie du«, sagte ich. »Ich bin entwischt.«

7

DAS AUSREISSERHÄSCHEN

Montag, 21. Februar

Am ersten Tag wieder auf der Galer Street kam ich auf dem Weg zum Musikraum an meinem Mitteilungsfach vorbei. Es war vollgestopft mit Infos aus den letzten zwei Monaten. Zwischen all den Flyern über den Recycling-Wettbewerb und den Per-Rad-zur-Schule-Tag steckte ein Brief; er war frankiert und abgestempelt und adressiert an mich, c/o Galer Street School. Der Absender war ein Dienstleistungsunternehmen in Denver, und die Schrift war Moms Schrift.

Kennedy sah mein Gesicht und löcherte mich: »Was ist das? Was? Sag schon!« Ich wollte den Brief nicht vor ihren Augen öffnen. Aber allein aufmachen konnte ich ihn auch nicht. Also rannte ich wieder in unser Klassenzimmer. Mr. Levy wollte gerade mit ein paar anderen Lehrern, die ebenfalls Pause hatten, ins Starbucks gehen. Als er mich sah, sagte er den anderen, sie sollten schon mal vorgehen. Wir schlossen die Tür, und ich versuchte, ihm alles auf einmal zu erzählen, von der geplanten Einweisung und Audrey Griffin, die Mom gerettet hatte, von Choate und meiner Zimmergenossin, die mich nicht gemocht hatte, von der Antarktis und Soo-Lins Baby und wie ich Mom gefunden hatte und jetzt das hier, den verschollenen Brief. Aber es sprudelte alles als ein einziges Durcheinander heraus. Also machte ich das Zweitbeste: Ich ging an mein Schließfach, holte das Buch, das ich in Choate geschrieben hatte, und gab es ihm. Dann ging ich zum Musikunterricht.

In der Mittagspause kam Mr. Levy zu mir. Er sagte, mein Buch gefalle ihm, müsse aber seiner Meinung nach noch etwas ausgearbeitet werden. Er habe da eine Idee. Ich könne doch als mein Frühjahrsprojekt das Buch vervollständigen. Er meinte, ich solle Audrey, Paul Jellinek, Ms. Goodyear und die anderen bitten, Dokumente beizusteuern. Und Mom natürlich, aber die würde ja erst in zwei Wochen aus der Antarktis zurückkommen. Mr. Levy sagte, er würde es mir als Ausgleich für den verpassten Unterricht anrechnen, sodass ich mit den anderen aus meiner Klasse die Mittelschule abschließen könnte. Und das Ergebnis ist das hier.

Freitag, 7. Januar

• • •

Der verschollene Brief von Mom

Bee,
ich schreibe dir aus einem Container in der Antarktis, wo ich darauf warte, mir freiwillig vier Weisheitszähne ziehen zu lassen und zwar von einem Tierarzt. Aber lass mich der Reihe nach erzählen.

Das Letzte, was du weißt, ist, dass ich spurlos verschwunden bin, als ich mit einem Schmetterlingsnetz durchs Wohnzimmer gejagt wurde. Davor war ich, wie du dich sicher erinnerst, beim Weltfest. Um größeren »Festivitäten« mit Bewohnern besagter »Welt« zu entgehen, ging ich an den Kaffeeausschank und stellte mich durch Eingießen, Umrühren und Hinunterkippen von insgesamt fünf Tassen Kaffee schwer beschäftigt. Sobald die Darbietung vorbei war, flitzte ich nach Hause (*nicht* zu Dr. Neergaard, um mir die Zähne ziehen zu lassen, was wirklich eine verrückte Idee war, das war inzwischen sogar mir aufgegangen) und platzte in die Vorbereitungen für diese Intervention, was umso unangenehmer war, als ich dringendst pinkeln musste. Ich ging ins Bad, und was durchdrang mein banges Ohr? Ein *Klopf, Klopf, Klopf.*

Du weißt ja, wir dachten immer, Audrey Griffin sei der Teufel in Person. Aber nein, Audrey Griffin ist ein Engel. Sie hat mich vom Balkon gerettet und eilends in ihre sichere Küche gebracht, wo sie mir das Dossier über meine Missetaten vorlegte, das du ja inzwischen per Briefpost bekommen hast.

Ich weiß, es sieht aus, als wäre ich einfach auf und davon gegangen, aber der Punkt ist: So war's nicht.

Nach meinem Wissensstand wollte Elgie immer noch mit dir in die Antarktis fahren. Das hatte er bei der Intervention noch höchst entschlossen verkündet. Also fuhr ich am nächsten Morgen zum Flughafen, um direkt mit euch beiden reden zu können. (Sei gewarnt, ich werde nie wieder mit irgendjemandem per E-Mail, SMS oder auch Telefon kommunizieren. Von jetzt an halte ich's wie die Mafia: persönlicher Kontakt oder gar nichts.) Ich fragte, ob ihr eingecheckt hättet, aber solche Auskünfte zu erteilen, war streng verboten – dieser 9/11-Terror wirkt immer noch weiter –, also blieb mir nur einzuchecken und an Bord der Maschine zu gehen.

Wie du weißt, wart ihr nicht im Flugzeug. Ich bekam einen Panikanfall, aber dann reichte mir eine hübsche Stewardess ein Glas Orangensaft mit zerstoßenem Eis. Das schmeckte viel besser, als man von einem solchen Getränk erwarten könnte, also flog ich mit nach Miami, lodernd vor Wut, jeder meiner Gedanken ein Geschoss auf der Suche nach Schuldigen. Elgie war die miese Ratte, ich das verkannte Genie. Die Tiraden, die ich innerlich schwang, waren gewaltig und unanfechtbar.

In Miami aus dem Flugzeug zu steigen, war wie eine Rückkehr in den Mutterleib. Waren es die warmen Stimmen von LeBron James und Gloria Estefan? Nein, es war der Duft von Cinnabon-Zimtschnecken; ich holte mir eine große und wartete dann auf eine Flughafenbahn, die mich zur Schalterhalle bringen würde. Dort würde ich ein Ticket nach Hause kaufen und mich in mein Schicksal fügen.

Die Zimtschnecke aß sich nicht von allein, also setzte ich mich hin. Bahnen kamen an und fuhren ab, während ich Stück um Stück von der lockeren Köstlichkeit abriss und jeden Bissen genoss, bis ich merkte, dass ich keine Papierserviette mitgenommen hatte. Meine Hände klebten von Zuckerguss. Mein Gesicht ebenso. In einer Tasche meiner Anglerweste steckte ein Taschentuch. Die Hände hochhaltend wie ein Chirurg, fragte ich eine Frau: »Bitte, könnten Sie mir den Reißverschluss da aufmachen?« Die Tasche, die sie öffnete, enthielt nur ein Buch über die Antarktis. Ich zog es mit spitzen Fingern heraus und wischte mir Hände und, jawohl, Gesicht mit den sauberen Buchseiten ab.

Eine Bahn kam. Die Türen gingen auf, und ich suchte mir einen Platz. Ich blickte auf das Buch, das jetzt auf meinem Schoß lag. Es war *Die schlimmste Reise der Welt* von Apsley Cherry-Garrard, einem der wenigen Überlebenden der unseligen Scott-Expedition. Hinten drauf stand: »In die Antarktis geht man nicht. In die Antarktis wird man gerufen.«

Wir hielten im Hauptterminal. Ich stieg nicht aus. Ich ging bzw. fuhr in die Antarktis.

Natürlich würdet ihr auf der Suche nach mir als Erstes bei dem Kreuzfahrtunternehmen nachfragen. Sie würden euch sagen, ja, ich sei an Bord, also würdet ihr wissen, dass ich wohlauf war. Und der zusätzliche Vorteil: Wenn ich erst mal auf See war, gab es keine Kommunikationsmöglichkeit. Es war genau das, was Dad und ich dringend brauchten: eine dreiwöchige Auszeit.

Auf der *Allegra* angekommen – ich kann es immer noch nicht ganz fassen, dass mich nicht in letzter Minute irgendeine Autorität wieder an Land schleppte –, wurde ich von einem Landschaftsführer begrüßt. Auf mein *»How are you?«* antwortete er: »Bestens. Solange ich nur wieder auf dem Weg ins Eis bin.«

»Sind Sie denn nicht gerade erst aus dem Eis gekommen?«, fragte ich.

»Vor drei Tagen«, antwortete er wehmütig.

Ich konnte mir nicht vorstellen, was er meinte. Eis. Was kann denn an Eis so toll sein?

Tja, ich hab's rausgefunden. Nach zwei grässlichen Seekrankheitstagen wachte ich in der Antarktis auf. Draußen vor meinem Fenster war – dreimal so hoch und doppelt so breit wie das Schiff – ein Eisberg. Es war Liebe auf den ersten Blick. Per Lautsprecherdurchsage wurden wir informiert, dass wir eine Kajakexkursion machen könnten. Ich vermummte mich und war die Erste in der Schlange. Ich musste mich aus nächster Nähe mit dem Eis vertraut machen.

Eis. Es ist psychedelisch, wie gefrorene Symphonien, das Gestalt gewordene Unbewusste in Blau. (Schnee ist weiß, Eis ist blau. Du weißt bestimmt warum, Bee, weil du in diesen Dingen beschlagen bist, aber ich hatte keine Ahnung.) Es schneit hier selten, weil die Antarktis eine Wüste ist. Ein Eisberg ist zig Millionen Jahre alt und dadurch entstanden, dass ein Gletscher gekalbt hat. (Wegen so was muss man das Leben doch einfach lieben: Zuerst gibt man der russischen Mafia freiwillig seine Sozialversicherungsnummer, und zwei Wochen später benutzt man das Verb *kalben* in Zusammenhang mit Eis.) Ich habe Hunderte von Eisbergen gesehen, Kathedralen aus Eis, glattgerieben wie Salzlecksteine; Schiffswracks, blank wie die Marmorstufen im Vatikan; Lincoln-Center, auf die Seite gekippt und voller Auswüchse; Flugzeughangars, wie Skulpturen von Louise Nevelson;

dreißig Stockwerke hohe unfassbare Bogenkonstruktionen, wie von einer Weltausstellung; Weiß, ja, aber auch Blau, sämtliche Blaus des Farbkreises, dunkel wie eine Marineuniform, leuchtend wie ein Neonschild, königsblau wie das Trikot der Franzosen, taubenblau wie Peter Rabbits Jacke, so drifteten diese Eismonster in dem unwirtlichen Schwarz umher.

Sie hatten etwas unsagbar Erhabenes, mit ihrem Alter, ihren Ausmaßen, ihrer Unbewusstheit, ihrem Recht aufs Dasein. Jeder einzelne Eisberg erfüllte mich mit Gefühlen der Trauer und des Staunens. Nicht mit *Gedanken* der Trauer und des Staunens wohlgemerkt, denn Gedanken setzen ein denkendes Wesen voraus, und mein Kopf war ein Ballon, außerstande zu denken. Ich dachte nicht an Dad, ich dachte nicht an dich, und vor allem: Ich dachte nicht an mich. Es war wie die Wirkung von Heroin (glaube ich zumindest), und ich wollte es so lange wie möglich ausdehnen.

Schon die kleinste zwischenmenschliche Interaktion würde mich mit einem Schlag in irdische Gedanken zurückstürzen. Also war ich die Erste, die morgens aufbrach, und die Letzte, die wieder zurückkam. Ich ging nur Kajak fahren, setzte nie einen Fuß auf den Weißen Kontinent selbst. Ich mied jeden Kontakt, blieb in meiner Kabine und schlief, aber vor allem: Ich *war* ich selbst. Kein Herzrasen, kein Gedankenjagen.

Irgendwann paddelte ich gerade auf dem Wasser, als plötzlich aus dem Nichts eine Stimme ertönte.

»Hallo!«, sagte sie. »Sind Sie hier, um zu helfen?« Sie hätte auch sagen können, Sind Sie eine Gute Hexe oder eine Böse Hexe? So putzmunter war diese Stimme, so fein gestuft die Palette der Blautöne, so bizarr die Form des Eisbergs.

Die Stimme gehörte Becky, einer Meeresbiologin, die mit einem Zodiac draußen war, um Wasserproben zu nehmen. Sie ließ sich von der *Allegra* zur Palmer-Station mitnehmen, einer Forschungsstation, wo sie, wie sie mir erklärte, *die nächsten paar Monate leben würde.*

Ich dachte: Wie bitte, man kann hier unten *leben?*

Ich kletterte in ihr Zodiac und las Phytoplanktonwerte ab. Sie war ziemlich gesprächig. Ihr Mann sei Bauunternehmer und arbeite derzeit zu Hause in Ohio mit einem Computerprogramm namens Quickie Architect (!), weil er an der Ausschreibung für ein Projekt am Südpol teilnehmen wolle, das darin bestehe, eine geodätische Kuppel abzubauen und durch eine Forschungsstation zu ersetzen.

Hä?

Inzwischen hast du ja erfahren, dass ich ein zertifiziertes Genie bin. Sag nicht, ich hätte dir nie von meinem MacArthur-Stipendium erzählt, das habe ich nämlich getan. Ich habe nur nicht betont, was für eine Riesensache das war. Welche Mutter will denn ihrer Tochter gestehen, dass sie mal als die vielversprechendste Architektin ihrer Generation galt, jetzt aber ihr gefeiertes Genie darauf verwendet, den Autofahrer vor sich herunterzumachen, weil er ein Kennzeichen aus Idaho hat?

Ich weiß, wie schlimm es für dich gewesen sein muss, Bee, all die Jahre festgeschnallt im Auto zu sitzen, meinen galoppierenden Launen ausgeliefert. Ich hab's versucht. Immer wieder habe ich mir vorgenommen, nichts Schlechtes über irgendwelche Autofahrer zu sagen. Dann stand ich da und wartete und wartete, dass irgendein Minivan endlich seine Parklücke räumte. »Du wirst es nicht sagen«, ermahnte ich mich. Von hinten dein Stimmchen: »Ich weiß, was du sagen wolltest. Du wolltest sagen, sie ist eine dämliche Kuh.«

Worauf ich hinauswill, ist wohl, dass ich dich auf hunderterlei Art im Stich gelassen habe. Sagte ich hunderterlei? Tausenderlei dürfte es eher treffen.

Was meinte Becky mit »die Kuppel abbauen«? Was wollten sie

damit machen? Woraus sollte die neue Station gebaut werden? Was für Materialien *gab* es überhaupt am Südpol? War da denn nicht nur Eis? Ich hatte unzählige Fragen. Ich lud Becky ein, mit mir zu Abend zu essen. Sie war eine eher farblose Erscheinung, mit einem Riesenhintern, und auf eine herablassende Art überfreundlich zu den Kellnern, so nach dem Motto »Seht ihr, wie gut ich das Personal behandle«. (Ich glaube, das ist so ein Midwestern-Ding.) Nach dem Essen bestand Becky darauf, an die Bar zu gehen, wo ich, während sie den Barmann nach seinen »Kiddies« daheim in Kashmir fragte, mehr Informationen aus ihr herauszuholen versuchte.

Auf die Gefahr hin, wie Dad zu sein und dir Dinge zu erklären, die du längst weißt: Die Antarktis ist der höchste, trockenste, kälteste und windigste Teil der Erde. Der Südpol zeichnet sich durch eine Durchschnittstemperatur von minus fünfzig Grad und Winde in Orkanstärke aus und liegt 2800 Meter über dem Meer. Mit anderen Worten, diese Entdecker mussten nicht nur überhaupt dorthin kommen, sondern zu diesem Zweck auch noch ernstzunehmende Berge besteigen. (Nebenbei bemerkt: Hier unten ist man entweder ein Amundsen-Fan, ein Shackleton-Fan oder ein Scott-Fan. Amundsen war als Erster am Pol, aber nur, weil er Hunden Hunde verfütterte, was ihn zum Michael Vick – du weißt schon, der Footballspieler, der wegen illegaler Hundekämpfe angeklagt wurde – unter den Polarforschern macht: Man kann ihn mögen, muss es aber für sich behalten, weil man sich sonst in erbitterte Diskussionen mit einer Horde von Fanatikern verstrickt. Shackleton ist der Charles Barkley unter den dreien: Er ist eine Legende, eine unumstrittene All-Star-Persönlichkeit, aber so wie Barkley nie eine NBA-Meisterschaft gewann, erreichte er nie den Pol. Wieso wir jetzt mitten in einer Sportanalogie sind, weiß ich auch nicht. Jedenfalls, dann ist da noch Kapitän Scott, in die Geschichte eingegangen wegen seines Scheiterns und bis heute nicht wirklich akzeptiert, weil er so schlecht im Umgang mit Menschen war. Er ist, wie du dir sicher denken kannst, mein Favorit.) Der Südpol liegt auf einer Eismasse, die sich bewegt. Jedes Jahr müssen sie die offizielle Markierung versetzen, weil sich der Pol um bis zu dreißig Meter verschiebt! Heißt das, mein Gebäude müsste ein windkraftbetriebenes, krebsgangfähiges Iglu sein? Mag sein. Das macht mir keine Sorgen. Dafür sind Genie und Schlaflosigkeit ja da.

Jedwede Bautätigkeit müsste von den USA aus koordiniert werden. Alles Material bis hin zum kleinsten Nagel gälte es einzufliegen. Das wäre so teuer, dass absolut *nichts* verschwendet werden dürfte. Vor zwanzig Jahren habe ich ein Haus gebaut, ohne dabei irgendetwas zu verschwenden, indem ich nur Materialien benutzte, die aus einer Maximalentfernung von zwanzig Meilen kamen. Hier wären es Materialien aus einer Minimalentfernung von neuntausend Meilen.

Mein Herz schlug schneller, nicht auf diese unangenehme Art, als ob man gleich stirbt, sondern auf die positive Art, so wie: Hallo, kann ich irgendwas für Sie tun? Wenn nicht, gehen Sie bitte aus dem Weg, weil ich jetzt nämlich dem Leben zeigen werde, was eine Harke ist.

Die ganze Zeit dachte ich, Was für eine phantastische Idee von mir, diese Familienreise in die Antarktis zu machen!

Du kennst mich ja oder vielleicht auch nicht, aber von da an verwandte ich jede Stunde des Tages darauf zu überlegen, wie ich dieses Südpolstation-Projekt übernehmen könnte. Und mit ›jede Stunde des Tages‹ meine ich vierundzwanzig Stunden, weil hier die Sonne nie untergeht.

Wenn mich jemand fragen würde – was, wie ich ihm zugutehalten muss, dieser *Artforum*-Journalist tapfer versucht hat, aber sobald ich seinen Namen in meinem E-Mail-Eingang sah, klickte ich panisch auf Löschen Löschen Löschen –, würde ich sagen, dass ich mich nie für eine große Architektin gehalten habe. Ich bin eher eine kreative Problemlöserin mit einem guten Geschmack und einer Schwäche für logistische Alpträume. Ich musste dorthin. Und sei es nur, um die Südpolfahne zu berühren und zu verkünden, dass sich die Welt buchstäblich um mich dreht.

Ich schlief zwei Tage überhaupt nicht, weil einfach alles viel zu *interessant* war. Die Südpol-, die McMurdo- und die Palmer-Station werden alle von derselben militärischen Auftragsfirma in Denver betrieben. Und die Koordinatorin sämtlicher Antarktis-Operationen würde zufällig den ganzen nächsten Monat auf der Palmer-Station sein. Mein direktester Kontakt zu dem Ganzen war Becky. Also beschloss ich: Auch wenn Becky sich noch so ausschweifend entschuldigte, sobald sie einen Kellner um Brötchen bat, ich würde mich an sie dranhängen.

An einem jener Tage war ich mit Becky draußen auf dem Wasser, in unserem schwimmenden Labor, und las Messwerte ab. Ganz beiläufig erwähnte ich, dass es doch vielleicht lustig wäre, wenn ich sie auf die Palmer-Station begleitete. Das löste vielleicht einen Aufruhr aus! Kein Zutritt für Zivilisten! Nur unverzichtbare Mitarbeiter! Fünf Jahre Wartezeit! Heerscharen von Wissenschaftlern konkurrierten um einen Aufenthalt dort! Sie hatte Jahre darauf verwandt, den Antrag zu schreiben!

An diesem Abend verabschiedete sich Becky von mir. Das war ein Schock, weil wir nicht mal in der Nähe der Palmer-Station waren. Aber um drei Uhr morgens würde ein Schiff vorbeikommen, um sie abzuholen. Wie sich herausstellte, gibt es hier unten in der Antarktis ein ganzes Schatten-Transportnetzwerk, ähnlich wie die Microsoft-Busse. Es sind Forschungsschiffe, die ständig ihre Runden drehen, um Personal, Vorräte und Material zu den verschiedenen Stationen zu bringen, und sich dafür oft mit Kreuzfahrtschiffen treffen, die nämlich nebenbei auch als Versorgungsschiffe für diese entlegenen Stationen fungieren.

Mir blieben kümmerliche sechs Stunden. Becky ließ sich einfach nicht überreden, mich auf die Palmer-Station mitzunehmen. Ich lag verzweifelt im Bett, als um Punkt drei Uhr morgens ein knalloranger Riesenkahn neben uns erschien, die *Laurence M. Gould*.

Ich ging in den Trockenraum hinunter, um aus nächster Nähe zuzuschauen, wie meine Zukunft davonglitt. Auf der Anlegeplattform waren Beckys Gepäck und fünfzig Kisten mit Frischwaren gestapelt. Ich erkannte Orangen, Kürbisse, Kohl. Ein müder Filipino verlud die Sachen in ein schaukelndes, unbemanntes Zodiac. Plötzlich wurde mir eine Kiste Ananas in die Hände gedrückt.

Natürlich: Ich war tagelang mit Becky hinausgefahren, um Planktonmessungen vorzunehmen. Dieser Typ hielt mich für eine *Wissenschaftlerin*. Ich nahm die Kiste, sprang in das Zodiac und ließ mir von ihm weitere Vorräte anreichen. Als wir das Zodiac voll beladen hatten, sprang der Matrose ebenfalls hinein und ließ den Motor an.

Unversehens war ich auf dem Weg zu der riesigen, rein für Frachtzwecke gedachten *Laurence M. Gould*. Dort empfing uns ein ebenso müder und knurriger russischer Matrose. Der Filipino blieb in dem Zodiac, und ich stieg auf die Anlegeplattform der *Gould* hinüber und begann mit dem Ausladen. Den Russen interessierten nur die Kisten, die er zu registrieren hatte. Als das Zodiac leer war, winkte ich – auch um zu testen, ob das alles Wirklichkeit war – dem Filipino schüchtern zu. Er tuckerte allein zur *Allegra* zurück.

Da stand ich nun auf der *Laurence M. Gould*. Und das Beste war: Ich hatte auf der *Allegra* nicht ausgescannt. Dort war nirgends registriert, dass ich von Bord gegangen war, und sie würden mein Fehlen wahrscheinlich gar nicht bemerken, ehe sie wieder in Ushuaia anlegten. Bis dahin konnte ich dir eine Nachricht zukommen lassen.

Ich blickte zur *Allegra* hinüber und nickte ihr dankend zu. Da begann drüben in der Rumpföffnung Beckys Silhouette die übrigen Kisten in ein Zodiac zu verladen. Meine irrationale Abneigung gegen Becky lebte wieder auf. Und ich dachte: Wozu brauche ich Becky? Becky ist nicht mein Boss.

Ich fand den Weg in den Bauch des Schiffs und durch ein Labyrinth von Gängen, die nach einer Mischung aus Schiffsdiesel, frittiertem Essen und Zigaretten rochen. Ich kam in einen winzigen Aufenthaltsraum mit abgewetzten pastellfarbenen Sofas und einem klobigen Fernseher. Dort saß ich, als die Maschine grollend zum Leben erwachte. Dort saß ich, als das Schiff losfuhr. Dort saß ich noch ein bisschen länger. Und dann schlief ich ein.

Ich erwachte von Beckys Kreischen. Um die Frühstückszeit hatten ein paar Matrosen meine schlafende Gestalt entdeckt und daraufhin herumgefragt. Zum Glück waren wir nur noch sechs Stunden von der Palmer-Station entfernt. Becky beschloss, dass es das Beste wäre, mich Ellen Idelson, der Leiterin der Antarktis-Operationen, zu übergeben. Während der restlichen Fahrt war ich eine Gefangene in dem Aufenthaltsraum und ein Objekt der Neugier. Russische Wissenschaftler steckten den Kopf herein und schauten zu, wie ich *Lorenzos Öl* schaute.

Sobald wir die Palmer-Station erreicht hatten, schleifte mich Becky am Kragen zur Großen Chefin, Ellen Idelson. Zu Beckys Leidwesen war Ellen *entzückt*, als ich erklärte, ich würde umsonst arbeiten und keine Tätigkeit sei mir zu niedrig.

»Aber wie soll sie nach Hause kommen?«, zeterte Becky.

»Wir geben sie der *Gould* mit«, sagte Ellen.

»Aber die Betten sind doch alle belegt«, sagte Becky.

»Ach«, sagte Ellen. »Das sagen wir immer.«

»Aber sie hat doch keinen Pass. Ihrer ist auf der *Allegra*.«

»Das ist doch ihr Problem, oder?«

Beide sahen wir Becky nach, wie sie wutschnaubend davonstapfte.

»Sie ist wirklich gut im Schreiben von Anträgen«, sagte Ellen angewidert. Es war ein Fall von »Der Feind meines Feindes ist mein Freund.« Das Leben zeigte sich wieder von seiner Schokoladenseite.

Ich wurde Mike übergeben, einem ehemaligen Senatsabgeordneten aus Boston, der so erpicht darauf gewesen war, eine Zeitlang in der Antarktis zu leben, dass er sich als Dieselmechaniker hatte ausbilden lassen. Er wies mir die Aufgabe zu, die Bohlenplattform rund um das Generatorenhaus abzuschmirgeln und zu streichen. Er drückte mir einen Stapel Schleifpapier in die Hand. Bevor ich mich durch die verschiedenen Körnungen arbeitete, galt es, das Holz abzuschaben. Ich hatte einen stumpfen Spachtel und dachte, ich könnte mir ja in der Küche einen Schleifstein borgen.

»Da ist sie«, sagte Ellen, die gerade ein Tête-à-tête mit dem Koch hatte, als ich eintrat. Ellen zeigte auf einen Picknicktisch. Gehorsam setzte ich mich hin.

Sie kam mit einem aufgeklappten Laptop herüber.

Auf dem Display waren meine Wikipedia-Seite und in einem Fenster dahinter *Artforum* dot.com. (Übrigens ist das Internet hier das schnellste, das ich je gesehen habe, weil es irgendwie militärisch ist. Der Slogan sollte sein: *Die Palmer-Station – berühmt für ihr Eis, begeisternd durch ihr Internet.*)

»Es war nicht toll, was Sie gemacht haben«, sagte Ellen. »Sich einfach auf die *Gould* zu schleichen. Ich wollte nur nicht, dass Becky sich noch mehr ereifert. Das ist nicht gut für die Moral.«

»Verstehe.«

»Was wollen Sie?«, fragte sie. »Warum sind Sie hier?«

»Ich muss meiner Tochter einen Brief zukommen lassen. Keine E-Mail, einen richtigen Brief. Einen, der spätestens am Siebzehnten in Seattle ist.« Du musst diesen Brief unbedingt bekommen, Bee, bevor das Schiff wieder in Ushuaia ist, damit sich niemand Sorgen macht.

»Der Postsack geht morgen ab«, sagte Ellen. »Der Brief wird es rechtzeitig schaffen.«

»Außerdem würde ich mich gern um die Planung der Südpolstation bewerben. Aber ich muss selbst hin und ein Gefühl dafür kriegen.«

»Aha«, sagte Ellen. »Dachte ich's mir doch.«

Ellen holte zu einer Suada darüber aus, dass das absolut unmöglich sei: Flugzeuge zum Pol starteten nur von der McMurdo-Station, die 2100 Seemeilen von Palmer entfernt sei. Nach McMurdo zu kommen sei vergleichsweise leicht. Polflüge seien ein anderes Paar Stiefel. Ausschließlich für UMs, unverzichtbare Mitarbeiter, und ich sei ja wohl der Inbegriff von Nicht-UM.

Irgendwann während ihrer Ausführungen dämmerte mir, dass Ellen Idelson Dienstleisterin war, so ähnlich wie ein Baudienstleister. Und was sie hier aufführte, war Dienstleister-Kabuki. Das ist ein Ritual, bei dem (a) der Dienstleister in aller Ausführlichkeit erklärt, warum das, was man von ihm will, unmöglich ist, (b) man selbst seine Zerknirschung darüber, auch nur einen solchen Gedanken geäußert zu haben, dadurch bekundet, dass man sein Ansinnen zurücknimmt, und (c) der Dienstleister erklärt, dass er doch eine Möglichkeit gefunden hat, es zu machen, sodass (d) man in seiner Schuld steht, weil er das tut, wofür man ihn ursprünglich angeheuert hat.

Wir spielten unsere Rollen virtuos, Ellen, indem sie all die verschiedenen Schwierigkeiten auflistete, ich, indem ich mich unterwürfigst dafür entschuldigte, so etwas Abwegiges und Unüberlegtes aufs Tapet gebracht zu haben. Ich nickte ernst und machte mich wieder an die Schmirgelei. Fünf Stunden später pfiff mich Ellen zu sich ins Büro.

»Ihr Glück«, sagte sie, »dass ich eine Schwäche für Verrückte, Rätsel und Genies habe. Ich habe Ihnen einen Platz in einer Hercules von McMurdo nach Neunzig Grad Süd beschafft. Der Flug geht in sechs Wochen. Sie verlassen Palmer in fünf Wochen. Sie werden während des ganzen dreistündigen Flugs stehen müssen. Ich habe die Maschine mit Wetterballons, Milchpulver und Kerosin vollgepackt.«

»Ich stehe gern«, sagte ich.

»Das sagen Sie jetzt«, sagte Ellen. »Eine Frage. Haben Sie Ihre Weisheitszähne noch?«

»Ja...«, antwortete ich. »Warum fragen Sie?«

»Personen mit Weisheitszähnen dürfen grundsätzlich nicht zum Südpol. Vor ein paar Jahren mussten wir drei Leute mit entzündeten Weisheitszähnen ausfliegen. Fragen Sie nicht, was das gekostet hat. Darum haben wir eine Regel eingeführt. Keine Weisheitszähne.«

»Mist!« Ich stampfte mit dem Fuß auf wie Yosemite Sam, rasend beim Gedanken, dass mir der Südpol ausgerechnet deshalb durch die Lappen gehen sollte, weil ich nicht zu diesem verdammten Zahnarzttermin gegangen war!

»Immer mit der Ruhe«, sagte Ellen. »Wir können sie Ihnen rausnehmen. Aber es muss heute passieren.«

Ich stand schlagartig still. Hier war eine Frau, die »Machermentalität« auf eine ganz neue Stufe hob.

»Aber«, sagte sie. »Sie müssen wissen, worauf Sie sich da einlassen. Der Südpol gilt als das stressigste Lebensumfeld der Welt. Dort sind Sie mit zwanzig Leuten auf engstem Raum eingesperrt, noch dazu mit zwanzig Leuten, die Sie wahrscheinlich nicht mögen werden. Meiner Meinung nach sind sie alle ziemlich schrecklich, und die Isolation macht es noch schlimmer.« Sie reichte mir ein Klemmbrett. »Hier ist ein psychologischer Eignungstest für die Überwinterer. Es sind siebenhundert Fragen, und die meisten sind Schwachsinn. Aber schauen Sie sich's wenigstens mal an.«

Ich setzte mich hin und schlug eine beliebige Seite auf. »Zutreffend/nicht zutreffend: Ich reihe meine sämtlichen Schuhe der Farbe nach auf. Wenn ich sie nicht in der richtigen Ordnung vorfinde, kann ich aggressiv werden.« Sie hatte recht, es war Schwachsinn.

Relevanter war das Deckblatt, wo das psychologische Profil derjenigen Kandidaten beschrieben wurde, die sich in besonderem Maße dafür eignen, mit den extremen Bedingungen am Südpol zurechtzukommen. Es sind »Individuen mit einer gewissen gleichgültigen Grundhaltung und wenig geselligen Neigungen«, die »gern viel Zeit allein in kleinen Räumen verbringen«, »nicht den Drang verspüren, sich im Freien zu bewegen« und, der Knüller, »über lange Strecken aufs Duschen verzichten können.«

Die letzten zwanzig Jahre habe ich dafür trainiert, am Südpol zu überwintern! Ich wusste doch, dass ich irgendwas ausbrütete.

»Damit komme ich klar«, sagte ich zu Ellen. »Solange mir nur meine Tochter ihren Segen gibt. Ich muss ihr eine Nachricht zukommen lassen.«

»Das ist der leichtere Teil«, sagte Ellen und bedachte mich endlich mit einem Lächeln.

Hier ist ein Mann aus Pasadena, der über Seebären forscht. Er ist außerdem Tierarzt mit einer Zusatzausbildung in Pferdezahnheilkunde. Er hat immer die Zähne der Wunderstute Zenyatta gereinigt. (Ich kann dir sagen, hier gibt es wirklich die erstaunlichsten Leute. Heute beim Mittagessen hat uns ein Physik-Nobelpreisträger das »Patchwork-Universum« erläutert. Ich spreche nicht von Freizeitgestaltungsmöglichkeiten für Galer-Street-Mütter. Es ist ein quantenphysikalisches Konzept, nach dem alles, was passieren kann, auch passiert und zwar in einer unendlichen Zahl von Paralleluniversen. Verdammt, jetzt kann ich's nicht mehr erklären. Aber ich sage dir, heute beim Mittagessen hatte ich es einen flüchtigen Moment lang begriffen. Es ist wie mit allem in meinem Leben – wie gewonnen, so zerronnen!

Jedenfalls: Der Tierarzt wird mir die Weisheitszähne ziehen. Der Arzt der Station, Doug, wird ihm assistieren. Doug ist ein Chirurg aus Aspen, der im Zuge seines Lebensprojekts, alle sieben Kontinente per Ski zu »erfahren«, hier gelandet ist. Sie sind guten Mutes, dass das Rausziehen ein Klacks sein wird, weil meine Weisheitszähne durchgebrochen sind und nicht schief stehen. Aus irgendeinem Grund will auch Cal, ein umgänglicher Neutrino-Experte, bei der Zahnziehaktion dabei sein. Alle hier scheinen mich zu mögen, was vor allem damit zu tun haben dürfte, dass ich Kisten voller Frischwaren mitgebracht habe und dass Frauen hier so rar sind. Ich bin ein antarktischer Superhit.

Bee, ich habe genau eine Chance, an den Südpol zu kommen. Die *Laurence M. Gould* fährt in fünf Wochen nach McMurdo. Von dort kann ich, wenn meine Glückssträhne anhält, diesen fliegenden Schlitten zum Pol kriegen. Aber ich mache es nur, wenn ich bis dahin von dir gehört habe. Schick mir deine Antwort an Ellen Idelsons unten genannte E-Mail-Adresse. Wenn ich *nichts* höre, nehme ich das Schiff nach McMurdo und fliege von dort nach Hause.

XXXX

Doug, der Chirurg, hat mir gerade Novocain und Vicodin verabreicht, was, wie sich herausstellte, der einzige Grund für Neutrino-Cals Anwesenheit war: Er hatte mitgekriegt, dass sie den Arzneischrank aufschließen würden. Jetzt ist er weg. Ich habe nicht mehr viel Zeit, bis ich high sein werde. Also jetzt zu den wichtigen Dingen.

Bee, hab keinen Hass auf Dad. Ich hasse ihn genug für uns beide. So, nachdem das gesagt ist, werde ich ihm vielleicht verzeihen. Weil ich nicht weiß, was Dad und ich ohne einander wären. Na ja, was er wäre, wissen wir ja, ein Typ, der mit seiner Admin in wilder Ehe lebt. Aber was ich wäre, weiß ich nicht.

Weißt du noch, was du alles an mir gehasst hast, als du klein warst? Du hast es gehasst, wenn ich gesungen habe. Du hast es gehasst, wenn ich tanzte. Und *besonders* gehasst hast du's, wenn ich diesen Obdachlosen, der mit einem Haufen Decken um die Schultern durch die Straßen ging, als »meinen Bruder« bezeichnete. Und du hast es gehasst, wenn ich sagte, du seist meine beste Freundin.

In letzterem Punkt gebe ich dir inzwischen recht. Ich bin nicht deine beste Freundin. Ich bin deine Mutter. Und als deine Mutter muss ich dir zwei Dinge mitteilen.

Erstens: Wir werden aus Straight Gate ausziehen. Dieses Haus war ein jahrzehntelanger böser Traum, aus dem wir alle drei erwachen werden, wenn ich mit den Fingern schnippe.

Vor zwei Monaten etwa rief mich ein merkwürdiger Mensch namens Ollie-O an, der Geld für einen neuen Galer-Street-Campus sammelte. Was hältst du davon, dass wir ihnen Straight Gate schenken oder für einen Dollar verkaufen? Die schwer einzugestehende Wahrheit ist: Die Galer Street war das Beste, was mir je passiert ist, denn sie haben sich phantastisch um dich gekümmert. Die Lehrer waren ganz vernarrt in dich, und dort bist du zu meiner flötespielenden Krishna erblüht, nix mehr Bala. Sie brauchen einen Campus, und wir brauchen ein ganz normales Leben wie alle anderen Menschen auch.

Mir wird es fehlen, nachmittags auf den Rasen hinauszutreten und den Kopf in den Nacken zu legen. In Seattle hängt der Himmel so tief, dass es sich immer anfühlte, als hätte Gott einen seidenen Fallschirm auf uns herabschweben lassen. Jedes Gefühl, das ich je gehabt hatte, war dort oben in diesem Himmel. Fröhlich funkelndes Sonnenlicht, leichte, spaßige Wolkenfetzen, blendende Lichtsäulen. Goldene, violette, rosafarbene Ballen, ein leuchtender Ausbund an Kitsch. Riesige bauschige Wolken, einladend, nachsichtig, über den ganzen Horizont sich erstreckend, in endloser Wiederholung wie zwischen Spiegeln, und Regenfronten, aus denen nasse Trübsal herabtrommelte, jetzt noch in der Ferne, aber bald schon auf uns, und in einem anderen Teil des Himmels schwarze Flecken, regenlos.

Der Himmel war manchmal wie aus Flicken zusammengesetzt, manchmal geschichtet, manchmal verwirbelt und immer in Bewegung, brodelnd, bisweilen flüchtig. Er war so niedrig, dass ich an manchen Tagen die Hand nach diesem fließenden Strom ausstreckte wie du, Bee, nach deinem ersten 3D-Film, so überzeugt war ich, ich könnte danach greifen und dann – Teil davon werden.

Diese Idioten irren sich alle. Das *Beste* an Seattle ist das Wetter. Auf der ganzen Welt können Leute aufs Meer schauen. Aber hinter *unserem* Meer ist Bainbridge Island, ein immergrüner Randstein und darüber die explodierenden, schroffen, schneeverkrusteten Olympic Mountains. Ich glaube, was ich sagen will, ist: Ich vermisse das, die Berge und das Wasser.

Das Zweite, was ich zu sagen habe: Du wirst nicht aufs Internat gehen. Ja, egoistisch wie ich bin, kann ich einfach nicht ohne dich leben. Aber vor allem, und das meine ich ehrlich, will ich es für dich nicht. Du passt einfach nicht zu diesen versnobten reichen Kids. Sie sind nicht wie du. Um die Admin zu zitieren: »Ich will nicht das Wort *sophisticated* benutzen.« (Okay, wir müssen beide hoch und heilig schwören, Dad *nie* mit den E-Mails der Admin aufzuziehen. Für dich ist das vielleicht im Moment schwer zu verstehen, aber, glaub mir, es bedeutet nichts. Der arme Dad schämt sich wahrscheinlich jetzt schon halbtot. Wenn er nicht mit ihr Schluss gemacht hat, bis ich zurück bin, keine Bange, dann verjage ich sie persönlich mit der Mückenklatsche.)

Bee, Liebes, du bist ein Kind der Erde, der Vereinigten Staaten, des Staates Washington und der Stadt Seattle. Diese reichen Ostküstenkids sind ein anderer Schlag, auf der Überholspur nach Nirgendwo. Deine Freunde in Seattle sind regelrecht kanadisch nett. Niemand von euch hat ein Handy. Die Mädchen tragen Hoodies und richtige Baumwollunterhosen und laufen mit wirrem Haar und fröhlich verzierten Rucksäcken herum. Weißt du überhaupt, wie absolut phantastisch es ist, dass du nicht durch Mode und Popkultur verdorben bist? Vor einem Monat erwähnte ich Ben Stiller, und erinnerst du dich, wie du gesagt hast: »Wer ist das?« Da habe ich dich so was von geliebt.

Ich nehme die Schuld auf mich. An dem, was aus mir geworden ist, ist in keiner Weise Seattle schuld. Na ja, vielleicht ist Seattle doch schuld. Die Leute sind so langweilig. Aber vertagen wir das endgültige Urteil, bis ich wieder mehr Künstlerin und weniger Gefahr für die Allgemeinheit bin. Ich verspreche dir nur eins: Ich werde mich auf den Weg machen.

Sorry, aber du hast keine Wahl. Du bleibst bei mir, bei uns, in der Nähe. Und ich will keine Ausreißerhäschen-Sprüche hören. Das Ausreißerhäschen bleibt da.

Sag ja, und ich werde noch einen Monat weg sein. Ich komme zurück und arbeite an meinen Plänen für die neue Südpolstation, du bringst die Galer Street zu Ende und gehst auf die Lakeside, Dad wird weiter bei Microsoft die Welt verbessern, und wir ziehen in ein normales Haus, vielleicht sogar ein, ähem, Craftsman?

Sag ja. Und vergiss nicht, ich bin immer deine
Mom

DANK

Ich danke

Anna Stein, meiner engagierten, gewandten Agentin und lieben Freundin,
  Judy Clain für ihre Unbeirrbarkeit, ihre Freundlichkeit und ihren Esprit,
  Arzu Tahsin, meinem britischen Engel, für ihre Warmherzigkeit und ihren leidenschaftlichen Einsatz.

Meinen Eltern: Joyce für den fast schon beschämenden Glauben an mich und Lorenzo dafür, dass er in mir den Wunsch weckte, Schriftstellerin zu werden.

Für die praktische Hilfe: Heather Barbieri, Kate Beyrer, Ryan Boudinot, Carol Cassella, Gigi Davis, Richard Day, Claire Dederer, Patrick deWitt, Mark Driscoll, Robin Driscoll, Sarah Dunn, Jonathan Evison, Jonathan Franzen, Holly Goldberg Sloan, Carolyne Heldman, Barbara Heller – mich schaudert beim Gedanken, wo ich ohne ihre Anmerkungen stünde –, Johanna Herwitz, Jay Jacobs, Andrew Kidd, Matthew Kneale – meinem funkelnden römischen Stern –, Paul Lubowicki – ganz, ganz besonders! –, Cliff Mass, John McElwee, Sally Riley, Maher Saba, Howie Sanders, Lorenzo Semple III, Garth Stein, Phil Stutz, Wink Thorne, Chrystol White, John Yunker.

Den Castella-Mädels, Elise, Julia und Sara, ohne deren Charme und Charakter es keine Bee gäbe.

Bei Little, Brown: Terry Adams, Reagan Arthur, Emily Cavedon, Nicole Dewey, Heather Fain, Keith Hayes, Michael Pietsch, Nathan Rostron – manchmal glaube ich, meine ganze Schriftstellerkarriere ist nur eine aufwändige List, ihn dazu zu bringen, meine Anrufe entgegenzunehmen –, Geoff Shandler, Amanda Tobier, Jane Yaffe Kemp.

Bei Weidenfeld & Nicolson: Elizabeth Allen, Sophie Buchan, Jess Htay, Mark Rusher.

Aus tiefstem Herzen: Mia Farrow, Merrill Markoe, Peter Mensch, Ann Roth, James Salter, Larry Salz, Bruce Wagner.

Für die offenen Arme in Seattle: den Eltern und LehrerInnen der M____School (lauter Mr. Levys und keine einzige Gnitze), meinen GefährtInnen von Seattle7Writers, der Elliott Bay Book Company, University Books und dem Richard Hugo House.

Und vor allem: George Meyer, der liebevoll und mit einem Minimum an Klagen »die Pfeil und Schleudern erduldet«, damit ich mich verschanzen und schreiben kann. Danke, dass du zu mir hältst, Baby.